古典文獻研究輯刊

九　編

曾永義　主編

第 5 冊

魏晉南北朝服妖現象書寫的文化內涵

藍珮文 著

國家圖書館出版品預行編目資料

魏晉南北朝服妖現象書寫的文化內涵／藍珮文 著 — 初版 —
新北市：花木蘭文化出版社，2014〔民 103〕
目 2+248 面：19×26 公分
（古典文學研究輯刊 九編：第 5 冊）
ISBN：978-986-322-537-9（精裝）
1. 六朝文學 2. 服飾習俗 3. 文學評論
820.8   103000746

ISBN- 978-986-322-537-9

9 789863 225379

古典文學研究輯刊
九 編 第 五 冊   ISBN：978-986-322-537-9

魏晉南北朝服妖現象書寫的文化內涵

作 者 藍珮文
主 編 曾永義
總 編 輯 杜潔祥
副總編輯 楊嘉樂
編 輯 許郁翎
出 版 花木蘭文化出版社
社 長 高小娟
聯絡地址 235 新北市中和區中安街七二號十三樓
電話：02-2923-1455／傳真：02-2923-1452
網 址 http://www.huamulan.tw 信箱 hml 810518@gmail.com
印 刷 普羅文化出版廣告事業
初 版 2014 年 3 月
定 價 九編 27 冊（精裝）新台幣 48,000 元

魏晉南北朝服妖現象書寫的文化內涵

藍珮文　著

作者簡介

　　藍珮文，土生土長高雄人。立願就讀會計，卻陰錯陽差地填入中國文學系，為此還嚎啕大哭了三天三夜，悲傷難過不已。豈料，偶遇的陌生，開啟此生對中國文學一往情深的執著與眷戀。而此書，是聆聽眾生喧鬧，靜靜等待塵沙簌簌流去後，浮起對世間的微小觀察；守候並治療了那段燉字為生的寂寞與青春。

　　畢業於高雄師大，政治大學中文所碩士；發表〈樂園意象：西遊記「三界遊歷」之空間意涵〉單篇論文。曾任職嘉義市玉山國中、臺灣大學人文社會高等研究院、高雄市立志中學，現任教於高雄市高雄中學。

提　　要

　　「服妖」一語包羅了「衣裳服飾」與「怪異之妖」兩大意義元素，敘述著史家或文人們對於看到的自然真實之描繪，在書寫時候表達了作者的理念與精神世界；而就服妖文本的閱聽者而言，藉由文本反映的真實，未必能等於現實中具體的事物但卻是我們企圖接近真實的力法與過程。

　　因此，為了闡發「服妖」一詞所蘊含的文化內涵，本文以魏晉南北朝史書〈五行志〉裡的服妖事例為主要研究對象，將服飾視為具強烈象徵意味的一種符號表徵。並且，將「服妖」事件放回當時代藉由陰陽五行、氣類感應來說災異的語境框架裡頭，以來解析及探究史家書寫服妖事例時，所採取的敘述策略、敘述結構及欲達到書寫目的。試圖從服妖的歷史論述中，解讀出其所承繼的其實乃是儒家以服制做為常服而建立的一套禮治、秩序原則；以及在史家多言怪異非常之妖服的敘述話語底下，史志所寓含的，乃是在充滿危機末世感的魏晉南北朝裡，對正常、常道的高度重視與強烈的渴求。

　　本文共分為五章，第一章為緒論，主要在撰述本論文的研究動機、目的及方法，並簡述相關的學術研究資訊。第二章為〈建構與想像：魏晉南北朝「服妖」書寫的形成語境〉，針對魏晉南北朝服妖形成的語境進行分析，即藉由考察服妖一詞的「語言環境」與「客觀環境」，來溯源、反省服妖做為一個詞語，它是如何被建構與想像的？並推究服妖發生的最根本原因乃是人的態度不恭敬、不嚴肅因而產生的奇裝異服的行為。其次，服妖是被記載於史書內的，是屬於歷史的書寫與敘述，透過敘事學理論裡的「書寫形式」與「書寫內容」兩個層面，可看到服妖的書寫乃是人為的知識，同時也是一套已存有先入意識的組織和已被架構設計的概念。

　　第三章則是〈衣裝秘境：魏晉南北朝「服妖」現象考察〉，乃藉由服妖事例中的相關服飾，描摹魏晉服飾整體的風氣與傾向，而此一服飾風氣的變化，隱微地與社會風俗、學術思想有互相呼應。本章以服妖事例做為觀看的線索，並考察此時的整體服飾文化氛圍的兩大特點：第一，以服飾的「鬆／緊」來觀看當時「情性／禮法」之間的衝突與張力，並勾勒出魏晉時期逐漸由束緊至寬鬆的服飾變化。第二，以魏晉服飾文化裡一大特點──胡漢服飾融合，來觀察史家書寫〈五行志〉時所用的「異己」眼光，呈現了「中心」華夏與「四方」胡蠻的區別。

　　第四章為〈常服與妖服──從「常」與「非常」結構看六朝服妖事例的敘述意涵〉。此章乃藉由常／非常的結構性理論，來分梳文本裡的眾多實例，經從服妖書寫的表層敘事裡，看到服妖話語底層，實蘊含著常／非常的文化深層結構。主要的論證乃從倫理上的二元──常／非常、善／惡、是／否切入，發現相對於範式下的「常服」，「非常之妖服」顯然被當做差別和錯誤的存在，而這種界限差異以及早已寓含判斷的預設立場，所顯現的乃是魏晉南北朝一代以「服飾」為喻的特殊發聲與用語。

　　第五章為本論文的總結，即總束歸納各章的分佈要旨與趨勢，因而提出的幾點觀察與結論，其旨為：史書服妖事例的怪異書寫揭示了人們當秩序被顛覆時將會帶來的災害與危難，但是，若將服妖文本對照其所位處的〈五行志〉文本，史家所欲敘說的，乃是欲由樹「反」而立「正」的心理，也就是對於回歸「常服」的欲求和盼望。

目

次

第壹章 緒 論

第一節 研究動機與目的

　　「文化」一詞所意指的概念與意涵，不僅相當的複雜而且應用的範圍十分廣泛，似乎很難對其下一個統整性的定義。因此，欲分析魏晉南北朝服妖現象的文化內涵，首先就要理解「文化」一詞的含義。「文化」一詞頗早就在中國古籍裡出現，現今可見的最早文獻為劉向《說苑・指武》一篇，其云：

> 聖人之治天下也，先文德而後武力。凡武之興為不服也，文化不改，
>
> 　然後加誅。夫下愚不移，純德之所不能化，而後武力加焉。〔註1〕

晉代束皙的〈補亡詩・由儀〉亦提及「文化」一詞，其云：「文化內輯，武力外悠」，〔註2〕這二例所論及的「文化」之義大約是中國古代「文化」的用法與意思，指的是文治教化的意思，其義偏重於政治國家上的教導馴化。

　　但，中國古代「文化」一詞的概念與現在通用的「文化」一詞並不完全相同，因為現在慣用的「文化」一詞實是外來語 culture 的意譯，而 culture 一詞是意義多重的字眼，美國文化學家克羅伯和克拉克洪在共同撰著的《文化和定義的批評考察》〔註3〕一書，對西方流行就有多達一百六十多種關於文化

〔註1〕　〔漢〕劉向著，趙善詒疏證：〈指武〉，《說苑疏證》（臺北：文史哲出版社，1986年），頁420。

〔註2〕　〔晉〕束皙：〈由儀〉，《補亡詩》，收入〔南朝梁〕蕭統編，〔唐〕李善注：《昭明文選》（臺北：華正書局，1982年），卷9，頁19b。

〔註3〕　參見王海龍、何勇：《文化人類學歷史導引》（上海：學林出版社，1992年），

的定義作了回顧與評析，並分為六大類型。對文化一詞下了最具影響力的定義，應是雷蒙・威廉斯（Raymond Williams），他認為文化是：「一個社會群體或整個社會的整體生活方式」〔註4〕，其義即指出文化乃特定社會中，眾人所共享的象徵系統，也就是一群人所建構的生活方式與態度。

而「禮」，是人類政治與社會活動的要素，也是理解人文現象的重要工具。就中國的歷史和傳統而言，「禮」一詞泛稱人與人相處之間之必要、但又能異化改變的關係，其具體形式座落在實際生活中常成為「禮」之「儀式」。它所關係的不僅是人倫日用而已，也與權力與政治相互糾葛不清；它所牽涉的不僅是傳統禮治下的皇室貴族、精英知識份子的隱含知識，也是世俗百姓向上遵循的由來與原則；同時，它不能夠只是被窄化為經世與哲學的論述，因為「禮」也常在宗教、神話中被敘述，甚至表現在審美上。值得文學人注意的是，在歷代眾多小說、戲曲與筆記的文本書寫裡，無論是作者有意或者是無意，所流露出對那禮教的表現與闡述，以及所詮釋的倫理價值，往往呈現了當時候的文化、社會、政治的現象與意義。

本文欲研究的「服飾」，正與上述所論及的「文化」與「禮」兩詞有十分密切的關係。在中國傳統的文化裡，理想化的周禮制度，即以服制做為禮、樂的表徵，「服飾」成為士禮文化的表徵，用來鞏固、表彰封建制度的傳承性、穩定性，並用來象徵階序分明的社會秩序，意含著強烈的「秩序」原則與「道德」導向。因此，服飾是身份地位的外在標誌，而冠服制度的社會任務便是要維持「非其人不得服其服」〔註5〕的等級秩序，也就是貴賤有級、服位有等，以實現見其服而知其貴賤來由的理想。服飾做為一種社會的文化符號，在人群內部具有標幟與表徵的意義與功能，因而，上層階級為了被主流社會所認同，如何恰如其份地展現其服飾，並與外在形貌、動靜言視等行為互相配合，就成為當時知識份子教育的主要取向。禮儀與服飾之間的關係可謂互為內外表理、因果，而這個原因也激起了筆者想要探究禮儀與服飾之間的關係。

頁 223～225。

〔註 4〕 彼得・布魯克（Peter Brooker）著，王志弘、李根芳譯：《文化理論詞彙》（臺北：巨流圖書有限公司，2004 年），頁 90。

〔註 5〕 〔漢〕范曄：《後漢書》（臺北：鼎文書局，1979 年），頁 3640。文曰：「夫禮服之興也，所以報功章德，尊仁尚賢。故禮尊〔尊〕貴貴，不得相踰，所以為禮也。非其人不得服其服，所以順禮也。」

對於「服妖」一話語進行探討的在臺灣較早的是林麗月先生〈衣裳與風教——晚明的服飾風尚與「服妖」議論〉，其云：「本文歸納晚明士人各類『服妖說』的意涵，或爲批評僭禮逾制、奢侈靡費，或爲指斥變亂男女、異服招禍，除了少數士人能洞悉服飾流行與市場供需密切相關的經濟層面外，大部份承襲兩漢以來陰陽災異、天人感應的思想與論述方式。」〔註6〕這段分析實爲中肯絜合，符合服妖論述的脈絡系統，然因作者關注焦點在明代以後消費心態與物質藝術層面的探求，故其歸納結果自然是在服飾風尚的追求下而引發的「奢侈論」議題之論述。

對於承載「服妖」一語背後遼闊的時代文化、思想背景與成因卻略而從簡，讓人不禁疑問：對「服妖」一語的解釋，除了歷史學者愛好以流行與消費議論著手切入分析之外，所見的其餘論述僅零星散見於各書籍文本之中，或是以一語帶過，或是附庸於五行之下的吉光片羽，甚或是視之爲讖諱書中的妖妄之辭不值一談，難道「服妖」的存在與解釋只有這樣嗎？可以有更有系統的論述嗎？漢初學者的觀念在後來理性思維的檢視下，常使人不覺便易引生情緒性的排斥，以及充滿強烈批評意味的處理態度，而最流行的指責便是指災異爲迷信〔註7〕，急著想要爲之解套和找出一條合理的出路，故在談論時便常常使用全面否定的色鏡目視充滿天人感應、天人同構的漢代災異論述；也因此對於災異的時代論述，在某些學者的文中就明顯感受到爲之判斷優劣、價值分釐出高下的企圖與意旨所在。這些現象在今日的研究亦可成爲筆者觀看它人詮釋時的一面鏡子，在心有所定見時操之太急的結論，有時反絆住並遮避我們原先想要探索了解的目的。

「服」而爲「妖」，在《漢書》、《後漢書》中均有條目記載，但在《兩漢書》裡將服妖記載下來的並不是與服飾有關的〈禮樂志〉或是〈輿服志〉，而是記在專門列條五行災異的〈五行志〉。在《漢書‧五行志》裡「服妖」的記

〔註6〕 林麗月：〈衣裳與風教——晚明的服飾風尚與「服妖」議論〉，《新史學》1999年第 3 期，頁 111。

〔註7〕 顧頡剛在《秦漢的方士與儒生》一書中，即全以迷信的基調來看這個問題。顧頡剛：《秦漢的方士與儒生》（上海：上海古籍出版社，2005 年）。侯外廬的批評更爲激烈，直斥之爲一種神秘的宗教迷信，並以災異觀反映了「來自鄉亭的自然經濟的小天井意識」。侯外廬：《漢代社會與漢代思想》（香港：嵩華出版社，1978 年），頁 58。這些看法帶有太多情緒性的因素，災異的概念或與今日觀點不同，但代表的是漢人的一種世界觀、一種觀看萬物的方式與思維邏輯。

錄是正史書中最早的記載，文中援引了《尚書大傳・洪範五行傳》裡的句子
來作為全文開篇的先行觀念〔註8〕，其云：〔註9〕

> 傳曰貌之不恭，是謂不肅。厥咎狂，厥罰恆雨，厥極惡。時則有**服**
> **妖**，時則有龜孽，時則有雞禍，是則有下體生上之痾，時則有青眚、
> 青祥，惟金沴（水）〔木〕。

爾後班固在《漢書・五行志》中匯集綜合諸人之說加以發揮，把服飾、風俗
與災異說結合，認為：

> 風俗狂慢，變節易度，則為剽輕奇怪之服，故有服妖。〔註10〕

此後歷代正史書中的〈五行志〉，對於「服妖」的記載屢見不鮮，在中國傳統
的思想文化裡可說是影響深遠。

　　因為服飾是「外束其形，內總其德」〔註11〕的化身，是禮的外在形式，
若人們不按照自己的社會地位、名份，遵循禮所規範的式樣，依紋飾、質料
來選擇適合自己的服飾，輕者遭到「僭」或「踰」的譴責，重者則被冠上服
妖的大帽子，受人輕視、厭惡甚至是語出讖語，預言其人將會如何的遇到災
禍乃至亡命去身。但「服妖」一語就「服」而言是什麼？就「妖」而言是什
麼？「服妖」一語所有的含義僅有「奇裝異服」的孤義嗎？《漢書》記載服妖
一語甚至是正史的書寫，都是由一群太史令結集徵引並「篩選」後的呈現，
而這也正是傳統文化歷時積累下所呈現的多重結構，因此，史家筆墨下所描寫
的六朝服妖現象，若是放在當時的學術語境中的解讀是如何？書面語言所享
有的話語權力，難道就能確實還原當時發生現場，書寫者的企圖為何？

　　由上述分別從服飾、禮儀、〈五行志〉等方面與服妖作一相關連結之後，
發現學者對於服飾風尚的文化研究、對於禮儀中服飾研究，以及對漢人災異

〔註8〕 〈五行志〉分五子卷，即「五行志上」、「五行志中之上」、「五行志中之下」、
　　　　「五行志下之下」、「五行志下之下」，此處所言文章開頭指的是「五行志中之
　　　　上」卷。

〔註9〕 〔漢〕班固著、〔唐〕顏師古注：《漢書》（臺北：鼎文書局，1979 年），頁
　　　　1352。

〔註10〕 《漢書》，頁1353。

〔註11〕 〔漢〕劉安著：〈精神訓〉，《淮南鴻烈解》，收入《景印文淵閣四庫全書》影
　　　　印本，第848 冊，（臺北：臺灣商務印書館，1983～1986 年），頁581。此段
　　　　原先之意在敘說兩類人的養生方法，作者為了提高強調「達於至道者」的真
　　　　人以養心為主全然忘卻外在，故相對性以「衰世湊學」之徒，言其以世俗之
　　　　事「而迫性命之性」，故其描述較符合當時士子學禮法而背離本性的行為，也
　　　　就是較同於本文對禮之於服飾的解釋。

理論的整體研究，分別皆有人論述之。但針對「服妖」這一話語在現象上的連貫完整的探討，則多不暇深論。

是以，本研究欲以服妖事例文本敘述爲主，探討服妖現象在書寫時在整體呈現的敘述形式及書寫內容爲何，以理解服妖自身做爲一種歷史書寫的表現，它所要講的是什麼以及史家怎麼說它們；也就是嘗試考察魏晉南北朝「服妖」此一話語形成時的論述過程，以期掌握話語所綴結、揉合而成的文化語境下，那一連串人事物之間的有機結構，及其背後的深層意義。並在此之上，藉由六朝服妖事例的敘述與與六朝社會文化相挽合，企圖以服飾風尚所映現的景像，將社會風氣與當代人物風采的千姿百態加以描繪並添其顏色；同時，也援引李豐楙先生常與非常的理論架構來尋找「服妖」一詞的歷史定位與文化發展脈絡。最後，藉由上述三者所言，以期兼顧內外，並觀看到六朝服妖現象完整的容貌與血色，而這也是本文撰寫之目的。

第二節　研究範圍的界定

一、斷代的標準

斷限做爲研究的需要，乃是因爲歷史在不同時間點上所發生的史實殊異，致使歷史的面貌並非連續一貫而具有相異的性質，而用分期這種切割的方式可使欲表達的事物更爲明白突出，以使人便做整體的觀察。與本研究範疇相近的蕭振誠《中古服妖研究》〔註12〕一書裡是以「中古」爲一個歷史斷限，但本研究並不延用其分期，乃因歷史裡上古、中古、近代的三種分隔，是歷史學家從西方史套用而來的觀念，只是一個分期的虛架、標籤，本身並不帶有預設理論的意義，〔註13〕況且對中古的分期，學者多有不同。〔註14〕

依目前所見的典籍叢書，服妖一詞始撰寫於《尚書大傳》裡〈洪範五行傳〉一文，是爲最早的文本記錄，其年代爲漢代，作者舊題做漢代伏勝所

〔註12〕蕭振誠：《中古服妖研究》（臺北：輔仁大學中文研究所碩士論文，2005 年）。

〔註13〕陳啓雲：《中國古代思想文化的歷史論析》（北京：北京大學出版社，2001 年），頁 38。

〔註14〕如劉師培在《中國中古文學史講義》裡的中古時期指漢魏之際到梁陳。（北京：中國人民大學出版社，2004 年）。王瑤於《中古文學史論》的畫定亦同劉氏。（臺北：長安出版社，1982 年）。而郭紹虞先生在《中國文學批評史》將整個中國的文學發展分爲上古、中古、近古三期，並將中古時期定爲自東漢建安至五代。（臺北：文史哲出版社，1988 年）。

作，而今之學者大致認爲《漢書》〈五行志〉中所引用、敘說的《洪範五行傳論》應是劉向所編撰而闡發的著作，〔註15〕此乃本研究選擇的參考文本起始點。但因《漢書‧五行志》中所提及的服妖之例不限於漢代，也有先秦春秋時期的服妖例子，故本文中參酌並探索的時間斷限不限於漢代，亦溯及先秦時代。

首先，本文的斷代雖以「魏晉南北朝」爲一個時期來論述之，但對於此一時期裡的朝代斷限並不僅有指「上結漢代，下至隋以前」，〔註16〕而是包含了隋一代。以「唐」時爲一分結時期，主要原因乃是由於大唐帝國結束魏晉六朝紛亂不安、兵荒馬亂的時代之後，整體的國家政策發展是呈現與域外民族交流頻繁的情況，受到邊疆或遠方民族的影響較以往爲烈，對於「化外之族」的文物器具更是經常使用或已視爲生活日常的一部份，相較於唐前的「胡漢」之間的區隔自是縮少許多。

其次要說明的是，依「服妖」一詞來考察，西漢始出此一詞語，爾後《後漢書》承襲並記載服妖的事例，經《晉書》、《宋書》、《南齊書》、《隋書》等正史屢屢記載之，且這些史書之間事例重複引用的情形十分頻仍，有時甚有原書事例照抄的景況，這意味著從漢代初「服妖」一語開始發展以來，至魏晉六朝時，人們認定服妖的情景與事例在觀念上是有延續性的，似乎是混合在一塊的。然而，這也是有本研究要辨析之地方，因爲兩漢之史事，與三國魏晉以至隋之間的「服妖」概念確有混同，但因時代的變化，一者爲劉氏王朝，而另一則是兵燹動盪不斷、國換朝替之時，兩者相較之下兩漢之際確實是比三國魏晉南北朝來得穩定且只有漢人單一主權，是以，雖然服妖文本內兩漢事例與魏晉南北朝事例相似，仍應視爲兩種時間區塊。

由上之故，本文的時間斷限，乃從三國以至有隋一代爲主要論述的時間範圍。

〔註15〕《漢書‧劉向傳》云：「向見《尚書‧洪範》，箕子爲武王陳五行陰陽休咎之應，向乃集合上古以來歷春秋六國至秦漢符瑞災異之記，推迹行事，連傳禍福，著其占驗，比類相從，各有條目，凡十一篇。號曰：《洪範五行傳論》。奏之，天子心知向忠精，故爲鳳兄弟起此論也，然終不能奪王氏權。」頁1950。

〔註16〕楊慧琪參考馮承基〈六朝文述論略〉一文，認爲時下習用詞彙「魏晉南北朝」指的是上結漢代，下至隋以前，那個兵馬倥傯、長期分裂的時代，也等於文學觀念裡的「六朝」。見氏著：《六朝志怪小說異類姻緣故事研究》（臺北：文津出版社，1994年），頁8。

二、研究選用的文本範圍

　　本研究以二十五史中魏晉南北朝正史〈五行志〉爲研究的主要文本範圍，經筆者考察之後，在魏晉南北朝的正史中，有四本史書在〈五行志〉內容明確標識出「服妖」一語，其爲《晉書》〔註17〕、《宋書》〔註18〕、《南齊書》〔註19〕、《隋書》〔註20〕四書。史書〈五行志〉之所以爲研究的主要文本範圍乃在於「服妖」一詞在現今可見的史書裡，最早出自於漢代史家班固編撰的《漢書》〔註21〕〈五行志〉中。而晉人范曄繼之所編撰的《後漢書》〔註22〕〈五行志〉〔註23〕裡，不但接續《漢書》〈五行志〉以五行配五事而得出的五行架構，更是在《後漢書・五行志》裡明確標出「服妖」一個項目，匯聚了許多記載當代「服妖」的事例，而後來編修各朝的史書也接續這樣的歸納安排。

　　但是，除了《晉書》、《宋書》、《南齊書》、《隋書》四本魏晉南北朝的史書〈五行志〉裡，有明確地將「服妖」視爲一專門類目而附在〈五行志〉的災異論述系統內整體論述之，其餘史書裡出現的「服妖」一詞，皆是零星散見於史書的敘述之中。〔註24〕而且，在某些史書的敘述文字之中，雖然不見「服妖」兩字，但是所敘述的人事物與〈五行志〉內敘及的人事物相同，僅是未指出此乃「服妖」也，但說的事是完全一樣的。甚至，有些文章在批判人物的穿著打扮時，其書寫時所持有的原則與用意，與〈五行志〉服妖所敘述的人物被視爲「服妖」的理由也是相同的。

〔註17〕〔唐〕房玄齡等撰：《晉書》（臺北：鼎文書局，1980年）。

〔註18〕〔南朝梁〕沈約：《宋書》（臺北：鼎文書局，1979～1980年）。

〔註19〕〔南朝梁〕蕭子顯：《南齊書》（臺北：鼎文書局，1975年）。

〔註20〕〔唐〕魏徵等撰：《隋書》（臺北：鼎文書局，1980年）。

〔註21〕〔漢〕班固撰，〔唐〕顏師古注，楊家駱主編：《漢書》（臺北：鼎文書局，1981年）。

〔註22〕〔南朝宋〕范曄撰，〔唐〕李賢等注，〔晉〕司馬彪補志，〔南朝梁〕劉昭注志：《後漢書》（臺北：鼎文書局，1981年）。

〔註23〕范曄編撰的《後漢書》僅存紀傳一體，沒有《志》此一體例，而是在南朝梁時劉昭取晉人司馬彪《續漢書》裡的「八志」合併，遂成今之《後漢書》，故言《後漢書》〈五行志〉時實指晉人司馬彪所撰寫《續漢書》的〈五行志〉；現今學者言其〈五行志〉時，列在《後漢書》或《續漢書》下皆有之。

〔註24〕如《南史》〈齊廢帝鬱林王本紀〉一文有言及「此服袄也」，〔唐〕李延壽編：《南史》（臺北：鼎文書局，1979～1980年），頁138；或是《南史・齊和帝本紀》，言「此又服袄」，頁160。

　　上述所說的情況，經檢索文本後，出現於魏晉南北朝史書裡的，有《南史》的〈齊廢帝鬱林王本紀〉、〈齊廢帝海陵王本紀〉、〈齊和帝本紀〉，《北齊書》〔註25〕的〈幼主本紀〉，以及《周書》〔註26〕的〈宣帝本紀〉。而這三書裡的服飾書寫，與本書所論述的「服妖現象文化意涵」是相同的，故本文亦視之與《晉書》、《宋書》、《南齊書》、《隋書》〈五行志〉四書服妖事例相同，皆是研究的文本範圍。

　　另外，與研究的文本範圍相關性高，可供參考而有資助之效的尚有政書《文獻通考》〔註27〕，因類聚了宋代以前、歷代〈五行志〉所書及服妖之事，將之隨其朋類附入各門，不曰妖不曰祥而名之〈物異考〉；以及相對於〈五行志〉言災異而全言符瑞祥兆的〈符瑞志〉亦有輔助之功，因為〈五行志〉、〈符瑞志〉、〈祥瑞志〉、〈靈徵志〉這四志的內容或有不全同之處，但主旨皆在談論天文占、五行占、與史事讖等事，其言事之文化氛圍是一致的，也就是對吉凶禍福事件的記載與評斷。故對《宋書》的〈符瑞志〉、《南齊書》的〈祥瑞志〉與《魏書》的〈靈徵志〉〔註28〕亦是要加以探索及觀照，以補〈五行志〉之不足。

　　另一點需說明的是，因「服妖」一語現今可見最首先的定文，是在《尚書大傳》裡的〈洪範五行傳〉，但因此書歷來對撰者應為誰就有起爭議，且其文的傳鈔至明代就亡佚了，現今可見的版本校注者大約分為四家：一是清代孫之騄輯校的《尚書大傳》〔註29〕，次者是清人陳壽祺輯校的《尚書大傳》〔註30〕，再者是清人王闓運補注的《尚書大傳補註》〔註31〕，再次者是清人皮錫瑞疏證的《尚書大傳疏證》〔註32〕。三者皆是就明代以來的僅留大傳的

〔註25〕〔唐〕李百藥撰：《北齊書》（臺北：鼎文書局，1975年）。

〔註26〕〔唐〕令狐德棻等撰：《周書》（臺北：鼎文書局，1975年）。

〔註27〕〔元〕馬端臨撰：《文獻通考》（臺北：新興書局，1958年）。

〔註28〕〔北朝齊〕魏收：《魏書》（臺北：鼎文書局，1979～1980年）。

〔註29〕舊題〔漢〕伏生撰，〔漢〕鄭玄注，〔清〕孫之騄輯：〈洪範五行傳〉，《尚書大傳》，收入《景印文淵閣四庫全書》第68冊（臺北：臺灣商務印書館，1983年），所據為國立故宮博物院藏本影印。

〔註30〕〔漢〕伏勝撰，〔漢〕鄭玄注，〔清〕陳壽祺輯校：《尚書大傳》，《左海全集續集》（出版地、出版社、出版年份不詳）。

〔註31〕〔漢〕伏生述，〔漢〕鄭玄注，〔清〕王闓運補注：《尚書大傳補注》（北京：中華書局，1991年）。王氏於文中說明此書乃由伏生所述，故出版項筆者加上為漢代伏生所述，見〈補注尚書大傳敘〉，頁2。

〔註32〕〔清〕皮錫瑞疏證：《尚書大傳疏證》，收入杜松伯編：《尚書類聚初集》第8

殘本加以補闕，但因鈔撮的內容並不完全一致，故筆者在處理「服妖」起源時的成因與思想，實需一一細究並以區分，故對〈洪範五行傳〉的內文異或同，亦是深入源流問題時，需要分理之處。

　　尚有一點需先說明，因本文著重處為「服妖」語境的爬梳與其之深層文化意涵的探究，故對於服妖幾種面相之談論不處理，一是服飾制度的考訂、服飾形式的來源、傳播方式與過程不加深論；二是對明代以後因城市文化興盛，故經濟層面上消費心態確有其具體現象，並與服妖發生聯結，但因本文斷限在唐代以前，所以，對於因消費文化產生的服妖心態在此不論。三是單就服妖之諸條事例進行個別的考察，因之前已有學位論文做過詳細的整理〔註33〕，故在此應無需論及。

第三節　前人研究成果回顧

一、服飾文化的研究成果

（一）服飾文化綜合討論的研究成果

1. 偏重服飾審美批評

　　明末清初的李漁《閒情偶寄・聲容部》第三篇〈治服〉中，專門論述了衣著、服飾對於增加人的外觀形貌美醜的作用，並且介紹了如何根據個人的具體條件，選擇不同樣式、顏色的服飾，做到揚己之長，避己之短，如「人有生成之面，面有相配之衣，衣有相配之色，皆一定而不可移者。」〔註34〕或者是「面顏近白者，衣色可深可淺；其近黑者，則不宜淺而獨宜深。」〔註35〕

2. 偏重服飾整體風貌及時代流變的研究

　　在所有的服飾相關著作中，以此塊區域佔大宗，作者常是跨時代、多風格、簡潔筆調地指出各個朝代擁有的各自特色，並輔以大量圖片做為引證與解說的證明。如大陸最早的歷代服飾研究的專書，以沈從文《中國古代服飾研

　　　　冊（臺北：新文豐公司，1984 年），所據乃《師伏堂叢書》本。
〔註33〕蕭振誠：《中古服妖研究》。
〔註34〕〔清〕李漁：〈治服〉，《閒情偶寄・聲容部》（臺北：長安出版社，1979 年），卷7，頁 142。
〔註35〕李漁，《閒情偶寄》，頁 142。

究》〔註36〕爲開端，是以個別服飾問題爲核心而集結之論述。華梅《古代服飾》〔註37〕與《服飾與中國文化》〔註38〕，華先生的前一本書注重在二十世紀中國考古文物的重大發現爲線索，談得是歷代墓葬出土故物的服飾，系統揭示歷代服飾的發展特點；而後一本書則是與代文化的特質結合，特別是在第三章〈中國服飾制度與中國禮制〉較以往詳細地討論「服飾」與「禮儀」的關係。

　　周汛、高春明則出了許多關於服飾的專門論著，如《中國古代平民服裝》〔註39〕，因傳世的服飾多爲上層階級的款式，而此本書觀注點轉移至人口最多但較少人研究的平民百姓，條陳其淵源流變；《中國古代服飾風俗》〔註40〕從上古談到清代，簡扼地敘述各代的某些服物風俗；《中國傳統服飾形制史》〔註41〕則以形制分類爲重點，乃首見之服飾形制專書；《中國歷代婦女妝飾》〔註42〕介紹歷代婦女造型裝扮的沿革與轉變。周錫保亦是專門之家，其書有《中國古代服飾史》〔註43〕，談歷代服飾的沿革與制度的改變，依時代、服飾的種類、風俗等題目加以編排。

　　黃能馥、陳娟娟《中國服裝史》〔註44〕，全書架構近似上述周錫保一書，採線圖輔助文獻說明。趙超《霓裳羽衣——古服飾文化》〔註45〕則是以淺白易懂的筆調，從原始裝飾談到清代，方法是以圖爲主軸輔以文字對之解釋。臺灣方面推動服飾研究最力者爲王宇清，其著作等身用力甚深，如《中國服裝史綱》〔註46〕於五十六年出版，是臺灣第一部討論服飾制度的專書；另一爲《國服史學鉤沈》〔註47〕不依歷史時間順序，而是以「國服」的服色、冕

〔註36〕沈從文：《中國古代服飾研究》（上海：上海書店出版社，2007年）。此書是以黑白色體展現，較看不出沈氏辛苦搜羅圖片的珍貴之處，若是另一本，《中國古代服飾研究》（臺北：臺灣商務印書館，1993年），A3格式大彩圖的印刷，實會令人心會神往。

〔註37〕華梅：《古代服飾》（北京：文物出版社，2004年）。

〔註38〕華梅：《服飾與中國文化》（北京：人民出版社，2001年）。

〔註39〕周汛、高春明：《中國古代平民服裝》（臺北：臺北商務印館，1998年）。

〔註40〕周汛、高春明：《中國古代服飾風俗》（臺北：文津出版社，1989年）。

〔註41〕周汛、高春明：《中國傳統服飾形制史》（臺北：南天出版社，1998年）。

〔註42〕周汛、高春明：《中國歷代婦女妝飾》（上海：學林出版社；香港：三聯書店聯合出版，1991年）。

〔註43〕周錫保：《中國古代服飾史》（北京：中國戲劇出版社，1996年）。

〔註44〕黃能馥、陳娟娟《中國服裝史》（上海：上海人民出版社，2004年）。

〔註45〕趙超《霓裳羽衣——古服飾文化》（南京：江蘇古籍出版社，2002年）。

〔註46〕王宇清：《中國服裝史綱》（臺北：中華大典編印會，1967年）。

〔註47〕王宇清：《國服史學鉤沈》（臺北：輔仁大學出版社，2000年）。

服、祭服等分章討論，並多引用文獻佐證。九十年代的另一個趨勢，爲從文化的觀點來研究服飾，以文化的類別取代傳統以斷代爲斷限，如王維堤、駱新、姚莽、江冰等人〔註48〕，專題式的討論服飾與等級、民族、禮教、審美、性別等等的關係，其中王維堤認爲「服裝的變異性，從縱的方面來說，表現爲時代性，橫的方面來說，則表現爲流行性。」〔註49〕上述諸書主要以整套服飾論著的書籍爲主，然專書部份由於份量龐大、不勝枚舉，故只略述較爲重要的書籍。

3. 著重從某特定角度切入的探討

諸如藝術審美的角度、社會學的角度、文化人類學的角度。黃能馥、陳娟娟《中華歷代服飾藝術》〔註50〕一書，全以實物照像的彩圖爲主軸，文字爲輔。王霄兵、張銘遠《服飾與文化》〔註51〕則是論證了服飾作爲人類文化現象，所具有的社會與藝術的本質特徵，包括民族、民俗、社會、心理、審美及其起源和功能等諸方面。而華梅《人類服飾文化學》〔註52〕屬於文化人類學的研究方式，他以人類服飾爲研究對象，條陳世界各族群的階段性服飾的沿革與變化，想要將服飾的空間範圍拉至最大，並探討普遍性的人類文化規律。書中以文化學、社會學、心理學爲章節，進行服飾意義的討論。鄧啓耀所著的兩本書《衣裝上的秘境》、《衣裝秘語——中國民族服飾的文化象徵》〔註53〕皆是以服飾包含的象徵思維爲其主要切入角度，運用文化人類學與神話學的研究方式，對人從生到死會經歷的重要關卡：誕生禮、成年禮、婚喪嫁娶、生老病死等人生禮儀，進行從表層深入到內部規律的研究。

李豐楙先生〈常與非常：一個服飾文化的思維方式〉〔註54〕，則對服飾文化提供一個新的研究方法，他由「常」字構字之初到衍化通用之詞都是一

〔註48〕 王維堤：《衣冠古國——中國服飾文化》（上海：上海古籍出版社，1991年）；駱新、姚莽：《衣冠滄桑——中國古代服裝文化觀》（河北：農村讀物出版社，1991年）；江冰：《中華服飾文化》（太原市：山西人民出版社，1991年）。
〔註49〕 王維堤，頁39。
〔註50〕 黃能馥、陳娟娟：《中華歷代服飾藝術》（北京：中國旅遊出版社，1999年）。
〔註51〕 王霄兵、張銘遠：《服飾與文化》（北京：中國商業出版社，1992年）。
〔註52〕 華梅：《人類服飾文化學》（天津：天京人民出版社，1995年）。
〔註53〕 鄧啓耀：《衣裝上的秘境》（臺北：臺灣珠海出版有限公司，1993年）；《衣裝秘語——中國民族服飾的文化象徵》（臺北：書泉出版社，2006年）。
〔註54〕 李豐楙：〈「常與非常」：一個服飾文化的思維方式〉，《思維方式及其現代意義：第四屆華人心理與行爲科際學術研討會》（臺北：中研院民族所及臺灣大學心理系，1997年），2-1-1。

樣，爲繞領的長巾，形狀似長丈六尺的中央旗，即爲常旗而推出「常」造字初義是與服飾有關的。且「服飾／身體」的關係也就是「文化／自然」，常的概念正是人文化成的表現。作者再推常到形上而成「常道」，至於另一異於日常生活狀態，即「非常」——不是日常、平常所穿戴的服飾。在「非常服」的意義看來可分爲二，一是生命循環時所要穿著的服：如祭服、喪服；一是表現在服飾上的「服妖」，也就是反一般性的穿戴。不遵禮法的身體讓衛道之士憂的是服飾、身體之內的「心」；但吊詭的是，服妖之異、行爲之異、心靈之異，有時卻是新變、創新的活源，其實也是一種「反常合道」。

（二）服飾文化專門區域討論的研究成果

1. 針對某一服裝、飾物的考辨

如王宇清《冕服服章之研究》〔註 55〕，屬於對統文獻的專門研究，有助於瞭解古代政治權力在服飾上的運作情形。孫機《中國古輿服論叢》〔註 56〕分成二部份，前一部份是歷來的論文結集而成，重點在出土文物上服飾的考辨；後一部份則是其畢業論文《兩唐書在輿（車）服志校釋》。

2. 專以服色為主的研究成果

如王宇清所著《歷運服色考》〔註 57〕對傳統服飾的顏色「玄」、「紫」等予以析分，並使用西洋色彩學的色料研究，對以往只有文字描寫而常模糊的顏色，提出自己的見解。李應強的《中國服裝色彩史論》，則從色彩的角度，強調各種配色及視覺感受在服裝上的作用。

3. 以文學中的服飾為題材的研究成果

以往此一區塊較少人關注，但隨著服飾研究在大陸與臺灣蓬勃發展，已漸漸有人對此加以討論。如葉珊〈服飾的象徵及追求——「離騷」與「仙后」的比較〉〔註 58〕；李豐楙繼之對《楚辭》一書開闢關於「服飾」此一主題的深入見解，其文有〈服飾、服食與巫俗傳說——從巫俗觀點對楚辭的考察之一〉〔註 59〕、〈服飾與禮儀：〈離騷〉的服飾中心說〉〔註 60〕；魯瑞菁亦有類

〔註 55〕王宇清：《冕服服章之研究》（臺北：中華叢書編審委員會出版，1966 年）。
〔註 56〕孫機：《中國古輿服論叢》（北京：文物出版社，2001 年）。
〔註 57〕王宇清：《歷運服色考》（臺北：國立歷史博物館出版，1971 年）。
〔註 58〕葉珊：〈服飾的象徵及追求——「離騷」與「仙后」的比較〉，《純文學》1971年第 4 期，頁 22～44。
〔註 59〕李豐楙：〈服飾、服食與巫俗傳說——從巫俗觀點對楚辭的考察之一〉，《古典

同之作，如〈論〈離騷〉中的「香草服飾」〕〔註61〕。李氏與魯氏在文中都指出「香草衣飾」有著「好修」的內在美意義與屈原之服有「非常服——神聖之服」與「常服——世俗之服」之分。

二、服飾禮儀的研究成果

在服飾的歷史中進入被書寫的階段時，服飾與早期的原始崇拜意義有了較明確的分離，服飾禮儀漸成定制，統治階層頒定服裝禮儀的規範，服飾禮儀更蘊含了大一統國家在政治上工具與精神號召的意義。古代對於服飾禮儀的研究，自《三禮》以後浩如湮海、十分可觀，一直到現代仍有許多研究發展的成果，故依古代研究、今人研究可分成二項來敘述之。

（一）古代的服飾禮儀研究

記載中國服儀制度的文獻，首推《儀禮》〔註62〕、《周禮》〔註63〕、《禮記》〔註64〕。由於中國尊經的學術傳統，對古代服飾的研究，最初可說是隱藏於經傳注疏之中，而未標舉專名、別為一科，大凡歷朝注疏三禮者可謂有功於服飾禮儀的研究。至後代學術愈進，研究分工愈細乃漸有專題之著述出現。如黃宗羲的《深衣考》〔註65〕，內容為「逐句詮釋《禮記·深衣》中有關深衣的形制，兼及諸家對深衣認識的探討，書中尚擬有數幅深衣圖稿」〔註66〕。

另一名家王國維所著《胡服考》〔註67〕，該文內容乃「按照正史、野史

文學》第 3 集（臺北：臺灣學生書局，1981 年），頁 71～99。
〔註60〕 李豐楙：〈服飾與禮儀：〈離騷〉的服飾中心說〉，《中國文哲研究集刊》1999 年第 14 期，頁 1～50。
〔註61〕 魯瑞菁：〈論〈離騷〉中的「香草服飾」〉，《靜宜人文學報》1999 年第 11 卷，頁 121～133。
〔註62〕 〔漢〕鄭玄注，〔唐〕賈公彥疏：《儀禮》，收入《十三經注疏》（臺北：藝文印書館，1982 年）。
〔註63〕 〔漢〕鄭玄注，〔唐〕賈公彥疏：《周禮》，收入《十三經注疏》（臺北：藝文印書館，1982 年）。
〔註64〕 〔漢〕鄭玄注，〔唐〕孔穎達疏，〔唐〕陸德明音義：《禮記》，收入《十三經注疏》（臺北：藝文印書館，1982 年）。
〔註65〕 〔清〕黃宗羲：《深衣考》（臺北：臺灣商務印書館，1983～1986 年，《景印文淵閣四庫全書》），第 127 冊。
〔註66〕 周汛、高春明合編：《中國衣冠服飾大辭典》（上海：上海辭書出版社，1996 年），頁 682。
〔註67〕 王國維：《胡服考》，收入《觀堂集林》（北京：中華書局，1959 年）。

及私人筆記中有關記載，藉以探討古代西域的服飾形制對中原衣冠的影響。舉凡冠帽、衣衫、鞋履、佩飾等均有述及」〔註68〕，其立論嚴謹且觀點新穎，對戰國至宋初的服飾制度有較高的參考價值。因為清代以前對於服儀的研究繁多不及備載，並且與本論文欲研究的方向無直接關係，故僅舉代表性之著作來作為參考。但有一書十分重要且值得提起的，即劉熙所著的《釋名》，對秦漢以前的服飾名稱、樣式、質料、用途以及演變過程都作了比較詳盡的考釋，對當時已經失傳的服飾進行考訂、辨偽工作。裡頭還有專門一章〈釋衣服〉對衣裳進行了名詞的解釋，且「《釋名》全書不到 3000 言，其中關於服飾就有 150 餘條」〔註69〕，因此，此書亦是寫作時十分值得參考之作。

（二）今人服飾禮儀的研究

在專書方面，可供參考之書籍有三：一是王關仕《儀禮服飾考辨》〔註70〕一書，旁引歷代文獻與參照故宮與近出土實物以推考歷來說儀禮服飾者之是非；二是陳戍國的《先秦禮制研究》〔註71〕、《秦漢禮制研究》〔註72〕、《魏晉南北朝禮制研究》〔註73〕三本禮制斷代史專著。陳氏之書旨在勾勒先秦、秦漢、魏晉南北朝這三斷代的禮制大體輪廓，並從禮制角度認識當時社會的政治、經濟和思想文化。三則是林素娟《空間、身體與禮教規訓——探討秦漢之際的婦女禮儀教育》〔註74〕一書，採用新視域的研究，透過空間的分配、象徵意義，以及儀式和生活中有關身體的容禮教育來探討禮教對婦女的規訓。

期刊論文方面，有韓碧琴〈儀禮祭禮之服飾比較研究〉〔註75〕比較研究士、大夫二階層之服飾，從而凸顯二階層之異同；江冰〈垂衣裳而天下治

〔註68〕周汛、高春明合編：《中國衣冠服飾大辭典》，頁 682。

〔註69〕劉玉堂、張碩著：《長江流域服飾文化》（武漢：湖北教育出版社，2005 年），頁 3（前言）。

〔註70〕王關仕：《儀禮服飾考辨》（臺北：文史哲出版社，1979 年）。

〔註71〕陳戍國：《先秦禮制研究》（長沙：湖南教育出版社，1991 年）。

〔註72〕陳戍國：《秦漢禮制研究》（長沙：湖南教育出版社，1993 年）。

〔註73〕陳戍國：《魏晉南北朝禮制研究》（長沙：湖南教育出版社，1995 年）。

〔註74〕林素娟：《空間、身體與禮教規訓——探討秦漢之際的婦女禮儀教育》（臺北：臺灣學生書局有限公司，2007 年）。

〔註75〕韓碧琴：〈儀禮祭禮之服飾比較研究〉，《國立中興大學臺中夜間部學報》1996 年第 2 期，頁 1～33。

——帝王服飾的確立與演變〉與蘇啓明〈垂裳而治——中國古代帝王服飾〉
〔註 76〕都是談帝王服飾與禮儀教化的關係。林淑心〈論禮儀化玉飾的時代演
化——以服飾史的觀點〉〔註 77〕一文則是連結禮儀與玉飾來觀看,而莊慶美
〈千古中華服飾制度「改正朔、易服色」的歷史波濤〉〔註 78〕則將服色與禮
制正朔合看討論;彭美玲〈君子與容禮——儒家容禮述義〉〔註 79〕則是對「容
禮」視之以內外的身體參與儒家建構的儀式美學。江蓮碧撰寫的《中國服飾
禮儀符號表徵與文化內涵研究》〔註 80〕旨在闡發服飾禮儀背後隱藏的文化意
義、符號表徵。洪進業《具體與抽象——從形制到觀念的秦漢服飾之研究》
〔註 81〕一文乃視服飾的形制與人的觀念是可以做永恆回盪的對話,並以做為
其思辨的主軸。

三、史書〈五行志〉及與「服妖」相關的研究成果

本論文為了理解「魏晉南北朝服妖」一詞的語義與語境,因此對名詞的
來源——史書〈五行志〉需加以搜羅探索,同時,對於從〈五行志〉延伸發
展出而專門討論「服妖」現象的論文期刊,亦將之劃分置放於此。

(一)史書中〈五行志〉的研究

大陸學者對於史書中〈五行志〉的談論多集中在〈五行志〉本身上解釋
和體例的歸納,及其發展上演變與在後世的價值。如趙濛《《漢書·五行志》

〔註 76〕江冰:〈垂衣裳而天下治——帝王服飾的確立與演變〉,《九州學刊》1996 年第
1 期,頁 125～132。蘇啓明:〈垂裳而治——中國古代帝王服飾〉,《國立歷史
博物館館刊:歷史文物》2001 年第 8 期,頁 56～69。
〔註 77〕林淑心:〈論禮儀化玉飾的時代演化——以服飾史的觀點〉,《史物論壇》2005
年第 1 期,頁 1～14。
〔註 78〕莊慶美:〈千古中華服飾制度「改正朔、易服色」的歷史波濤〉,《國立歷史博
物館館刊:歷史文物》2004 年第 11 期,頁 32～39。
〔註 79〕彭美玲:〈君子與容禮——儒家容禮述義〉,《臺大中文學報》2002 年第 16
期,頁 1～48。容禮實為服飾與禮儀結合的最好說明,林素娟云:「漢以後儒
者對於容貌、顏色、聲氣、舉手投足、冠帶服飾,亦多所強調,期望君子舉
手揚眉都為禮的顯現,此為容禮教育的重心所在。」見氏著:《空間、身體與
禮教規訓——探討秦漢之際的婦女禮儀教育》(臺北:臺灣學生書局有限公
司,2007 年),頁 4。
〔註 80〕江蓮碧:《中國服飾禮儀符號表徵與文化內涵研究》(臺北:文化大學中文研
究所博士論文,2002 年)。
〔註 81〕洪進業:《具體與抽象——從形制到觀念的秦漢服飾之研究》(臺北:臺灣大
學歷史研究所博士論文,2003 年)。

的歷史價值〉﹝註 82﹞認爲《漢書·五行志》是當時社會存在的反映,其觀點有三:首先是爲自然科技史研究提供大量有價值的原始材料;其次是爲漢代思想史的研究提供了寶貴材料;再其次,〈五行志〉所創立的編撰體例和方法對後世文獻研究產生了深遠影響。王華寶《〈漢書·五行志〉考論》﹝註 83﹞則是通過對中華書局標點本存在的標點、校勘問題和《漢語大詞典》與《漢書·五行志》相關的立目釋義和書證問題等考證,認爲對五行志的設立與價值應重估,其文主要是從〈五行志〉的語料價值立論。而王培華的〈中國古代災害志的演變及其價值〉﹝註 84﹞一文論點大致與上兩篇相同,也是從災異觀的發展開始討論,言〈五行志〉是國家執行災害物異雨澤奏報的社會職能的反映,史家不過是記事守其職。

新一輩學者游自勇對此有二篇論文,一是〈試論正史〈五行志〉的演變——以「序」爲中心的考察〉﹝註 85﹞,另一爲〈中古〈五行志〉的「徵」與「應」〉﹝註 86﹞。前一篇論文不從〈五行志〉的結構分析下手,也不從災害史的研究著眼,而是以〈五行志〉的「序」爲中心,考察正史〈五行志〉發展演變脈絡,並試圖揭示其特質,得出有三特色:一是「天垂象,見吉凶」,二是「著其災異,削其事應」,三是「妖祥並書」;同時作者認爲在宋以前災異本身記載是其次的,可稱爲「五行志模式」,而宋以後的〈五行志〉剔除事應,解釋功能喪失,災異本身的記載成爲主目的,這應稱爲「災異志模式」。後一篇文章則是通過一些事例,剖析中古〈五行志〉中徵、應產生的機制及其解說方式——人的思維與認識如何形諸筆端而成爲一種記錄,藉由這些記載來比較與人最初的想法有什麼差異,差異中又透視出什麼樣的思想。﹝註 87﹞

﹝註 82﹞ 趙濛:〈《漢書·五行志》的歷史價值〉,《古籍整理研究學刊》2007 年第 3 期,頁 29~31。

﹝註 83﹞ 王華寶:〈《漢書·五行志》考論〉,《南京師大學報》2001 年第 5 期,頁 150～155。

﹝註 84﹞ 王培華:〈中國古代災害志的演變及其價值〉,《中州學刊》1999 年第 5 期,頁 115～120。

﹝註 85﹞ 游自勇:〈試論正史〈五行志〉的演變——以「序」爲中心的考察〉,《首都師範大學學報》2006 年第 2 期,頁 1~6。

﹝註 86﹞ 游自勇:〈中古〈五行志〉的「徵」與「應」〉,《首都師範大學學報》2007 年第 6 期,頁 10~16。

﹝註 87﹞ 游氏將其文分三類來論說,一是徵應的產生,認爲徵應之間有著兩種模式:「有徵必有應」與「有應才有徵」雖兩者之者無絕對的界限但都有些時間上

　　向燕南〈論匡正漢主是班固撰述《漢書‧五行志》的政治目的〉〔註 88〕
文中裡頭以為〈五行志〉只記災異不言祥瑞，從它選擇的史事與依據的理論
淵源、當時政治發展看，匡正漢主是班固撰述《漢書‧五行志》的政治目的。
金霞先生的〈中國古代政治文化視野中的祥瑞災異〉〔註 89〕則點出以天人感
應為基礎的祥災思想，根本上溯源於占卜。乃因原始先民出自於人的趨利避
害的本能，需要對日常事務的吉凶做出預測，往往把自然界和社會生活中某
些特殊現象作為吉凶的徵兆，用以指導日常的事務，而這種依自然現象預測
吉凶的現象是古代祥災思想的濫觴。陳業新《災害與兩漢社會研究》專著的
第六章第三節探討了〈從災害歷史文獻學的角度看兩《漢書》〈五行志〉的價
值〉〔註 90〕，以徵實的態度廣引各文獻來討論災害，認為〈五行志〉是今日
學者考察兩漢災異者利用陰陽五行災異說來實現或達到政治目的手段的重要
文獻，因「兩志」是兩漢國家實行雨澤災害奏報制度的反映和體現，藉由太
史令掌記國之瑞災的職守，使得國家雨澤災害奏報制度職能與太史令職責相
結合，遂有「兩志」及其所載的「災害」。

　　另一相關的論文為王允亮〈西漢災異奏疏研究〉〔註 91〕則從災異奏疏風
格切入，認為就文風來看，災異奏疏最引人注目在濃厚經學氣息；就態度來
言，特點是具有激切的言事態度和無復忌諱；就內容而視，由於涉及大量災
異現象，不可避免有種奇詭譎怪的色彩。至於吳從祥的〈從《漢書‧五行志》
看劉歆的災異觀〉〔註 92〕與王繼訓〈劉向陰陽五行學說初探〉〔註 93〕一文相
類同，故放在一起談論。前者從劉歆其人的學識根底、社會時代背景與學術

　　　　　的提示，前者多用「後……」之類詞句，後者常用「先是、是時」之類詞語。
　　　　　二是徵應的解說，使用直解法，轉釋法和反說法。
〔註 88〕 向燕南：〈論匡正漢主是班固撰述《漢書‧五行志》的政治目的〉，《河北師範
　　　　　大學學報》2000 年第 1 期。文中推理《漢書‧五行志》中有關西漢晚期的論
　　　　　述主要是出自班固之手，及它的思想應來自《周易》，但作者並無推證故這兩
　　　　　條結論實有待商榷。
〔註 89〕 金霞：〈中國古代政治文化視野中的祥瑞災異〉，《歷史研究》2005 年第 4 期，
　　　　　頁 5〜9。
〔註 90〕 陳業新：〈從災害歷史文獻學的角度看兩《漢書》〈五行志〉的價值〉，《災害
　　　　　與兩漢社會研究》（上海：上海人民出版社，2004 年），頁 335〜370。
〔註 91〕 王允亮：〈西漢災異奏疏研究〉，《聊城大學學報》2005 年第 6 期，頁 90〜93。
〔註 92〕 吳從祥：〈從《漢書‧五行志》看劉歆的災異觀〉，《殷都學刊》2007 年第 1
　　　　　期。
〔註 93〕 王繼訓：〈劉向陰陽五行學說初探〉，《孔子研究》2002 年第 1 期。

性格來分析他與其父在災異說上的差異之因,進行知人論事式的考察,得出劉歆常引《左傳》解說災異,常將批判矛頭指向人君與表現出重科學的傾向。後一文則是淺談劉向與其子不同,是他將陰陽五行理論加工並運用到政治裡〔註 94〕,並以爲劉向把災害怪異出現的責任歸咎於權臣、外戚或宦官,而不是君主。

　　與大陸學者比較起來,臺灣的學者較少直接對〈五行志〉做體例歸納、價值評估與條目詳細分理,而多從漢代春秋經學的角度切入來看〈五行志〉的意涵。如江素卿一文〈從《漢書‧五行志》論西漢春秋學特色〉〔註 95〕從董仲舒、劉向、劉歆三人對《春秋》災異衍繹、古今歷史類比之詮釋與運用,與《春秋》三傳做一比較分析,發現董氏與劉向、歆父子對《春秋》災異的詮釋,與三傳截然異趣的傾向,是相當明確的。江乾益〈漢書五行志中之災異說探論〉〔註 96〕亦是對漢代經學災異之內容下手,但有著個人對災異經學的價值判定,認爲是當道者諷諫的政治實利,是此學術的最後價值了。

　　黃啓書〈試論劉向災異學說之轉變〉〔註 97〕則從《漢書》材料裡分理出劉向的學術有著前、後兩期不同的傾向,前期主要沿襲董氏的看法;後期則在奏疏封事的運用與論釋上,確實受到《洪範五行傳論》的影響。而黃氏主要立論的根據,在於同意司馬光與錢穆以河平三年(26 B.C.)時,劉向已撰成《洪範五行傳論》,故有前期偏陰陽感應到後期以五行五事爲災異項目取材、占候推演的五行原則。相關於災異理論的學位論文有二本,皆是以詳論漢代的災異理論爲一範疇而作整體的觀照,一是黃肇基《漢代公羊學災異理論研究》〔註 98〕,一是黃啓書《董仲舒春秋學中的災異理論》〔註 99〕。尤其

〔註 94〕原文未清楚表達劉向是第一個將陰陽五行與五事結合的人,而是說「他的興趣在於將現成的陰陽五行理論進一步工具化,然後運用到現實政治鬥爭中去」。

〔註 95〕江素卿:〈從《漢書‧五行志》論西漢春秋學特色〉,《文與哲》2005 年第 7 期,頁 159～179。

〔註 96〕江乾益:〈漢書五行志中之災異說探論〉,《興大中文學報》2003 年第 15 期,頁 1～19。

〔註 97〕黃啓書:〈試論劉向災異學說之轉變〉,《臺大中文學報》2007 年第 26 期,頁 1～30。

〔註 98〕黃肇基:《漢代公羊學災異理論研究》(臺北:文津出版社,1998 年)。

〔註 99〕黃啓書:《董仲舒春秋學中的災異理論》(臺北:臺灣大學中國文學研究碩士論文,1995 年)。

以後者在第三章第一節，談論原始〈洪範〉與《洪範五行傳》的比較對筆者有所啓發。

（二）「服妖」的相關研究

專章討論服妖者，臺灣有林麗月〈衣裳與風教——晚明的服飾風尚與「服妖」議論〉〔註100〕較早對「服妖」此一觀念的研究，其學隸吳美琪承之脈絡發展爲碩士論文《流行與世變：明代江南士人的服飾風尚及其社會心態》〔註101〕，兩者大體上是將服飾風尚與社會消費做結合，主要是辨明流行服飾與傳統觀念的區隔，其服妖的論述是從「服飾禁革」與「崇儉黜奢」二者來分析。至於蕭振誠《中古服妖研究》〔註102〕是與本研究有最直接關係的碩士論文，以東漢到唐代爲斷限，將期限中「服妖」諸個條例羅列詳細討論，對於每個條例的歷史背景給予較完整的考察，其文偏重在具體事例的陳列，較少涉及其文化意涵之書寫探究，論題有進一步開展的空間。

大陸的學術研究裡，對服妖有專門討論的期刊論文分別有：李祖勝〈淺議中國古代服妖〉〔註103〕，趙牧〈漢代「服妖」透視〉〔註104〕，劉復生〈宋代「衣服變古」及其時代特徵——兼論「服妖」現象的社會意義〉〔註105〕，孫淑松、黃益〈晚清服妖現象的探討與反思〉〔註106〕，以及李劍國〈簡論唐前「服妖」現象〉一文將唐前服妖在服飾形式上表現出來的特徵分爲四點，其文之論述較清楚簡要也較具參考價值〔註107〕。

〔註100〕林麗月：〈衣裳與風教——晚明的服飾風尚與「服妖」議論〉，《新史學》1999年第 3 期，頁 111～145。

〔註101〕吳美琪：《流行與世變：明代江南士人的服飾風尚及其社會心態》（臺北：臺灣師範大學歷史研究碩士論文，2000 年）。

〔註102〕蕭振誠：《中古服妖研究》（臺北：輔仁大學中文研究所碩士論文，2005年）。

〔註103〕李祖勝：〈淺議中國古代服妖〉，《服飾》1996 年第 1 期，頁 26～27。

〔註104〕趙牧：〈漢代「服妖」透視〉，《遼寧教育學院學報》，1995 年第 3 期，頁 75～78。

〔註105〕劉復生：〈宋代「衣服變古」及其時代特徵——兼論「服妖」現象的社會意義〉，《中國史研究》1998 年第 2 期。

〔註106〕孫淑松、黃益：〈晚清服妖現象的探討與反思〉，《聊城大學學報》2010 年第 1 期，頁 38～43。

〔註107〕李劍國、孟琳：〈簡論唐前「服妖」現象〉，《武漢大學學報（人文科學版）》2006 年第 4 期，頁 427～433。李氏文中歸納了服妖的四種特徵意義，第一，服妖與流行服飾；第二，服妖與服飾逾制；第三，服妖與禁忌觀念；第四，表象的附會：形似與音近。

四、《搜神記》相關研究成果

　　漢代史書與干寶編撰的《搜神記》一書，兩者對於「服妖」條例事件的書寫、引用上，字句段落呈現幾近相同的敘述（見表一）。因此，與「服妖」敘事相關的《搜神記》研究，亦是探究服妖時應需納入觀察的一部份。

　　目前對《搜神記》的服飾研究的學位論文僅有顏湘君《中國古小說服飾描寫研究》中第二節〈《搜神記》服飾禁忌的文化意蘊〉〔註108〕指出《搜神記》中有關服飾禁忌條目比例不少，將其梳理歸納爲四類關係的展示，通過這些服飾記錄對臣子凌駕君王、妃后參與君政、胡夷侵襲中原、吉凶盛衰等重大史實的預示實況，作者將《搜神記》中的服飾禁忌分成四種。一「反映君臣關係的服飾禁忌」，二是「反映男女關係的服飾禁忌」，三是「反映華夷關係的服飾禁忌」，四是「反映吉凶盛衰關係的服飾禁忌」。作者並認爲禁忌巫術在中國歷史悠久，如生育禁忌、飲食禁忌等等，在文學作品中多有反映，但服飾禁忌相對來說起步較晚，而集中的表現，則屬《搜神記》中首見。筆者也認爲《搜神記》中的服飾禁忌如此多，應不是偶然的現象，可能是固有的文化與背景及特定的時代思潮、作者個體的思想認識，共同作用的結果。

　　劉苑如先生《六朝志怪的常異論述與小說美學》一書雖無專章討論服妖，但其探究志怪書寫之「歷史與社會的記憶機制」章節裡，認爲其中一種記憶爲「國體失序的焦慮」，其中就論及到「中國係衣冠之國，冠服爲身份地位的外在標誌，故早在漢代已將服飾、風俗與災變結合在一起。」〔註109〕劉氏所提出六朝志怪書寫記憶裡有「國體失序焦慮」記憶，實爲提供筆者從另一視域角度切入的中的之見。另外，亦有一些論文論及六朝妖怪與其變化論時，旁及提到干寶著史、編《搜神記》心態，以及六朝妖怪意涵：一是李豐楙先生〈正常與非常：生產、變化說的結構性意義〉一文〔註110〕，道出干寶

〔註108〕顏湘君：《中國古小說服飾描寫研究》（上海：上海書店出版社，2007 年）。在其書第二章之下第二節有專節探論〈《搜神記》服飾禁忌的文化意蘊〉，頁32～41。

〔註109〕劉苑如：《身體‧性別‧階級——六朝志怪的常異論述與小說美學》（臺北：中央研究院中國文哲研究所，2002 年），頁 72。

〔註110〕李豐楙：〈正常與非常：生產、變化說的結構性意義——試論干寶《搜神記》的變化思想〉，收入國立成功大學中文系編：《第二屆魏晉南北朝文學與思想學術研討會論文集》（臺北：文津出版社，1993 年），頁 75～141。

身份為史家，故史書中明確比附災異的事例對他書寫志怪的影響十分顯著；一是郭蕙嵐〈「妖」的原初意涵——六朝以前「妖」現象探析〉〔註111〕、蔡雅薰的《六朝志怪妖故事研究》〔註112〕，都是以廣義的角度探索六朝時談妖論異的情況，因此對於「妖」一詞語，或「妖」故事有著較全的討論。

五、前人研究成果的回顧與重估

　　以上為服飾文化、服飾禮儀、唐前史書中〈五行志〉三方面之研究成果的大致檢閱與擇要。「服妖」一詞本是一種服飾外形的描繪，與人們觀看、接受彼此的樣貌有著緊密的連繫，這樣，從服飾文化的角度而言，「服妖」就具備了文化史上的可供探索的意義及價值。

　　故在服飾文化的研究部份，因此就有著龐大的研究資料可供窮首皓髮一生，然綜合歸編而言，大體分為從整體、綜合式的角度，及與從一專門區域加以討論的兩種模式；在研究時學者多從民族學、考古學、宗教學、文化人類學等等不同角度切入的論述。綜合式研究在沈從文《中國古代服飾研究》之後，如雨後春筍般地冒出叢生，在大陸蔚為「保存、瞭解中華文物」的一種風潮。然就本文而言，所提供的較多是圖片式的閱覽與服飾形式的收穫，對於服飾背後意義甚至是「服妖」一語代表的語涵大都是淺白簡略、或是闕而未論。而其中對筆者較有啟發的為華梅的《人類服飾文化學》，其以人類服飾為研究對象，試圖探討普遍性的人類文化規律；以及鄧啟耀所著的兩本書，皆以服飾包含的象徵思維為切入角度，將服飾與文化人類學結合後，完備地探討人生過程而得出清晰且具體的重要概念。同時，李豐楙先生對《楚辭》一書不同前人著重在詩人個人離憂情懷的研究，以服飾等視角重看〈離騷〉一文的意義，雖然筆者的文本與之不同，但在研究路徑選擇上深受影響，如「服飾與禮儀」、「常服與非服」等觀念實受李先生的啟發良多。

　　再就服飾禮儀的研究成果來說，禮本是中國古代逐漸發展和形成的一套祭天、祀祖、區分尊卑上下和維護宗法制度的儀節制度和行為規範，所潛藏的是傳統中的正統觀念，並奉為觀念與行為舉止的圭臬，而古代文獻中對此

〔註111〕郭蕙嵐：〈「妖」的原初意涵——六朝以前「妖」現象探析〉，《仁德學報》2004年第3期，頁113～129。

〔註112〕蔡雅薰：《六朝志怪妖故事研究》（臺北：臺灣師範大學國文研究所碩士論文，1990年）。

的探索也可謂浩瀚雲煙、族繁不及備載。然綜覽學者在服飾禮儀的研究，成果雖然豐富，卻多是針對服飾禮制的專門的記載或是論述，幾少有專門探討服飾禮制對「服妖」這一語境書寫而成的背景、成因、書寫動機等等方面進行論述。

論者僅見上述江蓮碧《中國服飾禮儀符號表徵與文化內涵研究》與洪進業《具體與抽象——從形制到觀念的秦漢服飾之研究》二書裡，提出服飾實為一國家意識型態符碼的運用，以進行整編和規範人民之用。洪氏對服妖的概念是僅有意識地從服飾的角度來加以理解，並以為若排除「災異」部份，應是人心蘄向、風俗變化的徵兆。論者雖已點出服飾為一國家符碼的應用的重要觀念，但惜未就「災異」部份進行服飾符碼的解讀，以有較全面性的觀察。但其就風俗與符碼來檢視「服妖」的研究方法實可作為本文的借鑑。

至於唐前史書中〈五行志〉的研究部份，成果多而不甚精，大陸學者多半是就其體例的舉要和分派歸析，以及〈五行志〉本身在當時與後世的價值梳理。有一些學者在論述時個人情緒價值判斷過大，加上論證不足不充份的情況，在選用與了解上實需加以篩別剔漏，以免產生誤用、誤信或孤證自明的狀況。臺灣的學者在論證上較為嚴謹有法，但因專注之點皆匯聚於漢代的春秋經學，尤以公羊學、董仲舒為討論的重心，雖對本文在書寫時提供了不少災異經學的背景知識並收獲頗多，但他們在討論及「服妖」時卻常是視為人為的因素，或是併在五行五事中以零件的方式擺設未多加著墨，或是如同大陸學者般對災異的論敘，幾乎集中在「自然災害」的地方，而這也是筆者認為未盡臻美之處。

與本文正相關之文則另設一類研究成果於「唐前史書中〈五行志〉」之下，其中又尤以李劍國、孟琳的〈簡論唐前「服妖」現象〉，與蕭振誠的碩士論文《中古服妖研究》關係最為密切。李、孟之文雖寫在蕭氏之後，但對於蕭氏研究應無檢閱，故其文著重在「服妖」現象與服飾流行、儒家禮儀規範以及民俗禁忌、表象的附會上，對於服妖的現象李、孟一文的優點是觀念清楚、分析得當，並能將服妖一語應有的涵義大致上都明列條陳出來了，缺點一則是文章過於簡短，許多論敘都是點到為止、不夠深入；二是雖了解到陰陽五行思想對服妖有直接的關係但未另闢一小節敘論之；三是在其文第四節的分類「表象的附會：形似與意近」，這應改成是「服妖認定的方法種類——形似與意近」，而不能其它標題共列，形成標題包括的意義大小不均衡。

蕭氏的論文所採取的研究方法是從「歷史背景及內文條例」〔註113〕分析，其全文重心在「探討各朝代服妖實例，並探究其悖違禮教之因」〔註114〕，其優點在於對服妖事例的詳細且實在的分梳整理，對於我們要就單一事例求得全面性的歷史背景了解助益斐淺，有史實背景的輔助更能在較堅固的基礎進行進一步的論說。筆者研究的進入方式與蕭氏不同，著重在魏晉南北朝「服妖」話語在形成過程時的論述背景、機制，以及背後層疊的觀念向下挖鑿時不斷發現沈積物為何，而這同時也是蕭氏未論及的地方。即筆者欲由禮制以下以至正史書寫中〈五行志〉的關聯裡，找到服妖串為一體的條理與原因所在，並談論正史中「服妖」書寫做為中國傳統的「歷史書寫」模式，在「歷史寫作」與「文學寫作」之間真實虛假的微妙關係。而在這樣的基礎上，是以本文擬定題目為「魏晉南北朝服妖現象書寫的文化內涵」，以期進一步做更全面與更深入的研究。

第四節　研究方法

本文欲以中國傳統文化中，衣飾服裳與禮儀制度的緊密關係下的展現為主軸，來省視文本中論及魏晉南北朝服妖現象。因此，本文的研究路徑一開始時進行的是文本分析法。首先，先選擇研究的文本，諸如魏晉南北朝史書〈五行志〉、《尚書大傳》、〈符瑞志〉、〈祥瑞志〉與〈靈徵志〉等概念相涉的服妖字句裡，有論及服妖或類似概念的敘事語句，都是研究的文本對象，再者，對這些研究範圍內的文獻進行細部的閱讀，並因其來由、分派與衍伸加以分類歸納整理。期能從服妖這一被論述的話語裡，經由筆者對相關於服妖的種種事例，加以連結分派，以初步掌握「服妖」在個別事例的敘述樣貌，而這種文本內各個服妖現象，即本文欲探求的、概念上真實活動的服妖表現。

藉由細讀閱讀服妖實例，將事例分辨並歸納整理成魏晉南北朝（含東漢末年）服妖事類表（見本書附表一），乃是初步歸納文本的事例。為了更有可能地有效理解到魏晉南北朝的服妖語境，並進而考察構建服妖現象的敘事與深層結構，本研究尚由文化人類學的視野入手。藉由文化人類學的概念並不

〔註113〕蕭振誠：《中古服妖研究》，頁2。
〔註114〕同上註，頁2。

侷限在單一層面，而是從更廣闊的基礎來對人類進行整體的一般觀察，因此運用文化人類學的視角，可供研究者在對語言文字的敘述考察之後，進一步地深入文本的詮釋與觀察。學者王海龍認爲文化人類學有助於「破譯和識別早期人類活動的文化信息或文學的發生及其終極原因」〔註115〕，是以，藉由此一理論，可供考察文學在起源學上的意義，並有助於追溯文學源頭裡的原始思維、天人感應、原始宗教等等總體的人類心靈共相。

　　文化人類學裡尚有一派別的學者所提出「文化詩學」的理論，提供了本研究整體的研究模式，即美國學者葛林伯雷（Stephen Greenblatt）針對文學與文化的關聯方式而提出的三重功能模式。〔註116〕但筆者認爲他的理論將歷史放在文學之上且他的三項學說中就有二項著重在社會歷史層面的認知與反省，僅有一項論及文學本身但將文學內涵壓縮至只研究「特定作者的具體行爲」。是以，本研究參酌並借鑑其理論來考察「服妖」現象書寫的文化內涵，認爲服妖事例可借由三種相互連繫的向度：即「文本內容」、「社會意義」、「書寫形式」三個面相，而來描摹、概括「服妖」現象的文化內涵應較爲完整。

　　「文本內容」此一面向前已述及，乃是研究進入時最基礎的工作，而「社會內容」此一向度則援用了 Greenblatt 所言，注重在「文學自身對於構成社會規範的編碼的表現，側重於意識形態分析」以及「對這些社會規範編碼的反省觀照」二種，即藉由服妖現象的書寫來觀看其所反映的社會意識型態，以及反省爲何服妖現象所呈現的文化符號。在本文裡的實作方法即考察服妖一詞在文本中的語詞關係，同時並梳理文中的上、下脈絡，因此會溯源

〔註115〕 〔美〕王海龍：〈人類學的視點：比較文學和文學的比較〉，收入葉舒憲主編：《國際文學人類學研究》（天津：百花文藝出版社，2006 年），頁 231。

〔註116〕 美人葛林伯雷（Stephen Greenblatt, 1943～）認爲，文學不是作爲文化之塔的頂層高居於生活方式和歷史、制度的層次之上，而是以三種相互聯繫的方式在文化的意義系統中發揮自身的功能，此三者爲：「一是作爲特定作者的具體行爲的體現，傳統的作者傳記型文學研究關注的就是這一方面。二是作爲文學自身對於構成社會規範的編碼的表現，側重於意識形態分析的文學批評對這一方面探索最多，其弊端是淪爲機械的文學反映論。三是作爲對這些社會規範編碼的反省觀照，這一方面的研究趨近於社會學研究，結果容易喪失文學藝術本身而沉陷到『歷史背景』中。」葛氏爲防止由單一視角的偏執所造成的見木不見林式的盲視，因此欲以溝通、協調上述三種話語以便在文化中重構一種有機的聯繫。見葉舒憲：〈文學人類研究的世紀性潮流〉，《廣西民族學院學報》1999 年第 2 期，頁 29。

至〈五行志〉此一體例的思想來由，並「反省」、「觀照」服妖書寫所象徵的符號意涵、在歷史中的意義，以及實際社會裡的眞實情況；也就是從自漢以來被塑造出的「災異典範」著手，以理解服妖一語創生的特殊氛圍與情境脈絡。

　　而第三種向度──「書寫形式」，則採用敘事學理論對服妖文本進行形式上與內容上的分析。敘事學理論各家路數夥衆，然因本研究乃以史書爲主要研究文本，故選用的敘事理論爲普林斯（Gerald Prince）和查特曼（Seymour Chatman）等人所提出的敘事概念。他們認爲敘事理論所研究的應有二者，一是事件結構，而一則是敘述話語，〔註117〕而這亦是本研究的進路之一，即對「服妖」此一書面語言進行敘事形式上和敘事結構上的考察。最後，本研究借用李豐楙先生因梳理大量文本，而建立的對中國文本結構性考察結果──常與非常的理論，來對研究一開始初步歸納而成的魏晉南北朝服妖事類表，進行再更深化的文本內容分析。

　　綜上所述，本論文的研究進路乃是以文本分析爲主，先梳理歸納服妖事例而得服妖事類表之後，再取徑於西方文學理論，即文化人類學與敘事學的理論視角，最後再借鑒於李豐楙所建構的常／非常理論，以對魏晉南北朝服妖現象文化意涵的進行多重視野的觀看。

〔註117〕見申丹、王麗亞著：《西方敘事學：經典與後經典》（北京：北京大學出版社，2010 年），頁 5。

第貳章　建構與想像：六朝「服妖」書寫的形成語境

　　「語境」的定義，簡單來說就是「言語環境」，或者也可以說是指「言說者生存與活動的現實環境，它決定著言說者的思維方式與話語意義。」[註1]因此，對於魏晉南北朝「服妖」一詞書寫現象的研究，首先需從形成此語詞的言語環境來著手，也就是探究言說者在塑造「服妖」語詞時，他（或他們）的思維方式以及此一話語的意義，並旁及言說者的生存活動空間。周禮全曾在〈形式邏輯應嘗試研究自然語言的具體意義〉一文裡，對「語境」一詞加以解釋：

> 一個（或一組）語句常常不是孤立出現的，總是有它的上下文，總是同一些別的語句先后出現。一個（或一組）語句的上下文，我們叫它做這個（或這組）語句的語言環境。一個（或一組）語句除了有它的語言環境之外，還有它的語言以外的客觀環境。[註2]

因此，若要探討某一語句或語詞的產生原因，需注意到它在文本中出現時的前、後句，與前、後段，即語詞出現時的上、下文之間的關係，這稱之為語詞的「語言環境」；再者，因為語詞總是在某些特定場合中使用，由一定的人、一定的時間、一定的地點針對某些特定情況組合而成，[註3]這稱之

〔註1〕曾慶元：〈全球化語境與文學的民族性問題〉，收入童慶炳，暢廣元，梁道禮主編：《全球化語境與民族文化、文學》（北京：中國社會科學出版社，2002年），頁131。

〔註2〕周禮全：〈形式邏輯應嘗試研究自然語言的具體意義〉，收錄於〔日〕西槙光正編：《語境研究論文集》（北京：北京語言學出版社，1992年），頁14。

〔註3〕同上註。

為語詞的「客觀環境」。因此，分析「服妖」現象，必須將它和其依賴而存的語境（Context）聯繫起來，才能知道具體環境中此一語詞現象形成的真正意涵。

第一節　書寫與釋義：對「服妖」一詞的分析

一、「服妖」一詞的釋義

對於「服妖」一詞，在溯源其出處與涵義時，往往都會直接引用《尚書大傳》的〈洪範五行傳〉，再詳細一些的還會列出《漢書‧五行志》的原文來佐證。〔註4〕直接引用這兩書的確能讓人迅速地了解「服妖」一詞的意思。但若再詳細追究文本的內容，會發現兩個需要解決的問題：一是在歷代正史中的〈五行志〉，對「服妖」一詞進行釋義時，其實存在著不少字句上的差異；二是〈五行志〉所引的來源、參考資料的版本有彼此之間並不全同。

因此，為了解決這兩個問題，筆者認為應該對此兩問題進行分析與比較，才能較全面也較正確地了瞭解「服妖」一詞的語詞涵義，故討論如下：首先，本論文的主要探究對象乃是「服妖」現象的書寫，對於正史中關於服妖的釋義理應詳細地列舉並分辨，同時，魏晉南北朝的服妖書寫，實承繼於兩漢志的服妖之例；也就是兩漢與魏晉南北朝彼此之間對服妖的書寫實存有源頭與流衍的關係，因此，本文除了將魏晉南北朝這段時間內正史中的服妖義涵搜索於下之外，亦包羅了兩漢志對服妖的釋義：

表格 2-1

正　史	服　　妖　　的　　釋　　義	備　註
《漢書‧五行志》	《傳》曰：貌之不恭，是謂不肅，厥咎狂，厥罰恆雨，厥極惡。時則有服妖，時則有龜孽，時則有雞旤，時則有下體生上之痾，時則有青眚青祥。唯金沴（水）〔木〕。……貌之不恭，是謂不肅。肅，敬也。內曰恭，外曰敬。人君行己，體貌不恭，怠慢驕蹇，則不能敬萬事，失在狂易，故其咎狂也。上嫚下暴，則陰氣勝，故其罰常雨也。水傷百穀，衣食不足，則姦軌並作，故其極惡也。一曰，民多被刑，或形貌醜惡，亦是也。風俗狂慢，變節易度，則為剽輕奇怪之服，故有服妖。	頁1351

〔註 4〕諸如巫仁恕：〈明代平民服飾的流行風尚與士大夫的反應〉，頁 96～97。李劍國、孟琳：〈簡論唐前「服妖」現象〉，頁 427。蕭振誠：《中古服妖研究》，頁 8。

《後漢書・五行志》	《五行傳》曰：「田獵不宿，飲食不享，出入不節，奪民農時，及有**姦謀，則木不曲直**。」謂木失其性而爲災也。又曰：「貌之不恭，是謂不肅，厥咎狂，厥罰恆雨，厥極惡，**時則有服妖**，時則有龜孽，時則有雞禍，是則有下體生上之痾，時則有青眚、青祥，惟金沴木。」	頁3265
《晉書・五行志》	《傳》曰：貌之不恭，是謂不肅，厥咎狂，厥罰恆雨，厥極惡。**時則有服妖**，時則有龜孽，時則有雞旤，時則有下體生上之痾，時則有青眚青祥。唯金沴木。……貌之不恭，是謂不肅。肅，敬也。內曰恭，外曰敬。人君行己，體貌不恭，怠慢驕蹇，則不能敬萬事，失在狂易，故其咎狂也。上慢下暴，則陰氣勝，故其罰常雨也。水傷百穀，衣食不足，則姦宄並作，故其極惡也。一曰，民多被刑，或形貌醜惡，亦是也。風俗狂慢，變節易度，則爲剽輕奇怪之服，故有服妖。	頁819
《宋書・五行志》	《五行傳》曰：「田獵不宿，飲食不享，出入不節，奪民農時，及有**姦謀，則木不曲直**，謂木失其性而爲災也。」又曰：「貌之不恭，是謂不肅。厥咎狂，厥罰恆雨，厥極惡。時則有服妖，時則有龜孽，時則有雞禍，時則有下體生上之痾，時則有青眚、青祥。惟金沴木。」班固曰：「蓋工匠爲輪矢者多傷敗，及木爲變怪。」皆爲不曲直也。	頁880
《南齊書・五行志》	〈貌傳〉又曰：「上失節而狂，下怠慢而不敬，上下失道，輕法侵制，不顧君上，因以荐飢。貌氣毀，故有雞旤。」一曰：「水歲雞多死及爲怪，亦是也。上下不相信，大臣姦宄，民爲寇盜，故曰厥極惡。」一曰：「民多被刑，或形貌醜惡，風俗狂慢，變節易度，則爲輕剽奇怪之服，故曰時則有服妖。」	頁872
《隋書・五行志》	《洪範五行傳》曰：「貌之不恭，是謂不肅，則下不敬。陰氣勝，故厥咎狂，厥罰常雨，厥極惡。**時則有服妖**，時則有龜孽，有雞禍，有下體生上體之痾，有青眚青祥。惟金沴木。」	頁624

上列表格經歸納整理後，可觀察到二點差異：首先，從《漢書・五行志》到《隋書・五行志》裡，對「服妖」的釋義多有重複與沿續，文本字句上的重複性大致可分成兩類，一類比較簡略，有《後漢書》、《宋書》、《隋書》，另一類較爲詳盡，爲《漢書》、《晉書》、《南齊書》；〔註5〕次者，上述表格中對「服妖」一詞的闡釋經統整比較後可分成二義，一義爲：

> 貌之不恭，是謂不肅，厥咎狂，厥罰恆雨，厥極惡。時則有服妖，時則有龜孽，時則有雞旤，時則有下體生上之痾，時則有青眚青祥。

另一義則爲：

〔註 5〕 較爲詳盡的則多出了對「貌之不恭，是謂不肅」的解釋，即「肅，敬也。內曰恭，外曰敬。人君行己，體貌不恭，怠慢驕蹇，則不能敬萬事，失在狂易，故其咎狂也。上慢下暴，則陰氣勝，故其罰常雨也。水傷百穀，衣食不足，則姦宄並作，故其極惡也。」

風俗狂慢，變節易度，則爲輕剽奇怪之服，故曰時則有服妖。

藉由比較「服妖」的差異得出兩種釋義之後，若再溯源此釋義的由來，則會發現正史〈五行志〉書寫時所根據的底本，乃是以《尚書大傳》中的〈洪範五行傳〉中的「五行五事」爲基礎而開展出來的一套解釋系統。正史裡對服妖一詞的解釋，經由上面表格所羅列整理後，可知在史書在闡釋、解說服妖時，所使用的描述文句並不完全一致。因此，若再進一步觀察史家所引用的書籍名稱，如《後漢書》、《宋書》言「五行傳」，《隋書》云「洪範五行傳」，《漢書》、《晉書》講「木傳」，《南齊書》引「貌傳」，會發覺史書提及服妖時，所引用之書的名稱不盡相同。雖然，在描述服妖的義涵爲何時，所使用的字句不盡相同，但觀察這些史書裡對服妖的釋義卻不外乎上述兩義，以此而推測，引用的書籍名籍之所以相異，很有可能是史家們在書寫時所引用的版本來源不同。

至於爲何史家們在解釋同一套觀念系統時，卻引用不同的版本呢？這種彼此引用有差異的「互文」（intertextuality）〔註6〕現象，應該是因爲《尚書大傳》的作者究竟是誰在歷代以來皆有爭議，同時，與《尚書大傳》一書並非只有一人所著，應有多人爲之詮釋、注解而成書很有關係。〔註7〕依照筆者目

〔註6〕作品之間彼此會有互文性，沒有作品能單獨自主的存在而不受其它作品的影響，尤其是文類上有承襲衍續關係的作品，彼此之間更會有潛在的對話。廖炳惠曾對「互文性」的研究下了簡潔解釋，其云：「Julia Kristeva（克莉絲蒂娃）、Michael Riffaterre（里法特）將巴赫汀（Mikhail Bakhtin）有關『多音』（polyphony）、『接觸域』（zone of contact）的理論加以發展，他們認爲文本會利用交互指涉的方式，將前人的文本加以模仿、降格、諷刺和改寫，利用文本交織且互爲引用、互文書寫，提出新的文本、書寫策略與世界觀。」見氏著：《關鍵詞200》（臺北：麥田出版社，2003年），頁145。

〔註7〕《尚書大傳》乃漢代時解說《尚書》之書，爲西漢經師所傳，而所根據的《尚書》本爲今文尚書。《漢書》〈楚元王傳〉（頁1972）與〈藝文志〉（頁1705）認爲是劉向著〈洪範論〉（或稱〈五行傳記〉）；《漢書·眭兩夏侯京翼李傳》認爲是夏侯始昌所撰，頁3155；《漢書·五行志》則云「（夏侯始昌）通《五經》，善推《五行傳》，以傳族子夏侯勝，下及許商，皆以教所賢弟子。其傳與劉向同，唯劉歆傳獨異」，頁1352；《宋書·五行志》則言伏生創紀《大傳》而劉向廣演〈洪範〉一文，頁879。《四庫提要》引鄭玄之說，則認爲《大傳》自伏生，但其終後「數子各論所聞，以己意彌縫其闕」，又云：「此傳乃張生、歐陽生所述，特源出於勝爾，非勝自撰也」，見余嘉錫撰：《四庫提要辨證》（上）（臺北：藝文印書館，1965年），頁28。由上述諸書所提的乃數位作者而非只有單一作者，可見得〈洪範五行傳〉一文應曾經有多人爲之作詮解，可能的撰寫者名單至少應有伏勝、夏侯始昌、夏侯勝、許商、劉向、劉歆等人。

前可見的《尚書大傳》各家版本，[註8] 來對比從漢至魏晉南北朝諸書中〈五行志〉服妖一詞的定義，兩者之間完全相同者爲「貌之不恭，是謂不肅，厥咎狂，厥罰恆雨，厥極惡。時則有服妖，時則有龜孽，時則有雞旤，時則有下體生上之痾，時則有青眚青祥」一段。

因而，由上文敍述可推得〈五行志〉中「服妖」一詞的意涵，在文本互異的情況下，史書對之應有三種理解與使用的方式。第一，魏晉南北朝以前的正史，在書寫、釋義「服妖」時，全都承繼自《尚書大傳》裡「貌之不恭，是謂不肅……」而這一段乃「服妖」現象之所以產生的情況。第二，《漢書》、《後漢書》、《晉書》、《宋書》四書則具體地提出「服妖」實際發生的原因，而發生的原因實際上是與人的行爲有關的，即因爲人的某些行爲，使得服妖現象因而發生，這種行爲共有兩類：一類行爲是《漢書》、《晉書》所云：「人君行己，體貌不恭，怠慢驕寒，則不能敬萬事」，又云：「上嫚下暴，則陰氣勝」；[註9] 另一類行爲則是《後漢書》、《宋書》所言：

> 田獵不宿，飲食不享，出入不節，奪民農時，及有姦謀，則木不曲
> 直，謂木失其性而爲災也。[註10]

第三，若再進一步探析，上述兩種史書所使用的敍述方式，雖可說是「服妖」現象發生時的原因與條件，然而亦是「龜孽」、「雞旤」、「下體生上之痾」、「青眚青祥」等怪異現象產生的條件，因此，若要爲「服妖」一詞找到最清楚且具體的釋義，應是《漢書》、《晉書》、《南齊書》三書〈五行志〉裡所描述的一段文字，即：「風俗狂慢，變節易度，則爲輕剽奇怪之服，故曰時

每個人對於經傳之解自有其異，是以各家所引的經傳文字因而有些差異，但可確定的是，因漢時學術乃爲家學，很重視師徒間知識的傳承與連貫，上述所提的數個作者，或許對經傳的解釋因人而異，但因他們的知識體系實爲相承模式，在學術思想的大概與樣貌上有系譜的關係，故差異應是不大，更根本性的是他們在災異的基本結構上，是以《尚書》經文爲主而加以衍義的，因此整體上是相同的。

[註8] 一是清代孫之騄輯校的〈洪範五行傳〉，見《尚書大傳》，收入於《景印文淵閣四庫全書》第 68 冊，頁 401a～407a。二是王闔運補注的〈鴻範五行傳〉，見《尚書大傳補註》，頁 65～77。三是清人皮錫瑞疏證的〈洪範五行傳〉，見《尚書大傳疏證》，收入杜松編：《尚書類聚初集》第 8 冊，頁 200～218。四是清人陳壽祺輯校的〈洪範五行傳〉，見《尚書大傳》，收入於《左海全集續集》第 5 本，頁 8a～24b。

[註9] 《漢書》，頁 1351；《晉書》，頁 819。

[註10] 《後漢書》，頁 3265；《宋書》，頁 880。

則有服妖」。

　　是故，經由歸納與統束之後，「服妖」現象發生的語境及其涵義，可由下列幾點去理解並條列之：

　　（一）貌之不恭，是謂不肅，厥咎狂，厥罰恆雨，厥極惡。時則有服妖，時則有龜孽，時則有雞旤，時則有下體生上之痾，時則有青眚青祥。

　　（二）人君行己，體貌不恭，怠慢驕褰，則不能敬萬事。……上嫚下暴，則陰氣勝。

　　（三）田獵不宿，飲食不享，出入不節，奪民農時，及有姦謀，則木不曲直，謂木失其性而爲災也。

　　（四）風俗狂慢，變節易度，則爲輕剽奇怪之服，故曰時則有服妖。

二、何謂「服／妖」

　　上文已述及「服妖」一詞的內容涵義，但對「服妖」的內容所指涉之範疇尚未確定，也就是「服」是什麼？「妖」是什麼？即書寫「服妖」時詮釋者所認定的「服」與「妖」有什麼意涵？書寫者是在什麼觀念和範疇之下對「服」與「妖」兩字進行連結並加以釋義呢？

（一）服妖之「服」

　　首先，「服」在史書中，是屬於「功能性」的，多數指著禮制規定的服飾，即在禮節性的「場合」應該穿著的服物。古禮中將服劃分爲在五種場合應當穿著什麼服飾物品的規定，即「吉、凶、軍、賓、嘉」五禮。依著五禮執行時而穿著適合的服飾來表明自己的情感和態度，乃是「情發於衣服」而以「別吉凶」的行爲，〔註11〕而禮儀進行時穿著的服飾、佩戴的飾品，都是服飾概括的內容。一般性的概念裡，「服」所指稱的是衣服及與儀容相關的服飾，即除了衣服以外，凡是人身上的裝飾與打扮都列入「服飾」的領域。傳統古籍資料裡，除了一般性的概念，「服飾」多與「車旗」合稱，此義可從《說

〔註11〕因己之情感狀況而穿著可以適當表達目前情緒的衣服，可見《荀子‧禮論》云：「故情貌之變，足以別吉凶，……卑絻、黼黻、文織，資麤、衰絰、菲繐、菅屨，是吉凶憂愉之情發於衣服也。」李滌生著：《荀子集釋》（臺北：臺灣學生書局，2000 年），頁 437～438。

文解字》爲「服」所釋之義「車右騑所目（以）舟旋」及其古文之字爲「从
舟从人」領會而得，〔註12〕即車騎、舟船亦是「服」義之一。如歷代正史裡
的「輿服」志，或「輿馬服飾」〔註13〕或「車旗服飾」〔註14〕，「服」的範疇
應延伸、包含了「車馬旗」之類，如《後漢書・董卓傳》云：

> 百官迎路拜揖，卓遂僭擬車服，乘金華青蓋，爪畫兩轓，時人號「竿
> 摩車」，言其服飾近天子也。〔註15〕

顯然，此處言董卓「服飾」僭越他原本身份，是有包含「車」與「服」的。
再者，「服」除了指「衣服及與儀容相關的服飾」、「車旗服飾」兩種外在物品
的裝戴、使用，尚須考慮到被衣服所覆蓋的人體。因爲，對「身體」進行
紋飾裝扮，亦是一種個人整體樣貌的裝點修飾，諸如將頭髮束起的「髻」，
或是畫眉、紋身、斷髮等直接在身體做修飾的行爲，都應是「服」所涉及的
範疇。

　　而魏晉南北朝〈五行志〉中「服妖」現象裡「服」所涉及的範圍，經整理
歸納後，在「服」的種類上，是呈現廣義且多樣的面貌，其表如下：〔註16〕

表格 2-2

「服」 的種類	魏晉南北朝〈五行志〉文本中出現的「服」	兩漢〈五行志〉 中的「服」
帽子	白帢、繡帽、氈作絡頭、短帽帶、帩頭、小冠、司徒帽、博風帽、破後帽、倚勸帽、帽裙向下、山鵲歸林帽、兔子度坑帽、反縛黃離嘍帽、鳳皇度三橋帽、調帽、逐鹿帽、金蟬帽	鷸冠、爪注冠、幘
衣服	婦人衣、胡服、縹紈半袖、積領五六裳居一二之服、有厭腰且上儉下豐之服、兩襠（衫）、氈作絡帶與袴口、生箋單衣、大口寬袴、大裳、繡射獵紋、遊宴服、假兩、雜衣錦綵、微服、乞兒服、烏衣、品色衣、解衣、袒露	偏衣、微服、婦人衣、繡擁髻、胡服、商賈服、男用短上衣、女用長裙

〔註12〕〔漢〕許愼撰，〔清〕段玉裁注：〈說文解字第八篇下・舟部〉，《說文解字注》
　　　　（臺北：天工書局，1996年），卷15，頁404。
〔註13〕見〔晉〕陳壽著，〔宋〕裴松之注：〈任城陳蕭王傳〉，《三國志・魏書》，卷
　　　　19，云：「（曹植）性簡易，不治威儀。輿馬服飾，不尚華麗。」頁557。
〔註14〕見《後漢書・祭祀志》，第5冊，言「迎時氣」：「立春之日，迎春于東郊，祭
　　　　青帝句芒，車旗服飾皆青。」頁3181。
〔註15〕《後漢書・董卓列傳》，第4冊，頁2329。
〔註16〕因魏晉南北朝的服妖之例及其義，是承傳自兩漢書志，且兩漢〈五行志〉
　　　　的服妖之例並不多，因此，研究者在此表格亦列出兩漢服妖之例的「服」物
　　　　種類，以茲比較對照。

鞋子	木屐、圓履、方履、敗屩、露卯屐、緩紒（髻）、假髻（頭）、飛天紒、飛鳥狀紒	
佩飾	金玦、五兵佩、五兵笄、擷子紒、朱囊、白髮幘、綬、領巾	
器物用具	葦方笥（糚具）、銅鑄巨人、胡床、貊盤、羌煮、貊炙、烏杖羽扇、豹尾、黃金絳帳、下帳、宗廟禮器、槊幡軍幟	胡帳、胡床、胡坐、胡笛、胡空侯
身體	急束髮劖角過耳、髮被額至眼、散叛髮、縛粉黛、墨糚黃眉	愁眉、啼糚、墮馬髻〔註17〕
車馬	輕細白之車、畫輪、無輻車、懸雞置瓦車	白驢
食物	羌煮、貊炙〔註18〕	胡飯
動作	晉世寧之舞、寢衣自舉、狸衲敗屩	胡舞、折腰步〔註19〕
方位	婦人於東方	
制度	二十四為節	

　　由上表的分類可知，魏晉南北朝〈五行志〉的「服妖」之「服」其涵義是廣闊的，首先，此時期的「服妖」的現象之例，在服物器用的種類上，完全承接了兩漢書志中「服」的範圍：帽子、衣服、器物用具、車馬、食物與動作，並在此之上擴充、填補了許多兩漢書志裡尚未碰觸、書寫的部份。再者，除了一般「衣服及與儀容相關的服飾」，即本表的帽子、衣裳、鞋子、佩飾之類；「服」亦包括「車馬旗」三類，而本表則歸在車馬、器物用具類。同時，「服」也論及了「身體紋飾」之類，並且，〈五行志〉「服妖」之類更延伸觸及至「食物」、「動作」這二方面。

〔註17〕《後漢書·五行志》言京都婦女「愁眉、啼糚、墮馬髻、折腰步、齲齒笑」五類（頁3270～3271），乃京都婦女所展現在身體與服飾上的姿態，除了「齲齒笑」因只單一地呈現人的「表情」，而「人的表情」並非對外在面貌進行修飾或具有裝飾性的意涵，因而不能列入「服妖」行為。剩餘的四類皆是服妖的行為：「愁眉」指的是細而曲折的「眉型」；「啼糚」指的是女性用「粉」輕撲眼下彷彿像是剛哭過一般；「墮馬髻」則是將「頭髻」垂落下來側放一邊；而「折腰步」指的是擺動婀娜纖「腰」且腳「步」動作多變，這四類行為都具有「修飾性、裝飾性行為」意涵，故皆歸入「服妖」一類。
〔註18〕表格裡「貊盤、羌煮、貊炙」歸之「器物用具」一類，又將「羌煮、貊炙」二者歸之於「食物」一類，重複了「羌煮」與「貊炙」。重複的原因乃「羌煮」與「貊炙」不僅指戎翟之人所吃的食物，亦指使用異域燒煮、烹調食物的方法，故「羌煮」與「貊炙」在「服」的種類上應分成二類，一是器物用具類，一是食物類。
〔註19〕同註17。

　　除了表格中已提及的「具體」服飾種類，「服妖」的服類更溯及「抽象」隱微的涵義，也就是由外在具體可見的形象而傳達的象徵意涵，像是「動作」、「方位」、「制度」之類的抽象之義。換言之，服飾器物所展示的外在形貌以及它所象徵的意義，都是「服妖」內容所指涉與論及的範疇。

（二）服妖之「妖」

　　服飾是禮儀的具體表現，是禮外在可見的形式之一，若不依循自己本身的階級與地位來穿戴規範化的衣服飾物，則會被譴責「僭」、「踰」，甚至是「服」之「妖」，記載在〈五行志〉書的「服妖」現象即是如此。「服妖」一詞所描寫的是具體可見、且有形體的人之樣貌，並不是依照我們直接聯想的──服裝飾物幻化成爲妖精鬼怪，有具體形象和可見的模樣，並在人世間侵略、爲害毀損人們。

　　「服妖」所指的是「人」所穿著之「服（飾）」。其發生的原因爲人的行事態度不恭敬，以致於在外貌上穿戴了不甚守規矩，或根本不合制度規定的服飾；有的情況是穿著之服與人的身份地位不符合，有的則是隨著流俗風潮穿著，而有的則是率先破壞制度、更改原有款式及創造製作。因此，在具有陰陽五行、災異祥瑞思想的人眼中看來，這種行爲即是一種「妖異」的現象。雖然此種「妖異」並非能幻化爲人形或能行人語，然而，在他們的想像中亦應視之像是洪水猛獸一般，是種妨害禮俗風化、滲透腐化人心的行爲，也可說是披著人服、行妖異之舉的「妖」。

　　除了上述所說的「披著人服、行妖異之舉的妖」之義之外，若就「妖」字源來進行探討，那何謂「服妖」的「妖」呢？首先要做的步驟，是先推溯「妖」之義，即在魏晉南北朝時「妖」一詞的意義有哪些？據《說文解字》一書對字義的考源，以及一批六朝志怪小說內所敘述到的「妖」，此時的「妖」應有三種較常見的意思：第一，是怪異反常的事物或現象，第二，是嫵媚、豔麗美好之義，第三，則是奇怪反常，具有實體會害人的精怪。〔註20〕

〔註20〕東漢許慎撰著的《說文解字》裡頭沒有「妖」一字，但班固於東漢時所著的《漢書・五行志》裡已有「妖」字，其「妖」字乃引用自〈洪範五行傳〉一文，故漢時應已有「妖」字之義。且清人段玉裁注解《說文》時，言明從天之偏旁的祅、娛、枖、䄏……等字同妖字，或爲正、俗、異體字，因此觀察《說文解字》裡對這些字的解釋：一，《說文解字・女部》云「娛」：「巧也，一曰女子笑貌，詩曰：桃之娛娛」，頁622。二，《說文・示部》云「祅」：「地反物爲祅，（段玉裁注）祅省作祅，經傳通作妖」，頁8。三，《說文・木部》

但若專究、指稱史書〈五行志〉中的「妖」物之義，需先溯及此一詞最先出現時的用法，即《尚書大傳》裡的服「妖」之義，《大傳》云：

> 貌之不恭，是謂不肅，厥咎狂，厥罰恆雨，厥極惡。時則有服妖，
> 時則有龜孽，時則有雞䄏，時則有下體生上之痾，時則有青眚青
> 祥。唯金沴木。

依上引文可知，服妖之「妖」義，乃是因爲君王在穿戴服物與使用車馬器具時不恭敬、不嚴肅，且態度狂慢倨傲，致使穿著時不符合禮制所規定的、原來的服物制度；即「妖」之義乃指「不合平常、任意變異的妖異現象。」但是，〈洪範五行傳〉一文在形容怪異之事物的變態模樣時，並不僅只有使用「妖」字一詞，還分別用了「妖」、「孽」、「䄏」、「痾」四種不同的變異形態來形容之，而其指稱的事物類別，在《漢書‧五行志》一書裡則加以解釋爲：

> 凡草物之類謂之妖，……蟲豸之類謂之孽，……及六畜，謂之
> 禍，……及人，謂之痾。〔註21〕

「妖」、「孽」、「䄏」、「痾」四類變異分別指向「草物」、「蟲豸」、「六畜」、「人」四種物類。即服之「妖」的意義是指變異現象，但在指出「變異」之義時，同一文的〈洪範五行傳〉則不單使用「妖」字，與其對等意義的尚有「孽」、「䄏」、「痾」三詞，而這種特別將「妖」、「孽」、「䄏」、「痾」四類變異現象分門別類、專歸某一物類的情形，其實與先秦典籍文獻中「妖」的語義範圍大小並不相同的。諸如《左傳‧宣公十五年》言「天反時爲災，地反物爲妖」〔註22〕，《禮記‧中庸》云「國家將亡，必有妖孽」〔註23〕，都是將變異事物

云「枖」：「枖，木少盛貌……詩曰：桃之枖枖」，頁249。由上引三例可知，「妖」與「祅、媄、枖、襖」幾字確有互爲正、俗、異體字的關係，而且由《說文》對這些字的釋義來看，「妖」一字在漢代時至少已具有「女子笑貌」、「事物反常」，及「木少盛美」三種字義，但常見之義則集中在「女子笑貌」與「事物反常」兩義上。學界探討「妖」字源、現象者，可參考郭蕙嵐：〈「妖」的原初意涵——六朝以前「妖」現象探析〉，《仁德學報》2004年第3期，頁113～130。而「妖」字至六朝時，在志怪書中發展出的獨特意義——「實體且能人語或成人形」的「妖」義，歷來的探討已十分豐碩，可參見蔡雅薰：《六朝志怪妖故事研究》（臺北：國立臺灣師範大學國文系碩士論文，1990年）。藉由前述，因此本文認爲魏晉南北朝的「妖」義，應該集中在三者：即「女子笑貌」、「事物反常」、「實體且能人語或成人形」三類。

〔註21〕《漢書‧五行志》，頁1352。
〔註22〕〔周〕左丘明撰，〈宣公十五年〉，《春秋左傳》，見楊伯峻：《春秋左傳注‧上》（臺北：源流文化事業有限公司1982年），頁763。

視爲「妖」或「妖孽」一類，並不加以劃分、區別的，因此可知〈五行志〉
言「妖」時，不僅傳承了先秦典籍裡「妖」之「變異」之義，還將「妖」的
物類範圍縮小以便專指某類之物。

　　據上文所述，「妖」之義有兩點，一爲變異怪奇，二爲與「妖」一詞有
著相同意涵的尚有「孽」、「䄏」、「痾」四類，除了這兩點之外，「妖」一字
本身的指稱對象也因從〈五行志〉裡將其物類範圍縮小而具體地指向某幾
類事物。這幾類事物可由漢代時幾部代表性專著來得知，諸如《白虎通・災
變》一文提及「妖」之義，其云：「妖者，何也？衣服乍大乍小，言語非常故
《尚書大傳》曰『時則有服妖』也。」〔註24〕《說文・示部》亦云：「衣服、
歌謠、艸木之怪謂之祆，禽獸蟲蝗之怪謂之孽。」〔註25〕《漢書・五行志》
則云：

　　　凡妖，貌則以服，言則以詩，聽則以聲，視則以色。〔註26〕

即從《尚書大傳》至史籍中的〈五行志〉，其「妖」是專門指向某些特定對象
的──「服」、「詩」、「聲」、「色」、「風」等，其指稱對象分別是「服妖／詩
妖／鼓妖／草妖／脂夜之妖／射妖」六種妖類，而其具體所指乃是「衣服」、
「言語」、「聲音」、「草木」、「風雲」等特定的對象。

　　服「妖」之「妖」義，在史冊典籍中尚有另外一義，而此義乃史家爲了
闡釋、應用〈洪範五行傳〉增添的。《漢書》、《晉書》可見其載錄：

　　　說曰：凡草物之類謂之妖。妖猶夭胎，言尚微也。……每一事云「時
　　　則」以絕之，言非必俱至，或有或亡，或在前或在後也。〔註27〕

即妖之類乃草物之類，其樣貌幼小且未完全長成，顏師古亦云：「此夭，謂草
木之方長未成者也」，〔註28〕皆言禍害尚且微小，表明了以「妖」來形容禍害

〔註23〕〔漢〕鄭玄注，〔唐〕孔穎達疏，〔唐〕陸德明音義：〈中庸〉，《禮記正義》，
　　　　收入《十三經注疏》（臺北：藝文印書館，1982 年），卷 53，頁 8、895。

〔註24〕見〔漢〕班固撰編，〔清〕陳立疏證：〈災變〉，《白虎通疏證》（北京：中華
　　　　書局出版社），頁 270。

〔註25〕見段玉裁注，《說文解字注》，頁 8。

〔註26〕《漢書・五行志》，頁 1405。

〔註27〕《漢書》言「草物」，頁 1353；《晉書》言「草木」，頁 818。但在《後漢書・
　　　　五行志》裡南朝梁劉昭注則云「《洪範傳》曰：『妖者，敗胎也，少小之類，
　　　　言其事之尚微也。至孽，則牙孽也，至乎禍則著矣』」，頁 3266。然而，不論
　　　　此義是《洪範傳》所言，或是〈五行志〉引漢代諸家之說而成，都是漢代時
　　　　的學術環境對「妖」一字的認識與定義。

〔註28〕此句乃顏師古注解《漢書・貨殖列傳》裡「澤不伐夭」一句，卷 91，頁 3680。

的狀況乃是指災禍才剛初始，事態還不是很嚴重，若此時能思量挽救之策，為時亦不晚矣。若以表格來展現從先秦文獻以至漢、魏晉南北朝史書裡「妖」字之義，其義應如下表：

表格 2-3

先秦文獻「妖」義〔註29〕		夭折、事物反常、災害、女子貌美
《說文解字》「妖」義〔註30〕		木少盛貌、事物反常、女子笑貌
史書「妖之類」之「妖」義	語義類別	1. 不合平常、任意變異的妖異現象。（即事物反常以及因事物反常帶來的災害） 2. 草物之類謂之妖。（見《漢書》、《晉書》〈五行志〉） 3. 事物剛開始萌芽階段： 　(1) 妖猶夭胎，言尚微也。（《漢書》、《晉書》〈五行志〉） 　(2) 草木之方長未成者。（顏師古，《漢書》） 　(3) 妖者，敗胎也，少小之類，言其事之尚微也。（劉昭，《漢書》）
	特定特象	服妖、詩妖、鼓妖、草妖、脂夜之妖、射妖

表格顯示了從先秦典籍至漢代的字書《說文解字》，於「妖」之義並未有顯著不同，然而到了《漢書》以及魏晉南北朝史書裡的〈五行志〉，「妖之屬」之「妖」義則在指稱上產生了變化，其變化呈現在〈五行志〉為「妖」之義揀選了幾個特定的對象。

此一發生的現象是特別的，它特別之處在於：無論是「事物反常」，或是「災害」發生，在先秦文獻裡只是將這些變異事物視為「妖」或「妖孽」一類，並未對「妖」或「孽」再加以區分的，而〈五行志〉言「妖」時，不僅傳承了先秦典籍裡「妖」之「變異」之義，還將「妖」的物類範圍縮小以便專指某種特定的對象，也就是有：服妖、詩妖、鼓妖、草妖、脂夜之妖、射妖等特定類別的「人事妖物」。

因此，綜合並理解服之「妖」義，其意涵應有幾項：一則，其義為**變異**之事物；二則，與「妖」同擁有變異之義之詞尚有「孽」、「眚」、「痾」三者，

〔註29〕 先秦書籍「妖」義整理自郭蕙嵐：〈「妖」的原初意涵——六朝以前「妖」現象探析〉，頁116～118。郭氏未提及「妖」之「女子貌美」義，然先秦人宋玉於《神女賦》言美女之色：「近之既妖，遠之有望」，「妖」字亦應帶有著美得不同尋常之義，故筆者增補之。

〔註30〕 見前註。

但在造成人、事、物災異的程度上，「妖」災乃胎之初始為害並不甚烈；三則，就妖字本身在指稱對象時，亦因木、金、水、火、土五行差異而指向「衣服」、「言語」、「草木」、「聲音」等不同的物類對象。

第二節　服妖的敘事與書寫

「服妖」一詞是從史籍文獻中被創造的，而這些可見的史籍叢書一直是由敘事的手法所寫成的，換言之，歷史形式是藉由敘事來理解、解釋，而歷史書寫則利用了文學手法上的「形式」、「比喻」。在這兒必須先就「敘事」（narrative）做個解釋，研究者所根據的解釋是普林斯（Gerald Prince）編寫《敘事學辭典》載記「敘事學」（Narratology）時，將敘事學的研究分成的三種類型。三類型中有兩類是對立的，第一種以托多洛夫（Tzvetan Todorov）代表的敘事概念：

> 敘事學研究的對象是敘事的本質、形式、功能，無論採取什麼媒介，
> 是使用文字、圖畫或聲音，著重的是敘事的普遍特徵。尤其是故事
> 的說話，即故事的普遍結構。〔註31〕

與此一觀念對立的另一個敘事概念乃是以班奈特（Gérard Genette）代表，其云：

> 敘事學研究範圍只限敘事文學，以語言為媒介的敘事行為，對故事
> 不感興趣，也不去概括故事的語法，主要研究乃反映在故事與敘事
> 文本關係上的敘事話語，包括時序、語式、語態。〔註32〕

第一種概念強調、突出了敘事裡的事件結構，第二類概念則焦聚於敘事時因形式而成的各種敘述話語，而以普林斯（Gerald Prince）本人和查特曼（Seymour Chatman）等人為代表則代表了第三類的敘事概念，綜合並兼蓄了前兩類之說，認為敘事時無論是事件結構還是敘述話語都很重要。〔註33〕托多洛夫的敘事之義不同於班奈特認為的敘事之處在於，班奈特認為的「敘事」

〔註31〕羅鋼撰：《敘事學導論》（雲南：雲南人民出版社，1994年），頁1～2。

〔註32〕羅鋼：《敘事學導論》，頁1～2。

〔註33〕見申丹、王麗亞著：《西方敘事學：經典與後經典》（北京：北京大學出版社，2010年），頁5。關於敘事學的定義，不僅只有此種。胡亞敏於《敘事學》一書中亦指出，敘事學在於要研究敘事文的三大方面：敘事方式（表達形式）、敘事結構（內容形式）、敘事閱讀（形式與意義的關係）。見胡亞敏：《敘事學》（武漢：華中師範大學出版社，2004年），頁14。

乃是專指「文學」上的敘事，是使用文字然後書寫在文本上的故事；而托多洛夫則未限定敘事媒介必得藉由「文字語言」傳遞，對於使用何種「表達實質」〔註34〕來進行敘事未加以限制，同時，亦未框制在「文學」性文本上才得以談論敘事之學。前者著重於「故事」（story），而後者則偏重於「話語」（discourse），即一個在講故事敘述了什麼，而另一個則探討故事是用什麼方式被敘述。

　　然而，不論是專指文學上敘事還是將敘事標準放寬至用於交流的各種媒介；或是關注敘事話語，或是關照敘述結構；敘事所指的乃是「對一個或一個以上真實或虛構事件的敘述」〔註35〕，因此，對「服妖」一辭所進行的探討，不可避免的首先要對史學裡關於敘事本質的予以討論，而中國敘事文學裡對史學問題的探究則經常著墨於「虛構」與「真實」兩者之間的分別、區隔。次者，尚需考量的問題乃書寫者在書寫服妖之例時，對於原來事件或素材的揀選，是依著什麼樣子的結構來組合的呢？在敘述一個又一個的服妖故事時，書寫者心中所依循的內心原則是什麼？

　　因為歷史被書寫的形式為敘事，同時歷史始終經由敘事而得以理解以及被詮釋，因此，本小節嘗試用敘事學的角度來處理、分析「服妖」的書寫形態及其敘事的認知，藉由查特曼（Seymour Chatman, born 1928）所提出文學作品的四個層面：「表達的實質」、「表達的形式」、「內容的實質」、「內容的形

〔註34〕丹麥語言學家葉耳姆斯也夫（Louis Hjelmslev）認為，符號具有「表達面」與「內容面」之功能外，又各自包涵「形式」與「實質」。因此，美國敘事學家查特曼（Seymour Chatman）指出文學作品分成四層面：

	表達（能指）	內容（所指）
實質	用於交流的各種媒介（如文字、聲音、畫面）	再現在作品裡的（現實或想像世界中）客體與行動
形式	構成敘述話語的各種敘述方式，重視人稱、敘述時間等問題	故事組成的要素（情節、人物、環境、語法及其結構）

由此構成敘事文的四個層次：一是「表達的實質」，二是「表達的形式」，即敘述方式，三是「內容的實質」，四是「內容的形式」，即敘述結構。引自胡亞敏：《敘事學》，頁13。

〔註35〕羅鋼撰：《敘事學導論》，頁2。蒲安迪對於中國敘事則下了個簡潔的定義，其云：敘事即是「講故事」，對敘事文的定義則是「一種以較大的單位容量傳達時間流中人生經驗的文學體式或類型」，見蒲安迪：《中國敘事學》（北京：北京大學出版社，1996年），頁4～8。

式」裡，最常被運用至探究敘事之形態的「表達形式」——即話語的敘述方式；以及與「內容的形式」——為故事的組成要素，〔註36〕以這兩者來處理「服妖」此一語辭及其所涉敘事書寫問題時，研究者以為應可用「虛構／眞實」與「天道／人妖」這兩類項目，來指涉與考察〈五行志〉裡「服妖」此一語詞的「敘述方式」及其「敘事結構」。

一、眞實與虛構

由於中國史書書寫傳統裡，有一項重要的原則——貴實錄，因此，「虛構」與「眞實」的析釐向來是歷史書寫時鑑別眞、偽的標準。史書被要求是眞實且據實而記錄，但位處於史書中一體〈五行志〉卻屢屢提及神異事件，以及此種神奇事件所涉及「妖」、「孽」、「眚」、「痾」變異之類的災禍徵應，到底應該歸屬於「眞實」的記事呢？還是「虛構」的想像呢；〔註37〕姑且先不論〈五行志〉所記載的事件是眞是假，即便以觀念中以虛構為主的中國傳統「小說」來說，探討其敘事內容和源流時，也需分辨小說自身文類起源與寫作形式，而此種剖析則經常會糾葛、纏繞於散文「虛構」與歷史「眞實」之間。〔註38〕

〔註36〕 兩位學者提出敘事文學可供研究的四個層面，在「表達的實質」上，注重由何種媒介來表達，因本文所根據之文本為史書，故確定為經由文字而進行交流的：在「內容的實質」上，研究的是再現於文本裡的客體與及其行動，注重的是與形式無關的故事內容，也就是對穿戴奇異服之人之事現象的描寫，此非本章研究重心，故省略不談。與本文有相關的乃「內容的形式」與「表達形式」二者，故擇此二者以作為研究的進入。

〔註37〕 古代在評論《晉書》一書向來對其記載不夠嚴謹，好出詭異之句頗有微言之詞，如清代《四庫全書總目》論《晉書》曰：「其所褒貶，略實行而獎浮華，其所採擇，忽正典而取小說，宏獎風流，以資談柄……。是直稗官之體，安得目曰史傳」，見〔清〕紀昀等編撰：〈史部一・史部總敘〉，《四庫全書總目》（臺北：藝文印書館，1979年），頁。即如中國歷史著作中最知名的範本之一《左傳》，記述了春秋之期二百多年中的重大事件，歷代學者視為記載春秋時代極重要且眞實性甚高的文獻，在王靖宇於〈歷史・小說・敘述——以晉公子重耳出亡為例〉一文分析下也得出了著書者對史事的剪裁並非全出自於歷史眞實性的考量，更多的時候是「由於作者對人物個性的塑造以及敘述的條理有不同解釋和看法」，見氏著：《中國早期敘事文論集》（臺北：中研院文哲所籌備處，1999年），頁51～90。

〔註38〕 尤其是當範圍縮小至皆以「眞實感」為訴求的「歷史」與「歷史小說」之間的比較時，中國傳統裡這兩者的關係與發展更是集中性地聚焦至「歷史眞實」與「藝術創造」之間來討論：或探討此二者源流是否相同、或辨別眞實與虛

　　爲了討論「服妖」此一敘事話語形成的方式，因此需要對「服妖」以及記載「服妖」話語的〈五行志〉文本，進行其書寫形式的探究，是故，本文將本小節分爲三方面來討論，分別是「服妖書寫的原因」、「服妖書寫的形式」與「服妖書寫的策略」，其討究如下：

（一）服妖書寫的原因
——「據經立辭，終皆顯應，闕而不序，史體將虧」

　　「服妖」一語的創製是乃源於正史裡「書／志」此一體制，而此一個體制的創立者爲史家司馬遷，其名之爲「書」，爾後班固接續之名之曰「志」。在《史記》、《漢書》兩史書之後，「書／志」體就成爲史家們在記載國家典章制度與社會政治經濟的一種重要體裁。〔註39〕書志體既然是提供閱讀者關於當代或數代在某一類制度上的資料，因此對於所探究的制度不免會尋源討本、追根溯源。而班固創製的〈五行志〉亦是如此，其云：

> 漢興，承秦滅學之後，景、武之世，董仲舒治《公羊春秋》，始推陰陽，爲儒者宗。宣、元之後，劉向治《穀梁春秋》，數其旤福，傳以〈洪範〉與仲舒錯。至向子歆治《左氏傳》，其《春秋》意亦已乖矣；言〈五行傳〉，而頗不同。是以攟仲舒，別向、歆，傳載眭孟、夏侯勝、京房、谷永、李尋之徒所陳行事，訖於王莽，舉十二世，以傳春秋，著於篇。〔註40〕

漢代儒者的思想以陰陽五行爲大宗，能代表漢儒理論者從董仲舒以陰陽災異

構的關係爲何、或究竟文類在演變的過程中所呈現既矛盾又統一的現象，諸如此類的討論繁多，以文學角度切入來談「實」與「虛」之辨別的可參見蔣聖安：《古典小說虛實論——以《三國演義》爲例》（臺北：國立師範大學中國文學研究所碩士論文，1994年）。另一可參考的意見爲史學家李隆國，亦以「歷史寫作」與「歷史文學」來比較，得其兩者在「寫作形式」上，都屬於「歷史敘事」；在「寫作內容」上，都在「講歷史」；在「寫作功能」上都是「滿足今日讀者之需要」。其文見《史學概論》一書，第8章〈歷史寫作〉（北京：北京大學出版社，2009年），頁181。由上述可知，或是由文學的角度、或是由史學的角度來觀看「歷史」、「歷史小說（或文學）」，都會察覺「歷史書寫」與「文學書寫」，彼此之間微妙且緊連的關係。

〔註39〕趙翼曾言「書志」一體，其云：「八書乃史遷所創，以紀朝章國典，《漢書》因之作十志」，見〔清〕趙翼：《廿二史箚記》「各史例目異同」一條（臺北：華世出版社，1977年），頁5。亦可參見柴德賡：《史籍舉要》（香港：中華書局，2002年），頁6、252。

〔註40〕班固撰：《漢書·五行志》，頁1317。

詮釋《春秋》開始，此種解經方式成爲漢時的普遍風氣與學術勢力，其中一派乃以〈洪範〉爲主的解經家，有劉向、歆等人，並旁及當代好言陰陽災異之士，諸如眭孟、夏侯勝、京房等人。也就是說，「五行」一體的創立乃是爲了記載當時候的學術狀況，書寫〈五行志〉的原因則是對於影響當代甚鉅的一門學問之記錄。

然而，史書〈五行志〉的書寫體例，因其所記錄的內容，歷代以來多被學者批評，或言其敘事乖理，多載虛說浮詞，或言其事無準的、事涉虛妄，以毒舌辣嘴著稱的唐代學者劉知幾甚至專程寫了〈五行志錯誤〉與〈五行志雜駁〉二篇砲聲隆隆的長文來一一細數其「牴牾」、「蕪累」者爲何，〔註41〕即如現代學者徐復觀亦對其學術評價甚低。〔註42〕但若回歸至史家們撰著〈五行志〉的原因究竟爲何？《宋書・五行志》一文的開頭序言有云：

> 逮至伏生創紀《大傳》，五行之體始詳；劉向廣演〈洪範〉，休咎之文益備。故班固斟酌《經》、《傳》，詳紀條流，誠以一王之典，不可獨闕故也。……，司馬彪纂集光武以來，以究漢事；王沈《魏書》志篇闕，凡厥災異，但編帝紀而已。自黃初以降，二百餘年，覽其災妖，以考之事，常若重規沓矩，不謬前說。又高堂隆、郭景純等，據經立辭，終皆顯應，闕而不序，史體將虧。

文中所提到的重點有三，一是以爲班固創立〈五行志〉之因乃在於「以一王之典，不可獨闕」；二者提出《漢書》、《後漢書》〈五行志〉所記載之事，與

〔註41〕《史通》一書是傳統史評文章裡重要的著作，代表著漢唐史評之大成，與本文論述範圍——魏晉南北朝並溯及漢代，最爲接近。《史通》裡批判〈五行志〉的文章有三篇，〈書志〉一篇，見《史通・內篇》，頁79～90；〈五行志錯誤〉（頁641～662）、〈五行志雜駁〉（頁662～678）兩篇，見《史通・外篇》。在〈書志〉一篇裡劉知幾認爲史書中〈五行志〉與〈天文志〉、〈藝文志〉二志皆是書寫不當；〈五行志錯誤〉一文從歷史的原則、方法，去考察〈五行志〉在體例編纂方法上的錯誤，並條其錯繆爲四大處；〈五行志雜駁〉則是針對《漢書・五行志》引用春秋的時事多有違誤，劉氏將其違誤之處共十五條一一列舉以析辨糾錯。參見〔唐〕劉知幾撰，〔清〕蒲起龍釋，呂思勉評：《史通釋評》（臺北：華世出版社，1981年）。

〔註42〕徐復觀認爲班固立〈五行志〉，乃是在董仲建立天人相與哲學後，以災異附會《洪範》、《春秋》，再由此二書而言現實政治，是「漢代學術中非合理的一面」、「是學術中最大的武斷」，並云對後世思想有不良影響，是「中國學術發展的大不幸」。見徐復觀：《中國思想史》，頁517～518，呂思勉亦云「班氏志五行，糾轕曼延，都爲五冊。雖嗜古之士，擎未盈卷，輒已神惛」，見《史通釋評》，頁661。

魏文帝黃初年間以來發生的災妖事件相比較是「重規沓矩,不謬前說」的;三是魏晉名士高堂隆、郭景純以經傳之辭來占卜預測國家之事最後「終皆顯應」。

換言之,《宋書》的作者以為,為了瞭解一代王朝的各種典章制度與社會變遷,無論是大至禮、樂之事或小至民間發生的妖異事件,只要與政治之道有關係,皆需要被完整記載,因為只有將這些事都攏兜過來才能明白當時候社會的各個情形,進而整體性地掌握一代王朝的樣貌;同時,當書寫者考察今日的災變妖異之事,常常發現前朝已經發生過相同之事,而且它的原因在過去時就已被說明,印證了前書在記載因災妖而判斷人事之吉凶的結果是正確不誣的,而這種過往之事可做後事之借鏡,意味著災妖事件具備了史傳重要的「資鑑」功能;即史傳作為一種借鑑,它可提供人們瞭解政治盛衰以及國家興廢的道理,加上當代之人據此法則而推測之事最終都被應驗了,因此,若是「闕而不序」,則「史體將虧」。〔註 43〕有了這樣的理由,再回頭看看徐復觀所云的「中國學術發展的大不幸」、「是學術中最大的武斷」,很明顯地可發覺,對於正史之所以要創製、保存〈五行志〉的原因,徐先生是無暇深及與瞭解的。〔註44〕

由上述而知,〈五行志〉書寫的原因需分成兩者來看:一,若論班固書寫〈五行志〉之因,應追溯至「書志」體創製之因,即為了記載一代之學術狀況以便從史書中明瞭當代的社會情景;二,若論後世繼續書寫〈五行志〉的

〔註43〕《宋書・五行志》,頁 879。
〔註44〕他的觀點(見註42),應是站在以傳統孔孟儒家尊經重典的立場上,來貶責〈五行志〉不尊重原典而妄以想像矯揉了「經傳原來的面貌」,其中令人爭議的是徐先生對「學術」一詞的認定。筆者認為對於「學術」一詞較為周全平實的解釋可參考周桂鈿、李祥俊兩人所言:中國學術乃對已有的哲學家、思想家⋯⋯等已有的學說和方法系統,藉其文本、成果,通過考鏡源流、分源別派,歷史地呈現其學術延續的血脈和趨勢。(張立文主編:《中國學術通史(秦漢卷)》,北京:人民出版社,2004 年,頁 5)。因此,徐先生的觀點應有幾點可再商議,一者,經傳之詮解,異人異派自會有差異,並非只有老實地按經索驥才具有「學術合理性」與學術價值;二者,「學術」應是指著對已有的學說、文本,通過考鏡源流來「歷史地」呈現其學術延續。因此,回頭看屬於「書/志」體的〈五行志〉,「書/志」體的功能本是記載一代典章制度乃至於學說與方法,而典章制度與學術大多有很強的「歷史延續性」。由此可見,徐氏認為的「學術合理性」範圍太過狹隘,對「學術」一詞的「歷史性」亦未把握到,才會認為記載一代學術且具有「資鑑」歷史功能的〈五行志〉是「學術的大不幸」。

理由，則多了認識往事以便資鑑與從中獲取經驗、教訓的原因，而這也正是史傳書寫的重要功能。但若進一步追究〈五行志〉裡「服妖」書寫的原因，除了包含上述指出的二項原因之外，應是書寫者欲對奇裝異服之人，以「依經附聖」〔註45〕的道德原則來評論他們的穿著佩戴，而使閱讀者能知「服之不中，身之災也」〔註46〕的教訓意義。

（二）服妖書寫的形式
　　——以「經曰」、「傳曰」、「說曰」為主的三段式結構

　　〈五行志〉的書寫在形式上有一特殊的方式，它將整個文本歸分在五行與皇極之下，即先區分出以六個區塊為主的架構，然後再於此架構下進行其欲闡釋之理。即在「木／金／水／火／土／皇極」六個主要綱要下，分別做「某行」的解釋，然後再於解釋文字後舉出例子以資印證。而值得注意的是，在「某行」之下所做的詮釋，亦分為三段結構。清人王鳴盛曾於《十七史商榷》一書解釋〈五行志〉以「經曰」、「傳曰」、「說曰」的三段式結構，其云：

> 〈志〉先引《經》，是《尚書·洪範》文；次引《傳》，是伏生《洪範五行傳》文；又次引《說》，是歐陽、大、小夏侯等說，當時列於學官，博士所習者；以下歷引春秋及漢事證之，所採皆仲舒、向、歆說。〔註47〕

即〈五行志〉之下先引《尚書·洪範》文做為經文，然後引〈洪範五行傳〉之文做為解釋經文的引文，最後則用「說曰」的方式採集了當代經師對〈洪範五行傳〉的解釋，因為所採集的文句來自於多人之語，故統合組併在一起，而不說明那句話是誰說的，通歸之於「說曰」之下，以此來代表漢代學者如歐陽大、小夏侯等人對〈洪範五行傳〉的詮釋與解說。此種書寫釋意的手法，與一般經學學者在著述時的方式是相同的，也就是古人「以說詮傳」、「以傳說經」的特殊著述模式。在西漢時以「經、傳、說」為三種著述的形式是頗盛行的，〔註48〕以《經》曰作為著述時的權威性文本是古人思考問題時言

〔註45〕古代對於歷史寫作的評論，最早一篇為《文心雕龍》，其文談論到書寫時應遵循原則為「立義選言，宜依經以樹則；勸戒與奪，必附聖以居宗」，而「依經附聖」幾乎已成了古代歷史書寫最高的判斷標準。
〔註46〕見《後漢書·五行志》，頁3270。
〔註47〕〔清〕王鳴盛撰：《十七史商榷》（臺北：大化書局，1977年），頁109～110。
〔註48〕《漢書·景十三王傳》裡西漢河間獻王言其多方搜羅的古著作「皆經、傳、

必舉聖賢的習慣，而「傳」，清人趙翼於《二十二史箚記》中就指出古人習慣將解經者的論作名之爲「傳」：

> 古書凡記事立論及解經者，皆謂之傳，非專記一人事蹟也〔說見陔
> 餘叢考〕。其專記一人爲一傳者，則自遷始。〔註49〕

至於「說」者，可見王葆玹於《西漢經學源流》一書裡解釋，其云：「『說』在漢代主要是較晚的經師口說的記錄。」〔註50〕因此可知，〈五行志〉內容雖然以說災異爲主，其說有時會出現如「下體生上體」等不可思議的怪異現象；但從其書寫形式來看，「經曰」、「傳曰」、「說曰」爲主的三段式結構，其實意謂著書寫者是「有意識」地遵循傳統經書裡「經學思維的方式」〔註51〕，而非天馬行空般地創作己說。

（三）服妖書寫的策略：「篇宗五行」與「旁徵博引」

「經曰」、「傳曰」、「說曰」三段式的「經學思維方式」的首始書寫者爲班固，而他的書寫模式乃是引用了三種解釋的文本，分別爲：《尚書‧洪範》經文、〈洪範五行傳〉傳文、漢代諸家經師諸說，而此一模式在魏晉南北朝史書（《晉書》、《宋書》、《南齊書》、《隋書》）〈五行志〉裡則幾乎完全地被接續下來，也因如此，從《漢書‧五行志》一直到《隋書‧五行志》，這些文本的章句結構呈現了十分類似的面孔。但是，爲何從班固始創〈五行志〉而後世記錄災祥仍「篇宗五行，卒相踵不改」〔註52〕呢？除了彼此所要表達的主旨一樣之外，很可能是因爲當一個架構已完整呈現之後，後面接續的書寫者在編著時只要持著一個策略——即依循前人架構再加添新枝，即可使著述呈現「門分則有條，綱舉則無漏」的情況。〔註53〕

Chris Barker 根據德希達著作，認爲「書寫」（writing）乃是：

〔註49〕說、記，七十子之徒所論」，卷53，第3冊，頁2409。

〔清〕趙翼撰：《二十二史箚記》，見「各史例目異同」一條下言「例傳」爲何，頁6。

〔註50〕王葆玹：〈經學系統與經學著述形式〉，《西漢經學源流》（臺北：東大圖書股份有限公司，2008年），頁44。

〔註51〕王葆玹以爲中國人「不論思考何種問題，都要先想到經書怎麼說，接著想到傳、記怎麼說，最後才考慮自己應當怎麼認識」，此種思維程式即是「經學思維方式」，同上註，頁51。

〔註52〕見呂思勉之說。引自〔唐〕劉知幾撰，〔清〕蒲起龍釋，呂思勉評：《史通釋評》，頁661。

〔註53〕同上註。

哲學（以及其他知識的形式）中的真理與意義總是以書寫形式表
達，總是必須經過修辭、比喻，以及書寫策略的運作。真理並非處
於書寫之後，仰賴後者的闡述。相反地，真理是由書寫的策略所構
成的。〔註54〕

這段話意謂著當書寫者欲表達其心中的「真理」與「意義」時，展示於讀者
面前的文本，其實已經由書寫者以其獨特的書寫策略，採取了某種形式以及
運用某些修辭、比喻來達到其「真理」的顯現。因此，若以此「書寫」的概
念來觀看〈五行志〉「服妖」的書寫策略，應有二點可說明之：

　　一者，「服妖」的書寫因內容其置放於〈五行志〉之內，故其編排體例與
書寫策略在某部份是相同於〈五行志〉的。班固創製〈五行志〉時，對其編
輯方式曾有說明，其云：

　　董仲舒治《公羊春秋》，始推陰陽，為儒者宗。宣、元之後，劉向治
　　《穀梁春秋》，數其旤福，傳以〈洪範〉，與仲舒錯。至向子歆治《左
　　氏傳》，其《春秋》意亦已乖矣；言《五行傳》，又頗不同。是以攬
　　仲舒，別向、歆，傳載眭孟、夏侯勝、京房、谷永、李尋之徒所陳
　　行事，訖於王莽，是舉十二世，以傳《春秋》，著於篇。〔註55〕

由此可知，班固撰寫〈五行志〉時採集了董仲舒、劉向、劉歆、眭孟、夏侯
勝、京房、谷永與李尋等人的說法，再將他們排編、集合成篇。也就是說，「服
妖」在書寫策略上廣泛地收羅各式相異的說法，並為其說徵引許多經典字句
來證明。而其引文策略筆者認為可舉「服妖」事目中兩種「徵引它說」的方
式來說明：

　　1. 若就專書而言，以《晉書・五行志》談論「服妖」為例，其書寫的程
　　　式為：先依「五行」分類，將「服妖」之事分類於「五行」中「木」
　　　之行底下；接著，將「五行」做為一個循環的過程在《晉書・五行志》
　　　裡總共出現兩次，而「服妖」則出現於第二次「五行」循環裡的「木」
　　　行之下。「木行」一開始會先以「經曰」、「傳曰」、「說曰」三種形式來
　　　總提「木失其性」的災禍原因，而此因即「服妖」發生的源由。「說曰」
　　　本身意即「引用他人之說」，在它之下亦多方舉引它書、它人之說，因

<hr>

〔註54〕Chris Barker 著，羅世宏譯：《文化研究理論與實踐》（臺北：五南圖書出版公
　　　司，2005 年），頁 94。
〔註55〕《漢書・五行志》，頁 1317。

此很可做爲觀察，經歸納後其舉例的來源如下：

說曰：《易》、一曰、一曰、《易》、劉歆〈貌傳〉曰、《易》〔註56〕

2. 若就某一例子而言，可以「何晏好服婦人服」此一「服妖」爲例。在此一例子裡，書寫者爲了批評何晏喜好穿戴婦人服之事是如何的悖離常道且異於常服，他使用了旁徵他說以證己說的書寫策略，其文幾乎是由三句引語以及一個史有前證之例而串合起來的，其四段引證分別爲：「傅玄曰……」、「《大雅》云……」、「《小雅》云……」三句引語，以及夏朝暴王桀之寵妃「末嬉冠男子之冠」一個史有前證之例。

由上述兩種「徵引它說」的方式可發現，以《晉書・五行志》爲例的「經曰」、「傳曰」、「說曰」三段式解說裡，引用他人之說的「說曰」在爲「服妖」災異做出說明時，也引了《易》、一曰、一曰、《易》、劉歆〈貌傳〉曰、《易》」多達六種的說法；或由單例「何晏好服婦人服」的服妖現象來探察它舉例的情況，其全文亦幾由四例引證組合構成。而此可知，「服妖」在書寫上的確是遵循著〈五行志〉一貫的規矩——即「旁徵博引、廣採列引諸家之說」的策略。

二者，在說明「服妖」時，書寫者的策略尚有一類明顯的脈絡可尋，其說明的策略大約可分爲三種：一是直接點明其爲服妖，二是未言其爲服妖但文中有引用他語或徵應之說來說明服妖現象，三是未直言也未說明服妖徵應現象而只放置在〈五行志〉「服妖」條目之內，這三種的策略說明如下：〔註57〕

1. 直接說明爲服妖者：其語有「近服妖也」、「劫殺之妖也」、「蓋服妖也」、「此服妖也」、「上有餘下不足之妖也」等。

2. 未言服妖但文中有說明者，亦可再分成二者：

   (1) 引用他人之語或用《詩》、《書》等經典之語來評曰，或引用天之戒語：其語有「干寶以爲」、「識者曰」、「天意若曰」、「此皆天意」等。

   (2) 說明徵應現象：如「……於是驗矣」、「……之應也」、「……之徵也」。

3. 未指出也未說明徵與應的情形，只放在〈五行志〉「服妖」條目之內，即只見服妖事件但未有徵與應之語，見「劉德願善駕車之事」、「寢衣

───────────────

〔註56〕《晉書・五行志》，頁818～819。
〔註57〕分類參考自蕭振誠：《中古服妖研究》，頁13。

自舉」之例。〔註58〕

　　因此，綜合上述之後，可見得「服妖」書寫者在傳達心中的眞理與意義之時，爲了使眞理可被接受與論點可被贊同，在敘事形式上的確使用了「旁徵博引」的策略以達成闡釋的有效性；而魏晉南北朝史書裡的「服妖」書寫，則繼承《漢書・五行志》開創的「五行志服妖」書寫格式，在很大的程度上呈現「篇宗五行，卒相踵不改」的互文情形。而當書寫者實際行文來評斷此例是否爲服妖時，經由細察文本字句，亦有「直言其服妖」、「不直言其服妖但有說明」、「不直言是服妖也不說明──什麼都未說」的三種敘述與評斷服妖的實際書寫策略存在著。

二、天下與服妖

　　分析服妖敘事除了上節以敘事形態的「表達方式」入手之外，尚亦需處理故事的組成要素，即文本的「內容形式」，所探究的是「服妖」此一文化現象敘述了什麼？它處理的是什麼問題？這個問題的核心又是什麼？然而，更進一步地，應再問爲何書寫時，會呈現出此一被關心的問題？

　　無論敘述的是什麼或是用何種形式來敘述，一系列敘事開始時有其「敘事成規」，即開始敘事時必先具有三個先決條件：一是一個主體，二是被聯繫於人所關心的某種問題而被統一起來，三是敘述在進行時彼此有因果關係。〔註59〕其中又以第二項「人關心的主題」與本文討論相關，而此一「敘事成規」便可回答上頭所提出的「爲何書寫時，會呈現出此一被關心的問題？」因爲當面對一大堆未經消化的素材時，若沒有經過書寫者的組織以將它建構成篇，素材永遠是散亂無緒的素材，而藉由上述「敘事成規」所言的第二道手續──「人所關心的某種問題」得以將素材統一、聚結起來，書寫者被允許能以個人的意識形成一個假設，來解釋這些故事是如何發生的。

　　因此，當欲探究「服妖」現象時，首先需要從「爲何服妖現象會呈現某一價值觀」開始理解，因爲這將會使我們認識到書寫「服妖」者，在落筆爲字之前其實已經有他所「關心的某種問題」並遵循著他心中已有的原則而書寫了。接著要做的，便是探討「服妖」「敘述了什麼」與「它處理的是什麼問

〔註58〕前例見《宋書・五行志》，頁 891；後例見《隋書・五行志》，頁 629。
〔註59〕〔美〕華萊士・馬丁（Wallace Martin）著，伍曉明譯：《當代敘事學》（北京：北京大學出版社，2005 年），頁 64。

題」，觀察並追問這些「服妖」事例背後有無義涵，以及這些義涵內容——即作者關心的主題是什麼，便是處理「服妖」敘事結構時應行之事。〔註60〕

是故，若考察「服妖」的敘事結構，應可發現在其敘事語法上有著兩大面向：一，〈五行志〉是以「天人觀」為文本的中心句義，而「服妖」在內容架構亦是以「天人」為主要奏鳴曲。二是「服妖」的語法特徵呈現出一種並置雙奏的結構，即以「天道／人事」兩段式的論述來組成一件又一件的事例。

（一）史事獨曲：〈五行志〉「服妖」以天人觀貫穿史書寫作

若稍加注意位處於〈五行志〉內的「服妖」文本字句，便會察覺其字裡行間中，充斥著「天意」、「天命」、「天戒」、「天下」等詞，〔註61〕而這些與「天○」等詞相對應的對象則是「人」。若將這些以「天」為主的判斷句，用抽象化的概念提煉並統合之，這一抽象化概念應可統稱為「天道」，其原由有二點：

第一，「天意」為天的意志與行事，「天誡」指天之警戒和訓斥，而「天下」則指出空間觀念裡的上與下，在其中的人物乃君主與臣民，是一個政治實體的存在，同時在裡頭也富含了民族意識與情感。〔註62〕第二點，當故事被敘述時，它的背後都有隱涵的意蘊存在，而此意蘊即天道之「道」。「道」字源之義為道路，意謂著為「通達可行」的意思，其義亦發展成為「天地萬物所依循而表現的方式，或神靈所表達的意旨。」〔註63〕

第二，「天意」、「天命」、「天戒」、「天下」等詞，是實際出現於文本中的「天○」之詞；「天意」、「天命」、「天戒」講的是天的行為，而「天下」則進

〔註60〕為了研究敘事結構，敘事學取法於結構主義對語法的研究，換言之，敘事結構的研究相當大的程度可借用敘事語法來探究之，而其目的是為了「系統地記錄和說明故事普遍規則的符號和程序」（胡亞敏：《敘事學》，頁168），因而試圖用有限的規則、語言來說明無限多的規則和語言，並藉由結構模式來掌握故事的主要性質，即一旦了解了故事的結構性質就能理解故事整體內部互相依存和制約的關係，並能掌握到故事內具有規律的穩定結構。

〔註61〕「天意」之例可見於《後漢書‧五行志》，頁3272，或是《南齊書‧五行志》，頁373。「天命」例可見於《晉書》，頁824，或《宋書》，頁889。「天戒」與「天下」之例於書中隨拾即是，故不贅引。

〔註62〕此處的天下之義，乃高莉芬先生提供。

〔註63〕李杜：《中國古代天道思想論》（臺北：藍燈文化事業有限公司，1992年），頁53。

一步指出了天的情感意涵、政治實體以及空間性質等意涵。因此，將這些「天○」之詞包攝在一起解釋即：天有其意志與行事，有時表現在天之警戒和訓斥上，同時天承載了天下的君臣人民以至萬物萬事並顯現天之秩序，也就是說，對「天○」這一段話的解釋其實就是在——「觀察天下運行的規律與特徵」。是以，若嘗試爲它們找一個共同的意蘊，將之歸納、提煉並用一詞來包括，應可如上述第二項所言，統稱謂之「天道」。

書寫「天」所做所爲之事固然十分重要，但史書的撰寫更大程度是爲了指出「人」相對於「天」、並位處於「天地」自然間，所應行與應知的事情與道理。而這種人在自身與天之間找尋意義、形成結構的情形，德國哲學家卡西勒（Ernst Cassirer）曾指出：

> 如果人首先把他的目光指向天上，那並不是爲了滿足單純的理智好奇心。人在天上所真正尋找的乃是他自己的倒影和他那人的世界的秩序。人感到了他自己的世界是被無數可見和不可見的紐帶而與宇宙的普遍秩序緊密聯繫的——他力圖洞察這種神祕的聯繫……爲了組織人的政治的、社會的和道德的生活，轉向天上被證明是必要的。似乎沒有任何人類現象能解釋它自身，它不得不求助於一個相應的它所依賴的天上現象來解釋自身。〔註64〕

Cassirer 精闢地點出，天與人之間的聯繫相關是爲了要「組織人的政治的、社會的和道德的生活」，而人向天的找尋與證明是爲了要用「天上現象來解釋自身」。如同自商朝時，甲骨文的記載已有「天」字，其形狀像人之頂上爲天，是要將人視爲一個符號去指涉頭頂的天，以「人」的符號做爲「天」的觀念而形成了潛在性的淵源。〔註65〕而這種意識到天人有相與的關係並且撰寫探討之，也形成了史學的一個傳統——考究「天人」之事，而此一傳統在司馬遷撰寫《史記》時就已經昭然揭曉，他標榜的史學理想即是：「亦欲以究天人之際，通古今之變，成一家之言」〔註66〕，意即：他要了解的是上天的反映和人的行爲之間的關係，並以此來研究古今朝代更替的規律。也就是說，「天

〔註64〕〔德〕卡西勒（Ernst Cassirer, 1874～1945）撰，甘陽譯：〈人類的空間與時間世界〉，《人論》（臺北：桂冠圖書股份有限公司，2005 年），頁 72。

〔註65〕史作檉：《中國哲學精神溯源》（臺北：書鄉文化事業公司，2000 年），頁 152。

〔註66〕〔漢〕司馬遷：〈報任少卿書〉，收入〔南朝梁〕蕭統編，〔唐〕李善注：《昭明文選》（臺北：文津出版社，1987 年），頁 1865。

人」之間關係的探究與闡釋並因眾多歷史事例而歸納出的宇宙運行的規律與法則——「天道」，是漢代以來史學家們用來解釋歷史現象的一種基本模式，此種漢儒的「天人之學」，其傳統自古有之，即中國傳統裡對自然的態度——「人與天地萬物為一體」的基本態度，而這也就是為什麼史家書寫「服妖」之例時，會以「天人觀」——即「天人關係」，做為核心的價值與論述的重心，並以之來判斷事件的價值究竟孰對孰錯。

而何謂漢儒「天人之學」的基本內容呢？若試著由對五行災異否定的鄭樵所言，更可看出在漢代時「天道」與「人道」的內容，在鄭樵所撰寫的《通志·災祥略·序》一文裡說：

> 仲尼既沒，先儒駕以妖妄之說而欺後世，後世相承周敢失墜者，有兩種學：一種妄學，務以欺人；一種妖學，務以欺天。凡說《春秋》者，皆謂孔子寓褒貶於一字之間，以陰中時人，使人不可曉解。三《傳》唱之於前，諸儒從之於后，盡推己意而誣以聖人之意，此之謂欺人之學。說〈洪範〉者，皆謂箕子本《河圖》、《洛書》以明五行之旨。劉向創釋其傳於前，諸史因之而為志於后，析天下災祥之變而推之於金、木、水、火、土之域，乃以時事之吉凶而曲為之配，此之謂欺天之學。〔註67〕

鄭氏將「欺人」與「欺天」之說視為「妄學」與「妖學」，而其所認定的「欺人」、「欺天」之說的實質內容，乃分別指向以《春秋》三傳、〈洪範〉為主而進行闡揚、解釋的二類「詮釋社群」（Interpretive Community）。雖然鄭氏以否定、斥責的口吻歸之於「妖妄之學」，然而，若將否定的字眼摘除、揀去，另一種肯定的面貌就呈現出來：在漢代的學術裡有兩大顯著的學問，一是以《春秋》與《春秋三傳》為主以討論人事為主的「人學」，而另一則是以《尚書·洪範》為源頭、〈洪範五行傳〉繼承之、諸史〈五行志〉集大成，探究天下生成及變化道理的「天學」。但兩者其實所談的都是「天學」兼「人學」，因為前者之主記人事，兼記天之變；而後者則以天象每一變化，必驗證一人事，是故，以《春秋》與《尚書·洪範》說解者，皆是談論「天學」與「人學」。以〈洪範〉為主而說災異的〈五行志〉，亦於一開頭的序言裡就開宗明義地講到，〈五行志〉所要論述的範疇與解釋的對象即是「天人之道」：

〔註67〕〔宋〕鄭樵：〈災祥略·序〉，《通志》（臺北：新興書局，1963年），卷74，頁853。

易曰：「天垂象，見吉凶，聖人象之；河出圖，雒出書，聖人則之。」劉歆以爲虙羲氏繼天而王，受《河圖》，則而畫之，八卦是也；禹治洪水，賜《雒書》，法而陳之，〈洪範〉是也。……所謂天乃錫禹大法九章常事所次者也。以爲《河圖》、《雒書》相爲經緯，八卦、九章相爲表裏。昔殷道弛，文王演《周易》；周道敝，孔子述《春秋》。則〈乾〉、〈坤〉之陰陽，效〈洪範〉之咎徵，天人之道粲然著矣。〔註68〕

此一段序言，爲〈五行志〉的來源描繪了一段神話故事，它將歷史回溯至上古時期出現的兩本書，一是《河圖》而另一是《雒書》，並將它們與先王先聖做連結，以虙羲氏受繼《河圖》而畫乾坤、八卦，禹受賜《雒書》是以效法並陳述之而成〈洪範〉九章；因此，後世有兩個路線皆是〈五行志〉的思想主源，一是從《河圖》→乾坤八卦→《周易》；二是《雒書》→〈洪範〉九章之咎徵→《春秋》。此兩種思想來源，演繹了上天與人事之理，而此一天人之理，即是〈五行志〉所要論述與解釋的道理。

其實，除了從〈五行志・序〉之文可知，史書〈五行志〉一體的核心宗旨爲天人之理的闡發之外，觀察歷史上各個朝代史籍的撰寫，也會發現史書裡頭都呈現著一種共同的意識，也就是以「天道」做爲世界上事物發展邏輯的共同意識，同時，並因人或事物是否遵循天道，而使得國家因此走向「興盛」或「滅亡」的道路或結果。因此，回過頭來觀視〈五行志〉文本內的「服妖」事例，對於敘述時爲何「天戒」、「天下」等字眼出現的頻率非常高的原因，也就能夠明白了。若以《晉書・五行志》裡的服妖事例來呈現這個現象，其例如下：〔註69〕

1. 魏武帝之例：魏武帝以「天下」凶荒，資財乏匱，始擬古皮弁……。
2. 魏明帝之例：魏明帝著繡帽，披縹紈半袖……後嗣不終，遂亡「天下」。
3. 夏代末嬉之例：末嬉冠男子之冠，桀亡「天下」。
4. 晉時衣服上儉下豐之例：武帝泰始初，衣服上儉下豐……，君衰弱，臣放縱，下掩上之象也。……及「天下」亂擾，宰輔方伯，多負其任。
5. 晉武帝好用胡物之例：……夫氊氈產於胡，而「天下」以爲爲絔頭、

〔註68〕《漢書・五行志》，頁1315～1316。
〔註69〕以下之例見《晉書・五行志》，頁822～827。

帶身、袴口。

6. 晉婦人處東方之例：晉武帝太康後，「天下」為家者，移婦人於東方。

7. 〈晉世寧〉之舞之例：太康中，「天下」為〈晉世寧〉之舞。

8. 晉婦人服五兵佩：婦人之飾有五兵佩……遂有賈后之事。終亡「天下」。

9. 烏杖之例：（元康）「天下」始相倣為烏杖以柱掖……，元帝以蕃臣樹德東方，維持「天下」……，至社稷無主，海內歸之，遂承「天命」，建都江外。

10. 魏婦人瀏海之例：……婦人束婦，其緩彌甚，……其緩彌甚者，言「天下」忘禮與義……，永嘉之後，二帝不反，「天下」愧焉。

11. 晉海西公忘設豹尾：……，「天戒若曰」……忘其豹尾，示不終也。

12. 晉人不帶帕頭：（晉武帝）人不復著帕頭。「天戒若曰」……。

13. 晉婦人戴假頭之例：……至於貧家，不能自辦，自號無頭，遂布「天下」。無幾時，孝武晏駕而「天下」騷動，刑戮無數。

論述之中言及於「天」者，經由上述以一個編號為一例來舉證觀之：言「天戒若曰」者有二例，言「天命」者有編號 9 一例，言「天下」者則有 11 例，可得出《晉書・五行志》「服妖」談論「天○」者共有 13 例，再看而《晉書》裡的「服妖」事例一共有 23 例，計算文中出現「天○」者事例幾乎佔了全部事例裡的百分之五十以上，而其餘的史籍如《漢書》、《後漢書》、《宋書》裡論述「天」的情形亦多有所見。﹝註70﹞另外需說明的是，「天下」一詞在「服妖」事例裡是以華夏政權為主而展開的世界版圖，不僅帶有上下的空間性質更化溶了民族情感於其中；然而若再思索此處場所具有的象徵意涵，「天下」其實是天地之常道所運行、發生之處，代表著萬物實際生活且具現的地方，也就是道德化、倫理化的「天道」顯現秩序的場所。即「天道」不僅有意謂著天之意識與警戒，也兼涵天下場所、民族意識，更是一種秩序化、形而上的象徵義。

﹝註70﹞ 如《漢書》服妖例有四，其中就有二例出現「天（或神）○」之詞，一是「此天戒……去之則存，不去則亡矣」，另一例則有「言王者臣天下，無私家也……有神降曰……」，見頁 1367～1368。《後漢書》服妖例有十，出現「天誡若曰」有二次，「天意若曰」一次，言「天下」有二次，見頁 3271～3273。《南齊書》亦有出現以「天意」說來對創新服帽者的評語：「天意言天下將有逐兔之事也」，頁 373。

是故，藉由〈五行志〉對「服妖」事件的評斷及解釋，可以看出，史書的撰寫者，認爲歷史發生的事件不管它發生的過程爲何，在發生的過程中，其實是隱涵著一種以「天道」，或說是人世間的「正道」爲標準的客觀邏輯；而這也闡釋了，在時間的推移中，因爲歷史事件的普遍規律，最終會顯現「天道」或「正道」這一邏輯觀念，而使得順行「天道」之人，國者「興盛」；逆抗之人、國者「動亂」且「滅亡」。換言之，〈五行志〉服妖的書寫所體現的，乃是「天人」關係裡探討「天道」、「人事」、「國家教治」彼此之間連結與互動的道理，若以呂謙舉先生於〈中國史學思想的概述〉的話來形容與描述「服妖」書寫裡的主要中心旋律，可說是：天道、人道、治道三條弦，而這三條主要旋律，便組合成了中國傳統史家們心中響徹雲霄的主合弦。〔註71〕

(二) 史事二重奏：「服妖」以天道與人事兩段式爲論述結構

爲了對服妖文本進行內部結構關係的考察，以期獲得文本內在的意義及其所欲傳達的旨趣，對文本進行敘事層面的結構性的閱讀是有助益於了解事件敘述之間的聯繫以及整體的面貌，而此一處理如下所述：

1. 服妖書寫的敘事結構——「徵兆」、「事因」、「解釋」、「事果」

首先，每一件服妖事例，都象徵著天降此災異，有時候，事例裡會出現嘗試去說明服妖事件發生的「原因」，由此「原因」便以串起事件發生的「結果」；然後順勢依著已發生的事件「結果」，來推測將來會發生的災亂「結果」，因此，服妖事件即成爲未來某一人事違和的發生「預兆」。以三國時代吳國君王孫休在位時爲例，〔註72〕那時候衣服的製作及樣式變成了「上」頭「衣」服的面積長，而「下」方的衣「裳」面積較短，這個現象的發生「原因」乃源自「上饒奢，下儉逼」，即「上／權貴」生活奢華餘裕而「下／百姓」貧苦不足。是故，社會現象影響了服制，造成衣制上長下短的「結果」，而衣制上長下短的「結果」與現象，持續了一段時間，便轉變成爲孫皓亡國的「徵兆」，因而最後始有孫皓奢暴導致亡國的「結果」產生，若以箭頭圖來顯示發生「衣制上長下短」現象的原因與結果間的關係，其情形如下：

〔註71〕其云：「天道在變易中見，人道在善惡中見，治道在興亡中見。治道是人道的實踐，人道是天道的主體，天道是人道的法則」，這一觀念即很能道出中國傳統史學思想，其文見呂謙舉：《中國史學史論文選集》（臺北：華世出版社，1976年），頁1090。

〔註72〕見《晉書・五行志》，頁823。《宋書・五行志》，頁887。

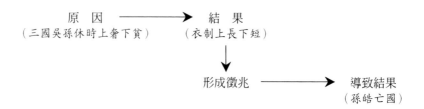

即服妖現象的產生可能源自某一原因，而這一現象又成了一種徵兆，預測了將會有另一件災禍的發生。而探討「事件原因→事件結果＝徵兆形成→導致災禍」這一連串事件發生的過程，爲得是理解兩件事：一是情節外部的因果關係，二是敘事的時間是文本外的時間，乃眞實世界發生的過程，即實際生活裡事件發生時間的先後關係。而了解這層因果關係之後，便會加強我們理解組織故事、建構情節時所使用的因果連接方式。

　　上述的分析，乃是針對敘事結構中對文本情節「外部」因果關係的考察，以及對文本外的敘事時間的還原，若再進一步，對服妖事例進行文本情節「內部」的敘事結構考究，它的組成結構可分爲：「徵兆」、「事因」、「解釋」、「事果」四個部份，〔註73〕而這四個組成份子，架搭起服妖整體的敘述手法。若與服妖實例摻合配看並以表格呈現，可見其例如下：

表格 2-4

五行分類	事類	徵　兆	事　因	解　釋	事　果	出　處
木	貌之不恭下的服妖類	孫休衣服制上長下短	上饒奢，下儉逼。	干寶曰：「上饒奢，下儉逼。上有餘下不足之妖也。」	至孫皓果奢暴恣情於上，而百姓彫困於下，卒以亡國。	《晉書》，頁823。
		魏武帝製白帢	天下凶荒，資財乏匱。	傅玄曰：「白乃軍容，非國容也。」干寶以爲「縞素，凶喪之象也。」	革代之後，劫殺之妖也。	《晉書》，頁822。
		隋代房陵王勇與宜陽公主王世積家，婦人所服領巾製同樂幡軍幟	未　言	婦人爲陰，臣象也，而服兵幟，臣有兵禍之應。	勇竟而遇害，世積坐伏誅。	《隋書》，頁630。

〔註73〕此四個組成份子參考自葉柏奕對〈五行志〉的結構分析。葉柏奕：《英雄建構──六朝筆記小說中的譙國龍亢桓氏人物書寫研究》（臺北：國立政治大學中國文學研究所碩士論文，2010年），頁84。

藉由表格將事件的結構類別清楚地呈現之後，由文本敘述可得知：首先，文句裡通常會先以一個違常的人、事與物，即「服妖物象徵兆」做為開頭，有時會在服妖徵兆之後解釋發生違常的「事因」但有時則未說明；接著，會提出認定此一違常現象爲服妖的「解釋」，「解釋」是每則服妖事例裡佔篇幅最大比例的部份，也是書寫者最重視的地方，其方法就是上文已提及的，常會以「旁徵博引」的方式來提出對此則事例的解釋；最後，則會提出服妖事件帶來的災難「結果」。

因此，經由上述分析後發現「徵兆」、「事因」、「解釋」、「事果」這四部份，乃是組合而成事例的敘述結構，舉魏武帝製做白帢的事例來說，它完全具備了四部份的結構，但是每則服妖例子並不會皆具備了四個部份，更多的情況是少了一至二個部份。以這四部份爲主而構成的事例，最常見的是缺乏對服妖發生「事因」做說明，如隋代諸侯王與公主家人佩戴如同軍旗的領巾之例；或者是在「解釋」時順道指出事件發生的「原因」，像孫休服制衣長裳短的事例即是如此。至於這四個部份出現的先後次序，在服妖事例大致是依「徵兆」、「事因」、「解釋」、「事果」爲次序而先後書寫的，在敘述時呈現了一個較爲穩定的表層敘述架構。

2. 服妖書寫的敘事結構
──「人妖（異）：天妖（異）＝人常：天常」

再者，因著服妖的敘述結構，可知書寫的順序，是以「徵兆」→「事因」→「解釋」→「事果」爲次序來展開，呈現出較爲穩定的敘述模式；而這一模式顯示了表層敘述時所開展的次弟。接著，爲了掌握、了解敘事結構所蘊含的要旨，應進一步追究、分析這層表層的敘述結構，即這四個組成結構它們在文本裡被敘述時的「敘述意義」是什麼？若以表格來做展現，其情形如下：

表格 2-5

敘述結構	徵　　兆	事　　因	解　　釋	事　　果
敘述意義	指出當事人衣著怪異	找出原因	說明認定衣著怪異的理由	天道昌明，掌權者受懲罰
範例 1. 上長下短 2. 武帝白帢	衣長裳短 白帢	奢與儉 天下凶荒	干寶曰 傅玄曰、干寶以爲	吳國亡 革代國亡

表格的分析方法為，先將服妖事件的實例以四個敘述結構歸類，再去綜合歸納每一個敘述結構的整體義涵，因而得到服妖敘述時的四個書寫元素，分別為：「指出當事人衣著怪異」、「找出原因」、「說明認定衣著怪異的理由」、「天道昌明及掌權者受懲罰」。這四個書寫元素的作用乃在於指出了每一事例的整體脈絡，但為了想要追求較進一步的事件結構，於是再簡化這四種書寫結構的意涵。首先可將「事因」和「解釋」兩項先行省略，原因是「事因」、「解釋」兩者乃書寫者「跳脫出本事件的時間背景來立論，也就是處於一種後設的立場，來對這件事賦予陰陽五行的詮釋」〔註74〕，因此對於事件是否發生的必然性並不會產生影響，故抽離之。

經釐析淘選後，最後被留下的兩大部份為：「當事人衣著怪異」及「天道昌明、掌權者受懲罰」兩個書寫元素。而此二兩者亦是服妖事件的敘述邏輯，即敘述事例時，會先以一個違常的人、事與物，即「服妖異象」做為開頭，最後再由書寫者拍案叫定，認為天道昌明彰顯，故人行事妖異以致違反天道者，最後將產生災難而受到懲罰。而這樣的敘述邏輯，若以對立式并列的關係來表現，即「人行事妖異：天降災異」，其對立面為「人行事如常：天降祥瑞」，也就是，服妖的書寫結構應呈現的骨相血脈為：「人妖（異）：天妖（異）＝人常：天常」。

最後，回歸到本節最開始時的二項研究探問，一是位於史書內的服妖書寫的敘述本質是「虛構」還是「真實」的？而另一則是組織素材時是依循什麼原則？第二個問題的回答即是服妖「人妖（異）：天妖（異）＝人常：天常」此一書寫結構，它解釋了書寫服妖的多重作者們深埋藏於敘事裡頭的觀念與原則，是書寫者隱匿或暗含心中的主要設計概念，此一概念的獨白總曲即是天道彰明，而其運作時所表現的兩重演奏方式即以「天」和「人」為兩大主弦律，並以此貫穿了整個史書的寫作。

而第一個問題的回答並不容易，因為服妖的書寫問題牽扯到三層，一是史書的書寫，二是〈五行志〉的書寫，三為服妖的書寫。再則，這三層互有關係與補充，服妖的書寫位於〈五行志〉內，而〈五行志〉屬於史書寫作的一種體裁形式，但最引人注目與爭議的是三者的敘事風格，也就是所書寫的歷史究竟是「真實」抑或是「虛構」的？但因為無論是「真」或者「虛」都是人為的認定與價值的判斷，因此要回答第一個問題應將三者互相比較「真

〔註74〕葉柏奕：《英雄建構》，頁84。

實／虛構」才能覷得端倪，三者的交叉比較可從下列三項著手：

(1) 就〈五行志〉與史書的虛實關係比較。以〈五行志〉放置在史書內的角度，可知兩者皆是正史，應是眞實無妄；然就〈五行志〉內容與志怪小說《搜神記》一書高度重複的現象，〔註75〕可知〈五行志〉多言神異想像之事，與一般貫用嚴肅話語發聲的史書有明顯的區別。

(2) 服妖與〈五行志〉兩者虛實書寫的比較。因服妖的書寫即爲〈五行志〉的一部份，是以可用不同的觀點說兩者皆實或兩者皆虛都可以。但若以虛實的「程度」來論，服妖書寫爲「實」而〈五行志〉書寫爲「虛」；因爲服妖的敘述對象皆落實於人間的眞實客體，與〈五行志〉內容裡其它諸種現象比較，服妖現象是落實於人間的，所批判、論述的皆是世間的人們穿戴等實際行爲，因此相較於多被攻詰、被認爲事涉虛妄的〈五行志〉，服妖之事的眞實程度是遠高於〈五行志〉內一些描述人體器官錯置、人死復生、牛死後又開口說話等等的現象。

(3) 比較服妖書寫與一般史書寫作的虛實。兩者所描述的客體的存在範疇幾乎是相同的，都敘述位處於現實人世間的日常之事物。但服妖畢竟是生長於〈五行志〉內且主要的書寫目的在於「志異」，是以相較於一般史書，服妖亦有「妄」、「虛」的成份存在，也就是即便「服妖」描述的是人間情景，亦有出現諸如「寢衣自舉」〔註76〕或「狐狸叼銜草鞋聚在一起」〔註77〕的怪奇現象。

透過比較服妖書寫、史書的書寫，以及〈五行志〉三者在書寫上彼此之間複雜的虛實關係，很可以看出要回答服妖敘事的本質是「虛構」還是「眞實」的意義「不」在於找到一個最終極的答案，因爲「歷史」一詞意味事件已發生而不會再逆轉或複現，「眞實」只有一個但早已過去而「眞相」卻是複數，產生複數眞相的原因在於詮釋者切入的角度不同、觀點差異、偏好與政

〔註75〕 衛昭如曾專章比較干寶《搜神記》與《晉書》，言《晉書‧五行志》引自《搜神記》59 條，而《搜神記》共 464 條，其中言晉朝的部份大約佔了一半因此約是 232 條，是以《晉書‧五行志》引自《搜神記》書中談晉事的部份，就佔了 59／232＝0.24＝1／4 之多。見氏著：《晉代神異思想與當代社會之關係——以《晉書》中相關記載爲主》（臺北：政治大學中國文學系碩士論文，1993 年），頁 207。

〔註76〕 《隋書‧五行志》，頁 629。

〔註77〕 《晉書‧五行志》，頁 824～825。《宋書‧五行志》，頁 889。

治時勢等等，因此，探問服妖的「虛」或「實」，很大一部份在於了解認定眞假背後所持有的理由以及不爲所謂的眞實性而限制住。

或許有人會認爲，若眞實早已過去而無法挽回，追問服妖書寫的眞與虛又有什麼意義？然而由此發問卻產生了另一個更值得注意的問題：爲何服妖的書寫文字裡呈現著「虛構」與「眞實」交錯、併雜與揉合的現象？要回答這個問題必需由歷史書寫與文學虛構兩者皆在「事實」與「想像」上的結合來檢視，換言之，兩者在敘事形式上是有共同之處的。文學虛構，是想像，但因人不可能只憑想像而生活，一定是有經驗爲據因而產生、觸發了想像，故亦有事實成份；歷史，是講述事實，但經由主筆者的個人觀點之下而形成的書寫，不論再客觀的事物皆早已帶有主觀的色彩。

藉由上述的討論，對於第一個問題的回答應可有三點：第一，可經由「服妖／五行志／史書」三者的比較，選擇自己觀察的角度以得到某個角度下的「眞實」或「虛構」；第二，對於服妖「虛／眞」的認定與詮釋者切入的角度、個人喜好才能、觀點差異，以及政治時勢等等是有直接關係的；第三，「虛構」與「眞實」的出現總是混和雜揉的，沒有純粹的「眞」或至假的「虛」。

無論是歷史書寫抑或文學書寫，在敘事書寫的過程中皆已標誌、注入一定觀念、理念或價值觀，而此一觀念、理念或價值觀也就是文章的書寫結構，即故事到底講了什麼？它要處理的核心在哪兒？以及爲什麼要講這些等等問題。若援引海登・懷特（Hayden White）「後設歷史學」的角度來說明應可較伏貼地詮釋之：

> 事實只有在言談需要時，才會呈現出來，也才能有人設法加以掌握。其呈現與掌握的目的，是要「批准」事實所需的詮釋。後者的力量，源出言談中能呈現事實秩序與方法所帶來的眞實性。言談本身實則爲事實與意義的結合，會在自身加上某一「特殊」意義結構的特定層面，至於「意義」，我們亦可視之爲歷史意識的產物，而非他物所生。〔註78〕

White 所說的「言談」即是「話語」（discourse），而話語的出現乃是爲了表述事實、揀選素材。當話語想要闡釋某一概念以讓人信服時，它的方式乃藉由

〔註78〕 Hayden White, *Tropics of Discourse: Essays in Cultural Criticism* (Baltimore and London: The Johns Hopkins University Press, 1978), p. 107.此段中文譯文引見於余國藩：〈歷史、虛構與中國敘事文學之閱讀〉，附錄於《余國藩西遊記論集》（臺北：聯經出版社，2003 年），頁 230。

呈現事實，而爲言談帶來合理感、秩序感，以及眞實的力量，而很重要的一點是，如何讓經過「選擇」的事實看起來眞實無誤並帶有力量。

若以 White 之語來歸納此節「服妖的敘事書寫」的論述要點，即：服妖敘事此一概念的本身，乃是「經過揀選的事實」與「想要傳達的意義」兩者間結合，因爲經過人爲刻意的挑選和設計，是以書寫服妖之事同時也自然地摻合著「虛構」與「眞實」的成份，兩者在出現的時刻就像是攣生兄弟般同時誕生並共存著，是無法分出孰先孰後或誰有誰無的。服妖書寫的特殊意義結構——「天道昌明」，以及「人妖（異）：天妖（異）＝人常：天常」；與服妖書寫時呈現事實的秩序與方法——「據經立辭」、「經曰、傳曰、說曰爲主的三段式結構」、「篇宗五行」、「旁徵博引」，這兩者都表明了服妖的書寫乃是人爲的知識，同時也是一套已存有先入意識的組織和已被架構設計的概念。

第三節　「徵」與「應」之間：以「災異」與「服妖」爲主的考察

本文的發問與探究的目的乃是認爲，若要把握住「服妖」文化現象的裡歷史事例彼此聯繫的關係及其蘊涵，除了研究魏晉南北朝史書以及兩漢書裡的〈五行志〉所撰錄的災異記載之外，亦需對整個災異觀念演變過程裡的前緣思想，也就是災異觀念發生的原因以及它的本質也要加以考察，如此才可知道文本所見的災異思惟是從何種較初級的文化、習俗、觀點等階段轉移到另一個較晚的階段以至呈現史書〈五行志〉如此的面貌，而這種嘗試將服妖實例連結至此一文化現象發展時初貌的研究，是較有助益於理解〈五行志〉內災異思想的整體樣貌以進而把握服妖書寫的本質。

因此，這一節的研究概念乃是以民族學者愛德華・泰勒（Edward Tylor, 1832～1917）「文化遺留」（Culture Survival）[註79]此一觀念來切入災異一詞。「文化遺留」一詞指的是一種風俗習慣或觀點充份地流傳於當時社會以及後世時，會發現在這一風俗習慣裡的許多事物的發生是沒有邏輯根據的，這些事物純粹是舊事物的遺產。[註80]由此一概念來省視歷代以來多被學者批評

〔註79〕〔英〕愛德華・泰勒（Edward Tylor, 1832～1917）著，連樹聲譯：《原始文化——神話、哲學、宗教、語言、藝術和習俗發展之研究》（桂林：廣西師範大學出版社，2005 年），頁 56～88。
〔註80〕同上註。

的〈五行志〉，或言其敘事乖理、多載虛說浮詞；或言其迷信、非科學，或言說經者揉和巫道以亂法並以鬼事干政，〔註81〕諸如此種評價甚低的批評，雖然用今日的角度和知識來說，這些批評是不無幾分道理的。但對於已過去的歷史，若沒有相應於那時候的時空下的語言環境，沒有了解言說者生存與活動的現實環境，以及他們的思維方式與話語意義，無異於隔空喊話、各自心證，也無益於理解此一思維發生的語境，所說出來的批評也是如同後人看前事多是「早知道」般地蒼白無力的。因為，以 Tylor 的文化遺留觀點來看，某些較古老的事物在當時的時空背景下是有其支撐的觀點和習俗，而到後來已變為不可解的樣貌與狀態，因此若不回歸復到當時候的時空環境，而用現階段、自身的思維去目視之，自然會有格格不入的異樣感。

　　是故，本文嘗試以文化人類學的角度，採取從某一特定文化的本身，來瞭解此一語境裡人群的理念與行為，首先要做的，即從自漢以來被塑造出的「災異典範」著手，試著將喜言「災異符應」的〈五行志〉現象用「原始思維」來解釋（為何用此一思維來解釋的原因待後詳述），以探究為何〈五行志〉文本在書寫時多言怪奇妖異？而此種喜好「志異」的習慣，是否在其背後隱含著一種自古至今皆存有的心靈狀態？如果回答是肯定的話，那麼，接著要探討的是，在服妖的書寫裡，相應於這種古老且深存於人的「原始思惟」，又有哪些觀念是受此一思維所影響的呢？觀察「服妖」的書寫裡，最明白顯露與「原始思維」有直接關係的就是幾乎在每個例子裡都會出現的「徵」與「應」這二個字眼了。因此，綜上所述，本節在探討魏晉南北朝服妖的象徵意涵時，將分別從兩個方面下手，一者是「災異符應與原始思維」，二乃是「徵與應之間：以服妖為主對災異一詞的考辨」，其考察如下：

〔註81〕言〈五行志〉迷信，是偽科學、非科學的措詞言論多出現在大陸期刊，而另一群批評的聲音則是撰寫思想史的學者，如金春峰將《漢書·五行志》裡劉向的災異說與京房易學的災異貶斥為「毫無學術價值可言」，其觀點與徐復觀先生一樣同出一轍，見氏著：《漢代思想史》（北京：中國社會科學出版社，2006 年），頁 281。或是如章炳麟以「理性化儒學主義」的口吻說五行志內容乃怪力亂神之語，其云：「及燕、齊怪迂之士，興于東海，說經者多以巫道相糅，故〈洪範〉，舊志一篇耳，猶相與抵掌樹頰，廣為抽繹。伏生開其源，仲舒衍其流，是時適用少君、文成、五利之徒（？），而仲舒亦以推驗火災，救旱止雨，與之校勝。以經典為巫師豫記之流，而更曲傳《春秋》，云為漢制法，以媚人主，而棼政紀。……自爾或以天變災異，宰相賜死，親藩廢黜，巫道亂法，鬼事干政，盡漢一代，其政事皆兼循神道。」章炳麟：〈駁建立孔教議〉，《章太炎全集（四）》（上海：上海人民出版社，1985 年），頁 196。

一、災異符應與原始思維

依前一節所述，服妖事例在敘述時的表層敘述架構，大致是依「徵兆」、「事因」、「解釋」、「事果」為次序而先後書寫的，而其深層的事件結構，乃是再簡化這四種書寫結構，將「事因」和「解釋」兩項省略，只剩下最核心的元素：「徵兆」與「事果」兩者，也就是用「服妖事件發生的樣貌」與「服妖事件指向的最後結果」這兩者來概括整件事例，而閱讀者藉由擺動在兩元素之間的瀏覽，實質上也索解到了史家書寫的涵意。因此，若以「徵兆」、「事果」兩核心元素來觀察史家書寫的涵意，並探求實例的所要象徵以及指涉的內涵，其情形或可舉《宋書》之例：〔註82〕

	徵　　　　　兆	事　　果	指　涉　的　內　涵
例1	晉司馬道子仿商賈買賣	君失位，降卑隸	暗示君位得失
例2	戴法興造圓頭履	圓進之俗大行	暗示風俗圓滑
例3	晉元康時婦人結髮名之擷子紒	賈后果害太子	暗示后妃失德
例4	晉人喜輕、細、形狀多變的車	宰輔方伯政不崇實	暗示掌權君子不崇實、心無恆

由《宋書》隨意摘取的四例，會讓人很容易地發生疑惑：為什麼服飾的款式（如圓頭履）、製作器物的態度（如形狀多變的車）、或者髮型的樣式，可以影響、暗示，或說是象徵、預測另一件事情即將發生？也就是說，服物的形貌或製作為何可以預測「君位得失」、「風俗圓滑」，甚至是「后妃失德」呢？這是自然而然就可以知道的嗎？當然，這種「徵兆」與「事果」放在今日的語境裡是絕非自然的，甚至是帶有一種一廂情願式的偏激與矯情，然而，除了指責古人迷信妄偽之外，還有什麼理由可以解釋當時候如此？有沒有什麼樣的側寫可以描述當時人會如此做、如此想的原因？

（一）喜言「災異符應」的〈五行志〉現象──以「原始思維」來解釋

為了解釋上述的疑惑，除了單刀直入、大書特書的方式之外，或許還可以暫且先由二位學者對中國文化的觀點入手，原因於他們都共同地指出在一般習慣以「人文理性的儒家」做為中國傳統文化的代表之外，中國文化裡其

〔註82〕四例皆見《宋書・五行志》，例1在頁890，例2於頁891，例3為頁888，例4則於頁887。

實還存在著另一條明顯的脈絡。首先是余英時於〈中國知識人之史的考察〉
一文談論到中國人的文化傾向乃是將「天道」與「人道」結合而具有「天人
合一」理念,而他論及「道」的觀念時指出:

> 孔子以前,「道」的觀念大體指「天道」,以之說明人事吉凶禍福,
> 未完全脫離原始宗教(primitive religion)階段。只有少數人是天人
> 媒介,商卜人、周巫、瞽、史,但只是士的一小部份。〔註83〕

另一學者為李零於《中國方術正考》駁辨了張光直提出的「兩個文明起源」
假說,〔註84〕他雖然不贊同將中西文明以「連續性」或「破裂性」兩元對立
的方式來統稱,但認為受到張先生此一假說的許多啟發,其云:

> 第一是他把文明發生提高到思想史的高度來認識,指出天地神人的
> 關係是各種文明形成其獨特內心理解的基本背景。第二是他對上述
> 「經典對立」的理解與傳統看法相反,正好把習慣上所謂的「常規」
> 和「變例」顛倒了過來,認為中國文明與原始思維有更多連續性,
> 在文明形成途徑上也更帶普遍性,因而人們不但不應把西方社會科
> 學的概念當作衡量中國歷史的惟一標準……。〔註85〕

第一條引例所論述的是古代的「天道觀」,特別是指孔子以前談的「道」大體
指的是「天道」,而這一天道的內容既不是諸如荀子等人所言的自然主義的天
道,只遵循一定不易的自然法則而生成消長,天不能有意志地降禍福於人,
也不會隨人的喜好厭惡而轉變它生成消長的自然法則,也不偏向於孟子一派
以心性學為主認為天道、天德與人性、人德在本質上是一致,通過道德行為

〔註83〕見余英時:《知識人與中國文化的價值》(臺北:時報文化出版社,2007 年),
頁 162。余先生此處乃引錢大昕所云:「古書言天道者,皆主吉凶禍福而言,
《古文尚書》……《易傳》……《春秋傳》……《國語》……《老子》……
皆論吉凶之數。」〔清〕錢大昕:〈天道〉,《十駕齋養新錄》(臺北:臺灣商
務印書館,1978 年),卷 3,頁 45。

〔註84〕張光直將世界文明的起源分成兩種型態,一種型態是以中國、馬雅和蘇米文
明為主的,其內容乃「亞美式薩滿教的意識形態」,是具有世界普遍性的文
明;另一個型態是以兩河流域文明為源頭的西方文明;前者在文明的發展過
程上是「連續性」且不間斷的,也就是原始社會和後來的文明社會都是一個
連續不破斷的整體,而後者則是「破裂性的」,藉由生產技術、人工器物和貿
易建造起來並將自己與天地動物等自然資源割裂開來,是「宇宙形成的整體
論的破裂」。見張光直:〈連續與破裂:一個文明起源新說的草稿〉,《中國青
銅時代(第二集)》(臺北:聯經出版事業公司,2001 年),頁 131~143。

〔註85〕李零:《中國方術正考》(北京:中華書局,2006 年),頁 9~10。

的實踐而使內心的道德之心流行遍佈而感受到與萬物合而為一；前者是談論「客觀式的天道」，而後者則更多地強調「道德倫理」修養的工夫與可能性，而此處所云的天道，在發生的歷史時間上是更早於這些，並且以呈現「吉凶禍福」為主要特徵的天道觀。

　　這一種天道所說明的是「人」的吉凶禍福乃是受到「天」的影響及掌握，是孔子以前的古代中國談論天道時的主要現象，因此，再聯結至余先生所言的「只有少數人是天人媒介，商卜人、周巫、瞽、史」，可知道由「吉凶禍福」的現象與「少數人是天人媒介」一語，兩者所呈現的，應是指原始宗教裡，天人關係非常密切的狀態。而原始宗教裡談天人關係則是指人類群體裡只有少數人才有的特殊通天能力，這種特殊的通天能力，其反映的是《國語‧楚語》裡「絕，地、天通」的情況以前上古「民神雜揉」、「家為巫史」的景象，說明了上古時期至少經歷過了從「民神雜揉、家為巫史」到「無相侵瀆、絕天地通」的情形，〔註86〕也就是說，從上古至「民神異業」到孔子以前談論「天道」，並以至後來的時代呈現「吉凶禍福」為主要特徵的天道觀，是認為天地人神鬼的世界是可有互通的，至少是有一小部份的少數人可以與之互通，而這些人絕非普通之人。

　　再看第二條引例，乃筆者節錄李零評論張光直先生的一段話，由李先生的駁錄可知他並不贊同當分析或比較文明不同時，在學術的預設上已先存有西方歷史學「經典對立」的痕跡，同時也質疑絕地天通之後的史官文化和民間巫術、或者是儒釋道三者，在總體結構上反而是種破裂。〔註87〕關於這個問題，因非本節的重心故此處先暫緩不論，本文關注的是，李先生雖然修正、批評了張先生的想法但另一方面也指出了他理論匠心獨運之處，也就是張先生正好將中國文明與原始思維之間密切的、且具連續性的關係說出來了；同時，也揭露了在文明的形成途徑上其實中國文明更具有普遍性。

〔註86〕在春秋時楚昭王讀了《尚書‧呂刑》一文產生了疑問，因而向臣子觀射父尋問：如果沒有重、黎分司天地使天地不通，那人民還是否能可登天？觀射父為之回答了一個「絕天地通」的神話，而這一回答則是研究古代中國巫覡與宗教起源十分重要的一條記載，相關的記載還有《尚書‧呂刑》與《山海經‧大荒西經》二文，但語焉未詳。學者對此一例的詮釋已經非常地多，而精要且具代表者可見張光直〈巫覡與政治〉一文，《美術、神話與祭祀》（臺北：稻鄉出版社，1995年），頁39～52，以及陳夢家〈商代的神話與巫術〉，見《燕京學報》1936年第20期，頁485～576。

〔註87〕李零：《中國方術正考》，頁9。

　　換言之，由張先生提出的中國文明是「連續性文明」一語所帶來的啓示，還是非常具有意義的，因爲他指出了，中國文明從原始野蠻到文明之間有很大的連續性，而這種連續性，乃是人將自己本身放置到宇宙場域內，並且與宇宙內所有的組成份子彼此之間發生了關係而且互相產生作用，是一種視宇宙整體爲一個有機物性的觀念與認識，而這種有機性宇宙論的觀念在很大的特徵上是以「人類與動物之間的連續、地與天之間的連續、文化與自然之間的連續」〔註88〕的方式表現出來的，意指著天地人神動物之間是可以互相溝通以及彼此相聯繫的。張先生認爲這顯然不是中國獨有的宇宙觀，「基本上它代表在原始社會中廣泛出現的人類世界觀的基層」〔註89〕，也就是說，藉由張先生所論述可知：中國文明與原始思維是分不開的，而這種人與天地萬物具有某個程度的溝通能力的思維，在古代中國裡是屬於人類潛藏於基層的宇宙觀，不僅在中國文明裡因爲這種思維呈現古今連續不斷的現象而一直保留在人類的心靈裡，同時在世界文明的發展上也具有普遍性。

　　因此，綜合第一條與第二條引文可看出來，孔子以前以「吉凶禍福」爲主要特徵的天道觀，其內涵乃意指著天地人神鬼的世界是並非隔離而是可以彼此互通的，而且在最低限度上，一定有少數、絕非泛泛之輩有能力可以通天的。況且，以中國文明乃「連續性」文明的觀念來說，中國文明與原始思維是分不開的，人與天地神鬼萬物在某個程度上是可以溝通的。也就是人與天地鬼神萬物可互通的思維，除了從上古以至孔子前，在古書裡可以找到「絕天地通」的根據之外，這種視天地人鬼神萬物爲一整體並且全部參與了宇宙的演化，因而彼此具有關聯性的思維，其實就是「原始思維」的概念。

　　李零在批評張光直的兩個文明假說之後，接著對中國諸子之學進行更進一步的觀察，並以日益增多的出土文物做爲輔助而歸納出中國除了一般理解的「純人文主義」還存在另一條線索，其云：「即以數術方技爲代表，上承原始思維，下啓陰陽家和道家，以及道教文化的線索。」〔註90〕換言之，中國文化始終存在著兩個基本脈絡，一個是以純人文主義爲主的儒家，一直以來都是學術的主流；而另一個則是以數術方技之學爲核心的各種實用文化。因此，經由上文的探討之後，可理解到一件事，即本文若要眞正掌握「服妖」

〔註88〕張光直：《中國青銅時代（第二集）》，頁142。
〔註89〕同上註，頁135。
〔註90〕李零：《中國方術正考》，頁12。

的思想淵源以及現象的本質，其實正應該由第二條脈絡──「以數術方技為代表，上承原始思維，下啓陰陽家和道家」來追溯與認識「服妖」事例，並藉此而去探討服妖書寫的最主要元素：「徵兆」與「事果」兩項，以理解這兩種元素之間產生連繫的背後原因。

服妖事例歸束隸屬於〈五行志〉，而〈五行志〉望其名稱即可知其理論系統乃是屬於中國的陰陽五行系統，陰陽五行系統若要在《漢書‧藝文志》找最對應的出處乃是歸入於〈數術略〉所分六類：「天文、曆譜、五行、著龜、雜占、形法」其中的「五行」一類，以及位處〈諸子略〉裡言九流十家中的「陰陽家者」一流，是以可知，〈五行志〉的內容思想是與五行、數術、陰陽家這三者有極密切的關係。〔註91〕因此，再對照李零所言的第二條以「數術方技為代表」並「下啓陰陽家」中國文化脈絡是上承「原始思維」的，可知道的是，服妖歸屬的五行系統，在很大的程度上，繼承了中國古代宇宙觀裡天地人萬物連續不分的原始思維。是故，在此要再深入提問的是，原始思維的內涵除了「中國古代宇宙觀裡天地人萬物連續不分」的概念之外，還有什麼可以用來補充並解釋的呢？對於原始思維的界定自是有很多，但目前最為人公定的理論的乃是法國人類學家路先‧列維－布留爾（Lucién Lévy-Brühl）於《原始思維》〔註92〕一書所提出的觀點：

> 原始思維和我們的思維一樣關心事物發生的原因，但它是循著根本不同的方向去尋找這些原因的。原始思維是在一個到處都有著無數神秘力量在經常起作用或即將起作用的世界中進行活動的。〔註93〕

> 原始人首先是對人和物的神秘力量和屬性感興趣並以互滲律形式來想像它們之間的關係；首先想到是神秘力量的連續、不間斷的生命的本原、到處都有的靈性。〔註94〕

> 我把這個為「原始」思維所特有的支配這些表象的關聯和前關聯的原則叫做「互滲律」。……神秘作用乃是原始人以多樣形式來想像的「互滲」：如接觸、轉移、感應、遠距離作用等等。……原始人的思

〔註91〕〔漢〕班固：《漢書‧藝文志》，頁 1734～1735、1769。

〔註92〕〔法〕路先‧列維－布留爾（Lucién Lévy-Brühl, 1857～1939）著，丁由譯：《原始思維》（臺北：臺灣商務印書館，2001 年），頁 93。

〔註93〕同上註，頁 432。

〔註94〕同上註，頁 100～101。

維叫做原邏輯的思維，⋯⋯這不意味在時間上先於邏輯思維、不是反邏輯的，也不是非邏輯的⋯⋯它對矛盾以完全不關心的態度，它主要是服從互滲律。〔註95〕

Lévy-Brühl 所要表達的是，社會以及社會集體成員所呈現的種種「集體表象」〔註96〕，例如語言、自然、儀式等等表象的表現，是以一種以「原邏輯」（Prélogique）的原始思維來對所有的人、動植物以及天、地、神進行想像的。

因爲原始思維裡，認爲萬物皆有神秘的屬性與力量存在，而在這種原邏輯裡，所有的表象在被人類感知前就已經被某一種前關聯給聯繫起來了，這些前關聯是什麼呢？若我們不是處於那時候那空間點的一員是很難以理解的，甚至在那時語境之後，當時聯繫某些事物的前關聯是什麼樣的內容也很可能因無人傳承或理解而消滅；但最重要的一點是，「支配這些表象的關聯和前關聯的原則叫做互滲律」，也就是，無論前關聯什麼，用以將人物聯繫起來的原則爲「互滲律」。

因此，回頭來看文本的重點──「服妖」事例思考的形式與原則或方法，可以看到「服妖」事例在被書寫時，除了在很大的程度上繼承了中國古代宇宙觀裡天地人萬物連續不分的原始思維之外，這種原始思維還是以一種多樣形式來進行想像的「互滲」，互滲的形式有接觸、轉移、**感應**、遠距離作用等等。也就是說，服妖事例的思維是一種原始思維的模式，認爲萬事萬物都有神祕的屬性存在並到處流動，是不間斷的、到處都有的，而存在物（例如自己）與客體（例如服飾、雞犬）之間的區別是可以被忽略的，而這也就是爲什麼，服物的形貌或製作爲何可以預測「君位得失」、「后妃失德」，甚至是「風俗圓滑」，因爲人與萬物天地是渾融不分且能互相互滲互通的，而這種思維心靈的存在，由上述之文可知，其實是一種非常古老的心靈狀態，它一開始就存在於人，而且一直存在、潛藏於我們心靈深處，那是一種與「理性邏輯」不同，但不是相反、也能與之共存的原始思維，因爲原始思維並非依著因果

〔註95〕同上註，頁 77。

〔註96〕Lévy-Brühl 認爲集體表象乃社會集體成員共有的特徵，其云：「這些表象在該集體中是世代相傳；它們在集體中的每個成員身上留下深刻的烙印，同時根據不同情況，引起該集體中每個成員對有關客體產生尊敬、恐懼、崇拜等等感情。它的存在不取決於個人⋯⋯它們所表現的特徵不可能以研究個體本身的途徑來得到理解。」參見《原始思維》，頁 13。

律來對客體進行是否謬誤的考正，它是人心用來認識世界並且回答自己為何存在的本質問題。

（二）何謂「災異符應」

上述的談論已使人知道，原始思維是我們了解世界的認知方法，而它回答的也是人為何存在的本源問題，但進一步去探索的是，人為何會想要知道這些生存本質的問題呢？應是當人接觸自然時，對無法控制、時生災害的自然感到恐懼與害怕，為了解決此一憂懼勢必會試圖用特殊的方法來消除並解釋此一現象，但大自然變化萬端，災難與危害又層出不窮，是故觀察者會嘗試經由特殊的儀式以來解除威脅，觀察者也會在他所能理解的範疇之下對這些災害危難的現象進行詮釋，而這樣的心態與方式，正是產生「災異」的深層原因，是以，先要發問的是：什麼是「災異」？再則，因本文的重心乃是〈五行志〉服妖事例的探究，而「災異符應」的思維正是〈五行志〉裡最突出也最核心的思想，是故第二個發問是，「災異」在〈五行志〉裡所呈現的面相是何模樣？

對於災異符應的研究，歷代與近世學者多有人深研之，其質與量都是很可觀的，〔註97〕同時，「災異」一詞的內涵因為經年歷久之後，其本身的起源與後來逐漸形成的過程乃至衍續變化，都有可能使得這一詞的意義難以用某一固定、簡短的話來概括；而且，傳遞思想的主體是人自身，但眾人有眾口，自有眾議，是以當探討服妖災異說的內涵時，為了可以區分並突顯「服妖災異說」產生的時代及其特殊性，以使人了解到「服妖」一詞是〈五行志〉裡「有系統」地說災異時底下的一個類別，是經過刻意設計過的一套符號系統，有特定的五行類屬以及固定對應的災害類別，本文嘗試從兩方面去掌握之：

第一，從時間的先後來看，「災異」應分成二類，一是奠基在漢代所推衍的範圍，有系統有方法亦有專門的學術派別，謝大寧稱之為「災異典範」，

〔註97〕若論近人的災異研究較為細緻與周到者，應為黃啟書先生，其撰有《董仲舒春秋學中的災異理論》（臺北：國立臺灣大學中國文學研究所碩士論文，1995年），與《春秋公羊災異學說流變研究》（臺北：國立臺灣大學中國文學研究所博士論文，2003年），在後書的第一章內已經對目前學界的研究狀況做一總述，雖然他是以《春秋公羊傳》為主而做的整理，但亦旁及至「災異」的命題，況且公羊學說與災異學說在枝根上有彼此纏繞的現象，很可以互相闡發而更了解漢代學術的風氣，是以具有參考的價值。

〔註98〕而另一個則是相對於漢人有系統地說災異之前的概念，意指雖有災異概念但尚未形成一套完整系統論述。第二，從運用災異的人物身份來看，漢代經師雖以災異之說來框正時政，但若不以經典爲依據且心存聖王仁義之道，而僅只知道用知天之術來預測吉凶禍福，則無異於民間裡以解決實際生活問題爲主的方士巫者。其分析如下：

1. 從時間的先後來看

若要簡潔並且白話的說出漢代「災異符應」思想的來源，也就是「災異」這一個觀念是什麼，顧頡剛先生的話很清楚也使人明瞭，其云：

> 古人相信天上有上帝管著人間的事，表現他的最高的權力，然而上帝是無聲無臭的，有什麼東西可作爲他的具體表現呢？他們想，天上有日月星，是我瞧得見的，日月星的變動應該就是上帝的意思吧，所以他們就把天文的現象當作上帝對人間的表示。〔註99〕

因爲人關注的是自身與群體的事情，而人一抬頭時所看到的是日月星辰，平視低俯時所見的是山川萬物，是以，當古代的觀察家爲了解釋人事物發生的原因以及想要探求其背後的道理時，很自然地會把「天文的現象當作上帝對人間的表示」，這是他們最初的關懷，即以天象天變做爲人事禍變的解釋，也是「災異」最基本的概念。

黃啓書亦對災異現象做了溯源的考察，他從甲骨卜辭、西周文獻一直到東周時期的災異現象做梳理，得出了在漢人系統說災異之前的災異現象概念乃是：以天象人事做爲吉凶禍福的徵兆，暗示了天人之間具有相關性，但是未明確指出天人相應的原則。〔註100〕綜上所述，即由天象的變化而延伸至地上事物的變化，就成了一種預測，預測人間將有某事會發生或某人將遭逢災

〔註98〕謝大寧運用孔恩（Thomas Kuhn）的「典範」（paradigm）理論來解釋兩漢災異，其說以爲：先秦時代百家爭鳴乃至漢初可視爲「前典範」時期，董仲舒「始推陰陽，爲儒者宗」以後，今文經學諸家漸次跟從災異典範經典，典範於是初步形成，及元、成、哀、平諸帝，人臣奏議中輒見災異之說，則典範完全成立。揚雄以後因古文家回歸經典運動，致使災異典範呈現危機，是爲「典範危機」；降至東漢，災異典範的社會基礎漸腐蝕，及到東漢晚期災異典範徹底瓦解，喪失其在知識階層的支配地位而朝向玄學典範的建立。見謝大寧：《從災異到玄學》（臺北：國立臺灣師範大學國文研究所博士論文，1989年）。

〔註99〕顧頡剛：〈天象的信仰與天變的負責者〉，《秦漢的方士與儒生》（上海：上海古籍出版社，2005年），頁18。

〔註100〕黃啓書：《董仲舒春秋學中的災異理論》，頁24～44。

厄；同時，這也是一種心理防衛機制，它合理地、或應說是用人可以接受的方式，去解釋了災難爲何發生與不可避免，「在某種意義上而言，災異詮釋就是一種『安撫』人心的『合理說法』」。〔註101〕

而漢人的災異說區別於商、周的災異現象，乃在漢人用陰陽五行學說來整理災異的現象。〔註102〕較明確地的建立與完成，一般來講是以董仲舒爲代表，一來他「始推陰陽，爲儒者宗」〔註103〕，二來在《春秋繁露・必仁且智》裡他確切地提出災／異的差別，有先後、大小及功能上的不同，其文論道：

> 天地之物有不常之變者，謂之異，小者謂之災。災常先至而異乃隨之。災者，天之譴也；異者，天之威也。譴之而不知，乃畏之以威……凡災異之本，盡生於國家之失。國家之失乃始萌芽，而天出災異以譴告之，譴告之而不知變，乃見怪異以驚駭之；驚駭之尚不知畏恐，其殃咎乃至。〔註104〕

董仲舒指出「災異」的總義乃是「天地之物有不常之變者」，而若要細分何謂災與何謂異時，則使用災害的嚴重程度與先後順序來分別之：小且先來者爲「災」，大而後至者爲「異」，並說明若是災異已來而不知變，則「殃咎」乃至；雖然漢儒對「災」、「異」的解說並不一致，在其學說理論內因此也有許多的差異，但綜歸「災異」一詞的總義，應可用董氏所言：「天地之物有不常之變者」一句話來涵括之。〔註105〕

〔註101〕 黃啓書：《春秋公羊災異學說流變研究》，頁3。

〔註102〕 顧頡剛：《秦漢的方士與儒生》，頁21。

〔註103〕 《漢書・五行志》，頁1317。

〔註104〕 〔漢〕董仲舒撰：《春秋繁露》，收入於〔清〕蘇輿撰：《春秋繁露義證》（北京：中華書局，2007年），頁259。身爲《漢書・五行志》裡主要發聲者之一的劉向亦對「災／異」作過詮解，其云：「凡有所害謂之災，無所害而異於常謂之異。害爲已至，異爲方來。」見《太平御覽》裡引劉向〈洪範五行傳〉一則。〔宋〕李昉著：〈咎徵部一・敘咎徵〉，《太平御覽》（石家庄：河北教育出版社，2000年），第8冊，頁2。

〔註105〕 對於「災」、「異」的定義，在漢儒的觀念並不一致，可舉三例以玆說明。一，董氏認爲：小且先來者爲「災」，大而後至者爲「異」。二，而劉向認爲：凡有所害也已經發生的謂之災，無所害而異於常但之後會發生的謂之異。三，何休則認爲：「災者，有害於人物，隨事而至者；異者，非常可怪，先事而至者。」〔漢〕劉向、董仲舒一條，同上註。〔漢〕何休解詁：《春秋公羊經傳注疏》（臺北：臺北藝文印書館，1981年），「災」義見隱公三年「日有食之」一條，頁9；「異」義見隱公五年「螟」條下徵引何休《解詁》，頁14。

當時的今文經學漸次地比附經典，並依據經典來推演災異的法則，災異的典範於是初步形成，及元、成、哀、平諸帝，人臣奏議中輒見災異之說，則如同謝大寧所言「典範完全成立」。再看服妖位處的〈五行志〉，因為〈五行志〉以《尚書大傳·洪範五行傳》為主要架構，故歸之於以洪範五行說災異的一類，而當時的災異學說並不僅有洪範五行說災異這一類，清朝人皮錫瑞則指出了其分派。〔註106〕

由上所述可知，藉由時間的前後差別來看災異，漢人系統說災異與很早已被記載的災異現象兩者之間是見得到區分的，而本文將之區別的原因，乃在要說明服妖現象雖說是災異現象，但運用服妖來說災異的人，他們將之視為一門有系統的學問，而這門系統學問底下的用心，除了與以往一樣欲由災害示警戒，更是可以藉由一套系統的類比說明，對所見聞的事物，依自己的內心原則，有較大隨意性地對一則已發生或未發生的現象進行解釋。

2. 從運用災異之說的人物來看

漢代的災異說乃是儒生比附、推衍經典而成的，「服妖」事例的書寫也是本著這個的原則而產生的，因此可知，服妖書寫以至災異書寫要詮釋的是隱藏在災異現象背後的那一套天人感應學說，由此來回答自己為何存在的本質問題，基本上，所研究的是「天道」，並以之做為世界上事物發展的共同邏輯及意識，是對「天地之道」的尋問與探索。但是，為何會被批評多言機祥、其言虛妄？推測原因應有二則，一是對這一套災異說所賴以推衍的原則多存疑惑、不願相信；二是在漢代，陰陽之學所論述的乃經學裡十分重要的組成部份，尤其在東漢，許多儒家學者也廣泛涉及各種「方術」。〔註107〕也就是說，許多經師除了以用經典來詮釋災異現象之外，其實也涉及解決實際生活

〔註106〕皮錫瑞云：「漢有一種天人之學，而齊學尤盛。《伏傳》五行、《齊詩》五際、《公羊春秋》多言災異，皆齊學也。《易》有象數占驗，《禮》有明堂陰陽，不盡齊學而其旨略同。」見氏著：《經學歷史》（臺北：漢京文化公司，1983年），頁106。也就是說，漢儒的天人之學，乃以經典詮釋災異，而當時盛行的學派除了洪範五行說災異，亦有齊詩災異之說、春秋公羊災異理論、京房易學說、禮記明堂月令學說。

〔註107〕李零將古代數術方技的範圍分成二種，一項是乃本文所言「服妖」的中心句義：即「天道」觀，是對天地之道的認識，而一項乃「研究生命的學問是叫方技之學」，是「對小宇宙，即生命、性命或人道的認識」，《中國方術正考》，頁15。

問題的「數術方技之學」。〔註108〕

　　嚴格來說，災異之說亦屬於數術方技之學，以儒者爲主體的漢人災異說與一般傳統文化裡以實用技術爲主的數術方技之學，兩者的界限在哪兒，想要分個清楚是不容易的，因爲不論是經典的使用或是占卜的方法等等，都有重疊之處，但是若從「使用災異的目的」角度來切入，則呈現著有區別的情況。漢初的陸賈就於《新語》內提及：

　　　　夫世人不學《詩》、《書》，行仁義，〔尊〕聖人之道，極經藝之深，

　　　　乃論不驗之語，學不然之事，圖天地之形，說災變之異，〔乖先〕

　　　　王之法，異聖人之意，惑學者之心，移眾人之志……。〔註109〕

由其所述，可知說災異之變者，若不以《詩》、《書》等經典爲依據且心存聖王、仁義之道，不是在「一個秩序義的考量下來說災異」〔註110〕，其實就無異於方士巫者。因爲一般的方士巫者在說災異時，主要的思考核心並不是從災異之失而來對照人間之間是否失卻了天地之道，而是以知天之術來預測吉凶禍福，也因此，《漢書·五行志》的編撰者班固，才會認爲：

　　　　道之亂也，患出於小人而強欲知天道者，壞大以爲小，削遠以爲近，

　　　　是以道術破碎而難知也。〔註111〕

並對此一現象而發生了感概之語：「小數家因此以爲吉凶，而行於世，澆以相亂。」〔註112〕即漢代雖然已具備了一套有系統的災異思維，而且說災異的人以經師爲主體，但說災異的目的若不以國體或「秩序義」爲主，即便是學者，也是以小道小術爲主的「小數家」，無異於解決實際生活問題的方士

〔註108〕實際例子可舉三例，一是《史記·賈生列傳》，有鵩飛入賈生舍，賈誼因「異物來集兮，私怪其故，發書占之兮」，即以策數之書來占其度驗。二是西漢著名象數易學者京房，其說見於《漢書·眭兩夏侯京翼李傳》：「長於災變，分六十四卦，更直日用事，以風雨寒溫爲候，各有占驗。好鍾律，知音聲」（頁3160），三是《漢書·酷吏列傳·嚴延年》，河南府丞義懷疑嚴延年對己不利，「自筮得死卦，忽忽不樂」，卷90，頁3670。可知許多漢代儒生雖然不是專職術士但卻通曉方術。〔漢〕司馬遷撰，〔日〕瀧川龜太郎著：《史記會注考證》（臺北：宏業書局，1994年），卷84，頁989〜990。

〔註109〕引文的〔　〕，代表有缺字。見〔漢〕陸賈：〈懷慮〉，《新語》（臺北：世界書局，1962年），頁5。

〔註110〕殷善培：《讖緯中的宇宙秩序》（臺北：花木蘭文化出版社，2008年），頁107。

〔註111〕《漢書·藝文志》，頁1769。

〔註112〕同上註。

巫者。

　　本節的探問乃是從隨意摘取的《宋書》服妖四例而發出的疑惑：為什麼服物的形貌或製作可以影響、暗示，或說是象徵、預測另一件事情即將發生？由上述之文綜合可得知，服妖現象的書寫，乃是一種災異概念的敘述，而此一概念是在漢代時以陰陽和五行相配而形成的一種災異理論，災異理論所顯現的是天變與人事可對應，以及萬物可以相互感通的觀念；是以，若再將此觀念上溯，乃是一套人的存在結構與宇宙的存在結構相關並綿延不斷的原始思維，而這種思維從上古時就一直存在於人類的心靈了，也因此，當〈五行志〉的作者在書寫服妖時，天人連續以及可以相互感通的思維，成了史家書寫歷史變遷時隱含卻又到處可見的原則。

二、徵與應之間：以服妖為主對災異一詞的考辨

　　從漢代到魏晉南北朝史書〈五行志〉，〈五行志〉的內容記載了大量的災害怪異事物，位屬於〈五行志〉內的「服妖」現象，雖然在整體的書寫上偏向位處現實人間之人的服飾衣物，但在書寫的宗旨上也是朝著「志異錄奇」的原則而下筆的，也就是說，雖則談人，但在表現的方法上，是用「災異符應」的色調來組構全文的。災異符應的色調內涵若再分析，可用「事件好壞」與「組成部份」兩個層面說明：第一，以事件的好壞來看分為吉兆與凶兆二種類型，一是吉兆，是為祥瑞符應，是以神奇的事物來確認君權的正當性與合理性；二是凶兆，乃指災異凶咎，用以警示人君失德並預顯了國家失政換朝。〔註113〕第二，若以組成災異符應觀念的部份來看，則是以「徵兆」與「事應」（果）兩種書寫元素做為事件的最核心概念。

　　是以，本子節擬以先從〈五行志〉的〈序〉文，來對「災異」一詞在文本中實際出現的狀況來做分析，以茲瞭解服妖文本內對災異一詞的實際解說與理論來源；同時，以服妖實例及其現象來呈現「徵／應」兩元素在文本中的模樣，並以之說明服妖現象在被詮釋解理時所運用的原則與方法；然後，再進一步地往更深入的地方邁進，即探討以「徵／應」原則為主的服妖現象

〔註113〕吉凶的表現為有好有壞，即「休徵」與「咎徵」應該要兼而說之，但〈五行志〉只說災異而不言祥瑞，史家將祥瑞另外置放於〈祥瑞志〉，即〈五行志〉談災異，〈祥瑞志〉言符瑞。魏晉南北朝史書裡，除了以〈五行志〉說災異，另有三本史書設有〈祥瑞志〉，分別為：《宋書》的〈符瑞志〉、《魏書》的〈靈徵志〉，以及《南齊書》的〈祥瑞志〉。

乃至其它災異事件，為何在帶有極大想像與預測未來的成分之下，有時能夠不依賴實際事實而存在下來？而這原因很有可能是與服妖書寫的目的以及「徵應」的表述方式有關係的。因此，本子節將分成二項來論述之，分別是「災異一詞的釋義——以〈五行志・序〉為主的分析」與「徵／應：服妖事件的詮釋路程」，其說明如下：

（一）災異一詞的釋義——以〈五行志・序〉為主的分析

魏晉南北朝史書內「服妖」現象的用意本以天道昌明彰顯為主，故人行事妖異以致違反天道者，最後將產生災難而受到懲罰，而同樣位於〈五行志〉內的災異禍亂，如孽、禍、痾、眚、祥等不同種類的災異類別亦是以之為宗旨與原則。鄭志明就曾對魏晉文人此種多言災異的心態做了解釋，其云：

> 知識份子為了掌握休咎的徵兆，就特別關心物的奇異現象，基本上這也是一種人文態度，只是在接觸的過程中，宗教意義反而大於人文意義。〔註114〕

這一心態除了用來解釋魏晉時文人的心態，同時也可以擴及〈五行志〉書寫者的心態；也就是說，知識份子為了掌握、瞭解休咎的徵兆，所以特別地注意物異現象並給予詮釋，諸如風雨災、蟲災、雲怪氣變，以至男女共體、服飾變異等都是觀察的範圍。雖說服妖之事為人間之事，不至於宗教意義大於人文意義，但史家們所敘述的尚有馬生人、死復生，男化女等神祕經驗，致使服妖書寫的語境因前後文的關係，仍瀰漫一股先驗先知的超自然感應氛圍。

而導致此一氛圍的災異內涵究竟是什麼，文人要掌握休咎徵兆的原因又是什麼呢？「災異」一詞在〈五行志〉的釋義為何？若援引史書幾段位處〈五行志〉開端、用來解釋整體宗旨的序文，應可見其面貌：

> 《晉書》：綜而為言，凡有三術。其一曰君治以道，臣輔克忠，萬物咸遂其性，則和氣應，休徵效，國以安。二曰：君違其道，小人在位，眾庶失常，則乖氣應，咎徵效，國以亡。三曰，人君大臣見災異，退而自省，責躬修德，共禦補過，則消禍而福至……司馬彪纂光武之後以究漢事，災眚之說不越前規。（頁800）

> 《宋書》：夫天道雖無聲無臭，然而應若影響，天人之驗，理不可

〔註114〕鄭志明：《宗教神話與崇拜的起源》（臺北：大元書局，2005年），頁240。

誣。司馬彪纂集光武以來，以究漢事；王沈《魏書》志篇闕，凡厥災異，但編帝紀而已……覽其災妖，以考之事，常若重規沓矩，不謬前說。（頁879）

《隋書》：……《春秋》以災祥驗行事。……漢時有伏生、董仲舒、京房、劉向之倫，能言災異，顧盼六經，有足觀者。……聖王常由德義消伏災咎也。（頁617～618）

《後漢書》：〈五行傳〉說及其占應，《漢書‧五行志》錄之詳矣。故泰山太守應劭、給事中董巴、散騎常侍譙周並撰建武以來災異。今合而論之，以續前志云。（頁3265）

由上述所引之文，〈五行志‧序〉內對於「災異」一詞，類同的還有「災眚／災妖／災祥／災咎」四詞，而記載災異爲何，則呈現了幾個面向：

第一，它說明了「災異」的發生原因以及文人爲何想要掌握休咎徵兆。《宋書》說明了這一點，即「天道雖無聲無臭，然而應若影響，天人之驗，理不可誣」〔註115〕，此一句指出了「天道」爲所有災異發生的原因，即天道與人事如同影形，有呼有響，是以上天降給人的徵兆與其應驗，都說明了天人之理，因此，若能把握徵兆與應驗，則是明瞭了天人之間的常理。

第二，它說明了解決災異的方法。因爲災害危難或重大社會事件、甚至是國家興盛衰亡等大問題，都與自己有切身的關係，是故想要去解釋與解決之，這是人類的天性與自然的本能。魏晉南北朝〈五行志〉以及兩漢志對於「災異」的看法，基本上，也是爲了解釋與解決這樣一個與切身有緊密關聯的大問題。所提出的方法有三種但實際上應爲二種，〔註116〕一是「君治以道，臣輔克忠，萬物咸遂其性，則和氣應，休徵效，國以安」，二是「人君大臣見災異，退而自省，責躬修德，共禦補過，則消禍而福至。」

第三，它說明了書寫災異的策略與傳統。在本章第二節已對服妖形式的書寫策略提出討論，是故此處不再詳述，簡而言之，若論服妖的災異書寫傳統乃源至「《春秋》以災祥驗行事」，接著爲伏生、董仲舒、京房、劉向等之倫「能言災異，顧盼六經，有足觀者」而被班固摘錄用以構建五行災異系

〔註115〕《宋書》，頁879。

〔註116〕其中一個並非解決災異的方法，而是描述若不處理災異則會發生危亂，其云：「二曰：君違其道，小人在位，衆庶失常，則乖氣應，咎徵效，國以亡」，《晉書》，頁800。

統。而書寫的策略不論是《晉書》、《宋書》、《隋書》，還是《後漢書》，史家
們都認爲「災眚之說不越前規」〔註117〕、「覽其災妖，以考之事，常若重規沓
矩，不謬前說」，〔註118〕也就是以前書之例爲後事之範。

（二）徵／應：服妖事件的詮釋路程

服妖現象裡具體呈現的爲「服妖事件發生的樣貌」與「服妖事件指向的
最後結果」兩者，而這兩者是用來概括整件服妖事例的，是〈五行志〉「服
妖」書寫時的兩大基本元素，簡單的來說，即是「徵」（或徵兆、象徵）與
「應」（或符應、驗證）兩大組成部份。若以《晉書・五行志》的服妖實例來
表現並說明「（象）徵／（兆）應」兩元素在文本中的模樣，經由揀閱挑剔後
條列如下：〔註119〕

1. 晉司馬道子之例：降在皁隸之「象」／貌不恭之「應」。
2. 魏明帝時銅鑄巨人：以爲嘉祥，鑄銅人以「象」之。
3. 吳孫休服制：卒以亡國，是其「應」也。
4. 晉武帝時衣儉裳豐：下掩上之「象」也／下掩上之「應」也。
5. 晉朝尚用胡物：自後四夷迭據華土，服妖之「應」也。
6. 晉婦人屐頭方：賈后專妬之「徵」也。
7. 晉婦人擷子紒：賈后廢害太子之「應」。
8. 晉時以烏杖柱拂：旁柱拂者，旁救之「象」也／建都江外，獨立之「應」。
9. 晉敗屩自聚于道：黔庶之「象」、疲弊之「象」。
10. 晉元帝兵士以絳囊縛紒：臣道上侵君之「象」。
11. 晉時爲袴者直幅爲口無殺：下大之「象」。
12. 東晉孝武帝時女帶假髻：假頭之「應」云。
13. 晉末冠小裳大：禪代之「象」。

文中的「象」即「徵」，指的是徵兆的「表象」、「象徵」，〔註120〕而

〔註117〕《晉書》，頁800。
〔註118〕《宋書》，頁879。
〔註119〕《晉書》，頁886～891。「司馬道子」一例，頁820。
〔註120〕例外的是條例 2，其云「以爲嘉祥，鑄銅人以『象』之」的「象」是動詞，
　　　　意指比擬，而非本文所言的「表象」、「象徵」、「徵兆」，是指名詞而言，與此
　　　　類情形相似的尚有許多，因此本處不言「象與應」，而改以較明確的「徵與
　　　　應」。

「應」則為「兆應」。《晉書・五行志》內服妖之例總共有二十五條，而其中有呈現出「象／應」字眼的就有十三條，其餘的十一條的文字雖然描述服妖也指出了事情的驗證，因未確切使用「象」、「應」、「徵」等字眼故未算入，但仍可看出服妖實例被詮釋、理解時所運用的原則與方法是以「象」（徵）和「應」來組合全文的。游自勇認為，中古《五行志》的徵應大致可分為兩種情況：「有徵必有應」與「有應才有徵」兩種，並且由於詮釋者個人的知識背景、政治立場等束縛，使得他們的書寫有「選擇性記憶」的情形，而其解說徵應則運用了直解、轉釋、反說等方式。〔註121〕但實際上，〈五行志〉的徵應情況並非「有徵必有應」與「有應才有徵」如此絕對兩分法，很多時候只舉出怪異之事做為「徵」就結束了整件事例，如「後齊婁后臥疾，寢衣無故自舉，俄而后崩」〔註122〕，或是「天下為晉世寧之舞，手接杯槃反覆之」一事只說及「至危也」、「其知不及遠」等無關痛養的評述；而「有應才有徵」則是正確的，因為此一原則符合史家對已發生之事找一預設的徵兆，也是書寫時真實的狀態。職是，綜合其述與文本實況，「徵」與「應」的表述方式應有二種可能：

1. 徵應標準型

即一般認知裡，因「徵象」產生而預警了之後將有「事果」來「驗證」之。可以上述所條列的第九條「敗屨自聚于道」為例，其文為：

> 元康、太安之間，江淮之域有敗屨自聚于道，多者或至四五十量。干寶嘗使人散而去之，或投林草，或投坑谷。明日視之，悉復如故。民或云，見狸銜而聚之，亦未察也。寶說曰：「夫屨者，人之賤服，最處于下，而當勞辱，下民之象也。敗者，疲弊之象也；道者，地理四方，所以交通王命所由往來也。故今敗屨聚于道者，象下民罷病，將相聚為亂，絕四方而壅王命之象也，在位者莫察。」
> 〔註123〕

此條是典型的以徵象來預測事應的例子，晉太康、太安年間發生了敗屨自聚於道的怪異之事，是大事將要發生之前的「預兆」，而文中也引了兩個人的說

〔註121〕游自勇：〈中古〈五行志〉的徵與應〉，《首都師範大學學報・社會科學版》2007年第6期，頁10。
〔註122〕《隋書》，頁629。
〔註123〕《宋書》，頁889。

法來解釋此一兆象，一是民間說詞「民或云，見狸干寶銜而聚之」，而另一人
則是晉人干寶的評論，同時，干寶也先聲明將來會發生的「事果」即「象下
民罷病，將相聚爲亂，絕四方而壅王命之象也」，而之後，果然發生：

> 太安中，發壬午兵，百姓嗟怨。江夏男子張昌遂首亂荊楚，從之者如
> 流。於是兵革歲起，天下因之，遂大破壞，此近服妖也。〔註124〕

而此條即標準徵應型，即先有高人預測然後果有其事發生，乃《宋書・五行
志序》裡所言「高堂隆、郭景純等，據經立辭，終皆顯應」〔註125〕一類。但
置之於服妖文本內，其實很少有此種「先知先覺」型的預測，有可能是因爲
服妖所描述的是眞實人物的服裝穿著，在「徵兆」上是較爲固定具體的，
無法像是其它類型的災異諸如龜孽、雞禍等等，乃以「物象」做爲類比、起
興的對象，因此可以解釋及擴延的範圍相對較廣闊。然而，無論是具體人
物也好，還是以物象做類比，不變的是，「徵」是人間萬物，而「應」因爲是
由不同的人去解釋之，因此在「徵」與「應」之間，「應」具有高度的彈性
在，因而出現了服妖在書寫時有「旁徵博引、廣採列引諸家之說」的情形存
在。也就是，有的時候，只有一個徵兆，然而卻對應了數個解釋；如同上頭
所舉的「敗屨自聚于道」例子，在此例之中，即出現了「一徵數應」——有
民間說詞「民或云」也有晉人干寶的評論共二種，這個現象乃是多採異說
兼存於文中的結果，優點是客觀地存載異說有助後人理解當時人的解釋爲何
及他們的觀點有哪些，但缺點則是多口議論則會出現對同一徵象的解說不同
以致有相反的情況，使得解說上產生混亂，也會使得此一實例的準確預測度
降低。

2. 徵應實際型

此類型即是游自勇所云的「有應才有徵」情況，也就是史家實際書寫時
面對素材的狀態，絕大部份是由「兆應」而去推敲它的「徵兆」應是什麼，
在時間上，是事情發生之後去再去記錄並連貫前後之事以成一脈絡及系統。
以《晉書・五行志》的服妖事例來說，其中就有三例在「兆應」的表現上是
指向三國時期魏朝的滅亡，這三例分別是：〔註126〕

> 魏武帝以天下凶荒，資財乏匱，始擬古皮弁，裁縑帛爲白帢，以易

〔註124〕同上註。
〔註125〕《宋書》，頁879。
〔註126〕《晉書》，頁824。

舊服。

魏明帝著繡帽，披縹紈半袖。

（魏明帝）景初元年，發銅鑄爲巨人，號曰翁仲，置之司馬門外。

魏武帝仿古做白帢，魏明帝披戴色彩鮮豔的帽子、衣袖以及鑄立銅製巨人，這三者——白帢、繡帽半袖、銅巨人，雖說「徵兆」不一，但指往的都是同一件大事紀，也就是魏國滅亡：〔註127〕

名之爲帢，毀辱之言也，蓋革代之後，劫殺之妖也。

帝既不享永年，身沒而祿去王室，後嗣不終，遂亡天下。

案古長人見，爲國亡。……魏法亡國之器，而於義竟無取焉。蓋服妖也。

觀看這三例的「徵」與「應」，文本中寥寥數語卻負載了當時驚天動地的大事紀，不難想像出史家面對並記載這段歷史時撫案而嘆的沈重感概，因爲，在不可避免的時間推移裡，國家的苦難與個人的命運需要被解釋；因此，做爲載錄已逝歷史的史傳，爲了提供後事之借鏡並以之而反省，爲了合理交待過往人物曾所遭受到無法承受但也無法迴避的革代事實，多方解釋大事紀是有其必要的，況且，以「徵兆」實行眞正預測的功能並非書寫服妖之事的主要目的，他們的敘述本來就是要「明吉凶，釋休咎，懲惡勸善，以戒將來」〔註128〕，因此，以近世大事做爲「應驗」，而去搜羅、依附古事之「徵兆」，才應是服妖敘述裡史家書時的實際狀況。

上述的「徵應標準型」與「徵應實際型」這兩種類型是服妖事例在書寫時的一般原則與實際狀況的分別，但除了此兩類型，文本內亦有例外，像是「有徵象卻無兆應」，因爲不符合書寫者自己隱涵的徵應規則，致使唐代劉知幾對此現象在〈五行志錯誤〉裡兩度提出糾正，批評爲「徒發首端，不副徵驗」、「但伸解釋，不顯符應」〔註129〕；另一個有趣的例外乃是《南齊書》內一條服妖之例，其云：〔註130〕

〔註127〕《晉書》，頁 824。

〔註128〕〔唐〕劉知幾撰，〔清〕蒲起龍釋，呂思勉評：〈五行志錯誤〉，《史通釋評·外篇》，頁 660。

〔註129〕〈五行志錯誤〉一文考察〈五行志〉體例編纂方法的錯誤，並條列其錯繆爲四大科：引書失宜、敘事乖理、釋災多濫、古學不精。「徒發首端，不副徵驗」一條位屬於第二科「敘事乖理」之下，而「但伸解釋，不顯符應」則位於第三科「釋災多濫」之下。同上註，頁 641～649。

〔註130〕《南齊書·五行志》，頁 373。

> （齊明帝）建武中，帽裠覆頂，東昏時，以爲裠應在下，而今在上，
> 不祥，斷之。羣下反上之象也。

此一條列在另一本史書《南史・齊和帝本紀》裡亦有出現但敘述較詳，其
云：

> （齊明帝）建武中百姓皆著下屋白紗帽，而反裙覆頂。東昏曰「裙
> 應在下，今更在上，不祥。」命斷之。於是百姓皆反裙向下。此服
> 袄也。帽者首之所寄，天意若曰，元首方爲猥賤乎〔註131〕

上兩段引文雖然敘述的是同一件事，即東昏侯斷帽裙之事，而《南史》則較
《南齊書》爲詳細地補上東昏侯斷裙之後的事態發展。因此，應分成兩個部
份來看此兩例的「徵」與「應」。

首先，南齊明帝建武年間（494 A.D.～498 A.D.）帽子的形式是帽裠往上
覆蓋住帽子和頭頂，但因爲明帝時有大臣蕭諶功高震主，曾經連續廢除南齊
的鬱林、海陵二皇帝，並助明帝誅殺皇室諸臣，因此依恃其功而干預朝政，
於是，當南齊東昏侯繼位時，便認爲帽裙應該在下而今「帽裠覆頂」象徵不
祥，意謂著東昏侯認爲此種形製會導致大臣擁權挾制君王，此即《南齊書》
所言：「建武中，帽裠覆頂，東昏時，以爲裠應在下，而今在上，不祥，斷之。
羣下反上之象也」整段，以及《南史》所云：「建武中百姓皆著下屋白紗帽，
而反裙覆頂。東昏曰『裙應在下，今更在上，不祥。』命斷之。」因此，由
前二段敘述，第一次的「徵應」就產生了，即「帽裠覆頂」爲「徵兆」→大
臣擁權挾制君王爲「應驗」。而這次的「徵應」連結是由南齊東昏侯他本人的
意見而形成的。

敘述的第二部份爲東昏侯害怕自己重蹈覆轍，因此命人裁斷帽裙而使得
裙帶往下垂吊，而此一圖象在《南史》認爲是「帽者首之所寄，天意若曰，
元首方爲猥賤乎」，即本在帽子上的帽裙理應與帽子相同，對「首（即頭）＝
元首＝君王」有保護作用，但今卻置之不理往下垂放，其形「反」故其心亦
「反」，而這種元首沒有被寄護的情況之下，即《南史》所呈現的「元首方爲
猥賤乎」想像圖像，因此，完成了第二次的徵應，即：「百姓皆反裙向下」、「羣
下反上之象」爲「徵兆」→「元首方爲猥賤」與就成了「應驗」。而此次將徵
應作連結的人是史家，並稱此一現象爲「服袄」之事。

爲何在一件事例之內會完成兩次徵驗的過程？其原因應在於史書的書寫

〔註131〕《南史・齊和帝本紀》，頁 160。

乃是以「事後諸葛」的方式來聯繫事件因果之間的關係，是在整個事件發生之後對此一事的評論，是以，東昏侯雖用心良苦但其下場亦相同於其父親——「羣下反上」，所不同的是他際遇更慘烈，被下臣殺害且取其首籍。

　　不同於上述「徵應標準型」與「徵應實際型」二類，這一件事例裡，由「徵」到「應」的過程出現了兩次，且甚為有趣的是，兩次徵應的發生都只與帽裙的方向有關係。而由前述可知，帽帶的方向無論是向上縛蓋住頭頂，還是往下垂吊離開了首籍，都可以被解說成君上被臣下凌逼、有「羣下反上之象」、「元首方為猥賤乎」，是故，帽帶的方向就顯得不那麼重要了，重要的是「帽帶」已成了一種象徵、一種符號，它成了「臣下」的隱喻（metaphor），而「頭頂」也變為「君王」之喻；而這兩樣符號，因為是用直觀、圖像式的比擬的手法並加上了以往經驗，因此有較強的指稱隨意性（Arbitrary），〔註132〕也就是說，原先帽帶往上覆蓋意謂著「羣下反上」之象，但是將帽帶轉反為向下垂吊時，意義的指涉並沒有因之而呈現出「上逼下」的意味，經由直觀式、圖想式的思考方式，帽帶往下垂吊呈現了「元首委賤」（即棄離君主）的意象，依然與往上覆蓋有相同的涵義——「君主被臣下凌反、棄離」，而此一現象，即反映了語言符號在互相指涉時的任意性與隨意性。

　　綜合言之，「徵／應」做為服妖事件的詮釋進路，是與歷史書寫有極密切的關係的，因為歷史也是一種寫作，書寫時不可避免地會使用到修辭，而修辭的運用則是藉由對語言的轉義、加工而成的，藉由探考諸多的服件事例在其「徵象」與「兆應」的語句使用上，會發覺服妖的語句簡短，而語詞的運用相較史書中其它文體內的敘述也更加精煉，這是因為服妖事例要表達的是由「徵象」到「兆應」之間概念，而此一概念早已沉浮於史家的胸懷裡。因此，當它要表達時，所用的語詞——「服妖」做為一種概念與符號，在文句

〔註132〕語言學家索緒爾對於文化中的語言符號性質給予了解釋，他認為，「語言符號」是由兩項要素聯合構成的雙重東西，這兩樣分別是指「概念」和「音響形象」。如果要用彼此呼應又互相對立的名稱來表示「語言符號」、「概念」和「音響形象」這三個，他認為可用符號（Sigh）表示整體，用所指（The signified 或言意旨）和能指（The signifier 或言意符）分別代替概念和音響形象；所指代表了概念與意義，而能指則是符號形成的媒介，它們之間的原則與關係是「任意的」（Arbitrary）。整理自〔瑞士〕費爾迪南‧德‧索緒爾（Ferdinand de Saussure, 1857～1913）著，高名凱譯：《普通語言學教程》（北京：商務印書館，1999 年），頁 100～106。

的著墨上並不需多耗筆水，因為只要將兩個概念——「徵象」與「兆應」做結合與聯繫，整條實例便達到了書寫宗旨，而多引經典之說亦有相同的功效，乃因經典為粹煉的語言，語句雖少然而可供指涉的範疇廣闊。

因此，「徵」與「應」的表述方式做為示現概念的一種方法，在魏晉南北朝史書內每一本有記載到服妖事例的文本裡頭，呈現著依照時間先後而順序排列的樣貌，使得讀者在依次閱讀時，從歷時的角度上，因服妖事件眾多的出場人物使人理解到歷史因記載個體而確認了個體自身的存在，同時也確認了群體的存在；從共時的角度上，因探考「徵應」原則而發覺隱涵在書寫者背後的主旨為何，也因而明白了它既確認了個體與群體的身份，也確認了個體和群體應該遵循的行動準則；而在時間的向度上，服妖的書寫既進行逆向的追溯求證，同樣也載錄了順勢的預測假設；就歷史書寫的功能而言，人們從過往之事提煉某種恆定法則，用來作為對現實行為的衡量和考慮，同樣地，也因藉由已提煉後的過往模式而能夠對未知的將來進行可能的預言。

第四節　小　結

意義的產生，是透過標示的動作，而顯現出「服妖」在主流系統中的差異以及它與系統的關係，因而產生的結果。而我們對世界的理解，最終都根據我們所說的語言而建立、結構及想像。「服妖」一語，一開始就被判歸於正道之外、異端之中，為了能理解此一語詞在魏晉南北朝史書裡出現的現象為何？現象的原因為何？勢必要對服妖論述被型塑的過程做一研究，也就是探考它被形成的語境與其文本裡的脈絡，藉由往上聯結與溯源，使得現象產生的意義自然浮現。

服妖論述的產生，其實就是一連串對文本的沿襲和改寫、增添的過程，從祖源頭《尚書‧洪範》一文開始，西漢喜說災異與關懷時政的經師，即經由闡述自己的微言大義而撰寫《尚書大傳》一書，但是，它究竟是誰寫的至今尚有異議，也就是說，目前可見的〈洪範五行傳〉一文在漢代已經過第一輪的闡釋與續寫；而服妖所屬的〈五行志〉，則因後代撰寫時皆祖述、歸宗於創製《漢書‧五行志》的班固所舉列的前例和舊說，以至於觀看魏晉南北朝史書並溯及漢代，會發覺〈五行志〉充滿了相互影響和潛在對話的現象，因而呈現出第二次的詮釋與續寫，即文本交織且相互為用，是以，對這一批互為「互文」的〈五行志〉文本，是需要對之釋義和揭示其書寫模式的。

　　經由分析後，服妖一詞產生情況為：「貌之不恭，是謂不肅」、「人君行己，體貌不恭」、「木失其性而為災」三類，以及服妖一詞最明確的釋義：「風俗狂慢，變節易度，則為輕剽奇怪之服，故曰時則有服妖」。然而，需注意的是，服妖之「服」的範圍廣闊，除了外在具體的服飾器物之外，更溯及隱微、抽象之義，諸如「動作」、「方位」等由外在形貌而象徵及指稱的抽象意涵都算入服妖論述的範疇之內，但其核心乃需要具有「修飾」、「裝飾」的動作才能命名之；而服妖之「妖」的總義為變異的事物，與服妖具相同語境的尚有「孽」、「禍」、「痾」等，且此妖之語境是被置放於陰陽五行災異學說之下而得的，其所對應的是「木」行失其性。在基本釋義之後，再從敘事學的角度來觀看服妖一詞，因而要對敘述方式以及敘事結構做一探考。敘事所指的乃是「對一個或一個以上真實或虛構事件的敘述」〔註133〕，因此，對服妖一辭在敘述方式上的探討，是以「真實與虛構」為命題而進行的，而對於敘述結構上的考析，則是藉由剖辨服妖的表層結構與深層結構而得到的：在「天道彰明」的觀念下，「天道」與「人事」之間的千絲萬縷是以「人妖（異）：天妖（異）＝人常：天常」此一深層法則而來論述天地人萬物之間的關係。

　　此外，服妖的論述來自一個重要的系統，即將知識系統加以分類和排比的五行系統，它是藉由已成為規矩、制式的想像，以及創想的規格，來對不合常規的事物作出修正、排除的動作，是一種以「排除規則」為枝幹的學說理論，它將人的感官知覺（貌、言、視、聽、思）與自然氣象（雨、煬、燠、寒、風）做出了連結，認為五事（即人的五種感知）若不順應本有的秩序則將會有五行之災，而五行之災之下即是一整套可供敷衍延伸的各種災害名目類別。基本上來說，這一災異之學，根據的基本經籍為《易經》、《尚書》以及《春秋》，其後逐漸發展至其他諸經。此類災異說，乃以「洪範九疇」為論述範疇，而〈五行志〉即論述的全部內容。而服妖敘述即是歸納於此一系統內，演義了漢人之「天人之學」，藉以諷刺當道者以使現實的政治獲得改善。但歸根究底，服妖事例所屬的災異學說，它所要探問的，是人如何來認識此一世界以及尋問自己為何存在的本質，因為當人向上觀天時，他所找尋並期望得到的解答是為了解釋自身的存在，就如同卡西勒所說的：「人在天上所真正尋找的乃是他自己的倒影和他那人的世界的秩序。人感到了他自己的世界

－－－－－－－－－－
〔註133〕羅鋼撰：《敘事學導論》，頁2。

是被無數可見和不可見的紐帶而與宇宙的普遍秩序緊密聯繫的」，〔註134〕而當人感到自己是與宇宙普遍秩序與無數不可見的紐帶緊連時，人與自然是和諧共處的，萬事萬物都有神祕的屬性。服妖學說裡所充斥的天人感應氛圍，即是這種認爲人與天地萬物、存在物與客體之間的界限是可以被忽略的原始思維，而此一思維其實自古至今都一直潛藏在人類的心靈裡。

　　藉由探考服妖現象的形成語境，使人最終地理解到，形之於文字的歷史，演示著過去的世界，其觀點雖不見得禁得住形式邏輯的驗證或眞正地符合後世發生的事實，但其所展演的是，書寫者在詮釋時，所見到的歷史視域，也就是詮釋者在某一特定的時間、空間之下，對經典所體認到的「眞正價值」，並在其書寫時，將這一「眞正價值」藉由其文字敘述描述出來，同時也對經典進行了實際生活上的「應用」與「實踐」。

〔註134〕〔德〕卡西勒（Ernst Cassirer）：《人論》，頁 72。

第參章　衣裝秘境：六朝「服妖」現象的原因考察

第一節　身份、階級與服用

　　人從出生到死亡，一生都在禮教法治的環境之下，每個人的人生階段，依著其價值觀念、個人的地位，以及行動方針而有所區隔，這種社會習得的方式，即是「社會化」（socialization）或是「文化化」（enculturation）的過程。中國人注重倫理綱常，而倫理綱常之道維繫之關鍵點在一個「禮」字，對於禮的種種論述，歷代歷年陳敘紛多繁眾，先儒荀子曾對禮之起源下了精闢見解，《荀子・禮論》論云：

> 禮起於何也？曰：人生而有欲，欲而不得，則不能無求，求而無度量分界，則不能不爭；爭則亂，亂則窮。先王惡其亂也，故制禮義以分之，以養人之欲，給人之求。〔註1〕

《周禮・春官宗伯》第三談到：

> 辨其名物，辨其用事，設其服飾。〔註2〕

《戰國策》〔註3〕也有相似的文句，將第一則言禮與第二則言服飾連結起來：

〔註1〕　〔先秦〕荀況著，李滌生集釋：〈禮論〉，《荀子集釋》（臺北：臺灣學生書局，2000年），頁417。

〔註2〕　〔漢〕鄭玄注，〔唐〕賈公彥疏，李學勤編：〈春官・典瑞〉，《周禮注疏》（臺北：臺灣古籍出版社，2001年），卷20，頁627。

〔註3〕　〔漢〕劉向集錄：〈武靈王平晝間居〉，《戰國策》（上冊）（臺北：里仁書局，1982年），頁657。

> 夫服者，所以便用也；禮者，所以便事也。是以聖人觀其鄉而順宜，
> 因其事而制禮，所以利其民而厚其國也。被髮文身，錯臂左袵，甌
> 越之民也。黑齒雕題，鯷冠秫縫，大吳之國也。禮服不同，其便一
> 也。是以鄉異而用變，事異而禮易。是故聖人苟可以利其民，不一
> 其用；果可以便其事，不同其禮。

按荀子的觀點，禮的起源與制定，來自於人的本性欲望，這種先天的「自然身體」，是人身的自然狀態，是有待後天「人文化成」的實踐活動加以節制和分等而成「禮義的身體」，〔註 4〕以便於在群體之中安其階級，達到社會秩序的和諧。《周禮》涉及社會分化與統治關係，所以在禮儀上（自然包括服飾），始終抓住不放的就是「辨其位，正其等，協其禮，賓而見之」〔註 5〕。其目的是上下有別，尊卑分明，法度森嚴，以維護統治者權威，絕不能混淆等級。而《戰國策》言「服」之意乃是注重其「用」途方面，言「禮」之意則是提出其內容為方便行「事」，也就是禮的功能乃在於顯示一套人類的規範系統，指示出各種理想的行為模式，諸如國家祭祀、神靈信仰與生死儀式等等。

因為處在文化社會裡，每天每日皆有各式各樣的禮儀在進行著，而禮的建立等於是規範了各種「事務」的處理法則。有了這些規矩模式之後，日常生活得以平穩前進，同時也對各種「名物」加以辨別分析，依「物」的不同性質，觀察其適宜的做法同時也抱持著依物而「變」的變通心態。而「服」，在《說文解字》裡許慎解釋為「用也」〔註 6〕，是與《戰國策》所說「夫服者，所以便用也」，兩者解說的意義是相同的；也就是「服」之定義並非是恒久不變的靜態義，其重點在於「功用」，對於裝飾使用於人體之外的生活必需品，如衣裳、飾物、用品等等，「服」的功用，乃是表明身份、區分等級。

〔註 4〕關於荀子談禮義時，從「身體觀」角度切入的代表為楊儒賓：《儒家身體觀》（臺北：中央研究院中國文哲研究所，1996 年）。伍振勳從楊氏的觀點接下而討論「自然的身體」到「禮義的身體」，本文即參見自伍振勳：〈荀子的『身、禮一體』觀──從「自然的身體」到「禮義的身體」〉，《中國文哲研究集刊》2001 年第 19 期，頁 317～344。

〔註 5〕〔漢〕鄭玄注，〔唐〕賈公彥疏，李學勤編：〈秋官‧大行人〉，《周禮注疏》，卷 37，頁 1180～1181。

〔註 6〕〔漢〕許慎撰，〔清〕段玉裁注：〈說文解字第八篇注下〉，《說文解字注》（臺北：天工書局，1996 年），卷 15，頁 305。

一、禮制的建立者與遵守者

　　服妖一詞於目前最早可見文本為《尚書大傳》裡的〈洪範五行傳〉，但對服妖一詞內涵的闡發，並提出一些實例來作說明為漢代班固編撰的《漢書》裡〈五行志〉，其記述之中陳雜異說並廣泛徵引實例來加以解說，一方面閱讀者可從其廣闊的記錄範圍裡認識與了解當時的社會風俗、情況以及原貌；一方面其記事的方法也對後世的史書寫作有所啟發，而當反面的事件被一條條列引敘述後，其實也就蘊含著相對於反面而生的主要意義。

　　這些服妖現象的產生，除了上述表格分析中，與事例發生的主事者身份有相當大的關係外，尚有一個非常重要的因素，即是寫定、完成這些書面文字背後的書寫者，而這些書寫者往往是由一大群文才之士所組合成的。清王鳴盛《十七史商榷》曾言及〈五行志〉所引：

> 《五行志》先引經曰一段，是《尚書・洪範》文；次引傳曰一段是伏生《洪範五行傳》文，又次引曰一段，是歐陽、大小夏侯等說，乃當時列於學官、博士所習者。以下則歷引春秋及漢事以證之，所采皆董仲舒、劉向、歆父子說也。而歆說與傳說或不同，志亦或舍傳說而從歆；又采京房《易傳》亦甚多，今所傳京氏《易傳》中皆無之，則今所傳京氏《易傳》，已非足本。間亦采眭孟、谷永、李尋之說，眭、谷語略，皆見其傳中，尋說則傳無之也。〔註7〕

以〈五行志〉的內容編排順序而言，從王鳴盛所述即可瞭解，其內容是由史書編纂者集合、收納許多人學說而成，先是引《尚書・洪範》之文為經繩做開頭起言〔註8〕，再引為之闡釋說明的〈洪範五行傳〉做起論〔註9〕。當《尚書・洪範》與〈洪範五行傳〉這兩種基本觀念提出後，接著再舉當時學識卓越之士之說為其內容來做論述。著作者以先秦君子之言為引言，將經典之言做為立言的標準和最終價值的根據，並開展自己之論述，此種方式在先秦諸

〔註7〕〔清〕王鳴盛撰：《十七史商榷》（臺北：大化書局，1977 年），頁 109～110。

〔註8〕經曰：「羞用五事。五事：一曰貌，二曰言，三曰視，四曰聽，五曰思。貌曰恭，言曰從，視曰明，聽曰聰，思曰睿。恭作肅，從作乂，明作悊，聽作謀，睿作聖。休徵：曰肅，時雨若；乂，時暘若；悊，時奧若；謀，時寒若；聖，時風若。咎徵：曰狂，恆雨若；僭，恆暘若；舒，恆奧若；急，恆寒若；霧，恆風若。」見《漢書・五行志》，頁 1351。

〔註9〕傳曰：「貌之不恭，是謂不肅，厥咎狂，厥罰恆雨，厥極惡。時則有服妖，是則有龜孽，時則有雞禍，時則有下體生上之痾，時則有青眚青祥，唯金沴（水）〔木〕。」見《漢書・五行志》，頁 1352。

子之書中已肇始開端。然而尤需留意的是，史書的編輯整修者是如何選用適
合他們需求的材料來達到欲闡明的意義，在這裡頭便突顯出書寫者監看、選
用材料的重要性。史家的來源，一般來說在學者研究認定裡，大致是來自於
掌天道、歷法的世襲官職，〔註10〕中國的史官記錄主要任務是以天子爲中心，
進而對其周圍事情的記載，因此，正史的書寫中首要記錄對象乃是對於社會
主體者之言行舉止的觀察與記錄，是故本文乃就這兩方向——「書寫者的監
看」與「社會主體者的變動與傳統」來加以論述如下。

（一）書寫者的監看

　　將服妖視爲妖、禍、亂一類的判定，即意味著書寫者心已先有所指也劃
定了某一中心標準，在形之於文字時，以舉例闡發的方式，將任何他們認爲
不合理、不合常態、異於平常之「服」，判歸之「妖服」、「服妖」或「近服妖」
之列。先秦諸子之書即有引經立論、旁徵博引的習慣，他們通常以徵引經典
的方式作爲自己發言的依據。〔註11〕而此種信而有徵的傳統，一直是文人士
子們書寫的重要原則，以徵引經典來加強自己論說的可靠性，本身就是一種
文化權威性的複製與再現，但這種信而有徵的方式就史冊〈五行志〉而言，
到後來又更變本加厲地成爲一套系統和詮釋的理論。

　　大部分的人文社會科學都是透過「類比法」來進行書寫和詮釋的，而歷
代〈五行志〉亦是如此，在書寫時主要是通過連貫比類的方式，以《洪範五
行傳》爲主要經典依據，將現實情形、事件與《洪範五行傳》部份載錄內
容相類比，並依照書寫者策略的運用後，處理並評斷了現實事件應有的價值
依歸。

　　即便就視角而言，歷史著作也隱含著非單一視角。因歷史著作與虛構故

〔註10〕如：日藤湖南針對《周禮・春官》所記載的史官及其職掌進行研究後，以爲
　　　　《周禮》的記載較爲恬淡，沒有像是《春秋左傳》中有將史官神聖化的內容，
　　　　因此可信的程度較高，並綜述諸後認爲：「史官最初只是計算射禮數目的簡
　　　　單職務，後來掌天道、歷法成爲大史，又成了作爲天子秘書的御史，治理天
　　　　子直轄地的內史。」〔日〕日藤湖南著，馬彪譯：〈周代史官的發達〉，《中國
　　　　史學史》（上海：上海古籍出版社，2008 年），頁 8～17。
〔註11〕陳來即言春秋時代時，「引證」作一寫作方法被大量的實踐，「引證文本的本
　　　　身就是實踐的經典化實踐，更多地、更權威地、更集中地引述某些文本，這
　　　　些文本就被經典化了」，見陳來：〈經典〉，《古代思想文化的世界——春秋時
　　　　代的宗教、倫理與社會思想》（臺北：允晨文化出版社，2006 年），頁 214～
　　　　215。

事相比，究竟是多了「實錄」精神爲根本的前提，然而再怎麼以客觀地態度
將客觀的人事物寫下，終究不可能像錄影機一般，完完全全的反映全貌，一
定也是經由史家個人的見識與眼光。這種歷史敘事在現代敘事學看來，至少
包含有二個存在的聲音：一是歷史事件本身的聲音，一是歷史敘述者的聲音，
也叫做敘述人口吻，而且後者往往顯得更爲重要。美國文論家華萊士‧馬丁
（W. Martin）在論述敘述視角時說：

> 敘事視點不是作爲一種傳達情節給讀者的附屬物後加上去的，相
> 反，在絕大多數現代敘事作品中，正是敘事視點創造了興趣、衝突、
> 懸念乃至情節本身。〔註12〕

浦安迪甚至認爲，「中國史書雖然力圖給我們造成一種客觀記載的感覺，但實
際上不外乎一種美學上的幻覺，是用各種人爲的方法和手段造成的『擬客觀』
效果。」〔註13〕

也就是說，史家的視點、觀點，即他們對此世界的看法，在他們所敘說
的當下就蘊含著某種價值標準，各種試圖用人爲的方法和手段來造成的「擬
客觀」，其實也始終處於某一視點來體驗、觀察事物。同時，中國的史書裡，
有一種很明顯的寫作模式，即整本史書不全然由一位作者包辦，採取的是層
層疊疊、積累式編修方法，在史書完成的當代就有好幾個人共同執筆，即便
是完成後也很有可能因爲散亂亡佚存冊不多，在後來的朝代又由其他文士搜
尋參考後另行書寫成另一部史書。陶棟《東觀漢紀拾遺》序云：

> 東觀者，後漢藏書著作之府，秉筆者大都史臣，作者既非一人，書
> 名亦不一致。……自時厥後，繼作者林起，若吳謝承之《後漢書》，
> 晉薛瑩之《後漢紀》，司馬彪之《續漢書》……，靡不取材東觀，而
> 集其成者，厥爲范氏曄之《後漢書》。〔註14〕

今所見的《後漢書》即是這種積累書寫模式的一個代表，其取材來自《東觀
漢紀》並以之爲底本，而《東觀漢紀》在寫作的當代時，其作者就並非一人

〔註12〕〔美〕華萊士‧馬丁（W. Martin）著，伍曉明譯：《當代敘事學》（北京：北
　　　　京大學出版社，2005 年），頁 130。
〔註13〕〔美〕浦安迪（Andrew H. Plaks）：《中國敘事學》（北京：北京大學出版社，
　　　　1996 年），頁 15。
〔註14〕〔東漢〕班固撰，陶棟輯遺：〈東觀漢記序〉，《東觀漢紀拾遺》放入《後漢書》
　　　　的附編二（臺北：鼎文書局，1981 年），第 6 冊。第 6 冊只將各家《後漢書》
　　　　合集，未有統一頁碼。

而已，或如《晉書》一書，在唐代編修時即依據了十八家晉書，這些寫晉朝之書絕大多數是六朝的作品，表示了在唐初時能見到寫晉朝史的史書作品，至少有十八家之多。〔註15〕

　　這種特殊的寫作模式裡，寫作者是集體的、多人的，亦即史書中裡敘事者往往不是只有一個作者或某個領銜主編者，也不是最後成書時被公開認定的作者，敘述者的聲音是多人集體共鳴的，而敘述人的口吻也是充滿著變化，而這種指事稱物的方法爲史家引用許多觀看者的視點，條列出這些觀看者對他們所察覺到的事物之體驗，組合成史家對於這一現象在此一世界中被大眾注目的看法，而這也形塑了史家的意識形態，因爲由他們選擇性地吸收他人言語，也反映了史家們個人的意識形態。在敘事的結構上，〈五行志〉引用了許多的觀看者並書寫下他們的見解，也就是書寫者使用許多觀看的視角切入事件本身，但被觀看的人，在下一節分析他們的身份之後，發現其實是有著固定的社會身份，而最被注目關切的，乃是以帝王爲主要聚焦點，而旁及社會中被附屬在男性旁的婦女角色，與依屬於君王朝廷的文官武吏、寵臣貴族們。

　　在歷史的演變裡，某些服章的現象被觀察、覺知到，因而被文人士子們聚集起來匯編成關於服章飾物的新話語，產生新名詞。譬如出自《左傳》裡子臧事件，原文只有指出鄭子華之弟子臧好聚鷸冠的事實並引《詩》、《書》加以評論，但到了《漢書・五行志》裡頭，舊的材料雖使用了然而裝入新觀念，即《左傳》裡子臧之事尚未被視爲一則有背後含義之故事，但在後世書寫者手中被取出成了「服妖」事例的前車之鑑，歸納成爲話語在塑造時的前鋒故事。因此，總體來說，分析書寫者在書寫態度和書寫角度上，大抵可說是：史家們一面以實境式記載的忠實態度，企圖以「擬客觀」方式寫下恰如其實的記錄，然而這些事件被列入〈五行志〉中即意謂某種意識型態之歸類，而掛名以「服妖」更顯現了批判意味之濃厚；另一方面著作者現身於文中乃以批判者或監視者之姿態，爲每個服妖事例做出種種的論斷與聲明，均是說明了此種書寫角度乃是存在多位敘述人口吻，以集體聲音發出的多視角敘述，同時這和史文傳統上的「夾敘夾議」類同，而這兩方面都證明了史家在書寫中對服妖事件之主事者的緊密監看與全境式之評論。

〔註15〕王樹民：〈十八家晉書〉，《中國史學史綱要》（北京：中華書局，1997 年），頁232。王氏在此辨證應有十九家。

（二）社會主體者的變動與傳統

中國傳統中以服章爲個人身體的表達，不講究身體的種種，而是專注在外在的服飾章物呈現來個人在社會中的地位、階級、職業，重視衣裳的文化意義和審美價值。〔註16〕在《漢書・五行志》中談到申生服偏衣事件，狐突之嘆實爲對服飾爲個人內心和身體的表現有感而發：

> 衣，身之章也；衷之旗也。……，服其身，則衣之純；用其衷，則佩之度。〔註17〕

在衣飾的穿著上實有表明個人之志，顯示己身欲傳達之理念。顏師古曰：「衣所以明貴賤，佩所以表中心」〔註18〕也是相同的道理。

在政治行爲上，撰寫「服妖」事例的書寫者，在其書寫之際，必會想到帝王貴戚會瀏覽閱讀之，爲了使政治主權掌握者能夠知其行爲之正當或偏頗，並因前車之鑒而對後來之行有所警惕，故書寫者在其書寫策略上則使用了教訓、斥責，並歸之於「妖」、「禍」、「亂」之類屬，旨在進一步闡述「輿服」的重要性，使政治主權者知道穿著不合禮制之服章，以及競相時髦、著奇服、比奢侈的著裝現象，往往會導致社會的危亂和動盪。

書寫者從《漢書》開創了〈五行志〉這一別於本紀、列傳之體的體裁結構之後，歷代的接續書寫史書者，若史書的書寫體裁結構完備，幾乎都會放入〈五行志〉，從六朝的史書中可發現，雖然《三國志》、《梁書》、《陳書》、《南史》、《北史》、《北齊書》、《周書》這幾本史書沒有分列出〈五行志〉，然這些史書大部份亦是只有「本紀」、「列傳」兩種體例，其餘則付之闕如；而《魏書》雖沒有在「志」中分出〈五行志〉，但卻別有分立〈靈徵志〉。《魏書》的〈靈徵志〉開頭即云做此志之由：「帝王者，配德天地……，化之所感，其徵必至，善惡之來，報應如響。斯蓋神祇眷顧，告示禍福，人主所以仰瞻俯察，戒德愼行，弭譴咎，致休禎。」〔註19〕說明了君主所行所爲，不論善惡皆會

〔註16〕中國與西方在人體和相貌上的觀點有著差異存在，不能僅由西方的身體觀來切入，對此有論述的龔鵬程云：「中國不但不像古希臘古印度那麼重視形體之美，認爲應重心而不重形；甚至我們認爲形體非審美之對象，衣裳才是。……因爲衣裳才是文化。」見龔鵬程：〈體氣：感諸萬物〉，《中國傳統文化十五講》（臺北：五南出版社，2006年），頁29～30。

〔註17〕頁1365。

〔註18〕頁1365。

〔註19〕〔北齊〕魏收撰：《魏書・靈徵志》，頁2893。

有徵應災祥以對應，故羅列出「皇始之後災祥小大」〔註20〕，以做為告示帝王禍福皆為自取。《魏書》裡面雖然沒有〈五行志〉一體，但其〈靈徵志〉所蘊含的意義和告誡的精神，其實與〈五行志〉如出一轍。在《晉書·五行志》裡，將〈五行志〉別為一志之因與內容所述歸納出：

> 綜合為言，凡有三術，其一曰，君治以道，臣輔克忠，萬物咸遂其性，則和氣應，休徵效，國以安。二曰，君違其道，小人在位，眾庶失常，則乖氣應，咎徵效，國以亡。三曰，人君大臣見災異，退而自省，責躬修德，共禦補過，則消禍而福至。〔註21〕

由上述引〈靈徵志〉與〈五行志〉內文可知，兩志雖名稱有異，但寓災異於徵兆的精神大致上是一樣的，同時，書寫者在策略上運用警示、斥責的方式，也就是以前兆占驗方法並引用《尚書·周書·洪範》及《尚書大傳·洪範五行傳》之文為前導經典，用氣象變化作為占驗時事，主要是與政治結合，而在器物服用上所發生的徵兆即為本文論述重心，如言魏武帝裁縑帛為白帢不是國家應有之常貌而是軍事象徵與送終之象，斷言之：「名之為帢，毀辱之言也，蓋革代之後，劫殺之妖也。」也舉了魏明帝之例，言其身為人主卻親自穿著不合禮法的服飾，其行致使「帝既不享永年，身沒而祿去王室，後嗣不終，遂亡天下」，書寫者在此用了非常嚴厲的口吻說道：「所謂自作孽不可禳」，這種政治性濃厚的預兆占驗以批評之方式來使君王或朝廷貴族有著警覺性，並視之為前車之鑑不宜重複犯之，以免歸之於「妖」、「禍」、「亂」之類屬。

此種書寫策略，在如今從後設的角度來看，在政治心理學上，可說是一種「自衛機構」（defence mechanisms）。精神分析學派創始人佛洛伊德發現了這種心理的機制，也就是引發和主宰的政治權力在執行時，若是遭遇到衝突和挫折，就會引起當事人或行為上情緒的緊張，產生了焦慮、罪惡感或自卑感，這些情緒是令人痛苦的不平衡狀態，也是一種強烈驅動的內在刺激，為了解除這些緊張情緒，人們會採用一套微妙而複雜的手段，這便是所謂的「自衛機構」。〔註22〕「服妖」的書寫，除了可見民間與朝廷較真實的一面，也警示著當道者，期以引起他們「自衛機構」的心理狀態，以使其能遵適正統禮

〔註20〕〔北齊〕魏收撰：《魏書·靈徵志》，頁2893。

〔註21〕〔唐〕房玄齡等撰：《晉書·五行志》，頁800。

〔註22〕引自馬起華〈淺說政治心理學〉，見中央月刊社編：《淺說現代社會科學》（臺北：中央文物供應社，1978年），頁70。

制的規範和制度，在傳統的禮儀行爲和禮制精神上不逾矩。

　　史家們服妖批判的針對對象，乃是社會的主體者，即「帝王」、「婦人」、「官吏」、「將軍兵士」這四類人，藉由負面書寫當道權貴者，他們要喻涵的其實是對正面傳統之肯定和讚揚。妖者，不守禮者也，是破壞秩序規定的人，亦即對不遵守生命秩序和禮常規範之人的直接否定、揭露和批評。相對來說，書寫者所捍衛的乃是傳統中關於服制的價值觀念，也就是從帝王貴族、百官以及平民賤庶，都需照自己的身位、階級去使用和穿著適當的服章飾物，並遵守已成規範的禮制，而中國史書中的〈輿服志〉，正是體現這種禮制的最佳寫照，因而在相當程度算得上一部帝王將相的服飾史。

　　然而，服章飾物畢竟是具有實用功能的，在穿著披戴上隨著時間和空間的轉移，有些服飾因向外擴張流及群眾百姓，日積月累之後成了習以爲常的樣式，當初視之爲驚世駭俗之舉也漸漸爲人們所接受，不再認爲是干犯常軌；再者，六朝爲戰亂頻繁的時代，朝代更替較之前迅速且多，國換其君、城易其主成爲了常事，這樣一個動亂的情境，使得各朝、各族服飾風格屢屢發生變化。如王敦南征時將舊時羽扇的木柄加長，羽扇之骨由十條改爲八條，〔註 23〕因王敦有擅權之實和竊奪之心，故《晉書》和《宋書》都列之爲「服妖」，但王敦終究處於東晉時代，當其覆滅之餘、物換星移之後，所留下、經過變制的羽扇仍被人們使用著，然使用者在之後的朝代使用時即不像當初變制者被目視爲服妖一類。或如西晉時流行戴小冠子，亦被《晉書》和《宋書》因服裝上小下大而有改朝換代的象徵意味，列之爲「服妖」〔註 24〕。這種小冠流行於偏安江南的東晉，而被迫偏安的理由乃是西晉滅亡，因著亡國之痛，故被史家目視爲服妖的象徵。

　　但若依沈從文之考察，北魏定都洛陽以後並力行種種漢化的法令，原流行箭子形氈帽改變成仿效東晉小冠子而外罩漆紗籠巾，〔註 25〕由北魏仿擬東晉小冠而制成禮帽的現象，應可推知，晉末流行的小冠子在被北魏被作爲漢化的一種帽子，當成了制度之一之後，史書中認定爲「不合」秩序常理的小冠服妖，在北魏那時的時間、空間之下反而是「符合」秩序的制度之一。（參見書末附圖）因此，某些朝代因爲若干理由制定的某種服飾規矩，當社會主

〔註 23〕〔唐〕房玄齡等撰：《晉書・五行志》，頁 825～826。

〔註 24〕〔唐〕房玄齡等撰：《晉書・五行志》，頁 826～827。

〔註 25〕沈從文著：《中國古代服飾研究》（上海：上海書店出版社，2007 年），頁 172～173。

體者違反時，爲了警示、訓戒當事者與後來的人，對他們標誌上反面、違禮、失序的記號，希望使象徵正面的輿服制度和傳統能永久保持，在歷經時代洗滌後，服飾本身的樣子並無改變，然而「傳統」與「秩序」位置卻微妙地移動、改變了，「反面」到「正面」的情況也就發生了。

二、「服妖」現象裡主事者身份辨析

「服妖」之說若要追尋思想的來源，在目前現存文獻裡較古的來源爲《禮記‧王制》：

> 命典禮考時月，定日，同律，禮樂制度衣服正之。……變禮易樂者，爲不從；不從者革制度衣服者，爲畔，畔者君討。〔註26〕
>
> 作淫聲、異服、奇技、奇器，以疑眾殺。〔註27〕
>
> 衣服飲食，不粥於市。五穀不時，果實不熟，不粥於市。木不中伐，不粥於市，禽獸魚龜不中殺，不粥於市。關執示以譏，禁異服，識異言。〔註28〕

這三則在〈王制〉裡關於禮樂衣服的條文，直接地點出衣服這形於外的物品在朝廷制禮制樂時，兩者是直接相關且相連的。

故引文第一則將「禮樂制度」與「衣服」兩者併合起來一起做討論的，並談到若不服從此制度而想要改變，就是不服從王命，不服從王命意味著想要推翻社會制度與動搖國本，而這種行爲即是叛亂逆謀不軌，其罪責大至可討伐那分封的國君。第二則引文乃是王君認爲四項罪惡至大的禁令，其中「作異服」即爲第二項的禁令，在此引出穿著奇裝異服之人其行足以搖動人心，使得民心不得統一整齊、思想觀念不得一致，而此罪刑足以不須審理即可執行殺滅的動作。第三者引文著重於不在人民面前出示奢侈，以防生出貪婪的人心，其著眼點在「禁奢侈」，而禁奢的觀念在古代政教裡是一直存在的。但若將第二、第三引文合起來看，「異服」在文本書寫的當代或是更早些時候，就被關注到且視爲一項重要的變異行爲。

從這三則引文裡，隱含著一種「立正反反」的意識，即先樹立標準正常

〔註26〕〔漢〕鄭玄注，〔唐〕孔穎達疏，〔唐〕陸德明音義：〈王制〉，《禮記正義》，收入《十三經注疏》（臺北：藝文印書館，1982 年），卷 11，頁 226。

〔註27〕〔漢〕鄭玄注，〔唐〕孔穎達疏，〔唐〕陸德明音義：《禮記正義》，卷 13，頁 260。

〔註28〕同上註。

的原則，言明衣服或飾物的製作乃在符合禮樂制度和社會秩序，標準原則建立了之後，與之相反或不吻合著則被歸納為「異」者、「畔」者，而這些異常和反叛不馴的服飾、服用，便被視為「妖」者，在史書正式記載中用專門的代詞——「服妖」來對待、解釋這些現象。這些服妖的事例雖然絕大部份被記載在史書〈五行志〉裡，而其精神則從《後漢書・輿服志》一段話可窺其樣貌形態：

> 夫禮服之興也，所以報功章德，尊仁尚賢，故禮尊〔尊〕貴貴不得
>
> 相踰，所以為禮也。非其人不得服其服，所以順禮也。〔註29〕

在歷代的〈輿服志〉主要表述的是有關統治階層的車旗服飾制度，同時也意味著其對象全是針對著士大夫以上之人而加以論述的，並非一般平民大眾，其中的對象若非是官吏就是為朝廷服務的周遭人士。而在統治階層裡各個身份裡，輿服更講究的是可以區分身份尊卑，即服用制度上一定要遵守「非其人不得服其服」〔註30〕的原則。

依六朝正史中敘述到「服妖」事例裡，將每個事例裡的主事者分別挑選出加以分類，其身份之辨析可從下表格來說明之：

表格 3-1

編號	服　妖　事　件	服（飾）類別〔註31〕／服用品名〔註32〕	主事者身　份	出　　　處
1	魏武帝始擬古皮弁，裁縑帛為白帢	帝王之國容／白帢（軍容、喪容）	帝　王	《晉書・五行志》，頁822。《宋書・五行志》，頁886。
2	永嘉間稍去白帢橫縫其前之「顏」，名「無顏帢」	未言明／無顏帢	未言明	《晉書・五行志》，頁825。《宋書・五行志》，頁886。
3	婦人之紛不能自立，髮被于額，目出而已	婦人服／緩紛、被髮	婦　人	《晉書・五行志》，頁825。《宋書・五行志》，頁886。
4	魏明帝著繡帽，披縹紈半袖	禮法之服／縹紈、半袖（非禮法之服）	帝　王	《晉書・五行志》，頁822。《宋書・五行志》，頁886。

〔註29〕《後漢書・輿服志》，頁3640。

〔註30〕同上註。

〔註31〕事例中主事者或主事者所指派之人，按其性別、位階，「應當」穿著的服飾類型。

〔註32〕文本中人物「實際」的穿著，列引了服飾、服用、服色、服器在文本中的專名；後面的括號裡則是說明當時人認為此一實際穿著應當是什麼類型的衣服。

5	魏明帝好婦人之飾〔註33〕	帝王之法服／天子之冕前後旒用珊瑚珠（婦人服）	帝　王	《晉書・五行志》，頁822。《宋書・五行志》，頁886。
6	景初元年發銅鑄爲巨人	帝王之法服／銅巨人（亡國之器）	帝　王	《晉書・五行志》，頁822。《宋書・五行志》，頁886。
7	何晏好服婦人之服	男子服／婦人服	尚　書	《晉書・五行志》，頁822～823。《宋書・五行志》，頁886～887。
8	末嬉冠男子之冠	婦人服／男冠（男子服）	婦　人（帝妃）	《晉書・五行志》，頁822。《宋書・五行志》，頁886。
9	吳婦人急束其髮、剺角過于耳	婦人服／急束髮、剺角過耳	婦　人	《晉書・五行志》，頁823。《宋書・五行志》，頁887。
10	孫休後衣制上長下短，積領五六而裳居一二	未言明／衣服、領、裳	未言明	《晉書・五行志》，頁823。《宋書・五行志》，頁887。
11	晉武帝時衣服上儉下豐，著衣者皆厭䙱	未言明／衣服、厭䙱	未言明	《晉書・五行志》，頁823。《宋書・五行志》，頁887。
12	至元康末婦人出兩襠加乎交領之上	婦人服／兩襠	婦　人	《晉書・五行志》，頁823。《宋書・五行志》，頁887。
13	元康末車乘貴輕細、數變其形，以白篾爲純	君子服／白篾車（喪服）	君　子	《晉書・五行志》，頁823。《宋書・五行志》，頁887。
14	晉武帝泰始後尚用胡物	漢服／胡牀、貊槃、羌煮、貊炙（胡服）	貴人富室	《晉書・五行志》，頁823～824。《宋書・五行志》，頁887。
15	晉武帝太康中尚用胡物	漢服／氊製的䋆頭、絡帶、袴口（胡服）	貴人富室	《晉書・五行志》，頁823～824。《宋書・五行志》，頁887。
16	晉武帝太康後移命婦於東方	婦人服／干陽位之服〔註34〕	命　婦	《宋書・五行志》，頁887。
17	晉太康初婦人屐頭方與男同	婦人服／方屐頭（男人服）	婦　人	《晉書・五行志》，頁824。《宋書・五行志》，頁888。

〔註33〕〔唐〕房玄齡等著：《晉書》，〈輿服志〉（臺北：鼎文書局，1980 年）。文中寫道：「後漢以來，天子之冕，前後旒用眞白玉珠。魏明帝好婦人之飾，改以珊瑚珠。晉初仍舊不改。及過江，服章多闕，而冕飾以翡翠、珊瑚、雜珠。侍中顧和奏：『舊禮，冕十二旒，用白玉珠。今美玉難得，不能備，可用白璇珠。』從之。」頁 766。〈輿服志〉中未對魏明帝多加討責，然因其與何晏相同皆好服婦人飾，而《晉書》、《宋書》中視何晏著婦人飾爲服妖之例，故本文將之歸入，仍視爲服妖之例。

〔註34〕此例於《晉書・五行志》中無列出。

18	晉太康中天下爲《晉世寧》之舞，手接杯盤而反覆之	酒食之器／杯盤	樂舞人（暗指晉世之士）	《晉書‧五行志》，頁 824。《宋書‧五行志》，頁 888。
19	惠帝元康婦人飾五兵佩	婦人服／五兵佩、金銀瑇瑁之屬的斧、鉞、戈、戟、笄（男人服）	婦　人	《晉書‧五行志》，頁 822。《宋書‧五行志》，頁 886。
20	惠帝元康中婦人結髮急束其鬟	婦人服／擷子紒	婦　人	《晉書‧五行志》，頁 824。《宋書‧五行志》，頁 888。
21	惠帝元康中貴遊子弟散髮倮身之飲〔註 35〕	未言明／散髮、倮身之飲（戎狄之人服）〔註 36〕	貴遊子弟	《宋書‧五行志》，頁 883。《晉書‧五行志》，頁 820。〔註 37〕
22	惠帝元康中以烏扙柱掖，後稍施其鐷，住則植之	未言明／烏頭杖、金鐷底	天下人	《晉書‧五行志》，頁 824。《宋書‧五行志》，頁 888～889。
23	惠帝元康、太安之間江淮之域有敗屩自聚于道	黔庶之服／敗屩（編）	未言明	《晉書‧五行志》，頁 824～825。《宋書‧五行志》，頁 889。
24	晉孝懷帝永嘉中士大夫競服生箋單衣	士人服／生箋單衣（古喪服）	士大夫	《晉書‧五行志》，頁 825。《宋書‧五行志》，頁 889。

〔註35〕此例在《晉書》與《宋書》〈五行志〉中均未列入「服妖」標目下，而是列入「貌不恭」之下。「服妖」條目位於「貌不恭」之下，是屬於貌不恭條之下的子條目，但因〈五行志〉裡「貌不恭」與「服妖」兩條目偶會出現例子相同，卻在另一本史書裡放置在不同條目底下。如「司馬道子」的例子，《晉書》在貌不恭條目下，在《宋書》放置在服妖條目下，故其內涵應有互相舉發之義。且此則的行爲「散髮倮身之飲」，屬於服妖意義的合理範圍內，故本文仍視之爲「服妖」之例。

〔註36〕判定爲戎狄之人服之因爲《左傳‧僖公二十二年》云：「初，平王之東遷也，辛有適伊川，見披髮而祭於野者，曰：『不及百年，此其戎乎！其禮先亡矣。』秋，秦、晉遷陸渾之戎於伊川。」後來經歷代文士引用，如《後漢書‧南蠻西南夷傳》：中即有莋都夷人「皆被髮左袵。」「散髮」一詞成爲「戎狄之人服」的代名詞。〔周〕左丘明撰，〔晉〕杜預注，〔唐〕孔穎達疏，李學勤編：《春秋左傳正義》（臺北：臺灣古籍出版社，2001 年），卷 15，頁 460。〔南朝宋〕范曄撰，〔唐〕李賢等注：〈南蠻西南夷列傳〉，《後漢書》，卷 86，頁 2854。

〔註37〕此則沒有說出元康年間的貴游子弟有哪些人。王隱所編寫的《晉書》有舉出西晉時裸露的貴游子弟爲誰，其云：「貴游子弟。阮瞻、王澄、謝鯤、胡毋輔之、之徒。」但因八達生卒年無法詳考且八達的人數依各家說法不只八人，且因時間範圍廣，兩者所指的貴游子弟是否相同仍是問題，故暫存置之。王氏書附編於房玄齡等著：《晉書》（臺北：鼎文書局，1976 年），頁 284。

25	晉元帝太興中兵士以降囊縛紖	未言明／以降囊縛之紖	兵士	《晉書・五行志》，頁825。《宋書・五行志》，頁889。
26	晉中興王敦將羽扇改為長柄下出，羽十減為八	未言明／以長柄為下、羽為八之扇	將帥	《晉書・五行志》，頁825～826。《宋書・五行志》，頁890。
27	晉中興時上衣短、帶於披並以縛項、袴直幅為口並無殺	未言明／上衣、帽帶、下袴	未言明	《晉書・五行志》，頁825～826。《宋書・五行志》，頁890。
28	晉海西公嗣位忘設豹尾	主社稷之人之儀服／儀式未設豹尾	帝王	《晉書・五行志》，頁826。《宋書・五行志》，頁890。
29	東晉孝武帝人不復著帩頭	未言明／帩頭	未言明	《晉書・五行志》，頁826。《宋書・五行志》，頁883。
30	東晉孝武帝時屐齒達褊上名露卯，太元不徹名曰陰卯	未言明／屐齒	未言明	《晉書・五行志》，頁822。《宋書・五行志》，頁883。
31	東晉孝武帝時女帶假髻名曰假頭；貧家自號無頭	婦人服／假髻、假頭、無頭	公主婦女	《晉書・五行志》，頁822。〔註38〕
32	晉司馬道子於府園內設酒肆，如裨販身自買易	貴族服／商賈服（平民服）	皇族宗室	《晉書・五行志》，頁820。《宋書・五行志》，頁890。〔註39〕
33	桓玄設絳（綾）帳	帝王服／絳（綾）帳	帝王	《晉書・五行志》，頁826。《宋書・五行志》，頁890。
34	東晉末冠小衣裳博大	未言明／裳、冠	未言明	《晉書・五行志》，頁826。《宋書・五行志》，頁890。
35	宋文帝元嘉時婦人三分髮抽其鬟直向上，謂「飛天紒」	婦人服／飛天紒	婦人（始自東府）	《宋書・五行志》，頁891。
36	宋孝武帝時刺史劉德願善御車；挾牛杖催世祖；求益傯車	帝王服／牛杖催世祖並求益傯車（市井之服）	帝王	《宋書・五行志》，頁891。
37	宋孝武帝時戴法興造圓頭履	未言明／圓頭履	幸臣	《宋書・五行志》，頁891。
38	宋明帝時劉休仁制烏紗帽	未言明／烏紗帽	司徒	《宋書・五行志》，頁891。

〔註38〕此則《宋書》中無。
〔註39〕此例在《晉書・五行志》中無。

39	齊武帝永明時宮內服用射獵錦文	宮內服／射獵錦文	宮內人	《南齊書・五行志》，頁373。
40	齊武帝永明中蕭諶開博風帽後裠之製，爲破後帽〔註40〕	未言明／破後帽	司　徒	《南齊書・五行志》，頁373。《南史・齊本紀下第五》，頁138。
41	齊武帝永明末民閒制倚勸帽〔註41〕	未言明／倚勸帽	民　間	《南齊書・五行志》，頁373。《南史・齊本紀下第五》，頁140。
42	齊明帝百姓帽裠覆頂，東昏時命反裠在下	未言明／帽裠	帝　王	《南齊書・五行志》，頁373。《南史・齊和帝本紀》，頁160。
43	齊東昏侯自造遊宴之服，難得詳；群小造四種帽	帝王遊宴之服／山鵲歸林帽、兔子度坑帽、反縛黃離嘍帽、鳳皇度三橋帽	帝　王	《南齊書・五行志》，頁373。《南史・齊和帝本紀》，頁160。〔註42〕
44	齊東昏侯令左右作逐鹿帽	帝王遊宴之服／逐鹿帽	帝　王	《南史・齊和帝本紀》，頁160。
45	齊東昏侯與群小著調帽	帝王遊宴之服／調帽	帝　王	《南史・齊和帝本紀》，頁160。
46	齊東昏侯宮裡作散叛髮	宮內人服／散叛髮（夷狄人之服）	帝王宮裡人	《南史・齊和帝本紀》，頁160。
47	南齊東昏侯時以方帛塡胸名曰假兩	未言明／假兩	百姓、朝士	《南史・齊和帝本紀》，頁160。
48	北齊神武帝時婁后之寢衣自舉	婦人服／寢衣	婦　女（后妃）	《隋書・五行志》，頁629。
49	北齊文宣帝衣錦綺、胡服、傅粉黛，微行市里	帝王服／衣錦綺、胡服、粉黛、微服	帝　王	《隋書・五行志》，頁629。

〔註40〕〔梁〕蕭子顯：《南史》〈齊本紀下第五〉言：「永明中，百姓忽著破後帽，始自建業，流于四遠，貴賤翕然服之，此服祅也。帽自蕭諶之家，其流遂遠，天意若曰：武穆、文昭皆當滅，而諶亦誅死之效焉。」頁138。

〔註41〕〔梁〕蕭子顯：《南史》〈齊本紀下第五〉言：「武帝時以燕支爲朱衣，朝士皆服之，及明帝以宗子入纂，此又奪朱之效也。時又多以生紗爲帽，半其裙而析之，號曰『倚勸』。先是人間語好云『擾攘建武』，至是朝士勸進，實爲匆遽，『倚勸』、『擾攘』之言，於是驗矣。」頁140。

〔註42〕《南史・齊和帝本紀》亦有記載相同之事，其原文如下：「東昏又與群小別立帽，騫其口而舒兩翅，名曰「鳳度三橋」。幙向後，總而結之，名曰「反縛黃麗」。東昏與刀敕之徒親自著之，皆用金寶，鑿以璧瑙。」對「鳳度」的解釋爲「梁武帝舊宅在三橋，而『鳳度』之名，鳳翔之驗也。」對「黃麗」的解釋爲「『黃麗』者『皇離』爲，爲日而反縛之，東昏戮死之應也。」

50	北齊後主令宮人白越布折額；狀如鼇幗、又為白蓋	帝王服／白越布（喪服）	帝　王	《隋書・五行志》，頁630。
51	北齊後主苑內作貧兒村，衣繼縷行乞	帝王服／繼縷之服（貧兒服、乞丐服）	帝　王	《隋書・五行志》，頁630。
52	北齊後主令人服烏衣相執縛	未言明／烏衣（士兵服）	帝　王	《隋書・五行志》，頁630。
53	北齊幼主高桓園內立貧村，帝弊衣乞食；自交易	帝王服／自弊衣（貧人乞兒服）	帝　王	《晉書・五行志》，頁822。《宋書・五行志》，頁886。
54	北齊幼主使人為黑衣羌兵	未言明／黑衣羌兵（胡服、士兵服）	帝　王	《晉書・五行志》，頁822。《宋書・五行志》，頁886。
55	北齊幼主單馬衣解髮散	帝王服／單馬、衣解、髮散（夷狄人之服）	帝　王	《晉書・五行志》，頁822。《宋書・五行志》，頁886。
56	北齊幼主時婦人剪剔著假髻	婦人服／假髻	婦　人	《晉書・五行志》，頁822。《宋書・五行志》，頁886。
57	後周靜帝大象元年，其父宣帝改服冕為二十四旒，車服旗鼓以二十四為節〔註43〕	帝王之服／車服旗鼓	帝　王	《隋書・五行志》，頁630。
58	後周靜帝大象元年，其父宣帝詔侍衛官服五色及紅紫	侍衛之官服／五色並雜紅紫之官服	帝　王	《隋書・五行志》，頁630。
59	後周宣帝令天下車用大木輪、不施輻	未言明／車	帝　王	《隋書・五行志》，頁630。
60	後周宣帝令朝士不佩綬、婦人墨粧黃眉	朝士服、婦人服／朝士去綬、婦人墨粧黃眉	帝　王	《隋書・五行志》，頁630。
61	後周宣帝造五頂皇后之下帳，以五輅載婦人	婦人服／下帳、車輅	帝　王	《隋書・五行志》，頁630。
62	後周宣帝身左右步從於婦人五輅旁，並置懸雞和碎瓦於車上	帝王服／帝步從車、車懸雞並有碎瓦	帝　王	《隋書・五行志》，頁630。

〔註43〕〔唐〕令狐德棻：《周書》，〈宣帝本紀〉（臺北：鼎文書局，1987年），卷7，頁25。其言：「唯自尊崇，無所顧憚。國典朝儀，率情變改。後宮位號，莫能詳錄。每對臣下，自稱為天。以五色土塗所御天德殿，各隨方色。又於後宮與皇后列坐，用宗廟禮器樽彝珪瓚之屬以飲食焉。又令群臣朝天臺者，皆致齋三日，清身一日。車旗、章服，倍於前王之數。既自比上帝，不欲令人同己。」

| 63 | 後周宣帝令少年服婦人服〔註44〕 | 男子服／婦人服飾 | 帝　王 | 《周書‧宣帝本紀》，頁125。 |
| 64 | 隋房陵王勇、宜陽公王世積家，婦人所服領巾製同樂幡軍幟 | 婦人服／婦人領巾同樂幡軍幟（軍服） | 太子、貴族 | 隋書‧五行志》，頁630。 |

上述的表格將魏晉南北朝正史中的服妖記載，以事件為主軸，將每一事件視為單一服妖的例子。並在每一單一事件之後，連繫分析這一事件內容裡的「服（飾）類別」與「服用品名」。「服用品名」是指這樣的服（飾）在文中出現的原本名詞，也就是文本中主事者所穿著的服飾，筆者將之如實摘錄；「服（飾）類別」則是針對事件中描敘的人、事、物，即這個身份的人理應穿著什麼樣的服飾，由筆者來推敲、判斷這種類型的人，應該穿著什麼類別的的衣著。在第四欄，則分析這一事件的主行為者或是主指導者的身份為何，以利研究者歸納許多單一服妖事件背後主事者的身份與形成這一事件的原因與關係。

　　若將焦點關注在「身份」來看待這整個表格，逐一事例分析之後，會發現此一表格的主事者身份明顯地集中在某些角色中。這些主事的身份角色經搜剔且歸納後分別是：「帝王」、「婦人」、「官吏」、「將軍兵士」這四個身份。

　　首先，「帝王」的條列經檢索後有35例（見表格3-3統計結果），「婦人」的條例為13例（見表格3-4統計結果），光「帝王」和「婦人」這兩個身份即為整個表格裡的大宗，大約佔了全部「百分之六十八」的比例〔註45〕；接著，符合身份為「官吏」者檢索後共有7例，在檢索的史書中，官吏的身份雜多並不統一，其名詞有「尚書／司徒／士大夫／幸臣／朝士」〔註46〕等種種名稱，在本文中為方便分析而統一稱之為「官吏」，以表明他們皆任職於朝廷，為皇室家族們工作，其事例共有7例；次者，第四個身份為「將軍兵士」，這一身份之例查索後亦可得有2例。〔註47〕最後，將服妖這四大身份的事例統

〔註44〕〔唐〕令狐德棻：《周書》，〈宣帝本紀〉，頁125。言曰：「（帝）好令京城少年為婦人服飾，入殿歌舞，與後宮觀之，以為喜樂。」此處雖未言明為服妖之例，但因男子穿婦人為性別之越，故列入服妖之事例。

〔註45〕魏晉南北朝服妖的全部例子依上面表格可知共64例，「帝王」和「婦女」各是35例（見表格3-2）與13例（見表格3-3），共48例，減去重覆者4例，共44例，故其比例為68.75%。

〔註46〕尚書（編號7），司徒（編號28、40），宗室（編號32），士大夫（編號24），幸臣（編號37），朝士（編號47）。

〔註47〕編號25、編號26。

計後，可得到表格如下：

表格 3-2

服妖四大身份	帝王	婦人	官吏	將軍兵士	總計	服妖四大身份總數／服妖總數
事件數量統計	31〔註48〕	13	7	2	53	53／64≒82%

「帝王」、「婦人」、「官吏」、「將軍兵士」這四個身份乃服妖事例內的最主要的主事者身份，而四大身份總數再與服妖事例總數相比較，則四大身份的主身者就佔了魏晉南北朝服妖事例總數的百分之八十二之多，由此可知，服妖事例的主要描述對象為「帝王」、「婦人」、「官吏」、「將軍兵士」，尤其以帝王和婦人兩種身份的人為主體。若再對這四個身份進一步探究，應會發覺此四種角色的共同之處乃在「階級」，即皆是社會結構中的上層階級，掌握著國家社會、政治經濟的動態與根脈；很明顯地，史家眼中批評的人，是聚焦在位於「上層階級」的皇室、權臣以及將軍，即使像兵士這類不屬於上層階級之人，其工作內容亦是為皇室服務。

就服飾而言，由觀察「服用品名」（文本中人物所穿之服），來對照其「服（飾）類別」（什麼性別、階級之人穿什麼樣子的服裝），這兩種之間的「差異」即本文最關鍵的核心。「服用品名」是事件中人物「實際的穿著」，「服（飾）類別」是事件中人物依其身份、階級而「應該穿什麼」，表格 3-1 乃是由「應該穿什麼」來比對「實際的穿著」的一覽表。其例如《隋書‧五行志》記載後周宣帝的侍衛（編號 58），他理應穿著後周朝廷規定的侍衛官服，但文本中出現的，實際的穿著卻是「五色及紅紫」；此種穿著上「應該／實際」之間的差異，為追溯其原因，於是再觀察主事者的身份，發覺此一穿著行為卻是由帝王親自指派的。因此，後周侍衛官服在「服用品名」與「服飾類別」之間的表現為：應該穿著規定的單色服，實際上卻穿了不合規定的五色及紅紫的服裝。於是，兩者之間的差異產生了「應該／實際」之間的「位置推移」，而產生「位置推移」最主要的原因乃是對「身份」與「階級」的破壞，因而致使在人們「服用」上，穿著佩戴了不符規定的服飾。

接著處理的，是文本中四大角色之外的其他人身份，檢索服妖例子裡所述及的身份，經逐一歸納之後尚有「貴人富室」、「宮裡人」、「長者」、「君子」、

〔註48〕需說明的是，帝王之例見表格為 36 例，但重覆者有 4 例，分別是編號 49、58、60、61，扣除後 32 例。

「百姓」、「民間」、「天下（人）」等等身份，共可分成二類。第一類因爲只以敘述爲主，並沒有說明或指出這些事件的發生者身份是誰，故歸之於「未言明」一類。〔註49〕第二類乃主事者身份雜亂，難有集中之處可供討論，故只列出編號再待處理，這些例子共有八個。〔註50〕此兩類非本節要處理的重心，故僅說明其例而不深入分析之。最後，尙一點需說明的是，其共同之處在於指出當時人們「服制」改換和變化的情況，但依常情推測之，變改這些服制的主事者們，也應當是當時候的皇室、貴族、富人等權富之人，他們的穿著與使用的物器一向都是周遭人們注意、關切的焦點，甚至對於隨風起舞的民間百姓，都起了相當大的影響力。

（一）帝　王

以下，將從佔了服妖事例百分之六十八比例之高的二大主事者事例來統整之，並考察此二大身份的服章類屬，以及其所展現出來的事例特點。

首先，從帝王此一身份來觀察，試圖分析帝王在服妖事例中，其本人所服之服應該歸納於那種類型，或是其所指導分派之人所服之服應歸類何種類型，其結果如下：

表格 3-3

帝王（服妖事例總共有 35 例。重覆者有 4 例，扣除後爲 31 例）	
帝王及其所指派之人所穿著的服飾類型	將兵服共二例（1〔註51〕，52）
	婦人服共五例（5，49，60，61，63）
	胡服共四例（14，15，49〔註52〕，54）

〔註49〕檢測後有編號 2、10、11、23、27、29、30、34，皆因無法確定身份爲何，歸之「未言明」。

〔註50〕如君子（編號 13）、貴人富室（編號 14）、樂舞人（編號 18）、貴游子弟（編號 21）、宮內人（編號 39）、天下人（編號 22）、民間（編號 41）、百姓（編號 47），總共 8 例。

〔註51〕判定其爲軍服之由，乃在《晉書·五行志》與《宋書·五行志》裡引用了傅玄曰：「白乃軍容，非國容也。」與引用干寶曰：「縞素，凶喪之象也。」故判斷其爲軍服。《晉書·五行志》，頁 822；《宋書·五行志》，頁 886。魏武帝所擬仿的古皮弁，在原先用途裡是祭祀時主執事者所穿戴的帽子，應是莊重肅穆的祭服，但在魏武帝因資源短少下而使用另一種材質與顏色——「縑帛／白色」，因顏色之故使得原先的祭服變成「本施軍飾，非爲國容也。」參見《晉書·輿服志》，頁 771。

〔註52〕編號 62 的服妖事件視爲二例，乃帝王衣錦綺、傅粉黛且穿胡服，故有「婦人

喪服共三例（1〔註53〕，33，50）
官吏服共二例（39，58）
平民、賤民共三例。1. 平民：以商人為主的賈服（36）；   2. 賤民：貧兒乞丐服（51，53）
創改服制共十一例（33，42，43，44，45，50，57，58，59，60，61、62）
其它共四例：亡國之器（6）、非禮法之服（4）、非主社稷之人之儀服（28）、 非帝王之法服（49）

由以上的表格，可瞭解到帝王在服妖事件中，因其服章物用不符規定，使得帝王在歧出正常服章事物外，在跨越界線之後，呈現出來的十種類型。

而這些跨界後的類型裡頭，經由文本的爬梳之後，可發現帝王們有幾點特點：一來是喜好微行鄉里與城外（編號49）；二來是喜愛在宮內設貧兒村、穿乞兒服，與扮商賈同宮女僕婢們做賣買的遊戲，甚至還出現史上父子兩人當皇帝時都設立貧兒村，自己穿上乞丐服乞討的情況，是種熱中於變裝的心態（編號32、51、53）；三來則是愛好胡服與胡物（編號14、15、49）。四則是若衣著過於華麗與裝飾性過高，不是一般定制下的帝王穿著，就有可能被視為好婦人之飾：一種狀況是北齊文宣帝因為傅粉黛的原因（編號49），可以直接判定為帝王好服婦人之飾；另一種狀況是魏明帝其衣為「半袖」（編號4），從漢到隋、唐還是以婦女穿著為主；同時，魏明帝之冕前後旒用珊瑚珠，當時禮法規定的乃真白玉珠，明帝卻使用珊瑚珠，在華麗度與珍貴性上已超過規定的真白玉珠，且因女子的服飾與男子相較，是裝飾物多且華麗倍之，故視之為婦人之飾（編號5）。

綜合前四則原因之後，可知道是因為帝王生活富裕，想要任何天下之物都可隨心所欲取得，一旦有較重視物質生活的皇帝，他們想要與眾不同，以表現出自己身為天子獨特性，就會很容易更動原有服章的形制而漠視原來的規定，如擁有倍於前王之數的章服、車旗（編號57），但在史家的眼中這些更動與創變皆是不合規定的，會帶來國家動盪不安、社稷危亂，故視之為「服妖」也即是「災異」的徵兆。也就是說，評斷的標準仍暗含著以舊章為貴，以樸實節儉為尚的觀點。

  服」與「胡服」二種。

〔註53〕編號15的服妖事件視為二例，因其所服之服呈現出來有著「將兵服」與「喪服」二種類型。

（二）婦　人

另一可分析的是以「婦人」這一身份爲服妖主事者之下，婦人們穿著的服章飾物呈現出的類型爲何：

表格 3-4

婦人服妖事例：共 13 例	
婦人所穿著的服飾類型	男子服共一例（8）
	創改服貌共八例（3，9，12，17，20，31，35，56）
	與軍服相關之服共二例（19、64）
	其它共二例：女主干少陽之位（16），寢衣自舉（48）

在上述表格裡，婦人們因無官職故無法再以細分，故統一稱之爲「婦人」，再加上這些會成爲服妖主事者的婦人們，應當屬於財力頗厚或擁有權力的皇室帝妃公主，或是當時擁有重權在握的高官貴族們之妻，其實在身份上並不會不容易辨認而同質性也較高。在這些服妖事例中，婦人們所展現出的特點如下：

一者，婦人們以創改服貌佔服妖事例絕大多數，在十二例中佔了八例，八例服貌的改變爲：緩紒、急束髮、兩襠、婦屐頭方、擷子紒、無頭髻、飛天紒、假髻。其中就有六項指向髮型的改變，而八項都與社會流行有關，皆是當時最新異與最時尚的裝著。二者，除了上述八個創改服貌的例子，尚有二則（編碼 19、64）亦是創改服貌之例，但因此例涉及到國家軍服，故另立一個隸屬類型。因爲女屬陰、男屬陽，且軍事服用是屬於極陽之事，若婦女使用類似男之兵器爲飾品，極有可能陰侵陽使得軍事受影響與造成后妃擅位，故列之於服妖。三者，不同第二者使用類似男子兵器的飾品，此例是眞正穿著男子服的女子，講得是古暴君夏桀妃末嬉冠男子之頭冠（編號8），但此事非六朝之事，故只附在何晏穿女子服的例子以資對照映鑒。四則，有些服妖之例所言非服飾物用的創改，如寢衣自舉（編號47）、婦人失位干少陽之位（編號16）。二者皆意指著皇太后、帝妃之類的婦人權力高漲，少主、世主沒有完全實權，社稷安全堪慮，使得國家權力旁落外戚，故在服妖敘述中，二例被視爲服妖的原因，一是方位的因素，另一則爲所屬之服有靈異表現。

第二節 「寬鬆」與「束緊」：情性與禮法之間 ——由服妖現象窺測魏晉人物風采

經由上述各章的辨析之後，在此時已較能掌握「服妖」形成時交涉的語境，故再針對六朝服妖書寫裡有關或類同「服妖」概念的文本，進行檢視、歸納和分類的工作，期將屬於服飾中不可逾越的祕境說個分明。

本小節所欲探討的魏晉名士服飾，不僅擬從史書裡敘述魏晉時期服妖之事來觀看，也配合傳統服章飾物的角度討論魏晉時期士人們，對於服章飾物之解讀和體現，探究他們透過服章飾物訊息的傳達，在其背後是否透露出何種社會的文化意義。也對於文學史上盛名遠播的魏晉時期，在其時空環境中，以何樣方式與作爲來呈現當時的服章符碼，而這些清流名士們眾口複聲的發音裡頭，有什麼潛藏訊息，是在被視爲經過被編碼的社會裡，需要解碼才能瞭解其較深層的涵義。〔註54〕

日常生活裡不外乎四大項：食、衣、住、行，是一般人習以爲常的事情，但若是在質量上與數量上發生改變，直接地就反映在生活文化裡。對於魏晉南北朝服飾文化的意義與特性探析，在筆者瀏覽相關參考書籍之後，發現對本研究有助益者通常會採取的方式可略分爲二：一是專就「物質」而言，即探討活躍在當代的幾項物品或行爲模式，或條貫物項而解釋之；或結合物質與精神生活，對當時的服飾做一舉例，並在物項之後做出簡短扼要的說明，此乃名物制度上的認識。〔註55〕二是專就思想而言，並不爲服飾章物

〔註54〕 這是援引西方符號學的角度來研究魏晉時期的各種文化表徵，在此時，服章飾物扮演著雙重角色，它既是肉眼可見的物體，同時又是一種符號（sign），是一種表達心中特定意念的具體媒介。參見蘇珊‧凱瑟（Susan B. Kaiser）撰，李宏偉譯：〈外觀的潛在情境〉，《服裝社會心理學》（The Social Psychology of Clothing: symbolic appearances in context）第 3 冊，（臺北：商鼎文化，1997年），頁 331。

〔註55〕 以專書形式探討者，諸如高春明：《中國服飾名物考》（上海：上海文化出版社，2001 年），將服飾章物從頭到腳做一分類，在其分類之下又細分諸項，是單一服物欲索覽的首要書籍。沈從文治學嚴謹，雖只就出土實物圖象壁畫做一一的分析，然考之有據，可信度較高，沈從文：《中國服飾研究》（上海：上海書店出版社，2007 年）。或者放入通論裡的一章來敘述，如許輝、邱敏、胡阿祥主編：〈六朝社會文化〉，《六朝文化》（南京：江蘇古籍出版社，2001年）；羅宏曾：〈生活習俗〉，《魏晉南北朝文化史》（四川：四川人民出版社，1989 年）。或結合魏晉服飾與名士風流討論的單篇論文，以大陸學者爲主，但個人意識強烈、篇幅極短與多所抄襲重複。

做個別之解釋，其重點在魏晉南北朝時代的思想意義、學術狀況做一闡述和歸類。

　　前者細舉物品之分類，羅列了諸如帽、靴、履等等來分別說明之，有助於了解當代物品形式制度，較能掌握某物原始的樣貌，是博物館式的實物觀察，但其弊在失之零碎，似乎成了一盤散砂。後者則裨益於了解當代人的學術風氣，以及由學術風術而成的人生行為，對於人物行為、舉止背後含義有較系統的脈絡可供掌握，但此種論述方式乃統而觀之，較難專指和聚焦在某些單一物品之上，有隔靴搔癢之弊。

　　因本文乃以服妖做觀看的線索，來切入魏晉南北朝，與之前學者直接就名物、學術、風俗的方式不甚相同，欲以服妖之物的種種現象做為當代軌跡，以史家反面、否定、排斥的眼光，進而關注當代的時代風氣、學術況景、生活風俗。而此時服妖中的穿著，如帢、婦人之飾、散髮裸身、屐等等名物甚能摹繪出魏晉南北朝人物的風采，在漢末魏晉的思想變遷裡，若用服妖之物的觀點來脈絡化，應可用「鬆——情性／緊——禮法」這一條繩索來貫穿之，故本文試圖以史書內服妖之例，並輔以相關材料來觀照、反映出魏晉服妖之例下的人物風采。

一、從儒家容禮到魏晉人物風流的發展軌跡

　　漢代基本上是獨尊儒術的朝代，有設立司管容禮的官吏，〔註56〕在對人物的要求上，是以「威儀棣棣」的君子做為儒家君子的原型，〔註57〕著重的是動靜揖讓、周旋行禮的禮容，《周禮・地官・保氏》云：

　　乃教之六儀：一曰祭祀之容，二曰賓客之容，三曰朝廷之容，四曰喪紀之容，五曰軍旅之容，六曰車馬之容。〔註58〕

〔註56〕《史記・儒林列傳》嘗云：「魯徐生善為容。孝文帝時，徐生以容禮為禮官大夫，傳子至孫徐延、徐襄。……是後能言禮為容者，由徐氏焉。」即徐生為實際執行禮儀，並以之為官務的文吏，在漢文帝時是存在的。〔漢〕司馬遷撰，〔日〕瀧川龜太郎注：《史記會注考證》（臺北：宏業書局，1994年），頁1258。

〔註57〕楊儒賓於此有專書論述。楊氏著：〈儒家身體觀的原型〉，《儒家身體觀》（臺北：中央研究阮中國文哲研究所，2004年），頁28～43。楊氏根據的文獻為《左傳》襄公三十一年時北宮文子言威儀：「有威而可畏謂之威，有儀而可象為之儀……衛詩曰：『威儀棣棣，不可選也』」，頁28。

〔註58〕〔漢〕鄭玄注，〔唐〕賈公彥疏，李學勤編：《周禮注疏》，卷14，頁416。

士人之六容，即為六儀，可知「儀」中有「容」的存在，也就是行諸禮儀時，士大夫需有相對應的儀容，在祭祀、賓客、朝廷、喪紀、軍旅、車容時，都有不同場合要表現的適當容貌態度。《禮記‧表記》亦記載：

> 禮以節之，信以結之，容貌以文之，衣服以移之。……，欲民之有壹也。……君子服其服，則文以君子之容；有其容，則文以君子之辭；遂其辭，則實以君子之德。是故君子恥服其服而無其容，恥有其容而無其辭……，君子衰絰則有哀色；端冕則有敬色；甲冑則有不可辱之色。〔註59〕

十人「六容」，除了意謂在重要場合有其相應的容貌態度外，在《禮記‧表記》所云「君子衰絰則有哀色；端冕則有敬色；甲冑則有不可辱之色，」亦明言指出容貌顏色要符合、相稱其所穿的服飾。君子在修養上是身心相互作用、影響的，身體所表現的儀容樣貌會影響、濡化人的內心，故雖以禮、信等來節制之，但猶需要外在的容貌來文飾之，而最能區別、印記以及移化容貌乃是衣服飾物，一方面區別身份不同，二方面能因應社交場合不同而展演其和諧美好的形象。

〈表記〉所記載的禮，其項目在「容貌」、「衣服」、「辭令」，而最終的目標都是充實君子之德，並使其專心向善；若「容貌」再分析，應可再分為「身體」和「表情」，再依文之所述，「身體」、「表情」（顏色）、「辭令」這四項先後次序裡，首先最開始是「衣服」，然後「身體」、「表情」、「辭令」，也就是「衣服」之事，看似枝微末節，然而卻是最起初應當關注的焦點。

即便是著重內心的顯現，若無外貌做為一中介的傳遞，那裡能看到其內心的功夫和修養？更何況衣飾的選擇，對做為一能思能動的主體而言，即是經過人的選擇而顯示於外，若是經過人之選擇，也就是此人價值模式的呈現，衣服即成為文化的載體和象徵，如此，與自我內心就相連續、接和著了。彭美玲在論述「君子與容禮」時，曾言「人可以貌相」，便是對孔門以來的教育注重一己容貌產色、語言辭氣乃至服裝儀表進行闡述而肯定之，進而較全面性定義了這套人文活動下的生活美學。〔註60〕

〔註59〕〔漢〕鄭玄注，〔唐〕孔穎達疏：〈表記〉，《禮記正義》，頁912。

〔註60〕彭美玲：〈君子與儒家容禮——儒家容禮述義〉，《臺大中文學報》2002 年第12 期，頁 12～48。彭氏對容禮形容為：「即先秦以來儒家傳習講究的一套關乎『禮容』的學問，指的是以『禮容』為核心的一整套儀文形式。」頁18。對於容禮的記載，見諸記載如：《禮記‧玉藻》：「既服，習容，觀玉聲，乃出。」

　　而魏晉之間的社會風氣，已從漢時著重生活行爲的禮容，即以善爲美，君子之行爲充份表現其內蘊而顯於外的道德美，漸漸轉變到以鑑賞性和審美性爲主。其因乃漢末清流人物，於席次間談論各方人物時會進行人物品題，即所謂的「題目」和「標榜」，依張蓓蓓所言，「其皆指以精簡之詞語予人物以恰當的品題」，〔註61〕剛開始只就個人進行特色以粗廓的描述，後來則擴展至人和人彼此間特色之比較。曹魏時武帝提拔人才的標準變成以「功能式」爲尚，〔註62〕重視各式各樣之人來達成治理國家的要求，在當時實用性的要求下，對於人物之材就不只是以儒家道德式通才爲主，而興起了多樣化的才性分析。而此種品藻人物的標準，已注意到各種「偏才」的可能性，在當時玄風興起之際，士大夫的個體與群體自覺爲蔚爲潮流之時，〔註63〕士之個體神韻風貌顯露成爲時代突出的調性和聲音，即重視儀容與風度。

　　可注意的是，張蓓蓓在其〈世說新語容止篇別解〉一文中認爲「彼時所謂容止，則主要指一種風神姿采，而非動靜周旋之禮容」，〔註64〕但依著彭美玲對「容禮」辨析闡釋後而言，「其人物論固已灌注了高標神韻、崇尚意趣的玄學新空氣，細加玩味，仍不離當年容禮規則」〔註65〕，並言「魏晉間議及身長、音色等，顯然沾留有先秦貴族風尚的餘彩」〔註66〕，其說甚爲精闢，即《世說新語》〈容止〉中諸位名士之風貌形容，無論在身長或音色等方面，漢代已有此種關於人體美、儀態美的論調。漢與魏晉兩個時代，對於人之身體美與儀態美，是有著基礎點相同的，風氣自不可能斷然爲二、涇渭分

或《荀子・大略》：「君子聽律、習容，而後〔士〕出。」參見〔漢〕鄭元注，〔唐〕孔穎達疏：《禮記正義》，頁 548。〔先秦〕荀況著，李滌生集解：《荀子集解》，頁 613。

〔註61〕張蓓蓓：〈魏晉學風窺豹〉，《中古學術論略》（臺北：大安出版社，1991 年），頁 139。

〔註62〕〔晉〕陳壽撰，〔宋〕裴松之注：《三國志》（臺北：鼎文書局，1987 年），卷 1。曹操曾下召求才令，有建安八年五月庚申令（裴注 2 引《魏書》曰：「治平尚德行，有事賞功能」，頁 24）、建安十五年春令（其曰：「唯才是舉，吾得而用之」，頁 32）、建安十九年十二月乙未令（曰：「士有偏短，庸可廢乎？」頁 44）、建安二十二年秋八月令（裴注 1 引《魏書》曰：「不仁不孝而有治國用兵之術，其各舉所知」，頁 49），皆是徵求具備治國用兵之術的實用人才。

〔註63〕余英時：〈漢晉之際士之新自覺與新思潮〉，《中國知識階層史論》（古代篇）（臺北：聯經出版社，1980 年）。

〔註64〕張蓓蓓：〈世說新語容止篇別解〉，頁 159。

〔註65〕彭美玲：〈君子與儒家容禮──儒家容禮述義〉，頁 38。

〔註66〕同上註。

明。〔註67〕

　　選擇評斷人物的標準若是就美的角度而言，容禮的審美與魏晉的審美，在兩項目有其近似之處，一則是重視外在容貌、佩飾服物的修飾，二則是皆以表現於外的精神氣度為判定美的高下；前者在文前已論述過，後者在劉邵《人物志》裡云「徵神見貌，情發於目」〔註68〕，《抱朴子》亦言「區別臧否，瞻形得神」〔註69〕，閱讀《世說新語‧容止》一文後亦容易感受到其重視人物之精神氣度，且學者專家們多有討論，故省而不言。

　　再來究其異，兩者的分別為：就身體觀而言，容禮乃「據實的身體觀」〔註70〕，禮樂形之於身體，從己欲修養成己藝，魏晉則無以禮樂為主，接受多元化的美〔註71〕；就時代調性而言，容禮重視外表文飾，其關注點在社會實際面上的展演功能，即強調突出禮的儀式功能，而魏晉雖也強調外表文飾，但轉而探究人物形體的美感與氣質，著重的是審美性、鑑賞性的「賞」並玩味無窮，〔註72〕魏晉時期的風神舉止仍有展演意味，但是個人以各自的生活風格，用身體力行的方式，展演其自我。〔註73〕

〔註67〕　如張志春言魏晉美是對先秦服飾倫理格局的反叛與發展。見氏著：《中國服飾文化》（北京：中國紡織出版社，2001年），頁319。其針對的雖然是魏晉「嚴妝華服」，但為何魏晉會從自珍自賞的角度出發，以及前承的變化有那些，是很值得關注的，不宜做過於理所當然的論斷。

〔註68〕　〔魏〕劉邵：〈九徵一〉，《人物志》（臺北：臺灣中華書局股份有限公司，1966年），頁2a。

〔註69〕　〔晉〕葛洪撰，楊明照校：〈清鑒〉，《抱朴子外篇校箋》（北京：中華書局出版，1996年），卷21，頁512。

〔註70〕　彭美玲：〈君子與儒家容禮──儒家容禮述義〉，頁36。

〔註71〕　可參看王岫林：《魏晉士人之身體觀》（臺北：花木蘭出版社，2009年）。探討魏晉人的身體思想，言魏晉人有身重思想，其身體為整全而流動之體，亦有反社會的變型之體。

〔註72〕　廖蔚卿曾根據〈雅量〉篇所載，提舉出「容」一字作為詮釋中心，其云「『容』即『寬容』，亦即『儀容』。由才性之『寬容』，乃可以『容忍』、『容納』、『容接』客觀的人或事之善與不善、順與逆、吉與凶；因為能容忍、容納、容接，所以『儀容』、『容色』、『容貌』等便表現出『從容』、『容與』的『容止』，這就構成了名士們威儀的『閒雅』或異於庸俗的『清雅』，雅步容與，雅人深致，是為名士風流的骨髓。」廖先生依〈雅量〉所詮釋的「容」，即為魏晉儀容觀重要的特徵之一，探究個人外在容貌以至表現的容止，關注的是形體的性情、美感與氣質，而這被關注的個體，即由同一場域裡，在場的旁觀者、參與者來進行這場被欣賞、被評鑑的表演。廖蔚卿：《論魏晉名士的雅量》，《漢魏六朝文學論集》（臺北：大安出版社，1997年），頁102～103。

〔註73〕　可參看鄭毓瑜：〈身體表演與魏晉人倫品鑒──一個自我「體現」的角度〉，

二、保守傳統與抒張個性的乖悖──以放鬆束縛爲主的一個觀點

南朝宋王儉曾云：「貌者情之華，服者心之文。」〔註74〕意謂內心情感顯現於容貌上得知，故從一人之面容貌可推測其心之向度；服飾，則爲內心的紋飾，意指服飾的用途乃在彰明自身的貴賤等級，故從一人之穿著打扮可以知道禮儀是否浸潤其人之心，是否養成其身心習慣。

簡言之，容貌與服飾，爲內心情感的華采與文飾，判定一人的個性和情感，從其所穿著的與其整體面容是可以進行推敲和揣度的，因此，選擇穿什麼和穿了什麼，就像是一副圖畫，很直接地可從人體的視覺感官得知，而視覺感官補捉到的，往往又是人判斷事物主要之訊息來源。若從符號的象徵意涵來論述，視覺下的外觀，像是塊記憶體，結合了過去和現在的行爲，同時傳遞了初期徵兆以供人們預測，是故，在魏晉的時代裡，衣著冠冕所呈現的特殊性，表達、說明了當時思想上的轉變之處。

對於中國傳統衣冠的討論，大致集中在儒家對士人的儀容服飾上種種的規範，其記載夥眾，在前文第一節談到「身份、階級與服用」時，舉了許多服飾規範的例子，諸如：

> 辨其名物，辨其用事，設其服飾。〔註75〕

> 辨其位，正其等，協其禮，賓而見之。〔註76〕

> 命典禮考時月，定日，同律，禮樂制度衣服正之。〔註77〕

> 非其人不得服其服。〔註78〕

或是「故冠而後服備，服備而後容體正，顏色齊，辭令順。」〔註79〕或是「夫禮者，所以章疑別微，以爲民坊者也。故貴賤有等，衣服有別，朝廷有位，則民有所讓。」〔註80〕儒家的衣著服飾之制，是禮實行的重要工具，其核心

《漢學研究》2006 年第 2 期，頁 71～103。

〔註74〕《宋書・禮志》裡曾記載南朝宋時，司徒右長史王儉與沈侯之兩人在辯論當時的公府長史是否應該要穿朝服，王儉更改了《國語・晉語》裡所言「貌，情之華也；言，貌之機也。身爲情，成於中。言，身之文也。」而其更改之語句與本文較有直接關係，故引之而不言《國語・晉語》裡原文。頁 511。
〔註75〕李學勤編：〈春官・典瑞〉，《周禮注疏》，頁 627。
〔註76〕李學勤編：〈秋官・大行人〉，《周禮注疏》，頁 1180～1181。
〔註77〕《禮記・王制》，頁 226。
〔註78〕《後漢書・輿服志》，頁 3640。
〔註79〕《禮記・冠義》，卷 61，頁 998。
〔註80〕《禮記・坊記》，卷 51，頁 865。

乃為明辨階級貴賤，靠著全面性規範服飾種類、服色、質料、時間、空間等不同面向來完成禮的社會意義。

　　對於服飾的起源，舊乃以蔽體說為大宗，衣服雖然使得身體得以遮蔽，但同時，意謂著身體受到了包裹與束縛。從自然、無遮蔽的身體轉變被包裹、束縛的身體，在這兒，服飾成了使自然的狀態過渡到文明的一種中介方式。從原始袒裼裸裎到儒家文質彬彬、威儀棣棣，象徵著原有的人格狀態，以社會化的方式重新規範和定型；李維斯陀（Claude Levi-Strauss）在其巨著《神話學：生食與熟食》一書亦闡釋了這種對等的關係，他將生的、煮熟的，與烹飪及感官特質建立一套嚴整的邏輯架構，其言「生／熟」為對立運作的結構，表徵的是文化層次的意涵，而燒煮使生食發生文化轉換。〔註81〕

　　身體服飾於此即相同於燒煮這一中介項，儒家禮樂制度裡冠冕、佩玉、著衣帶、充耳等等服飾的儀式規定，其表現為一種「副語言」，其義如李維斯陀所云乃提供人以一種手段，「可以用它來修整一種實際的情境，或者標示和描述它。」〔註82〕原始袒裼至「冠服皆備」，這些冠帶服飾對穿戴者施以約束、節制的作用。諸如冠冕之用，一開始即非為保暖禦寒之用而製作的，《禮記・內則》言「二十而冠，始學禮」〔註83〕，《釋名・釋首飾》「二十成人，士冠，庶人巾」〔註84〕，即佩戴冠冕之人不是平民，士大夫階層以上之人才可佩戴，並作為孩童轉變成大人之際的一種儀式上重大意義的服飾；佩玉則為使行走節制而中矩，達到從容不迫的舉止。〔註85〕種種衣著項目皆藉由「包裹」身體，而達到一種貼近身體，使身體「束緊」、「束縛」、「節制」的作用。因此，當觀看魏晉服飾時，就會發現相對於「束緊」、「束縛」、「節制」的概念，魏晉呈現的整體氛圍，有著「寬鬆」、「緩和」、「舒適」以及「無節制」幾種面向。

〔註81〕〔法〕李維斯陀（Claude Levi-Strauss）：《神話學：生食和熟食》（臺北：時報文化出版，1998年），頁86～90、192～193。

〔註82〕同上註，頁436。

〔註83〕《禮記・內則》，卷28，頁538。

〔註84〕〈釋首飾〉釋「巾」之條，見〔東漢〕劉熙撰，〔清〕畢沅疏證，王先謙補：《釋名疏證補》，頁158。

〔註85〕《禮記・玉藻》：「古之君子必佩玉，右徵、角，左宮、羽，趨以《采齊》，行以《肆夏》，周還中規，折還中矩，近則揖之，退則揚之，然後玉鏘鳴也」，卷30，頁563～564。此則之意在行走之際要使玉珮的響聲合於四聲，並因場合有不同的節奏，使得行走有節制、不逾矩。

　　魏晉社會在政治上、學術上、社會風俗之轉變，其原因十分複雜且源頭多端，且前輩學者多有論述，若與服飾衣著相連繫，造成此時服裝傾向逐漸「寬鬆」的原因，有時代學術思想之因〔註86〕，有空間地域因素〔註87〕，有尚奇、尚美之因，亦有因服食藥物之因。〔註88〕若詳細分析與考察，其因眾多且包羅廣大，但本文重點在於此期之制裡，服妖之例中所舉出的服飾章物，所涉及到服飾也著重在「鬆」與「緊」之間意涵的論述。因此，藉由觀察史學家所書寫服妖事例中的服飾，來關注魏晉服飾整體的風氣，實有從束縛到放鬆的情形模式。而此種衣著寬鬆的情形，亦呈現一種逐步在量上愈益放鬆的面向，並隱微著與思維轉向互相呼應，是故，由放鬆這一概念來探討魏晉寬鬆衣服的漸遞變化，有著由整齊至隨意的三個步驟，依序說明之如下：

（一）去冠冕、戴幅巾

　　第一階段為去冠冕、戴幅巾。由除去冠帽而論述的內容有二，一乃魏武帝做白顏帢，二乃以魏明帝、何晏而涉及的好修衣飾。

1. 魏武帝做白顏帢

三國魏武帝為服妖例，其內容云：

> 魏武帝以天下凶荒，資財乏匱，始擬古皮弁，裁縑帛為白帢，以易舊服。傅玄曰：「白乃軍容，非國容也。」干寶以為「縞素，凶喪之象也」。名之為帢，毀辱之言也，蓋革代之後，劫殺（攻殺）之妖也。〔註89〕

此事，〈五行志〉擇錄了干寶之言，評之為「縞素，凶喪之象。」這段敘述呈現的事理，可追溯、探求的觀念乃是因戰爭頻仍的原由，故服制需要隨之應

〔註86〕欲擺落名教而嚮往老莊哲思，在重生、重身以及惜身的思想下，意欲寬大、舒適與自由。

〔註87〕因此期乃國朝替換、戰亂頻仍之際，與胡人的交流達到前所未有的高峰，使得胡人服飾與漢人交會碰撞，胡人之服便於騎射的方便性與衣飾上的簡易皆影響了中原之俗。

〔註88〕見魯迅：〈魏晉風度及文章與藥及酒之關係〉一文指出魏晉服飾寬大與當時名士喜穿舊服的原因，乃因服五石散風氣盛行，當服完散後會藥發，需行散，此時皮膚發熱發燒十分敏感，為避免擦傷皮膚，需穿著單薄寬大的衣服。魯迅、容肇祖、湯用彤：《魏晉思想・乙編三種》（臺北：里仁書局，1995年），頁14。

〔註89〕《晉書・五行志》言「劫殺」，頁822。《宋書・五行志》言「攻殺」，頁886。

時而變，即服禮權變的問題。

　　荀子說：「禮者，……以隆、殺爲要。」〔註90〕根據禮的條件項目不同而或減少或丰厚，當是禮的基本原則之一，這種因禮之時空而「權變」因應之思想，至魏晉南北朝時史家干寶明確談到：「禮有經、有變、有權。」〔註91〕宋人朱熹之亦曾言之：「禮有經、有變，經者，常也；變者，常之變也。」〔註92〕也就是禮裡有經常恆久不變的禮，也有依時空變化、特殊場合所實行的禮，而對恆久不變道理以及隨時空改變的認識和了解，即是一種對禮之權變性質的認知。

　　但因禮之常軌爲禮之大宗，即「禮爲常事設，不爲非常設。」〔註93〕正常之事較易書寫下來並保存而得以歷代遵守之，非常之時與非常之事，常是面臨突發狀況和急需臨危判斷之，很容易因見解不同而出現眾多意見，尤其在魏晉南北朝多事之秋之際，各人的闡述和批評，產生的詮釋空間更是巨大；在此時因兵亂遭喪之例繁多，對喪禮的需求在量上增多，許多前代未制定或未聞的情況紛紛冒出，很是需要禮學家對實際狀況的指導，但一人即一口，百人即百口，各自有各自的闡釋角度因而難有絕對的標準值在。

　　武帝因時局因素而「權變」服裝的制度，〔註94〕並以之代替舊時的服制，但因喪禮具有較強的保守性，體制與觀念較不易改變，且「白色」與「兇喪」具有強烈的連結性。是故，雖然武帝以皇帝之尊更換之，然而白色象徵兇喪之意涵仍是深植人心，所以史家對此發出了疑惑之聲和批評之語，即使如干寶自己曾講過「禮有經、有變、有權」這句話，他也無法贊同武帝因「權變」而做帢帽的「白」色是適當的，乃因服式的顏色實指涉了不吉、凶亂；同時，帢帽名之爲「帢」，「帢」字同於帢字，其音與其字形與「掐」相似，有被用手緊緊按壓住的意思。

　　白色象徵著兇喪與不祥，而帢（掐）字又像是被人用力控制與抓住，故在武帝的例子，史家對白帢帽之兆徵下了此乃「劫殺之妖」、「攻殺之妖」的

〔註90〕〔先秦〕荀況著，李滌生集釋：〈禮論〉，《荀子集釋》，頁430。
〔註91〕《晉書·禮志中》，頁638。
〔註92〕〔宋〕朱熹撰，〔宋〕黎靖德編：〈禮二·禮儀·總論〉，卷85，《朱子語類》（臺北：正中書局，1962年），第6冊，頁3483。
〔註93〕見《晉書·禮志中》，晉武帝太康時騎常侍劉智安之議，頁638。
〔註94〕《晉書·輿服志》亦言魏武帝一例：「魏武以天下凶荒，資財乏匱，擬古皮弁，裁縑帛以爲帢，合乎簡易隨時之義，以色別其貴賤，本施軍飾，非爲國容也。」此例提出武帝制新帽之因——「簡易隨時」。頁771。

回應，意謂著戴上顏色與意涵皆不吉利的帽子，其結果當然會是在幾代以後，有著國家被「毀辱」和「攻殺」的情況發生。

若從服物的發展來看，帢帽之描寫散見於書籍，通代或斷代服飾史裡談論魏晉服飾風俗之書，幾乎對帢帽多有著墨，可說是千鈞之力集結於此地，因歧意甚少，故只略做概介。帢在魏晉十分流行，漢末文人雅士裡一股轉變的風潮逐漸蔓延，《三國志・魏書・武帝紀》裴松之注引《傅子》曰：

> 漢末王公，多委王服，以幅巾爲雅，是以袁紹、〔崔豹〕〔崔鈞〕之
> 徒，雖爲將帥，皆著縑巾。〔註95〕

《後漢書・郭太列傳》亦記載「郭太字林宗……，常於陳、梁間行遇雨，巾一角墊，時人乃故折巾一角。」〔註96〕《太平御覽》引〈郭林宗別傳〉：「林宗嘗行陳梁間，遇雨，故其巾一角霑而折，二國學士著巾著不折其角，云作林宗巾。」〔註97〕綜觀傅玄之語與郭泰史傳，三則引文指出了漢末至魏晉時服飾上一個重大轉變，從王公貴族（袁紹、崔鈞）以至文人雅士（郭泰）開始委棄正式的王服、軍服，在許多場合著幅巾而不必然戴上冠冕。〔註98〕然此幅巾原先爲平民田叟之類人在佩戴，漢末的黃巾之亂亦因以黃巾束首爲標誌而得名，因此，服妖事例中描述魏武帝製作白帢，其歷史語境應是漢末魏時人戴白帢、幅巾，是不分貴賤、老少皆使用的一種帽子，在當代確爲一普遍現象。

然此一現象與《禮記・冠義》所云：「冠者，禮之始也，嘉事之重者也」〔註99〕相比對，在儀式上寓含重大意義的冠冕，如今被貴族與士大夫階層裡知名聞世之人如鄭康成、韋彪、馮衍、鮑永、周磐、符融等拿下不用，這些人裡有些仍戴冠冕但某些場合不戴，而有些則是以帢巾爲主要的首服。而這現象說明了幾點：第一，與當時隱士之風興盛有關，文人藉由樸實無華的頭

〔註95〕〔晉〕陳壽撰，〔宋〕裴松之注：《三國志》，第 1 冊，頁 54。

〔註96〕〔南朝宋〕范曄撰，〔唐〕李賢注：《後漢書・郭太列傳》，卷 68，第 3 冊，頁 2225。

〔註97〕〔宋〕李昉編纂，夏劍欽校點：〈服章部四〉，卷 687，《太平御覽》（石家莊：河北教育出版社，2000 年），第 6 冊，頁 390。

〔註98〕史書記載以幅巾爲首服者，亦有《後漢書・鄭玄傳》，卷 35：「玄不受朝服，而以幅巾見」，頁 1208。《後漢書・孔融傳》，卷 70：「融爲九列，不遵朝儀，禿巾微行，唐突宮掖」，頁 2278。

〔註99〕〔漢〕鄭玄注，〔唐〕孔穎達疏，〔唐〕陸德明音義：〈冠義〉，卷 61，《禮記正義》，頁 998。

巾取代士人階層才能佩戴的頭冠，表明了自己不願作官，以灑脫為高，以及
意欲歸隱山林之心。〔註100〕第二，為冠，象徵著為官。將頭巾戴起、放下冠
冕，乃由士至庶，由繁至簡，意即不願受世俗之禮、名的煩擾和束縛，以及
嚮往自然簡單、放鬆無拘的生活。第三，造成此一現象的原因也與漢末戰爭
大起，事物以簡單方便為主要需求。

　　上述之義，簡而言之，去冠意味了去名利、去束縛。若再觀察魏晉服妖
事例，與此時帕巾描述相類之例尚有一則，《晉書》記云：

> 孝武太元中，人不復著帩頭。天戒若曰，頭者元首，帩者助元首為
> 儀飾也。今忽廢之，若人君獨立無輔佐，以至危亡也。至安帝，桓
> 玄乃篡位焉。〔註101〕

帩頭，作用類同於白帢、幅巾，亦為巾子的一種，只是在形製上或折綁法上
有著不同，說明了巾子直至東晉孝武帝仍為人使用，以及這股去冠冕、戴幅
巾之風從漢末一直到東晉一代仍盛行不輟。

2. 以魏明帝、何晏為主而涉及的好修衣飾之風

　　以袁宏《名士傳》裡將正始玄風分三期的傳統分法，〔註102〕何晏與夏候
太初、王輔嗣為第一期的名士代表，是為「正始名士」，雖然此種分類上有許
多爭議，但就服飾制物發展之流變，傳統三期分法隱然與魏晉服飾的變化有
相合之處。而此期除了以魏武帝白帢之例，做為漢末魏初文人士子開始追求
自我情性、開始擺落束縛的象徵之外，在此潮流裡頭，有股以修飾儀容為主
的傾向在歷史上明顯地展露出來，而魏晉服妖事例裡頭以魏明帝、何晏為代
表的服妖意涵，就很具代表性的說明了此期的服飾特徵。

　　關於魏明帝服妖之例，確切地被史書指陳為「服妖」的僅有一例，但搜
索史書外，《晉書‧輿服志》裡尚有一例因其特徵為「好婦人之飾」故本文判

〔註100〕可參看許尤娜：《魏晉隱逸思想及其美學涵義》（臺北：文津出版社，2001
　　　　年）。對魏晉隱逸之人有深入的闡釋。

〔註101〕《晉書‧五行志》，頁826。《宋書‧五行志》，頁883。

〔註102〕其出處乃《世說新語‧文學》第94「袁彥伯作《名士傳》成」條，劉注
　　　　云：「以夏侯太初（玄）、何平叔（晏）、王輔嗣（弼）為正始名士。阮嗣宗
　　　　（籍）、嵇叔夜（康）、山巨源（濤）、向子期（秀）、劉伯倫（伶）、阮仲容
　　　　（咸）、王濬沖（戎）為竹林名士。裴叔則（楷）、樂彥輔（廣）、王夷甫
　　　　（衍）、庾子嵩（敳）、王安期（承）、阮千里（瞻）、魏叔寶（玠）、謝幼輿
　　　　（鯤）為中朝名士。」見徐震堮《世說新語校箋》（臺北：文史哲出版社，
　　　　1989年），頁146。

定亦爲服妖之例。雖然史家於〈輿服志〉敘及魏明帝之行未對其多加責難，然因其與何晏相同皆好服婦人飾，是乃服妖特徵裡一項十分明顯、具辨異性行爲，故仍視爲服妖之例。明帝之例如下：

> 魏明帝著繡帽，披縹紈半袖，常以見直臣楊阜，諫曰：「此禮何法服邪！」帝默然。近服妖也。夫縹，非禮之色。褻服尚不以紅紫，況接臣下乎？人主親御非法之章，所謂自作孽不可禳也。帝既不享永年，身沒而祿去王室，後嗣不終，遂亡天下。〔註103〕

> 後漢以來，天子之冕前後旒眞白玉珠，魏明帝好婦人之飾，改以珊瑚珠。晉初仍舊不改。及過江，服章多闕，而冕飾以翡翠、珊瑚、雜珠。〔註104〕

明帝貴爲天子之姿，其服飾的要求自非等閒視之凡事，〈輿服志〉裡即以帝王爲主角而記載諸多服物的品名、性質、用途、意義等，其重要性是十分明顯的。揆之儒家對帝王服飾的要求，大致有兩個取向，一是孔子言「惡衣服而致美乎黻冕」，孔子推禹功德之盛美，言禹不願其平常的服飾以美、貴爲需求，只致力於以祭服的盛美，即以「菲飲食、惡衣服、卑宮室」爲主的君主。〔註105〕一是荀子〈富國〉論言國君當「厚飾」、「美其身」〔註106〕之論。這兩種原則歷代而來各有其詮釋和擁護者，然而魏明帝之例，「著繡帽，披縹紈半袖」的服飾，一來不符合孔子所云「菲飲食、惡衣服、卑宮室」；二來也非國君厚飾、美其身時應當穿著的「法服」。其色「縹」——白青色，顏色上不合規訂裡的「五方正色」，而是屬於與其它顏色互染的「五方間色」。〔註107〕即明帝之衣一來不夠儉約，二來明帝穿著的場合乃是接見朝臣的公共場合，但

〔註103〕《晉書・五行志》，頁822。《宋書・五行志》，頁886。

〔註104〕《晉書・輿服志》，頁766。

〔註105〕《論語・泰伯》云：「子曰：禹吾無間然矣，菲飲食而致孝乎鬼神，惡衣服而致美乎黻冕，卑宮室而盡力乎溝洫」，收入〔魏〕何晏注，〔宋〕邢昺疏：《論語》《十三經注疏》（臺北：藝文印書館，1982年），頁73～74。

〔註106〕《荀子・富國》：「知夫爲人主上者，不美不飾之不足以一民也，不富不厚之不足以管下也，不威不強之不足以禁暴勝悍也。」見李滌生集解：〈荀子集釋〉，頁211。

〔註107〕正、間之色可見《禮記》「衣正色、裳間色」一句下的孔穎達疏，其云：「玄是天色，故爲正；纁是地色，赤黃之雜，故爲間色」，而南朝梁皇侃注則較詳，其云：「正謂青、赤、黃、白、黑五方正色也；不正，謂五方間色也，綠、紅、碧、紫、騮黃是也」。見〔漢〕鄭玄注，〔唐〕孔穎達疏，〔唐〕陸德明音義：〈玉藻〉，《禮記正義》，頁552～553。

卻選取非正色之衣，因而其服被批評爲違禮之服、「非法之章」。

第二例裡魏明帝將冠冕上的旒從眞白玉珠改成珊瑚珠，此事例可與《晉書・顧和列傳》一起參見較能明其義。〔註108〕《晉書》〈輿服志〉與〈顧和列傳〉兩則敘述的內容乃旒珠材質的演變，從後漢以來一直使用的白玉珠被魏明帝改爲珊瑚珠，西晉亦從之，直到西晉滅亡至過江東晉因「服章多闕」，以翡翠珊瑚珠等雜珠製作之。需待至東晉成帝時，顧和向帝王上奏，因此成帝採納他的意見以「非禮」〔註109〕原則，將珊瑚珠改成比原舊漢時白玉珠更樸實的白琁珠；魏明帝改旒珠之事的相關衍變記載還可在《隋書・禮儀志》裡看到，它所記載的是南朝陳武帝與臣子徐陵討論冕旒的歷史，此時，陳武帝以「節儉」原則，選擇使用白琁珠。〔註110〕以《晉書・顧和列傳》與《隋書・禮儀志》之文來參見《晉書・輿服志》裡魏明帝改旒珠質地的行爲，會發現書寫裡的發聲者，如：顧和、楊阜一類與書寫者，兩者的聲音其實有類同之處，大體代表著重社會秩序、重群體紀律的傳統禮法之士，這意謂著以記錄者的眼光來看，魏明帝之舉一來「非禮」，二來也不夠「節儉」，甚至因多用華麗貴重之物而有「好婦人之飾」之嫌。

以何晏爲代表的乃魏晉人物經典風貌。魏晉名士的「風流」一向爲人津津樂道，而其梗義大致爲「若美風神、富文藻、有思理、吐精音。」〔註111〕再觀何晏之例：

> 尚書何晏好服婦人之服，傅玄曰：此妖服（服妖）也。夫衣裳之制，所以定上下殊內外也。《大雅》云「玄袞赤舄，鉤膺鏤錫」，歌其文也。《小雅》云「有嚴有翼，共武之服」，詠其武也。若內外不殊，王制失敘，服妖既作，身隨之亡。末嬉冠男子之冠，桀亡天下；何晏服婦人之服，亦亡其家，其咎均也。〔註112〕

〔註108〕《晉書・顧和列傳》云：「中興東遷，舊章多闕，而冕旒飾以翡翠珊瑚及雜珠等。和奏：『舊冕十有二旒，皆用玉珠，今用雜珠等，非禮。若不能用玉，可用白琁珠。』（東晉）成帝於是始下太常改之。」卷83，頁2164。

〔註109〕同上註。

〔註110〕《隋書・禮儀六》云：「陳永定元年，武帝即位，徐陵曰：『所定乘輿御服，皆採梁之舊制。』又以爲『冕旒，後漢用白玉珠，晉過江，服章多闕，遂用珊瑚雜珠，飾以翡翠』。侍中顧和奏：『今不能備玉珠，可用白琁。』從之。蕭驕子云：『白琁，蚌珠是也。』帝曰：『形制依此。今天下初定，務從節儉。應用繡、織成者，並可彩畫，金色宜塗，珠玉之飾，任用蚌也。』」頁218。

〔註111〕張蓓蓓：〈從「器識」一詞論魏晉名士人格〉，《中古學術論略》，頁49。

〔註112〕《晉書・五行志》稱「妖服」，頁822～823。《宋書・五行志》稱「服妖」，

若從何晏之例，往前探究其來由和脈絡所在，即文前已言魏晉士人魏晉之間的社會風氣，已從漢時著重生活行爲的禮容，即以善爲美，逐漸轉變到以鑑賞性和審美性爲主；同時魏晉士大夫的個體自覺意識，從漢末到魏時，已經十分具體且明朗化了，所謂個體自覺即「自覺爲具有獨立精神之個體，而不與其他個體相同，並處處表現其一己獨特之所在，以期爲人所認識之義也。」〔註113〕而人的個人意識興起發展後，對美學的關注就不會僅只於外部環境的選擇、美化，同時會聚焦、省視於自我的身體。

因此，凝思之後而發之於己身的，有樣貌的要求，有文學的素養，有哲理的思辯，有動人的談吐；這四者，實爲漢晉之際士大夫講求的重要表徵，而這四類也實是個人情性之調的高彰懸示。四類裡若關注於身體「美學化」的命題上，其中「樣貌的要求」是十分突出、具代表性的，因爲這意謂著注重容貌以及其修飾而爲人所欣賞，在當時是股興盛、洶湧的潮流，甘懷眞即云：「就歷史發展的現實而言，重視儀容的一派取得了優勢，雖然儀節從未被被儒家所貶抑。士人重外表的文化歷六朝以至隋唐皆然，唐朝選舉有『身、言、書、判』四項考核項目，其中身是指體貌豐偉。禮儀的動作層面已逐漸不被士人所重視。」〔註114〕

正始時期以何晏爲代表的好修飾之風爲何被史家稱爲「好服婦人之服」？就《晉書・五行志》、《三國志・諸夏侯曹傳》與《世說新語・容止》記載的內容來看，應是服飾和粉妝之因。《三國志・諸夏侯曹傳》記何晏的服飾「擬於太子」〔註115〕，太子作爲一國儲君，其服飾規格、形制乃遜於帝王而甚優於朝臣，然而就何晏「好色」〔註116〕，即喜好修飾的行爲來看，他在服飾的顏色、款式的選擇上，必會超越傳統禮制的規定，如此一來，其衣飾不僅已僭越區分階級高下的服裝制度，即不僅違反「衣裳之制，所以定上下

頁 886～887。

〔註113〕余英時：〈漢晉之際士之新自覺與新思潮〉，《中國知識階層史論》（臺北：聯經出版社，1980 年），頁 231～232。

〔註114〕甘懷眞：〈魏晉時期的安靜觀念〉《皇權、禮儀與經典詮釋：中國古代政治史研究》（臺北：樂學書局，2003 年），頁 173。

〔註115〕見於裴松之引《魏略》曰：「太祖爲司空時，納晏母并收養晏，其時秦宜祿兒阿蘇亦隨母在公家，並見寵如公子。蘇即朗也。蘇性謹愼，而晏無所顧憚，服飾擬於太子，故文帝特憎之，每不呼其姓字，嘗謂之爲『假子』。晏尚主，又好色。……晏前以尚主，得賜爵爲列侯，又其母在內。晏性自喜，動靜粉白不去手，行步顧影」。出自《三國志・諸夏侯曹傳》，卷 9，頁 292。

〔註116〕同上註。

殊內外也」的規定，更是被視為過度華麗眩目，因此，史書才稱之為「服婦人之婦」。

至於粉妝的描寫，《世說新語・容止》「何平叔美姿儀，面至白。魏明帝疑其傅粉，正夏月，與熱湯餅。既噉，大汗出，以朱衣自拭，色轉皎然」〔註117〕，以及《三國志》引《魏略》云「晏性自喜，動靜粉白不去手，行步顧影。」〔註118〕何晏之美，本來就文質俱備，面容亦是出類拔萃，是以，推究其以粉白裝飾自己乃應是希望自己面容能更為出色，然而此種美麗並非傳統觀念裡男子威猛奕奕的樣子；同時，傳統觀念裡也不認為男子應該追求面容的姣好與裝飾，更何況是使用當時婦女才會用的粉白來裝點容貌，是故史家們以「《大雅》云：玄袞赤舄，鉤膺鏤錫，歌其文也。《小雅》云：有嚴有翼，共武之服，詠其武也」〔註119〕一段引文來諷喻何晏，並強調男子衣飾應如《大雅》、《小雅》之文所說的挺拔偉壯、文武俱備之貌。

（二）脫袍著單衣、裸祖箕踞

第二階段為「脫袍著單衣、裸祖箕踞」之期。接續第一階段的「去冠冕、戴幅巾」之後，由首服的改變，轉換到體服上的放鬆寬大，其表現的內容有二，一為士人階層相競穿著生箋單衣，不再外披袍服；二是所穿著的衣裳博大，以及散髮裸身飲酒的風氣。

1. 脫袍著單衣

此例於《晉書・五行志》中，其所云如下：

> 西晉孝懷帝永嘉中，士大夫競（竟）服生箋單衣。（遠）識者指之曰怪之竊指擿曰：「此則古者總衰（之布），諸侯所以服天子也。今無故（畢）服之，殆有應乎！」其後遂有胡賊之亂，帝遇害焉。〔註120〕

〔註117〕徐震堮：〈容止〉，卷2，《世說新語校箋》，頁333。

〔註118〕裴松之引《魏略》，見《三國志》，頁292。

〔註119〕〈大雅〉應為《詩經・大雅・韓奕》，描敘天子賜韓侯以服飾的形貌，孔穎達疏曰：「以玄為衣，而畫之袞龍，足之所履，配以赤色之舄，馬則有金鉤之飾，其膺亦有美飾，又以鏤金加於馬面之錫。」頁680。〈小雅〉應是《詩經・小雅・六月》，此詩所指的是，與宣王一起北伐玁狁的將領，在武事中威嚴之貌，鄭玄注云：「嚴，威嚴也。翼，敬也。箋云：服，事也。言今師之群帥者，有恭敬者，有威嚴者，而共典是兵事，言文武之人備。」頁358。

〔註120〕《晉書・五行志》，頁825。《宋書・五行志》，頁889。括號裡的字代表兩書不同，但因其義幾乎相同，故將兩書之例合併，以括號字表其略為不同之處。

例子的主要旨趣即服妖一貫的書寫筆法，將個人之體、家庭之體等細微之事，予以徵兆的形容，同時與國體相聯繫，而此例所言乃士大夫這一知層群體間流行穿著當時最時興的生箋單衣，據史家看來，是後來胡賊之亂、皇帝遇害的原因之一。

然而，就本文「鬆／緊」探究而言，此例的衣著——「生箋單衣」，實與第一階段的「去冠冕、戴幅巾」有異曲同工之妙。單衣，即襌衣，指的是一種不用內襯裡的衣服，劉熙《釋名》：「襌衣，言無裡也。」〔註 121〕又云：「有裏曰複，無裏曰襌。」〔註 122〕《禮記‧玉藻》亦言：「襌為絅，帛為褶。」〔註 123〕可知單衣一般用於夏季，到了冬天就必須穿著內納絮綿的複衣，且因使用於夏天故沒有內裡，質料多以輕薄的衣料來製作。在衣飾的穿搭配合上，單衣是穿在衣服裡頭當作外衣的襯裡，是位於外衣之「內」，若要單穿，多是平日燕居之時。除了平日在家的私領域裡穿著單衣之外，在外頭公領域時，尤其作為朝服的一種，是必須當作內穿的襯衣，將之穿在袍服裡頭。〔註 124〕

袍服既作為正式的朝服或禮服，為官仕宦的士人理應以袍服為多種場合穿著的衣服，然卻「競穿生箋單衣」，這兒的現象比照《宋書》與《隋書》兩例：

> 晉太元中，國子生見祭酒博士，單衣，角巾，執經一卷，以代手版。〔註 125〕

> 今國子太學生冠之，服單衣以為朝服，執一卷經以代手板。〔註 126〕

國子學，為晉代貴遊子弟專屬的學校，能就讀的皆國家大臣之子孫。〔註 127〕

〔註 121〕〔東漢〕劉熙撰，〔清〕畢沅疏證，王先謙補：〈釋衣服〉，《釋名疏證補》（北京：中華書局，2008 年），頁 170。

〔註 122〕〔東漢〕劉熙撰，〔清〕畢沅疏證，王先謙補：〈釋衣服〉，《釋名疏證補》，頁 172。

〔註 123〕此處鄭玄注云：「絅，有衣裳而無裡。」見《禮記‧玉藻》，卷 29，頁 553。

〔註 124〕袍服，在漢代以後成為正式的朝服與禮服，並在內頭搭有單衣或中衣。見於《後漢書‧輿服志》：「袍者，或曰周公抱成王宴居，故施袍。《禮記》『孔子衣逢掖之衣』。縫掖其袖，合而縫大之，近於袍者也。今下至賤更小史，皆通制袍，單衣，皁緣領袖中衣，為朝服云。」頁 3666。婦女亦穿著袍，甚至於婚嫁喜慶也穿這種服裝，《後漢書‧輿服志》：「公主、貴人、妃以上，嫁娶得服錦綺羅縠繒，采十二色，重緣袍。」頁 3677。

〔註 125〕《隋書‧禮儀六》，頁 235。

〔註 126〕《宋書‧輿服志》，頁 520。

〔註 127〕《宋書‧禮志》裡言國子學為「《周禮》國之貴遊子弟所謂國子，受教於師氏

在國子學裡習詩讀經學禮，以待學畢而能佐治國家，故國子生於學校裡的行為舉止，宜如同未來在朝廷一般循規蹈矩。「祭酒博士」乃校內最高指導教師，國子生會見教師時所穿著的正式服裝，即「朝服」，此時卻竟是以最時興的「單衣」取代。

國子學本為「天子有國之基」〔註 128〕、「天子於以諮謀焉，於以行禮焉」〔註 129〕的地方，然而東晉孝武帝太元年間的太學生卻未穿著恭敬、合宜適當的朝服，這種現象與〈五行志〉服妖事例「士大夫競（竟）服生箋單衣」的涵義幾乎是同出一轍的：將外面的袍服脫下，以原本做為內襯的單衣做外衣，意謂著內與外、公與私之間混淆不清、無所分別；外袍象徵著規矩制度、門面禮法，而內單衣意涵著個人情性與隨性同俗，從內突破至外的單衣，在服裝的改變上，是有著禮法愈益寬鬆與個人意欲除去束縛的意義在的。

2. 衣裳博大、裸袒箕踞

從第一期改變頭部冠飾以後，接續著是身體上服飾的改變，魏晉服妖事例在此呈現的有兩個現象，一方面是身上衣服件數減少，一方面是衣裳的寬鬆變化；前者是數量項目的縮減，後者則為衣飾本身質量上由緊至鬆。事例上可供考察的二則，其記載見之於《晉書・五行志》：

> 西晉惠帝元康中，貴遊子弟相與為散髮倮身之飲，對弄婢妾。逆之者傷好，非之者負譏，希世之士，恥不與焉。蓋貌之不恭，胡狄侵中國之萌。其後遂有二胡之亂，此又失在狂也。〔註 130〕

> 東晉末年晉末皆冠小而衣裳博大，風流相放，輿臺成俗。識者曰：「此禪代之象也。」永初以後，冠還大云。〔註 131〕

此二則亦是一如史家書寫服妖時一貫的筆法，以「衣體」等於「國體」。前者以之為永嘉之禍的先聲預告，後者則敘述東晉末至南朝宋之際，因朝代即將轉變，東晉將被臣下篡位，君弱臣擅強的情況其義如同冠小而裳大，是故，

者也。」頁 356。其入學的資格，在晉惠帝時是「官品第五以上得入國學」，見《南齊書・禮上》，頁 145；在東晉孝武帝時是「選公卿二千石子弟為生」，見《宋書・禮志》，頁 365。而建立國子學的原因乃為了辨別貴賤，不使士庶相混，見《南齊書・禮上》，頁 145。

〔註 128〕《南齊書・禮上》，頁 145。

〔註 129〕《南齊書・禮上》，頁 144。

〔註 130〕《宋書・五行志》，頁 883。《晉書・五行志》，頁 820。

〔註 131〕《晉書・五行志》，頁 826～827。《宋書・五行志》，頁 890。此則位在「貌不恭」條目，「貌不恭」與「服妖」之間的關係請見註 15。

兩則皆言家國失色、朝代替換的情景。

　　然此二例若是專就衣體的轉變來觀察，除了與國體做直接聯結之外，亦是明顯象徵著時代思想與風氣的整體改變。二例中描寫的現象——「散髮倮身」與「衣裳博大」，前爲西晉元康年間，後爲東晉末年的流行狀況。但若論究「散髮倮身」與「衣裳博大」開始興盛、爲人廣知之際，乃魏晉正始時期後以竹林七賢爲代表的服飾之風。〔註132〕（竹林七賢的著裝形象可見書後附圖）從服物特點來觀察，此期衣飾特殊之處爲衣袖寬大，而其寬大的形態與傳統衣飾裡形容的「褒衣博帶」不盡相同。〔註133〕因袍的袖端處，原爲裝有

〔註132〕史策中明言記載竹林七賢有倮袒者，只有阮籍、劉伶二人。可參考資料有三條：一，王隱：《晉書》：「魏末。阮籍有才而嗜酒荒放。雲頭散髮。倮袒箕踞」，卷6，收入於湯球輯：《九家舊晉書》，而《九家舊晉書》一書附編於房玄齡等著：《晉書》（臺北：鼎文書局，1976年），第5冊，頁284。二，《抱朴子・刺驕篇》：「世人聞戴叔鸞、阮嗣宗傲俗自放……，或亂項科頭，或倮袒蹲夷，或濯腳於稠眾。」見楊明照：《抱朴子外篇校箋・下》，頁29～33。三，《世說新語・任誕》篇所載，劉伶「恒縱酒放達，或脫衣裸形在屋中，人見譏之。」伶曰：「我以天地爲棟宇，屋室爲禪衣，諸君何爲入我禪中！」見〈任誕〉篇第6則，徐震堮：《世說新語校箋》，頁392。）上三則明確指出竹林名士有裸露身體者爲阮籍、劉伶，另外在臧榮緒撰寫的《晉書》曾記載「靈（劉伶）長六尺，貌甚醜悴，……與阮籍、嵇康爲友，相遇欣然，怡神解裳」，此例見余嘉錫〈文學〉篇第69則余氏箋疏（二）所引，《世說新語箋疏》，頁252。此例只描寫到阮、劉、嵇三人「解裳」，但未指明是只有脫外衣，還是連單衣都解開，但依當時候人喜穿寬鬆的衫子習慣，與南京西善橋出土的「竹林七賢與榮啓期磚刻畫」上人物皆袒胸酣飲的模樣推測，即使阮、劉、嵇三人「解裳」後有穿單衣或衫子，其外形仍應有袒露部份身體。因此，若依據上述引文材料可知，竹林七賢裡有解裳裸袒者，可能有阮籍、劉伶、嵇康三人。

〔註133〕在書面記載上提及「褒衣博帶」者，諸如：《管子・五輔》第十：「博帶裂，大袂列，文繡染，刻鏤削，雕琢采。」李勉註譯：《管子今註今譯》（臺北：臺灣商務印書館，1988年），頁182。《淮南子》，卷11〈齊俗訓〉：「楚莊王裾衣博袍，令行乎天下」，見〔漢〕劉安撰，〔漢〕高誘注：《淮南鴻烈解》（臺北：臺灣商務印書館，1983年，景印文淵閣四庫全書第848冊），頁625。《漢書》，卷71〈雋不疑傳〉：「（不疑）冠進賢冠，帶櫑具劍，佩環玦，褒衣博帶，盛服至門上謁。」頁3035。《後漢書》，卷68〈郭太列傳〉：「身長八尺，容貌魁偉，褒衣博帶，周遊郡國」，第4冊，頁2225。沈從文之書，談到此一形象大致有三，爲「儒家禮制中貴族男女的尊貴象徵」，頁47，或「東周以來齊魯所習慣的寬袍大袖」，頁60，或就洛陽出土的空心磚模印畫來印證《漢書》稱功曹官屬多褒衣大袑」，頁126，即從東周以來齊魯地區習以寬袍大袖爲服，亦是貴族之人象徵衣著，至漢時的官屬仍有穿著之。筆者以較平實的角度觀察，「褒衣博帶」式的服飾風氣從戰國以來即存在，然因

一個收斂的袖口，名「袪」，然而，在魏晉時期穿著的寬衣則不用這種袖口，袖端寬敞而沒有收束，大口袖衣直直地向外擴展，稱之爲「衫」，〔註 134〕即《宋書・周郎列傳》裡頭描寫的「凡一袖之大，足斷爲兩，一裾之長，可分爲二」〔註 135〕的模樣。若從學術思想觀察，此期的竹林七賢所代表的，一如余英時所云的是士大夫個體自由意識發展既久之後，自然形成鄙薄世事而遊心物外之個性〔註 136〕；簡言之，竹林七賢這一文人群體所代表的是一種重情性、講求個體發展的氛圍，以阮籍、嵇康爲中心而產生的反禮法、反名教思想，以及此期情性與禮法之辯、鬆與緊之間，顯然是以情代禮。〔註 137〕

在穿著上，因爲沒有外套袍子，只單穿一件衫衣，然而因爲沒有袖口，以及衣襟爲對襟的原因，使得衣裳寬大鬆垮以致常有衣不蔽體、袒裸身體的情形發生。衣飾的項目琳瑯滿目，常可由這個人穿了什麼而去推衍其穿戴的衣飾名目、意涵與象徵，然而什麼都不穿，將衣飾的去除，亦意謂著將衣飾本身富含的意義結構加以解體、瓦散；若衣飾是一種默聲語言，則裸身亦是一種行動的語言。

《禮記・郊特牲》云「肉袒」，稱其爲「服之盡也」，〔註 138〕即去除服飾、肉袒身體爲最極致的恭敬表現。袒，是古人肢體語言的一種，出現的場合不盡相同，各有其相對應的意義，〔註 139〕但都含有當事者在某種場合的當下，

服隨時改且時有變易，其確切之形不定且不易掌握，若歸納之，其特點有二：第一，寬博乃是從比較而得來的，尤其是與胡服窄袖短衣相較時。第二，魏晉時間此種寬大明顯地表現在衣服袖口垂墜似牛脖子上，即《釋名・釋衣》：「袂，掣也。掣，開也。開張之，以受臂屈伸也」，稱由袖身開張、擴大部份的「袂」，乃衣袖廣大下垂的地方。而袖口頂端有縮斂的部份，則稱之爲「袪」。見〔清〕王先謙補：《釋名疏證補》，頁 166。

〔註 134〕《釋名・釋衣服》：「衫，芟也，芟末無袖端也」。〔清〕王先謙補：《釋名疏證補》，頁 172。

〔註 135〕〔梁〕沈約編撰：《宋書・周郎列傳》，卷 82，頁 2098。

〔註 136〕余英時：《中國知識階層史論》，頁 309。

〔註 137〕余英時於〈名教危機與魏晉士風的演變〉一文專論「情」與「禮」的關係，綜論了「緣情制禮」、「以情代禮」以及「情禮衝突」並對其內涵有詳盡的分析。《中國知識階層史論》，頁 350～372。

〔註 138〕《禮記・郊特牲》，頁 508。

〔註 139〕彭美玲於〈古人生活習慣中的左右之辨〉一章裡頭對古人袒露文化歸納有四，一是禮事左袒，二是臨刑右袒，三是舉事右袒，四是請罪肉袒，並對「肉袒」文化總結爲「係免去衣飾，袒露上體，以候對對方處置，惟其情節附帶有去冠、徒跣、負荊、牽羊等種種不同，意義亦隨之而輕重」，見氏著：《古代禮俗左右之辨研究》（臺北：國立臺灣大學出版，1997 年），頁 124～131。

以身體力行的方法去行動。「散髮倮身」及「衣裳博大」兩則事例往前追溯是可以以竹林七賢裡阮籍、嵇康、劉伶等為之祖範，雖說以裸身之行代表一己想法並非由阮、劉等開端，〔註140〕然此期服飾的特殊穿著，確也由「去冠冕、戴幅巾」之後，轉變到衣裳上的寬大、舒適和飄逸；衣飾從約束、包裹身體的種種方式以相對應其身份地位的文化意涵，在衣裳博大、裸袒箕踞的行為裡，有了擺落且刪去的意味。

（三）脫衣服、露醜惡

1. 第三期與第二期實有接衍關係

第三階段為「脫衣服、露醜惡」之期。繼第二期「衣裳博大、裸袒箕踞」而來，元康時期（291～299 A.D.）的名士，在身體裸露的程度上，較竹林名士更加放浪形骸，以致出現史書上甚少提及的裸露下體的行為。羅宗強指出：「正始士人縱欲任情，主要表現在縱酒，不拘禮法，如居喪飲酒食肉，等等。個別人如阮籍、劉伶，至於脫衣裸形。而西晉的縱欲之風，更有甚於正始者。」〔註141〕羅先生此言甚是，在《晉書・五行志》記載：

> 西晉惠帝元康中，貴遊子弟相與為散髮倮身之飲，對弄婢妾。逆之者傷好，非之者負譏，希世之士，恥不與焉。……其後遂有二胡之亂，此又失在狂也。〔註142〕

元康時期，這種追求情欲滿足，以致禮教界線十分稀薄的行為是「逆之者傷好，非之者負譏」，顯現此一已非單一個體的現象，而是有一社會風向形成，使得當代之人，若是不順從的就有傷和好，責怪非議他們的人會被譏笑嘲諷，而此種上層階級裡的集體、群眾行為，雖然未能直接確認為「在貴遊子弟中成一普遍、習以為常的現象」〔註143〕，但考之相關的史料，曾經描寫魏晉貴

〔註140〕阮、劉之前即有禰衡「當武帝，前先脫褌，次脫餘衣，裸身而立」的袒裸事件發生，見徐震堮：〈言語〉第 8 則，《世說新語校箋》，頁 35。
〔註141〕羅宗強著：〈西晉士人心態的變化與玄學新義〉，《玄學與魏晉士人心態》（臺北：文史哲出版社，1992 年），頁 249。
〔註142〕《宋書・五行志》，頁 883。《晉書・五行志》，頁 820。
〔註143〕參見羅宗強《玄學與魏晉士人心態》，頁 249。羅氏並推測這或與道教在上層社會流行有關，因為道教養生的其中一種方法，便是房中術，其言「房中術講求多御不施，且是能在一夜之中御多女而不施者，益得養生之效，這種理論，其實是『對弄婢姜』的最好的藉口。」羅氏認為《晉書・五行志》此則所敘的文化背景可能有道教的影響，但因本人學力之限，未能深入研究故列之以供參見。

游子弟散髮裸飲之行的，在王隱編撰的《晉書》裡曾有敘述之，其云：

> 魏末。阮籍有才而嗜酒荒放。雲頭散髮。裸袒箕踞。作二千石不治官事。日與劉伶等共飲酒。歌呼。時人或以籍生在魏晉之交。欲佯狂避時。不知籍本性自然也。其後<u>貴游子弟。阮瞻、王澄、謝鯤、胡毋輔之、之徒</u>。皆祖述於籍。謂得大道之本。故<u>去巾幘。脫衣服。露醜惡。同禽獸</u>。甚者名之為<u>通</u>。次者名之為<u>達</u>也。〔註144〕

王隱《晉書》裡所言「貴游子弟：阮瞻、王澄、謝鯤、胡毋輔之之徒」為西晉元康時期名士，他們「甚者名之為通，次者名之為達」，且由上引文可知，這些「通／達」之徒不僅呈現第二期「衣裳博大、裸袒箕踞」的行為更也擴展至「脫衣服、露醜惡」的地步了〔註145〕。

再觀察亦描述「八達」之徒的《晉書・光逸列傳》一文，〔註146〕可知當時的時間已經到東晉初年了。也就是說，從元康時期的貴遊子弟「相與為散髮倮身之飲，對弄婢妾」〔註147〕的祖裸之風以來，當時的貴族名士們，諸如「阮瞻、王澄、謝鯤、胡毋輔之之徒」〔註148〕縱己之情以求感情欲望的滿足，以至在裸袒行為的尺度上有更進一步的發展，即「去巾幘、脫衣服、露醜惡」之事〔註149〕，而這種祖裸縱酒的風氣一直持續到東晉初年仍有所見，而此種裸體縱酒風氣實在是從魏晉以來，從竹林名士到元康貴游士風的延續與接衍。

服章飾物是肉眼可見的物體，也是象徵符號的一種，魏晉士人各種形色的服章飾物，傳達了那時候的社會文化訊息。依「裸袒」一詞而析其義，即服飾件數的依次減少以致有裸露身體的情況產生，因此，裸袒亦是服章飾物

〔註144〕王隱《晉書》，附編於〔唐〕房玄齡等著：《晉書》，第5冊，頁284。

〔註145〕王隱只言「通」、「達」，並未直接道出「八達」一詞，但若是考察二條談及「八達」的資料：一是《晉書・光逸列傳》云：光逸、胡毋輔之、謝鯤、阮放、畢卓、羊曼、桓彝、阮孚，「時人謂之八達」（頁1385）；二是《世說新語・品藻》17則劉注引鄧粲《晉紀》云：「（謝）鯤與王澄之徒，慕竹林諸人，散首披髮，裸袒箕踞，謂之八達。」（見徐震堮《世說新語校箋》，頁280。）藉由三條資料可知，王隱《晉書》所言的貴遊子弟，其實亦是八達之徒；確切地說，可考之於文本而得知，既是八達之人又有裸露下體行為的人應有三人：胡毋輔之、謝鯤、王澄。

〔註146〕見上註。

〔註147〕《宋書・五行志》，頁883。《晉書・五行志》，頁820。

〔註148〕王隱《晉書》，頁284。

〔註149〕同上註。

的符號之一，在穿衣與不穿衣之間，士人們實藉由改變穿著的行爲來表達了個人心志與信念。因此，第二時期的「衣裳博大、裸袒箕踞」與第三時期的「脫衣服、露醜惡」，即以竹林名士爲代表的第二期和以元康之士爲主的第三期，兩者之間都是以「裸袒」著稱，雖然歷史評價截然不同，但實有接續、衍義的關係存在。

「裸袒」行爲既是兩期名士皆有的現象，彼此之間也有接衍的關係，因此，接著要做是乃是觀察兩期名士在相同的「裸袒」現象中所呈現的共同意涵，經由分析，兩者共同的意涵應有五項，分別爲「魏晉放達之風的淵源」、「行爲的主旨」、「實際行爲」、「身位地位」、「遭受到的批評」五點，其說明如下：

第一，就魏晉放達之風的淵源和演變而言，元康時任誕之風的效法源頭，以及魏晉裸袒之風盛行，其源流應可追溯至阮、劉之輩。〔註150〕即任誕之風祖始於阮、劉等人，而元康之士接續其風。有趣的是，這種現象也顯現在史書爲人物立傳時的編排順序裡，因爲，觀察《晉書》撰寫〈列傳第十九〉時而編排的人物順序，是將竹林名士與元康之士放置在同一〈列傳〉裡來進行書寫的，因此，應該也蘊涵了兩期名士彼此之間相同與接續的關係。〔註151〕

第二，就其行爲的主旨而言，皆以「放達」爲旨，放達之義即以己意行己之所欲之事，任性放縱不拘禮法、不受檢括，劉伶「放情肆志」〔註152〕、阮籍「曠達不羈，不拘禮俗」〔註153〕、嵇康「曠邁不群，高亮任性」〔註154〕，而元康之士史冊亦載「王平子、胡毋彥國諸人，皆以任放爲達」〔註155〕，此二期的名士見於記載，其行爲都俱有放達之旨義。

第三，就實際行爲而言，兩者相似特徵爲：大量飲酒、裸袒箕踞、披頭

〔註150〕王隱《晉書》云：「其後貴游子弟。阮瞻、王澄、謝鯤、胡毋輔之之徒。皆祖述於籍。謂得大道之本」，頁284。
〔註151〕〈列傳第十九〉裡所述的人物依次有：阮籍、阮咸、阮瞻、阮孚、阮脩、阮放、阮裕、嵇康、向秀、劉伶、謝鯤、胡毋輔之、胡毋謙之、畢卓、王尼、羊曼、羊聃、光逸，都放在同一卷下。
〔註152〕〔唐〕房玄齡等著：《晉書》，頁1375。
〔註153〕《三國志》引《魏氏春秋》之言。〔晉〕陳壽撰：《三國志・魏書・王衛二劉傳傳第二十一》（臺北：鼎文書局，1979～1980年），卷21，頁604。
〔註154〕《三國志》引嵇喜所撰〈嵇康別傳〉之語，頁605。
〔註155〕《世說新語・德行》23則，徐震堮校箋本，頁14。

散髮。

第四，就兩期名士的身位地位而言，皆是魏晉時具有影響力的名士，登高一唱，流風敷衍，世人紛紛學習看齊。

第五，就遭受到的批評而言，同為「禮法之士」等所深惡痛絕。首先，阮籍被何曾深恨讎疾，嵇康為鍾會深銜恨之；〔註156〕接著，元康至西晉末時，貴游子弟的行為，在《晉書・五行志》即批判言「希世之士，恥不與為」〔註157〕，同時，葛洪亦於《抱朴子・外篇》〈刺驕〉〈疾謬〉〔註158〕兩篇中大力抨擊晉末士人的風俗，並視之為「先著之妖怪也」，批判的意味可說是強烈且濃厚。

因此，由上述相同的五點來看，第二期與第三期的「裸袒之風」，其表現乃個人生活行為上的無拘無束，所欲表現的是《莊子》學的精神，亦即在實際生活裡實踐了無拘束的生活美學，在魏晉時代裡，用湯用彤的話來概括，他們乃是屬於「激烈派」一類的人。〔註159〕

2. 二、三期歷史評價之差異探討

上一子節已述及「第三期與第二期實有接衍關係」，並論及兩期名士之相同，因此，在此一子節裡需對兩期名士進行差異的分析。首先要做的，是先徵引元康時期以後的貴遊之裸的例子，除了前已引述《晉書・五行志》與王隱《晉書》兩者之例，記載「裸袒」之事者且較為人所熟悉的尚有幾例：一例是《晉書・光逸列傳》；四例見之於《世說新語》，四例中有二則是《世說》的本文，而另二則為《世說》引用《晉紀》之文；以及將葛洪於《抱朴子》裡針對裸袒之士的嚴詞批評視為一大例，共說明如下：

〔註156〕阮為何曾所深讎疾，嵇康為鍾會深銜恨之。見〔晉〕陳壽撰：《三國志・魏書・王衛二劉傳第二十一》，頁 605～606。

〔註157〕《宋書・五行志》，頁 883。《晉書・五行志》，頁 820。

〔註158〕楊明照：《抱朴子外篇校箋・下》，頁 29～33。〈疾謬篇〉論漢末士大夫交往的風氣略云：「漢之末世，則異於茲，蓬髮亂鬢，橫挾不帶，或裹衣以接人，或裸袒而箕踞。……証引老莊，貴於率任。」〈刺驕〉則云：「聞之漢末，諸無行，自相品藻次第，群驕慢傲，不入道檢者，為都魁雄伯，四通八達。」葛洪雖言漢末，然實指晉末之士，其言「四通八達」即晉末光逸、謝鯤、阮放、畢卓、羊曼、桓彝、阮孚、胡母輔之八人。

〔註159〕湯用彤於〈魏晉玄學論稿〉裡，將阮、嵇與元康時期之人視為「激烈派」，其云：「完全表現一種《莊子》學的精神，其立言行事像阮籍、嵇康等人可為好例」，「元康時期，在思想上多受《莊子》學的影響，『激烈派』的思想流行」。湯用彤：《魏晉玄學》（臺北：佛光文化，2001 年），頁 162～163、166。

　　第一，《晉書·光逸列傳》言八達「散髮裸裎，閉室酣飲」〔註160〕。第二，鄧粲《晉紀》的二例今見於《世說》的引文，其一例為：「鯤與王澄之徒，慕竹林諸人，散首披髮，裸袒箕踞，謂之八達。故隣家之女，折其兩齒。世為謠曰：任達不已，幼輿折齒」〔註161〕，而另一例則是談論「王導與周顗及朝士詣尚書紀瞻觀伎」〔註162〕。第三，《世說》本文亦有二篇述及裸袒之事：一則是〈德行〉篇：「王平子、胡毋彥國諸人，皆以任放為達，或有裸體者。樂廣笑曰：名教中自有樂地，何為乃爾也！」〔註163〕另一則是〈簡傲〉篇言王澄於大庭廣眾下脫衣巾爬樹抓鵲，樹枝勾衣索性連涼衣（即單衣）也脫去，但神色從容自得。〔註164〕第四，葛洪於《抱扑子·刺驕》裡論及的「若夫貴門子孫及在位之士，不惜典刑，而皆科頭袒體，踞見賓客。」〔註165〕因此，若將前已引述的二則與此處新引的六例合置，即有八則之多，是以，從西晉武帝元康年間至東晉初年，貴游之士「裸袒」之舉不可謂之不多，顯現了裸露身體之行在晉代曾風潮一時。

　　「裸袒」行為雖然是兩期名士皆有的現象，但在許多地方仍可見其相異之處，諸如人物的時代背景、實際行為、行為深層的內涵等有著種種差異，是故，歷代以來論述及元康時放達名士與其風氣，多是猛烈批判之，尤其是東晉戴逵對竹林七賢與元康之士做的評論，其觀點為大多數傳統學者與現今研究者所贊同而幾乎成了公定的見解。因此，在此僅舉戴逵所撰的〈放達為非道論〉、〈竹林七賢論〉兩篇文章來說明，而兩文在見解上大致相同故可作為互文來對照，其錄載如下：

〔註160〕《晉書·光逸列傳》：「尋以世難，避亂渡江，復依輔之。初至，輔之與謝鯤、阮放、畢卓、羊曼、桓彝、阮孚散髮裸裎，閉室酣飲已累日。逸將排戶入，守者不聽，逸便於戶外脫衣露頭於狗竇中窺之而大叫。輔之驚曰：『他人決不能爾，必我孟祖也。』遽呼入，遂與飲，不捨晝夜。時人謂之八達」，頁1385。

〔註161〕《世說新語·品藻》第17則，劉注引鄧粲《晉紀》之言，見徐震堮《世說新語校箋》，頁280。

〔註162〕《世說新語·任誕》第25則，劉孝標注引鄧粲《晉紀》，見徐震堮《世說新語校箋》，頁398。

〔註163〕《世說新語·德行》第23則，見徐震堮《世說新語校箋》，頁14。

〔註164〕《世說新語·簡傲》第6則，載曰：「王平子（澄）出荊州，王太尉及時賢送者傾路。時庭中有大樹，上有鵲巢。平子脫衣巾，徑上樹取鵲子。涼衣拘閡樹枝，便復脫去。得鵲子還，下弄，神色自若，旁若無人」，見徐震堮《世說新語校箋》，頁413。

〔註165〕楊明照：〈刺驕〉，《抱朴子外篇校箋·下》，頁29、45。

若元康之人，可謂好遁跡而不求其本，……是猶美西施而學其顰眉，慕有道而折其巾角，所以爲慕者，非其所以爲美，徒貴貌似而已矣。……竹林之爲放，有疾而顰者也，元康之爲放，無德而折巾也。〔註166〕

籍之抑揮，蓋以渾未識已之所以爲達也。後咸兄子簡，亦以曠達自居。父喪，行遇大雪寒凍，遂詣浚儀令，令爲它賓設黍臛，簡食之，以致清議，廢頓幾三十年。是時竹林諸賢之風雖高，而禮教尚峻。迨元康中，遂至放蕩越禮。樂廣譏之曰：『名教中自有樂地，何至於此？』樂令之言有旨哉！謂彼非玄心，徒利其縱恣而已。」〔註167〕

戴逵以元康之放任、放達與竹林的放達相比較而判定元康的放達行爲並非眞正的放達。此一觀點多爲學者認同，若歸納起來，大致是以元康之人「不知其所以爲達」爲主要原因，即「徒貌貴似」而無玄意幽遠之心，且因爲「彼非玄心，徒利其縱恣」，使得旁觀之人視爲東施效顰而有所譏諷。〔註168〕

　　檢視西晉元康年間以至晉初的貴遊之裸，除了有「亂頭散髮」與「裸體箕踞」二事，現今仍存的書面資料更敘述至「裸露下體」，而其例有二則，一例爲王隱《晉書》言元康貴遊之徒「去巾幘、脫衣服、露醜惡」，另一例爲鄧粲《晉紀》言周顗「露其醜穢」〔註169〕。王隱《晉書》裡元康貴遊子弟及名士「露醜惡」（下體）的行爲，因爲是一個群體的行爲表現，所以在上文已與

〔註166〕 此則是〈放達爲非道論〉，見於〔唐〕房玄齡等人撰：《晉書・戴逵列傳》，卷94，頁2457～2458。由東晉戴逵的角度來分析竹林七賢，並將竹林七賢與七賢八達作一眞假分辨，可參考曾敬宗撰：〈戴逵評述竹林七賢及反放達心跡探微〉，《東方人文學誌》2009年第2期，頁107～150。

〔註167〕 此則是〈竹林七賢論〉，見於《世說新語・任誕》第13則，劉孝標注引竹林七賢論曰。見徐震堮《世說新語校箋》，頁394。

〔註168〕 時代較戴逵早的葛洪亦有類似看法，其於〈刺驕〉一文云：「世人聞戴叔鸞、阮嗣宗傲俗自放，見謂大度。而不量其材力，非傲生之匹，而慕學之。……昔者西施心痛而臥於道側，姿顏妖麗，蘭麝芬馥，見者咸美其容而念其疾，莫不躊躇焉。於是鄰女慕之，因僞疾伏於路間，形狀既醜，加之酷臭，行人皆憎其貌而惡其氣，莫不睠面掩鼻，疾趨而過焉。今世人無戴、阮之自然，而効其倨慢，亦是醜女闇於自量之類也。」葛洪言辭十分尖銳，若和戴逵相對照，可看出相同之處乃指出元康之人並無阮籍、戴叔鸞一類人的「大度」，以及想要效法西施之顰而徒惹東施之醜。楊明照：《抱朴子外篇校箋・下》，頁29～33。

〔註169〕 《世說新語・任誕》第25則，劉孝標注引鄧粲《晉紀》，見徐震堮：《世說新語校箋》，頁398。

竹林七賢互相比較而得出元康之士的歷史評價爲：「不知其所以爲達」、「徒貌
貴似」，以及「徒利其縱恣」。但因爲鄧粲《晉紀》所言的周顗之事爲單例，
需另行分析，故引其文如下：

> 王導與周顗及朝士詣尚書紀瞻觀伎，瞻有愛妾能爲新聲，顗於眾中欲
> **通其妾，露其醜穢，顏無怍色。有司奏免顗官，詔特原之。**〔註170〕

周顗這位平日「風德雅重」的重官大臣卻有當眾露下體欲通他人愛妾的行爲，
實際行爲與平日風範差異甚大，此種無法以一貫之的做爲，學者如羅宗強、
余英時、陳靜容等人已嘗試爲之提出解釋。〔註171〕但竊以爲個人私德與公德
本有分別，而且周顗此例實屬特殊，對照其生平敘述「與親友言戲穢雜無檢
節」〔註172〕以及同輩之人謝鯤譏曰：「卿類社樹，遠望之，峨峨拂青天，就而
視之，其根則群狐所託，下聚溷而已」〔註173〕兩則，他私下行爲可說是毫不
檢束，周顗在大庭廣眾「展露其下體」而且「欲誘通他人之愛妾」的舉止，
相較於曾裸露下體的八達群裡，更加偏離了世俗常軌。因此，若以較平實的
看法來講，周顗之行雖然亦反映了社會評價——「不知其所以爲達」、「徒貌
貴似」、「徒利其縱恣」，但這亦有可能是單一例或個人因素所導致。

3. 對於「裸露」行爲的再思考

當然，對於某種行爲的價值觀判定，每個時代自有不同的聲音存在，每
一個事件的發生，眾人的議論紛紛、眾口複聲的發音裡頭，都有不同的、經
過編碼的訊息，而若再加以文化人類學的角度，對「裸袒」一事用西方的視

〔註170〕同上註，頁 398。
〔註171〕羅宗強曰：「這種名士風姿與穢行並存的情形，乃是一時的風尚」，見羅宗
　　　　強：《玄學與魏晉士人心態》，頁 310。余英時認爲：「我們並不好用『輕薄無
　　　　行』之類的考語加以一筆抹殺。祇有通過當時極端破毀禮教的士風，周顗的
　　　　行爲才能得到確切的說明。否則以他這樣一位眾望所歸的人物竟至當眾欲通
　　　　人之妾而露其醜穢，簡直是一件不可思議的事。」余英時：〈名教危機與魏晉
　　　　士風的演變〉，《中國知識階層史論》，頁 348。陳靜容用「觀看自我」角度，
　　　　云：「就一開放性的身體版圖來說，周顗只是在接受自我身體的前提下，以最
　　　　直接的行動與身體器官來表示愛意。就周顗個人自足的場域來看，這是一個
　　　　『自我觀看』的場景，因爲無涉於他人的眼光，所以周顗的行爲是無關乎
　　　　「禮」的，他自然可以『顏色無怍』；然既然涉及『他者』的觀看，在周顗的
　　　　行爲背後，就必須背負許多禮與輿論的檢驗。」陳靜容：〈「觀看自我」的藝
　　　　術——試論魏晉時人「身體思維」的釋放與轉向〉，《東華人文學報》2006 年
　　　　第 9 期，頁 26。
〔註172〕《世說新語・任誕》第 25 則，見徐震堮《世說新語校箋》，頁 398。
〔註173〕《世說新語・排調》第 15 則，見徐震堮《世說新語校箋》，頁 14。

野來詮釋之，應可解釋爲何「裸袒」一事如此在魏晉時代時，是如此駭人聽聞以及受到禮法之士的大力抨擊。法國漢學家余蓮（Francois Jullien）在《本質或裸體》一書提到：〔註 174〕

> 正如同裸體的存在展現且濃縮了歐洲的文化，裸體在中國的缺席，
>
> 也展現出中國思想文化的特徵。

余蓮是因爲發現裸體在中國是處於一種不存在、缺席、不在場的狀況，而去反思裸體在歐洲文化藝術的自然而然的原因，而其比較也說明：

> 這倒不是說它是匱乏的。……裸體不存在……在那裡，不論是在廟
>
> 堂裡、書本裡、或是博物館，都找不到裸體。〔註 175〕

中國傳統儒家的影響下，人們將禮視爲人性裡所應具有的調節，並以此分辨人與禽獸的不同。在傳統裡，「裸袒」一事，是屬於不能觀看、不能存在且需被禁止的，但這不表示裸體是缺少且未出現的，而是一出現就會被視爲「猥褻的裸露」〔註 176〕加以大力討伐，就魏晉竹林名士與元康之人而言，他們的「裸袒」對中國傳統來說太過直接以致極容易產生反感和批判，因此，一旦有此種行爲發生，即被歸爲「狂」、「任」、「誕」一類。

　　若再以服飾障蔽身體的角度來解釋此一行爲，當衣物障蔽身體的面積若變得更少，以及裸露的身體部位更加私密，其行爲舉止實意謂著對傳統權威進一步挑明，也益加觸動身體的敏感邊緣；同時，因碰觸到禁忌的範圍愈廣，激起的反彈浪花也愈高，因此才有東晉之人直指爲亡國的禍端，〔註 177〕以及李慈銘情緒激動斥之爲「風狂乞相」〔註 178〕。

　　相較於第二期始暢裸袒之風的名士，如阮籍雖狂飲酒、性情尚眞率但不

〔註 174〕〔法〕余蓮（Francois Jullien）著，吉普森（Ralph Gibson）攝影，林志明、張婉眞譯：《本質或裸體》（臺北：桂冠出版社，2004 年），頁 39。

〔註 175〕〔法〕余蓮著：《本質或裸體》，頁 40。

〔註 176〕余蓮認爲「如果裸體在中國不可能，那是因爲它找不到一個存有學的地位：於是留下來的，只有肉體（中國情色藝術），或是猥褻的裸露，中國『缺乏』存有的基底」，見氏著：《本質或裸體》，頁 43。

〔註 177〕《晉書·卞壺列傳》云：「時貴游子弟多慕王澄、謝鯤爲達，壺厲色於朝曰：悖禮傷教，罪莫斯甚！中朝傾覆，實由於此。」見〔唐〕房玄齡等著：《晉書》，第 3 冊，頁 1871。

〔註 178〕《世說·簡傲》篇第 6 則，余嘉錫箋疏（二）引清人李慈銘語：「大言不慚，厚相封殖。觀於此舉，脫衣上樹，裸體探雛，直是無賴妄人，風狂乞相。以爲簡傲，何當囈言？晉代風流，蓋可知矣。」見余嘉錫：《世說新語箋注》（臺北：華正書局，1984 年），頁 772。

亂女防，雖酒醉臥於美人之旁而無他意，〔註179〕但到第三期的元康、中朝之士，則出現了「對弄婢妾」、「欲通美伎」、「情挑隣女」之事，顯然第三期的元康貴游子弟或是朝中重臣，對於男女之防、情慾之隔的界限較前期來的模糊與不以爲意。對於此種現象的論述基調向來以「悖離禮法」和「乖張狂放」爲主，斥責之聲遍野滿谷，因已爲人熟知故不再煩述，能從衣不蔽體裡看到身體向度的，爲鄭毓瑜〈身體表演與魏晉人倫品鑒〉一文，其從身體表演與尋求認同的角度來論及東漢末之後，被社會關注的身體規範已轉向「雅重體勢」，其云：

> 優雅合度、不輕舉止，甚至是矯情鎮物等身體上的克制、壓抑，崇尚任放的嵇康、阮籍、劉伶及其後如阮瞻、王澄等人的解裳深刻點出，是累積的「體知」而非「知識」。〔註180〕

鄭氏認爲「雅重體勢」乃優雅合度、矯情鎮物的行爲，與阮籍、王澄等人的裸形，是有共同點的，也就是對於身體的控制，兩者皆以實際身體的「體知」與「演出」譜出屬於自己的身體調性；換言之，竹林名士與元康、八達的裸祖，以及注重容貌舉止的士人，在身體的表現上，都共同展現了一種想要實踐某一價值標準的企圖。

　　而這即是魏晉之時，文人士子追求自我情性、開始擺落以往框架束縛的象徵，體認到我即是我，我存在的聲音變大了，因此在服飾上有著與以往不同的漸進發展，從第一期的「去冠冕、戴幅巾」到第二期「脫袍著單衣、裸祖箕踞」，以至第三期的「脫衣服、露醜惡」，可看到的是衣飾從從束縛到放鬆的情形，如果說原始裸祖狀態演變到衣冠楚楚的模樣，是社會規範個人進入團體的一種方式，代表「由生到熟」文明的過程；那麼從整齊合體的衣飾進展到喜好修飾儀容、逐漸放寬衣服，〔註181〕再從寬鬆衣飾中漸次減少衣件

〔註179〕《世說新語‧任誕》篇第 8 則言：「阮公鄰家婦，有美色，當壚酤酒。阮與王安豐常從婦飲酒，阮醉，便眠其婦側。夫始殊疑之，伺察，終無他意。」見徐震堮：《世說新語校箋》，頁 393。

〔註180〕鄭毓瑜：〈身體表演與魏晉人倫品鑒──一個自我「體現」的角度〉，《漢學研究》2006 年第 2 期，頁 99～100。

〔註181〕魏晉時寬鬆的服飾意象，深爲禮法之士厭惡，而此一現象在西方國家裡，亦有類似的評論，蘇珊‧凱瑟在撰寫之書有云：「在十九世紀，不受束縛的體態（尤其是女性的身體）被許多歷史學家視爲『道德的解放』，而『寬鬆的身體』正好反映出『寬鬆的道德觀念』」，蘇珊‧凱瑟（Susan B. Kaiser）：《服裝社會心理學》，第 2 冊《外觀與自我》，頁 170。

的數量，以至於裸袒身體，或許可說是身體以裸露的方式，在某種程度上解脫掉其上單一向度的社會文本的書寫，〔註182〕使得自我能在社會規範語中分歧出來而游走自在。

　　史書對魏晉服妖的書寫是以批評、責難角度出發，在其反面、否定的描敘中，恰好可以觀察描摹出魏晉服飾整體的風氣，存在著由束緊、節制到寬鬆、緩和的情況；而在這同時，以魏晉服飾的「寬鬆」語境與史傳書寫者的「束緊」語境相比較，兩者語境的衝突，其實也意謂著服裝語言的張力。在一、二、三期服飾所象徵的符號密語裡，不僅有著文化符號的改變，並激起在場與不在場觀眾對文化的情緒反應；同時，也呈現出魏晉一代服飾風格改變的歷程，而改變時所產生的服飾張力，意即各種潛在、深藏的矛盾情結，諸如情與禮、公與私、抒張與乖悖、認同與排斥等等，在魏晉服妖書寫的例子裡，很適巧地被展演與流露了。

第三節　自我與他者：「中心」華夏與「四方」胡蠻的風尚

　　魏晉時期的服飾特點，除了上一節所論述到因當時風流名士們較為以往強調抒張個性與精神追求，表現在服飾上是意欲衝破禮教的藩籬、思想的禁錮，因而以釋放身體束縛、衣不蔽體的穿著方式來表達自己內心的想法之外，魏晉服飾文化另一大特點為胡漢服飾的融合。而魏晉南北朝時期胡漢服飾大融合的特殊情景，在史家所書寫的〈五行志〉裡，是以一種觀看「異己」的角度來敘述的。也就是說，藉由〈五行志〉所書寫的胡人服飾，可觀察到史家是用一種「異己」的眼光來看待胡人入主中原的這段歷史，即在華夏中心主義的意識形態之下，展開對「中心」與「四方」的想像，胡服被異化為恐怖的象徵，因而在敘述裡呈現了「中心」華夏與「四方」胡蠻的區別。

　　首先，本節從魏晉南北朝史書裡的服妖事例，檢閱與查錄出有關「胡人／胡物／胡飾」等等涉及胡蠻文化風俗時尚的小段文章記載，並將出現在三國兩晉南北朝時的服妖事例，摘錄如下面表格：

〔註182〕伍德華（Kathryn Woodward）編，林文琪譯：《身體認同：同一與差異》（臺北：韋伯文化出版公司，2004 年），頁 181～186。

靈帝	靈帝好**胡**服、胡帳、胡牀、胡坐、胡飯、胡空侯、胡笛、胡舞，京都貴戚皆競爲之。	《後漢書・五行志》：此服妖也。	其後董卓多擁胡兵，塡塞街衢，虜掠宮掖，發掘園陵。	《後漢書・五行志》，頁3272。
靈帝	靈帝於宮中西園駕四白驢，躬自操轡，驅馳周旋，以爲大樂。於是公卿貴戚轉相放效，至乘輜軿以爲騎從，互相侵奪，賈與馬齊。	《後漢書・五行志》：案《易》曰：「時乘六龍以御天。」行天者莫若龍，行地者莫如馬。《詩》云：「四牡騤騤，載是常服。」「檀車煌煌，四牡彭彭。」夫驢乃服重致遠，上下山谷，野人之所用耳，何有帝王君子而驂服之乎！遲鈍之畜，而今貴之。《後漢書・五行志》：天意若曰：「國且大亂，賢愚倒植，凡執政者皆如驢也。」	其後董卓陵虐王室，多援邊人以充本朝，**胡夷異種**，跨蹈中國。	《後漢書・五行志》，頁3272。
景初元年	景初元年，發銅鑄爲巨人〔註183〕，號曰翁仲，置之司馬門外。	案古長人見，爲國亡。長狄見臨洮，爲秦亡之禍。始皇不悟，反以爲嘉祥，鑄銅人以象之。魏法亡國之器，而於義竟無取焉。蓋服妖也。		《晉書・五行志》，頁822。《宋書・五行志》，頁886。
晉武帝泰始〔註184〕	1. 泰始之後，中國相尚用**胡牀貊槃**，及爲羌煮貊炙，貴人富室，必畜（*置*）其器，吉享嘉會，皆*以*（*此*）爲先。2. 太康中，又以氊爲絈頭及絡帶*袴口*（*衿口*）。	百姓相戲曰，中國必爲胡所破。*夫氊毳*（*氊*）產於胡，而天下以爲絈頭、帶身、*袴口*（*衿口*），胡既三制之矣，能無敗乎！	1. 《晉書・五行志》：至元康中，氐羌互反，永嘉後，劉、石遂篡中都，自後四夷迭據華土，是服妖之應也。2. 《宋書・五行志》：干寶曰：「元康中，氐羌反，至于永嘉，劉淵、石勒遂有中都，自後四夷迭據華土，是其應也。」	《晉書・五行志》，頁823～824。《宋書・五行志》，頁887。

〔註183〕《宋書・五行志》於巨人後多「二」一個字。

〔註184〕此段敘述兩書大致相同，但仍有部份不同，故不相同的部份用斜體字表示，若再區分《晉書》與《宋書》不同處，則是以《晉書》「斜體無括號」，而《宋書》「斜體有括號」表示。以下皆以此種方式標誌。

晉惠帝元康年間	1.（廢遲）至元康末，婦人出兩襠，加乎交領之上（加乎脛之上）。 2.貴遊子弟相與爲散髮倮身之飲，對弄婢妾。	1.此內出外也。 2.逆之者傷好，非之者負譏，希世之士，恥不與焉。	1.至永嘉末，六宮才人流冗沒於戎狄，內出外之應也。 2.蓋胡、翟侵中國之萌也。豈徒伊川之民，一被髮而祭者乎。	1.《晉書・五行志》，頁823。《宋書・五行志》，頁887。 2.《宋書・五行志》，頁883。
西晉孝懷帝永嘉中	1.（晉）孝懷帝永嘉中，士大夫競（竟）服生箋單衣。 2.《宋書》：（魏武帝）初爲白帢，橫縫其前以別後，名之曰「顏」，俗傳行之。至晉永嘉之間，稍去其縫，名無顏帢。而婦人束髮，其緩彌甚，紛之堅不能自立，髮被于額，目出而已。	1.（遠）識者指之曰怪之竊摘指曰：「此則古者緦衰（之布），諸侯所以服天子也。今無故（畢）服之，殆有應乎！」 2.《宋書・五行志》：無顏者，愧之言也；覆額，慚之貌；其緩彌甚者，言天下忘禮與義，放縱情性，及其終極，至乎大恥也。〔註185〕	1.《晉書・五行志》：其後遂有胡賊之亂，帝遇害焉。《宋書・五行志》：其後愍、懷晏駕，不獲厥所。 2.《宋書》、《晉書》：永嘉之後，二帝不反，天下愧焉。	1.《晉書・五行志》，頁825。《宋書・五行志》，頁889。 2.《宋書・五行志》之後，頁886。《晉書・五行志》，頁825。
南齊武帝永明年間	永明中，宮內服用**射獵錦文**。	爲騎射兵戈之象。	至建武初，**虜大爲寇**。	《南齊書・五行志》，頁373。
南齊武帝永明中	《南史》：永明中，百姓忽著破後帽，始自建業，流于四遠，貴賤翕然服之。《南齊書》：蕭諶開博風帽後裠之製，爲破後帽。	《南史》：此服祅也。帽自蕭諶之家，其流遂遠，天意若曰：武穆、文昭皆當滅。	《南史》：而諶亦誅死之効焉。 《南齊書》：世祖崩後，諶建廢立，誅滅諸王。	《南史・齊廢帝鬱林王本紀》，頁138。 《南齊書・五行志》，頁373。

齊東昏侯的帝王生活，多處豪華奢侈，其衣著章服多有逾於常規，然史書中未言之爲服妖，故引之如下以做爲參考。《南史・齊本紀下第五》：「著織成袴褶，金薄帽，執七寶縛矟，又有金銀校具，錦繡諸帽數十種，各有名字。**戎服急裝縛袴，上著絳衫，以爲常服，不變寒暑。……擔幢諸校具服飾，皆自製之，綴幾金華玉鏡眾寶。……高障之內，設部伍羽儀，復有數部，皆奏鼓吹羌胡伎，鼓角橫吹。……明帝之崩，竟不一日蔬食，居處衣服，無改平常**。潘妃生女，百日而亡，制斬衰絰杖，衣悉粗布。……又於**苑中立店肆，模大市，日游市中，雜所貨物，與宮人閹豎共爲裨販。以潘妃爲市令，自爲市吏錄事**。」頁151～155。

齊東昏侯寶卷永元中	東昏宮裡又作**散叛髮**，反髻根向後，百姓爭學之。		及東昏狂惑，天下散叛矣。	《南史・齊和帝本紀》，頁160。

〔註185〕《晉書・五行志》：「無顏者，愧之言也。覆額者，慚之貌也。其緩彌甚者，言天下亡禮與義，放縱情性，及其終極，至于大恥也。永嘉之後，二帝不反，天下愧焉。」

北齊神武帝	後齊婁后（鮮卑人）臥疾，寢衣無故自舉。		俄而后崩。	《隋書·五行志》，頁629。
北齊文宣帝	《隋書》：文宣帝末年，衣錦綺，傅粉黛，數為胡服，微行市里。 及帝崩，太子嗣位，被廢為濟南王。 《北齊書》：或袒露形體，塗傅粉黛，散髮胡服，雜衣錦綵。拔刀張弓，遊於市肆，勳戚之第，朝夕臨幸。〔註186〕	《隋書》： 1. 粉黛者，婦人之飾，陽為陰事，君變為臣之象也。 2. 又齊氏出自陰山，胡服者，將反初服也。 3. 錦綵非帝王之法服，微服者布衣之事，齊亡之效也。 《北齊書》：論曰：「……，其後縱酒肆欲，事極猖狂，昏邪殘暴，近世未有。饗國弗永，實由斯疾，胤嗣殄絕，固亦餘殃也。	《隋書》齊亡之效也。	《隋書·五行志》，頁629。 《北齊書·帝紀第四·文宣》，頁67～68。
北齊幼主高恒	1. 寫築西鄙諸城，使人衣黑衣為羌兵，鼓噪凌之，親率內參臨拒，或實彎射人。 2. 自晉陽東巡，單馬馳騖，衣解髮散而歸。			《北齊書·幼主本紀》，頁113。

一、「華夏／胡蠻」之辨

從東漢動亂生民不安的年代開始（西元 184 年張角起兵的黃巾之亂為始），一直持續到隋朝統一為止（楊堅滅陳朝而統一分裂，為西元 589 年），這期間大約有四百年，為中國從先秦春秋戰國時代以來的另一個大動亂分裂之時期。其間有漢末改朝換代之戰，三國時期魏、吳、蜀的相互討伐，西晉

〔註186〕《北齊書·帝紀第四·文宣》：「既征伐四克，威振戎夏，六七年後，遂留連耽湎，肆行淫暴。或躬自鼓舞，歌謳不息，從旦通宵，以夜繼晝。或袒露形體，塗傅粉黛，散髮胡服，雜衣錦綵。拔刀張弓，遊於市肆，勳戚之第，朝夕臨幸。時乘駝駝牛驢，不施鞍勒，盛暑炎赫，隆冬酷寒，或日中暴身，去衣馳騁，從者不堪，帝居之自若。親戚貴臣，左右近習，侍從錯雜，無復差等。」

的八王之亂，接著便是五胡侵華，十九國並立，此後晉室東渡，開始了南北相互對峙之情況。這幾百年間，若不是民族之間發生激烈衝突，便是同室操戈互相攻伐，其混亂之局面可說是瞬息萬變。

本節欲探討的胡漢文化，乃針對「胡物、胡服、胡人」等等標出「胡」字一字的服妖事例，觀察此類的服妖事例在胡漢兩者彼此碰觸、接近下的反應，並從文化人類學視角對中國即天下的觀點進行分析。關於夷、夏兩族之辨在《春秋左傳正義》已言：「裔不謀夏，夷不亂華」，即以自己華夏之民的口吻來分辨夷、夏之間族群的差異，並於後注曰：「中國有禮儀之大故稱夏；有服章之美謂之華」〔註187〕，進一步闡明自己與夷狄相異且優秀於他們的原因，乃華夏文化的象徵——「服章」與「禮儀」，其具體外貌表現爲束髮冠帶者爲華夏，披髮左衽者爲蠻狄；對於「華夏／胡蠻」的區分，在中國傳統意識下的書寫者，不僅以字面之意——既榮華又卓大的「華夏」來相比於有野蠻獸類、邊緣地帶意思的「胡」「蠻」，更是以「禮儀」與「服章」作爲區別正統與胡蠻夷狄的最重要因素。

若用《禮記·曲禮》之言來解釋則是：「夫禮者，所以定親疏，決嫌疑，別異同，明是非也」〔註188〕，這是就禮之功用而言；然而服章之用其實亦可如《禮記·曲禮》此段話所說的再依照畫葫蘆一遍，即「夫服章者，所以定親疏，決嫌疑，別異同，明是非也」，也就是說，服章在「能指」上雖有許多具體之事物可以稱代，但在其象徵意義上即「所指」還是歸之於禮之精神與涵義。

此種區分「華夷之別」並辨之以先後順序、本末位置關係的思想，其來源應自於《春秋公羊傳》所云：「《春秋》內其國而外諸夏，內諸夏而外夷狄」〔註189〕，這種以國內京都爲核心、諸夏爲其後，以週遭諸夏爲先然後才論及邊緣夷狄的觀念，在涇渭分明的「華夷之別」裡，實是以「我」爲「中」爲中心思想而展開的先後始終之地理順序，而《春秋公羊傳》此一觀念從先秦時代開始，發展到漢代時，在「華夏之別」的程度上是有著改變，《漢書·匈

〔註187〕〔周〕左丘明撰，〔晉〕杜預注，〔唐〕孔穎達疏，李學勤編：〈定公十年〉，《春秋左傳正義》，卷56，頁1825。

〔註188〕〔漢〕鄭玄注，〔唐〕孔穎達疏，〈曲禮〉，《禮記正義》，卷1，頁14。

〔註189〕〔周〕公羊高撰，〔漢〕何休解詁，〔唐〕徐彥疏，〔唐〕陸德明音義：〈成公十五年〉，《春秋公羊傳注疏》，卷18（臺北：臺灣商務印書館，1983年，收入於景印文淵閣四庫全書145冊），頁350。

奴傳第六十四下》曰：

> 春秋內諸夏而外夷狄，夷狄之人貪而好利，披髮左衽，人面獸心。
> 其與中國殊章服，異習俗，飲食不同，言語不通，辟居北垂寒露之
> 野，逐草隨畜，射獵爲生，隔以山俗，雍以沙幕，天地所以絕外內
> 也。是故聖王禽獸畜之，不與約誓，不就攻伐；……，來則懲而御
> 之，去則備而守之。其慕義而貢獻，則接之以禮讓，羈靡不絕，使
> 曲在彼，蓋聖王制御蠻夷之常道也。〔註190〕

《公羊傳》裡尚猶言「曷爲以內外之辭言之？言自近者始也」〔註191〕，雖分
別出「諸夏／夷狄」之異，但並非以全然否定的態度加之夷狄之上，而是由
距離之遠近，從近到遠來分別內與外之差異，主要是以空間大小遠近作爲主
要的考量。然而到《漢書》裡頭則出現了「夷狄之人貪而好利」價值標準的
評斷與意識型態上的區分，並有「是故聖王禽獸處之」、「來則懲而御之」等
明顯貶抑至動物之屬的語話，而這樣的對待方式在著作者班固看來，是聖君
賢王制服駕御蠻夷之族的「常道」。

　　若再進一步辨析討論，班固在《漢書》裡「是故聖王禽獸處之」、「來則
懲而御之」的貶低之辭，即是以中國中心本位出發，對異文化的認識與想像
變形的問題。而造成這種認知侷限的主要來源，即「自我」與「他者」、「中
土」與「異域」兩者對立之關係意識。而這種以我爲大、唯我獨尊的封閉
自我中心意識，也就是人類學稱之爲「我族中心主義」之表現。一般而言，
如果對文化他者的建構和選擇是出自於證明本身文化的優越性和正統性，那

〔註190〕天下一詞下的中原與夷狄之區別，在先秦春秋始是以文化是否相同爲區別，
　　　　並不像在漢代以後，主要針對北方游牧民族，故梁啓超云：「後世之號彝
　　　　狄，謂其地與其種族；《春秋》之號彝狄，謂其政俗與其行事。」見梁氏：〈飲
　　　　冰室文集之二‧春秋中國夷狄辨序〉，《飲冰室合集》，第1冊（北京：中華書
　　　　局，1989年），頁48。而學者高明士則以同心圓來譬喻此種的區別是在親疏
　　　　遠近上，並以此來建立中國天下秩序，夏可淪爲夷，而夷亦可變爲夏，華夏
　　　　之別的區分也因爲是文化上不同，故不是絕對的。參見高明士：〈天下秩序原
　　　　理的探討〉，《東亞古代的政治與教育》（臺北：臺灣大學出版中心，2004
　　　　年），頁1～12。
〔註191〕見〈成公十五年〉，卷18，《春秋公羊傳注疏》，頁351。以道德文化爲夷夏標
　　　　準者，常見於公羊家言，如《春秋》昭公二十三年秋《公羊傳》曰：「吳敗
　　　　頓、胡、沉、蔡、許之師于雞父」，文底下何休注曰：「中國所以異乎夷狄
　　　　者，以其能尊尊也。王室亂，莫肯救，君臣上下壞敗，亦新有夷狄之行，故
　　　　不使主之。」即是一例。見〈昭公二十三年〉，卷24，《春秋公羊傳注疏》，
　　　　頁447。

對他者的想像便傾向於造就奇畸化或醜惡化的形象，或是以貶低諷刺字眼形容之。

　　如同《山海經》裡言遠方異國之人皆冠之以奇形異狀，在魏晉南北朝時此種例子亦是不勝枚舉：《魏書・僭晉司馬叡傳》言中原冠帶份子稱呼江東民族「皆爲貉子，若狐貉類云」〔註192〕，而江東吳人則稱南來的北方士子爲「傖」〔註193〕，連居吳已久的中原舊族也目視後來的北人爲「傖人」〔註194〕，或陳朝對南北土著稱之爲「傒狗」〔註195〕，北齊掌權者在長期鮮卑化之下也視北齊漢人朝士爲「狗漢」〔註196〕；而相反的另一面來說，若是出自於批判現實社會需求或是因本身文化遭遇到侷限，在這種目的下，他者的形象則會出現烏托邦化或美好理想的色調，甚至有著超現實的價值追尋，如秦始皇欲至海外求長生不死之藥或是像陶淵明所描寫的桃花源境地。〔註197〕

　　在「我族中心主義」之下，地理意義的上下、南北、東西雖然已先決定其物理方位，但由政治意義上的「天下之中」、「王者必即土中」爲主而輻射出由我爲中心而統治天下地方的國土結構，除了表明政治秩序結構，也反映

〔註192〕《魏書・僭晉司馬叡傳》：「中原冠帶呼江東之人皆爲貉子，若狐貉類云。巴、蜀、蠻、獠、谿、俚、楚、越，鳥聲禽呼，言語不同，猴、蛇、魚、鱉，嗜欲皆異。江山遼闊將數千里，叡羈縻而已，未能制服其民」，卷96，頁2093。

〔註193〕如《世說新語・雅量》劉孝標注引《晉陽秋》云：「吳人以中州人爲傖。」見〔南宋〕王羲慶撰，〔梁〕劉孝標注，徐震堮校箋：《世說新語校箋》（臺北：文史哲出版社，1989年），頁201。

〔註194〕《晉書・文苑・左思傳》曰：「陸機入洛，欲爲此賦……，與弟雲書曰：『此間有傖父，欲作〈三都賦〉。』」頁2377。關於「傖人」、「傖楚」、「傖荒」之說，已多有學者論述，可參看萬繩楠整理：《陳寅恪魏晉南北講演錄》（臺北：知書房出版社，2003年），頁197～217；或余嘉錫對整理「傖」字得出的六個解釋，見余嘉錫著：〈釋傖楚〉，《余嘉錫文史論集》（長沙：岳麓書社，1997年），頁210～216。

〔註195〕南朝陳時對於南方土著在侯景之亂趁勢興起的力量不得不承認並加以起用，然而對這些在侯景之前大抵爲被壓迫的下層民族，其形容之語明顯帶有貶抑之味。如《南史・胡諧之傳》裡范柏年稱謂胡諧之爲「傒狗」，然因此語極侮辱，柏年亦因諧之間之而死，卷47，頁1177。

〔註196〕如鮮卑化的漢人韓長鸞嫉恨北齊朝中漢人朝士，建議北朝統治者斬殺之，見《北齊書・思倖傳・韓鳳傳》：「狗漢大不可耐，唯須殺卻」，卷50，頁693。

〔註197〕超越己者的他者，其所存的他界，常是以仙界或樂園形式顯現，此類他界的考察，可考見高師莉芬：《蓬萊神話——神山、海洋與洲島的神聖敘事》（臺北：里仁書局，2008年）。

了文化觀念上的「天下之中」，是故，在多種政權互相角力之下，不斷申明以己爲中心、主權在我，同時彼此之間也互相鄙視敵對和異化，而有「狐貉」、「傖人」、「傒狗」、「狗漢」等動物之屬的想像語辭產生。

即從先秦儒家到南北朝時一路上文化脈絡精神，大致上是以「秩序」爲中心主軸而展開論述，在史書裡，〈五行志〉的書寫亦體現了在文化心態上對秩序的追求。爲了使動亂不再產生和擴散，史家們學會了避免下一次問題情境又再度發生，張德勝云：「用佛洛依德的術語，中國文化存在著一個『秩序情結』；換做潘乃德（Ruth Benedict）的說法，則中國文化的形貌（configuration）就由『追求秩序』這個主題統合起來。」〔註 198〕在〈五行志〉裡的「服妖」書寫，也就是這種避免事件再度發生的一種方式：藉由將已發生過、或已判定價值標準之事件，視爲書寫前的準則。

即從《漢書》開始的服妖之例，在《後漢書》以後，每一位史家在書寫時即以前代判斷、認定爲服妖的原因爲準則，再來進行對欲書寫朝代的服妖判定。〈五行志〉的書寫因「志」一體體例而多有重覆堆疊之處，服妖的名稱位處於〈五行志〉之下的一個分類，故在內容與判定標準上有許多相同的地方。而這種重覆敘寫、反覆論說的書寫方式，也意味了建立價值標準和追求穩定秩序，也就是在每一次的事例中判定並視爲服「妖」之舉時，強調了對「妖」之排斥與合「禮」之追求；同時，因爲標舉出妖之類屬爲何，在貶抑之中亦抑止了動亂的產生和擴散。

若考察魏晉南北朝的史書中關於服妖的書寫，涉及胡蠻、華夏區分之例子，彼此之間「衣冠服飾」的差異是最被注目和突出的。從孔子言「微管仲，吾其披髮左衽矣」〔註 199〕之後，「披髮左衽」已成了蠻夷之俗的顯著特徵，而此種以「衣冠服飾」做爲判斷胡夷之別，實是分辨胡夏最明顯的方法，其原因除了衣冠服飾做爲人的載體顯現在外是最易被感受、查覺；另一種原因是

〔註 198〕張德勝：《儒家倫理與秩序情結——中國思想的社會學詮釋》（臺北：巨流圖書公司，1998 年），頁 159。張氏同時援引佛洛依德之說，來解釋動亂創傷與秩序情結：「佛洛依德（Sigmund Freud）認爲，個人於孩提時代所遭受的創傷（trauma），會在性格留下永不磨滅的烙印。在他的理論中，創傷處境（traumatic situation），危險處境（danger situation），與焦慮（anxiety）是互相相關的。當大量刺激（stimulus）如潮掩至，嬰孩招架無力之際，他就身陷創傷處境，而焦慮亦隨之相伴而生。此種焦慮逐漸形成創傷式神經過敏（traumatic neurosis），潛藏於性格深層，往往爲個人所不自覺。」頁 157。

〔註 199〕〔魏〕何晏注，〔宋〕邢昺疏：《論語》，頁 127。

傳統中古的服章飾物背後連結的巨大網絡脈絡都指向「儀」文與「禮」義，而這是胡人之服所未明顯表現的，胡服之與禮相較與中古中國，沒有那麼多文化意義，也沒有那麼多的社會意涵。〔註200〕

二、異族想像與胡化的恐懼——正統性追求

當分析史書裡服妖事例中的胡漢現象，首先需辨析的是，列入討論的史書為何？經檢索後共有七本史籍叢書與本文正相關。〔註201〕而需說明的有兩點：

一是本節將《後漢書》關於靈帝服妖書寫列入，是因為《後漢書》雖是東漢一代的斷史，但因書寫對象為東漢靈帝，靈帝時發生第二次黨錮之禍、黃巾之亂，實是東漢接近衰亡之時關鍵君主，其混亂之政治局面下開魏晉南北朝一連串分裂朝代，故視為同屬魏晉南北朝胡漢的服妖的論述範圍。

二是《晉書》〈五行志〉幾乎雷同於《宋書》〈五行志〉，兩書之異同非本節之重點故暫不論之。次者，南北兩朝屬於兩個對立的政權，民族結構也大體相異，漢魏晉至南朝皆為華夏政權，而北朝幾乎全是胡人所建立的軍權主體，因本節所探究的為「胡」與「漢」之間服妖現象，故其史實的記載應分開來看。於是，從上述二點，確定了書寫對象、討論之史書與時代範圍之後，歸納出欲考究之範圍內的君主共有九位：漢靈帝、魏明帝、晉武帝、晉惠帝、晉孝懷帝、南齊武帝、南齊東昏侯、北齊神武帝、北齊文宣帝、北齊幼主。〔註202〕

就上面整理的表格內容來看，服妖事例裡頭胡蠻與華夏的接觸，其現象所呈現之內涵可歸納有二：一是反映政治上屢次胡漢交接的大事紀，二是對國家正統性的訴求。從魏晉到南朝所描述的胡與漢的情形大抵是呈現「胡蠻侵略、凌辱華夏」〔註203〕的情形，也就是以這些服妖事例的描寫為主軸，所

〔註200〕西漢武帝太始二年，匈奴狐鹿姑單于寫了一封信給武帝，其曰：「南有大漢，北有強胡：胡者，天之驕子也，不為小禮以自煩。」這即是胡人自己給予「胡」人的定義，是「不為『小禮』以自煩」的，意味著胡人之俗與禮的關係並非緊密不可分。《漢書・匈奴傳》，卷94，第5冊，頁3780。

〔註201〕《後漢書》、《晉書》、《宋書》、《南史》、《南齊書》、《北齊書》、《隋書》七本。

〔註202〕本小節專門討論漢魏晉至南朝的華夏政權，由胡人所建立的北朝主體則於下一小節探論之。

〔註203〕誰是胡？誰是夏？北朝君主亦認為己是華夏之族，如《洛陽伽藍記》的陽衒之，特別強調北魏政權的華夏正統，而魏收所寫的《魏書》裡嚴屬地認為南

沾黏拉扯出的是一段從東漢末到南北朝胡漢交接之國家動盪史。此節所欲討究的，乃是漢末至南朝的服妖之例，因南北兩朝大體是對立的政權，故北朝的服妖事例的屬性則歸於下節論述。

漢靈帝為主的服妖之例有二則，一則是「靈帝好胡服、胡帳、胡床、胡坐、胡飯、胡箜篌、胡笛、胡舞，京都貴戚，皆競為之，此服妖也」〔註 204〕另一則是「靈帝於宮中西園駕四白驢」。這二則說明帝王喜愛種種胡物並用之於日常生活，食、衣、住、行皆被胡人之物填滿和佔領的這種「徵兆」，所引發的「兆應」為「董卓多擁胡兵，填塞街衢，虜掠宮掖，發掘園陵」，以及「陵虐王室，多援邊人以充王朝，胡夷異種，跨蹈中國。」史書在這兒的徵與應顯現了胡物與董卓之亂的關係，除了表現出史家們對君主們好用胡物的不以為然之外，尚連接到對董卓之亂引胡兵入京造成都邑殘破、人民傷亡，所隱喻的是書寫者對國家傷亡的悲痛、想要找出引發事件的原因，以及指謫帝王的昏庸實是造成國家破敗之源頭。〔註 205〕

魏明帝與胡漢相關的服妖之例為「景初元年（魏明帝年號，237 B.C.）發銅鑄為巨人二，號為翁仲，置之司馬門外」〔註 206〕，此例並沒有寫出其徵應內容，而史家在寫徵應時常常與戰爭、國勢衰敗有關，有可能是因為明帝之際是魏王朝的全盛時期，〔註 207〕故史家沒有寫出其徵應為何，但對之則有案語：

> 案古長人見，為國亡。長狄見臨洮，為秦亡之禍。始皇不悟，反以為嘉祥，鑄銅人以象之。魏法亡國之器，而於義竟無取焉。蓋服妖也。〔註 208〕

據李零在《中國方術讀考》裡考證來看，〔註 209〕明帝時的二銅人要分成兩次

朝政權為偽僭，逕自稱之「偽梁」、「島夷」。

〔註 204〕《後漢書・五行志》，頁 3272。

〔註 205〕董卓的西北軍構成份子並不單一，除了漢人之外，還間有胡、羌族的傭僱兵，進入洛陽以後放縱兵士淫略婦女、剽虜資物，故長安士卒與百姓聞董卓死皆相慶祝並填滿了街頭巷尾，可見民眾對董卓的仇恨。見〔晉〕陳壽撰，〔宋〕裴松之注：〈董二袁劉傳第六〉，《三國志・魏書》（臺北：鼎文書局，1984 年），卷 6，頁 172～177。

〔註 206〕《晉書・五行志》，頁 822。《宋書・五行志》，頁 886。

〔註 207〕見王仲犖：《魏晉南北朝史》（臺北：谷風出版社，1987 年），頁 138。

〔註 208〕《晉書・五行志》，頁 822。《宋書・五行志》，頁 886。

〔註 209〕李零：〈禮儀為本〉，《中國方術續考》（北京：中華書局，2007 年），頁 125～128。

來看，第一次的二銅人為董卓於漢獻帝時，毀壞從秦始皇以來的十二金人，但只毀其十尊來鑄錢，其餘兩件移至長安城的清門里。而第二次的銅人乃因魏明帝景初元年欲搬秦始皇二銅人至洛陽，但因太重無法搬動只能留在霸城，只得在洛陽景福殿司馬門外，另外模仿之而鑄造二銅人〔註210〕。李零指：「臨洮地近休屠，金人作夷狄裝，應與休屠金人有關，……當即模仿匈奴傳統的祭天金人而作」，〔註211〕由上述可知，魏明帝所立的二銅人，又號「翁仲」，其初鑄造之意，考之《漢書・五行志》與《淮南子・氾論訓》記載，應是追隨秦皇鑄象置司馬門外的「嘉祥」〔註212〕美意。推測明帝最初鑄造所懷美意應是藉由高大威猛的巨人銅象來顯示魏朝的宏遠氣派並兼取其威震胡人之義，但《晉書》、《宋書》卻認為是「秦亡之禍」、「亡國之器」的禍兆。這種將嘉祥視為凶兆，應是書寫者在心態上夷狄之防甚深，認為關於夷狄之事皆會導致國之不幸，都是災禍的徵兆，才會解讀明帝鑄十二金人為服妖之舉、胡害之兆。

再看晉武帝與晉惠帝之例，二者的徵應全指向永嘉之禍，即喜用胡物之行就是應合了「六宮才人流冗沒於戎狄」、「四夷迭據華土」的結果。若再詳察，會發現在胡漢交接的服妖事例上，講到永嘉之亂的徵應就有五則之多，晉武帝時「尚用胡床貊槃」、「羌煮貊炙」以及「以氈為絇頭及絡帶袴口」，晉惠帝時「婦人出兩襠，加乎交領之上」，武、惠帝時的胡物風尚之義與漢靈帝喜愛胡物之義是相同的，都是亡國的徵兆。晉惠帝元康中「貴遊子弟相與為散髮倮身之飲」中的披頭散髮與裸露身體，在當時可能有放達、不受拘束的表現意味，但〈五行志〉裡頭將此則與《春秋左傳》「伊川之民」相聯繫，

〔註210〕 《三國志・魏書・明帝紀》注引《魏略》：「是歲，徙長安諸鐘虡、駱駝、承露盤。盤折，銅人重不可致，留于霸城。大發銅鑄作銅人二，號曰翁仲，列坐于司馬門外。」又引《漢晉春秋》曰：「帝徙盤，盤折，聲聞數十里，金狄或泣，因留霸城。」頁110。

〔註211〕 李零：〈禮儀為本〉，《中國方術續考》，頁128。

〔註212〕 見《漢書・五行志》下之上：「史記秦始皇二十六年，有大人長五丈，足履六尺，皆夷狄服，凡十二人……銷天下兵器，作金人十二以象之」，頁1472。《淮南子・氾論》高誘注金人云：「秦皇帝二十六年初兼天下，有長人見於臨洮，其高五丈，足迹六尺，放寫其形鑄金人以象之，翁仲君何是也」，見〔漢〕劉安撰，高誘注：《淮南鴻烈解》，卷13，頁654。上述兩例皆提到秦始皇時在臨洮一帶，出現了十二個身高五丈、足長六尺並穿夷服的巨人，亦稱「金狄」，秦始皇以為是吉祥的徵兆，於是按這十二個巨人的模樣，收天下的兵器聚之咸陽，銷毀熔化鑄成了銅人。

〔註213〕視爲胡、狄之人的行爲樣貌。

在這兒史家們是承襲著從孔子言「披髮左衽」與《左傳》以來視「散髮／裸露／左衽」爲化外之民的傳統，是故貴遊子弟們的狂放行止自然地與胡人連上等號，意味著此地即將成爲胡人主掌之地故此地，因此此時乃行胡人之俗。於是，富貴高層之輩的散髮倮身即昭告著「胡、翟侵中國之萌」，即將「披髮而祭」。晉孝懷帝永嘉之間，士大夫競相穿著生箋單衣，以及當時流行的「無顏帢」與婦人髮披於額頭，也在其徵應指往了「永嘉之後，二帝不反，天下愧焉」。當總結晉武帝、晉惠帝、晉孝懷帝三帝裡便有五次的「永嘉之亂」，其徵應之多即可顯示出，使東晉亡國的永嘉之禍，是屬於史家們一段深痛的、不斷重覆的集體「災難記憶」，也是一段難以抹滅、重大的歷史正統命脈失落的斷層。

至於南齊武帝之例有二，一是「宮內服用射獵錦文」〔註214〕，一是「破後帽／博風帽」〔註215〕，胡夏的關係除了在史書中戰爭意義被放大之外，其實更談到了胡服大量爲漢人使用，帶來了服飾的更新與創造了許多服飾新風格。南齊武帝時稱爲風帽的暖帽，爲當時百姓大量使用，甚至當代要臣蕭諶替風帽重新設計了新樣式，《南齊書》言其開啓了博風帽後裙之制，〔註216〕又稱爲破後帽（見附圖），而這種被當代人再次改造的胡帽，它的引進必然在此之前，它的使用上也應在南齊武帝前有人穿戴了，而這與晉惠帝元康時婦人出兩襠的服裝樣式意義是相類似的，都表明了胡服爲漢服吸收納入並進行融合，而成爲後世服裝的定式和常服。

宋代《夢溪筆談》一書特別指出：「中國衣冠，<u>自北齊以來，乃全用胡服</u>，窄袖緋綠，長靿靴，有蹀躞帶，胡服也。窄袖利於馳射，短衣長靿皆便於涉草。所垂蹀躞，蓋欲佩帶弓劍、帉帨、算囊、刀礪之類。」〔註217〕朱熹也在《朱子語類》中明確道：「今世之服，大抵皆胡服，如上領衫、靴、鞋之屬。

〔註213〕《左傳・僖公二十二年》云：「初，平王之東遷也，<u>辛有適伊川</u>，見披髮而祭于野者，曰：『不及百年，此其戎乎！其禮先亡矣。』秋，秦、晉<u>遷陸渾之戎于伊川</u>。」〔周〕左丘明撰，〔晉〕杜預注，〔唐〕孔穎達疏，李學勤編：《春秋左傳正義》，卷15，頁460。

〔註214〕《南齊書・五行志》，頁373。

〔註215〕《南史・齊廢帝鬱林王本紀》，頁138。《南齊書・五行志》，頁373。

〔註216〕《南齊書・五行志》，頁373。

〔註217〕〔宋〕沈括：〈故事一〉，卷1，《夢溪筆談校證（上）》（臺北：中國子學名著集成編印基金會出版，1978年），頁23。

先王冠服，掃地盡矣。中國衣冠之亂，自晉五胡，後來遂相承襲，唐接隋，隋接周，周接元魏，大抵皆胡服。」〔註218〕以此兩則後人之言，更可較完整地指陳出，胡服與漢服實於魏晉六朝時已進行一場服飾上的民族融合與變革，所謂的胡服並不完全指原本傳入時的模式和樣子，而是經過人為的改造與親身穿著之後，以其功能性較佳和新奇地模樣互相濡染，成了當代人的穿著習慣以及後世承襲之成為服裝上定型化的模式。

　　由上述的考察可知，眾多的史家們是用一種看待與自己熟視物品不同的眼光來審視這些胡服、胡物，這種目光中充滿了「異己」（the other）形象的想像，經由位置對應而產生的意義聯結，〔註219〕是一種對邊緣化事物持續往核心遞進所造成的恐懼與排斥，以及因戰爭失敗致使夷狄入主中原而激起的明顯憎惡和敵意，而這種心態和眼光，在〈五行志〉裡是四處流動的。

　　接續著史家們以「異己」眼光來看待胡蠻之人的態度，在他們書寫的字裡行間，其實也就流露出一種批判，而這種批判乃是一種「正統在我」的權力關係，由他們對以往歷史之解釋以及對事件的道德價值評斷來看，要維持中立是很難的，尤其在紛亂割據的時代，若無把持著某一立場來書寫歷史，聚訟紛紛且難以成為系統。對於正統的論述，歷來學者已多有討論，如顧頡剛多引中國史學上的正統論辯資料，串接說明統紀之學的來源和發展；〔註220〕翦伯贊認為二十四史皆有著幾個觀點〔註221〕，其中之一乃「正統主義的立場」；雷家驥則將正統觀念與內諸夏外夷狄兩個近似的觀念加以區分，並以之來解釋兩漢至隋唐間史書的實際筆法。〔註222〕東晉至南朝以來南人與北人正統之爭，歷代多專注在南人部份，但亦有學者針對北人華夷正統觀念而進行的論述，如施拓全《北朝學術之研究》一書較全面地由五胡的夷夏觀來開展

〔註218〕〔宋〕朱熹撰，〔宋〕黎靖德編：〈禮八·雜儀〉，卷91，《朱子語類》，第6冊，頁3494。
〔註219〕如「夫氈產於胡，而天下以為絈頭、帶身、袴口，胡既三制之矣，能無敗乎。」見《晉書·五行志》，頁823。
〔註220〕饒宗頤：《中國史學上之正統觀：中國史學觀念探討之一》（香港：龍門書店，1977年），頁1～24。
〔註221〕翦伯贊以為正史不外有如次的觀點，一是循環論的觀點，二是正統主義的立場，三是大漢主義的傳統，四是主觀主義的思想，五是政治的限制。見氏著：〈略論中國文獻學上的史料〉，《史料與史學》（北京：新華書局，2005年），頁27～35。
〔註222〕雷家驥：〈兩漢至唐初的歷史觀念與意識（十）──兼論其與史學成立的關係〉，《華學月刊》1984年第149期，頁23～44。

討論。〔註223〕但不論是從什麼觀點來定義正統，其實只要是史書中有「本紀」此一體例，即是下了高低優劣之分，意即我為「本」、我為「正」，其價值評斷的標舉自然彰顯，而此處所探論的幾本書：《後漢書》、《晉書》、《宋書》、《南齊書》、《隋書》亦是如此。〔註224〕

三、雙重邊緣性的一個現象

魏晉南北朝史書裡的「服妖」事例有一則值得注意，即北齊開國君主文宣帝高洋在其晚年縱情聲色耳目之欲，好幾次不服帝王之禮服卻穿著胡服微行市里，在《隋書·五行志》裡敘述道：

> 文宣帝末年，衣錦綺，傅粉黛，數為胡服，微行市里。粉黛者，婦人之飾，陽為陰事，君變為臣之象也。及帝崩，太子嗣位，被廢為濟南王。又齊氏出自陰山，胡服者，將反初服也。錦綵非帝王之法服，微服者布衣之事，齊亡之効也。〔註225〕

這則例子最主要指出的是北齊文宣帝不穿上「帝王之法服」，卻喜歡「微行」市里的這一現象。帝王出外不穿上適襯、彰顯地位的衣服，即是「微行」，在文句裡，文宣帝的微服表現在二方面，一是穿著胡人之服，另一則是傅抹脂粉。對於文宣帝穿著「胡服」一事，史家的評語是「齊氏出自陰山，胡服者，將反初服也。」

經由評語，我們可以推測的是掌權北齊的高氏一族，其祖源應是來自陰山的胡人，因此，高洋數次穿著胡服的情景，就意謂著高洋要返回到原先的服飾。但是，在《北齊書》裡溯源其父高歡時，卻說道：

〔註223〕施拓全於書中第二章〈五胡十六國之儒學發展及其影響〉和第四章〈北朝夷夏觀與學術文化之關係〉較集中討論胡人夷夏觀。見氏著：《北朝學術之研究》（臺北：花木蘭文化出版社，2009 年）。

〔註224〕陳芳明曾對正統論的淵源做了十分精闢的論述，他認為正統思想的淵源，主要有兩端：一是由孔子正名主義而來的春秋公羊學大一統觀念；二是鄒衍陰陽五德終始說的理論。孔子正名的思想，表現在實際政統裡，就是「尊王室，抑諸侯」；表現在春秋裡，便是「大一統」。前者是「水平線的正統觀」，後者是「垂直線的正統觀」，而兩者在進入漢代以後，儒家和齊學已漸漸融合一起，質言之，「水平線正統觀和垂直線正統觀在此時結合為一」──凡是政權興起除了依據五行更替，同時也定天下於一尊，在奪政權之初定要先求正統以便取合法統治地位。見陳芳明：〈宋代正統論的形成背景及其內容〉，收入於陳弱水、王汎森主編：《思想與學術》（北京：中國大百科書出版社，2005 年），頁 106〜123。

〔註225〕《隋書·五行志》，頁 629。

> 齊高祖神武皇帝，姓高名歡，字賀六渾，渤海蓨人也，六世祖隱，
>
> 晉玄菟太守。隱生慶，慶生泰，泰生湖，三世仕慕容氏。〔註226〕

《北齊書》的作者在此異於《隋書》的敘述，認為齊國高氏是來自渤海蓨地的漢人。在這兩本史籍裡，一個認為文宣帝乃來自陰山的胡人，而另一個則宣稱是來自渤海蓨地的漢人高姓。兩種相異的祖源敘述，讓人不禁地想問，敘述服妖事件的《隋書》相較於《北齊書》，文宣帝是胡人還是漢人？以及，為何史家會有兩種不同的看法呢？而這兩種不同的看法，是否蘊涵了魏晉南北朝時「華夏」與「胡蠻」的交接碰觸下，胡人與漢人看待彼此的心態呢？

　　想要區分齊國高氏一族是胡人還是漢人其實是有困難的，因為學者們的研究有的判定高氏一族是鮮卑化漢族但亦有人認為應是鮮卑人，但若據認定高氏祖源為漢人的《北齊書》裡所說的：「神武既累世（高謐、高樹、高歡三世）北邊，故習其俗，遂同鮮卑」〔註227〕，即說明了其祖世因久居於北邊，因此雖祖源於漢人但其俗遂同鮮卑，也就是說，不論文宣帝是鮮卑人或是鮮卑化的漢人，在文化習俗上皆是浸染鮮卑風俗至深。同時，是胡是漢其實是難以區別的，因為除了西胡人因容貌為深目高鼻、外表特徵明顯，在文化融合仍是容易辨別之外，其餘的胡人在漢人混融之後，是需要以「文化」的傾向來區分，〔註228〕即判定此人是鮮卑人還是漢人，要根據的是漢化還是鮮卑化而來辨別。〔註229〕

　　因此，再來對照《隋書‧五行志》中對於文宣帝數為胡服的評語：「又齊氏出自陰山，胡服者，將反初服也」，與《北齊書‧幼主本紀》言北齊幼主高桓：「寫築西鄙諸城，使人衣黑衣為羌兵」〔註230〕，以及《隋書‧五行志》言北齊後主武平年間時曾「多令人服烏衣，以執相縛」〔註231〕。由此三例的敘

〔註226〕《北齊書‧帝紀第一‧神武上》（臺北：鼎文書局，1975年），卷1，頁1。

〔註227〕《北齊書‧帝紀第一‧神武上》，卷1，頁1。

〔註228〕呂思勉曾對胡之東、西提出考辨：「胡之名，初本專指匈奴後乃虵為北族通稱。……烏丸、鮮卑之先，稱為東胡是也。其後循是例，施諸西北，則曰西胡，曰西域胡。……居地可以屢遷，俗尚亦易融合，惟形貌之異，卒不可泯，故匈奴、烏丸、鮮卑等，入中國後胡名遂隱，惟西域人則始終蒙是稱焉。」意即胡名同化即不可復別，西胡則為深目高鼻之族，文化雖已交融，容貌不能驟變。見呂思勉：〈胡考〉，《燕石札記》，收入楊家駱編：《雲自在龕隨筆等三種》（臺北：世界書局，1963年），頁161。

〔註229〕萬繩楠撰：《魏晉南北朝史論稿》（臺北：雲龍出版社，1994年），頁341。

〔註230〕《北齊書》，頁113。

〔註231〕《隋書》，頁630。

述，大約可得出北齊君主在整體鮮卑化的氛圍環境下，雖然從北魏孝文帝時即力行漢化政策，務使鮮卑人身穿漢人衣冠，以及身為帝王理應有其應時應地的應服之服，但北齊帝王還是習慣於穿著鮮卑胡人之服，以及從事鮮卑胡人或者西胡人之俗。〔註232〕

由上述所言以及《隋書》描述文宣帝數次穿著胡服的文字來看，對北齊帝王而言，胡服較之於漢服，是更加使他們熟悉、舒適與習慣的。然而，史家筆下所敘述的服裝打扮常常是象徵意味濃厚的，《隋書》裡「齊氏出自陰山，胡服者，將反初服也」一句話，是寓含有史家個人的關懷與視界的。以「中心／四方」的思維來看，文宣帝雖貴為開國之主，然其衣著錦綺並塗飾粉黛，已有「陽」變為「陰」、「臣」變為「主」之象；再附加上數為胡服之舉動，其實呈現出了二次邊緣化的現象：在性別上由男至女，即陽至陰，已由中心推至邊緣，然後又從「華夷之別」中的華夏中心推至蠻狄四方，也就是雙重性的邊緣異化。

故史書言其太子被廢為濟南王，除了應驗了其子息從「君」變「臣」，也呼應了同在《隋書・五行志》中一條事例：「後齊婁后臥疾，寢衣無故自舉。俄而后崩」〔註233〕。因後齊婁后性聰明能悟，時常參預神武帝的密謀祕策，對於時政實際上擁有幕後決定之大權，是屬於強權在手、位於陰位的婦女。北齊廢帝即是由他所主導來廢除，這又顯現了婦女干凌時政時，為「陰」位之「臣」干「陽」位之「主」的意涵。再者，文宣帝不僅擦拭粉黛又微行市井，再加上胡服之變異，其人放縱乖僻的違悖之舉，早已遠離《隋書》書寫者的理想行為模式，故《隋書》書寫者放下重話，譏評其人為「人妖」一類，其云：「齊文宣盤遊市里，……豈唯天道，亦曰人妖，則祥眚呈形，于何不至」〔註234〕，說明其舉止行為悖逆平常，乃是北齊滅亡的預示和表徵。〔註235〕

〔註232〕陳寅恪云北齊鮮卑貴人最反對漢化，但因沈溺於西域的歌舞、遊戲、玩物，也最熱心於西胡化。見萬繩楠整理：《陳寅恪魏晉南北朝史講演錄》（臺北：知書房出版社，2003年），頁332。

〔註233〕《隋書・五行志》，頁629。

〔註234〕《隋書・五行志》，頁617。

〔註235〕北齊文宣帝雙重違悖之舉，亦見於南齊東昏侯，《南史・齊本紀》言其「戎服急裝縛袴，上著絳衫，以為常服」，「擔幢諸校具服飾，皆自製之」，又云：「苑中立店肆，模大市，日游市中，雜所貨物，與宮人閹豎共為裨販。」東昏侯之舉，已多重違逆服章制度的常規，但因未寫入服妖之例，故置此輔而觀之，頁151～155。

第肆章　常服與妖服
──從「常」與「非常」結構看六朝服妖事例的敘述意涵

第一節　人妖服：天妖／人常服：天常

　　「夫在天莫明於日月，在人莫明於禮儀」，〔註1〕《魏書・禮志》開頭的一句話點出了人在瞭解「天」與「人」時，首先最需要明白的什麼，在「天」即體認日月星辰運行的天道規律，而在「人」即遵遁社會所制定的禮儀規則，如此一來，「故使三才惟穆，百姓允諧」〔註2〕，換言之，〈禮志〉所欲彰顯的，是人若要體認、遵循天地之道，首先要注重的是象徵禮樂文化的「禮儀服飾」，因為樹「正」必要「反」以證，藉由立正顯反，更能彰明服飾之儀與天人之道的契合及相關。而做為違反制度並奇裝異形的「服妖」實例，其實也是要表明如此的道理。然而，為何被視為批判對象與反面例子的服妖例子，能夠藉由違反禮儀文化而顯示「天人之理」呢？可由兩點來觀看。

　　第一，由《五行志》〈序〉一文裡可見〈五行志〉思想來源有兩路，一為由《河圖》到乾坤八卦再到《周易》此一路線，另一則為《雒書》至〈洪範〉九章之咎徵再至《春秋》這一路線，這兩條路線的經典傳承說明了〈五行志〉所要論述與解釋的道理乃是演繹上天與人事之理。第二，可由歷代的類書分類來看，究竟在古人的意識裡，將〈五行志〉一類書志之文擺放在那

〔註1〕《魏書・禮志》，頁2733。
〔註2〕同上註。

裡？用「類書」的分類方法來看古人的觀念，是有其道理的，因為，上一點
所論述的依據是用文本內的〈序〉所歸納出來的，可見到的是史家編纂〈五
行志〉時所認知到的天人意義，但是，若將〈五行志〉與眾多書籍合併在一
起，並按各條目的內容分類排列之後，所見到的「五行」之義，便反映了在
長時段的歷史河流裡，集體認識中國傳統文化的知識結構體系。因為類書乃
是將現有的書籍資料按照事項進行分類並加以匯編整合的書，是以，除了一
般熟知的「知識匯編」功能之外，還具有另一項重要的基本屬性——「知識
分類」。

　　因此，若嘗試依類書將「知識分類」的基本屬性，來考察類書如何編排
「五行」順序，應可瞭解古人將事物分類的道理及原則。魏晉南北朝時期所
編纂的類書今多已亡佚，故考察的文本以隋、唐四大類書及宋人編纂的《太
平御覽》為對象。〔註 3〕經檢閱之後，可見收錄並分類「五行篇」的有二本
書，一是唐人歐詢編撰的《藝文類聚》，另一則是宋人李昉等編纂的《太平御
覽》。兩書中在編排放置「五行篇」時，前者放列於「歲時部」而後者放在
「時序部」裡頭，而歲時、時序兩者的意思是一樣的，因此再看「歲時（時
序）部」的前後有哪些部類名稱，前頭為「天部」，而後頭為「地部」，其位
置如下：

　　　天部 → 歲時部（下有「五行篇」、律篇等細目）→ 地部
「五行篇」，列在「歲時部」之內，而「歲時部」位於「天」部、「地」部之
中，「歲時」不是天也不是地，可知「歲時」所指稱的乃天地間規律的變化，
即四時、陰陽、五行等自然規律變化，所以才夾編於天、地之間。是以，從
部類安排的次序來看，由天到歲時，再到地，此一序列及分類的方式，所指
涵著乃天地、時空與萬事萬物，以及天地運行之理。實際上，也就是說，「五

〔註 3〕隋唐四大類書分別為：隋人虞世南編纂的《北堂書鈔》，唐人歐陽詢編撰的《藝
文類聚》，唐人徐堅等撰的《初學記》，及宋人白居易撰編的《白氏六帖》，選
用這四本類書做為考察對象的原因，不僅因為魏晉南北朝時編載的類書多亡
佚，也在於此四本書影響後世類書的編纂甚大，故以茲為切入對象。董治安
亦云：「宋代及其後書籍的編纂往往從隋唐四大類書抄錄文獻資料，因此四大
類書對於後起類書的內容考訂與文字校勘，往往還具有特殊的價值」，見董氏
主編：《唐代四大類書》（北京：清華大學出版社，2003 年），頁 10。選用《太
平御覽》的原因，則是因此書乃宋代以後第一部大型編修的類書，在現存古
類書中是保存五代以前文獻、古籍最多的一部，而且引書比較完整，多整篇
整段文字，故選用之。

行」所指的為天地間有規律的變化。

接著，再找尋服妖災異事項放置於何處，上述五本類書內有三書在文中可見「災異」蹤影，分別是：《藝文類聚》、《白氏六帖》、《太平御覽》三書，即除了《北堂書鈔》、《初學記》無災異相關的分類，其餘三書皆有分類災異之事。首先，先看《藝文類聚》一書，災異部放置於此書全一百卷內最後一個部類，這些災害裡雖然沒有服妖一項，但皆有引證〈洪範五行傳〉災異妖眚之例。〔註4〕次者，《白氏六帖》雖編排零散缺乏系統，但在每一卷之下分成的幾類，彼此間仍存在著相近的關係，而在其二十七卷下有十四個門類，多言神鬼妖怪奇異之事，尤其是「妖怪」此一門類下，所言的災異之事，如：桑穀共生於朝、石言於晉等事全都可見於〈五行志〉。〔註5〕再者，〈五行志〉裡服妖屬於行事不正而導致的災害，是屬於「咎徵」一類，而《太平御覽》亦有「咎徵」一部類。同時，《太平御覽》引述了〈洪範五行傳〉的原文來介紹、導引「咎徵部」並總論「咎徵」為何的敘述，而「咎徵部」一類，在書內的前後部類排序為：「休徵部」→「咎徵部」→「神鬼部」→「妖異部」。〔註6〕

因此，綜觀此三書的分類方式，可得到兩點說明：一，三書在災異部的設置以及災異事例的舉引上，皆與〈洪範五行傳〉或〈五行志〉有密切關係，或是以之為舉證說明，或是以之為來綜論、導言「咎徵」為何。二，三書皆將災異妖眚一部類放置於類書的最後一類或是最後幾類，而如此放置的目的，攬觀三書編列順序之後不難發現，不外乎是從天地人、職官禮樂，一直到日用器物，最後才說明神鬼妖異之事，是以可見，與服妖事類相同性質的災異之事，是被歸類於談論一般生活之後，再來引述的「非」一般事件。

最後，將類書在「五行篇」與「災異」事件的分類方式綜合來看，言五行與五事相配合的「五行篇」，分類上夾編於天、地之間，所指稱的是天地、

〔註4〕第100卷「災異部」分成：旱、祈雨、蝗、螟、蠱、賊、蟊七種災害，〔唐〕歐陽詢：《藝文類聚》（臺北：文光出版社，1974年），頁10、1721～1733。

〔註5〕第27卷上的14門類分別是：鬼神、禱祀、福禍、敬遠、淫屬、報怨、神異、妖怪、由人興、寤前生、知亡日、再生、造化、變化。見〔宋〕白居易：《白氏六帖》，收入於董治安主編：《唐代四大類書》，頁1941、2185～2187。

〔註6〕〔宋〕李昉等編纂，夏劍欽點校：《太平御覽》（石家庄：河北教育出版社，2000年），全書總目編列見第1冊，頁1～3；說明「咎徵部」一部的「敘咎徵」則見第8冊，頁1～3。

四時、陰陽、五行等自然規律的變化，而自然的規律之義乃是指著宇宙裡不變的道理，即常理、規律、秩序等。而服妖之類的「災異」事件，在基本屬性及它的性質上，與天地、職官、禮樂、日用器物等日常生活的日常事件是相異的、不相混雜的，它屬於非正常時空裡所出現的異質事物，在歸類上按照人自身認識萬物的方式，用以類相次的編排原則，由天到地、由熟悉到陌生，由距離人近者到距離人遠者來排列，因此，「災異」（咎徵）部類才被置放於全書最後幾類。

換言之，「五行篇」所言為天地常理、自然法則與規律，意謂著是天經地義的常道，也是萬物得以生息不已的原因，而由此來思索服妖位處的〈五行志〉，其所揭示的其實也是天地之間變化的道理，它所採取的書寫策略則是藉由妖異災眚之類非日常生活中應出現的「非正常」之事，來對比、呈現日常生活裡的「正常」之事；而這種對比即顯示了「服妖」事例與〈五行志〉一體，在深層的象徵上是有著「非常」與「常」、彼此相對的關係，而此種以「服妖」之「非常」來突顯的「正常」，其實就是書寫者蘊藏的宗旨，即藉由否定「非常」以期得返回「正常」。因此，本文的重點乃試由李豐楙先生創建的「正常與非常」結構來考察，借由「服妖」的「非常」，來思索「服妖」所對應的「正常」為何？以及將「服妖」與〈志〉中其它災異——孽、禍、痾、眚合併觀看，思索為何「非常」能夠發生？以及它如何發生。

一、「常／非常」的結構性理論原則

災異理論中的「災」與「異」兩詞在漢儒的解說中是不太一樣的，兩者的差別在於災禍的規模大小或時間先後，然而若不論大小或先後，兩者的意思都意指著災禍怪異之事。董仲舒對「災異」所做的解釋即是：「天地之物有不常之變者，謂之異，小者謂之災」，〔註7〕即災異一詞之義乃「天地之物有不常之變者」，至此，與「服妖」一辭有密切關係的概念至少有：妖、災、異、不常、變這幾字。而這幾字因為在字義的內涵上有部份的重疊，因此《白虎通・災變》一文將它們視為互有關係的一組字彙而合併在「災變」概念下一起解說，其云：

> 災異者，何謂也？《春秋潛潭巴》曰：「災之為言傷也，隨事而誅。異之為言怪也，先發感動之也。」……變者，何謂也？變者，非常

〔註7〕董仲舒：《春秋繁露》，頁259。

也。《樂稽耀嘉》曰：「禹將受位，天意大變，迅風靡木，雷雨晝冥。」
妖者，何謂也？衣服乍大乍小，言語非常。故《尚書大傳》曰「時
則有服妖」也。**孽者**，何謂也？曰：介蟲生爲非常。《尚書大傳》云：
「時則有介蟲之孽，時則有龜孽。」……所以或災變或異何？各隨
其行，因其事也。〔註8〕

由敘述可發現，妖、災、異、不常、變這一組字在集眾漢儒之學術思想而成
的《白虎通》一書裡，的確是互有密切的關係。〈災變〉一文的內容主要是分
析、解說「災異」、「變」、「妖」、「孽」四詞的意涵，並以災異來統整「變」、
「妖」、「孽」三詞。「變」一詞的意思文中是用來形容「災異」的狀況的，其
義爲「非常」，意指「非常之事」，而非常之事又依隨著人行爲的不同而有
「妖」、「孽」等專名來指稱之，是以，用此文的概念來看待「服妖」此一災
異事件，可知服妖所指乃是災變、非常之事，換言之，「服妖」之事爲「變」、
「非常」，而也因爲是「變」與「非常」，因此，「服妖」的概念是相對於「正
常」、「常態」而言的。

那，相對於「服妖」之「異」的「常」又是什麼意思呢？「常」與「異」，
或說是「非常」，兩者之間的關係又是什麼？李豐楙先生依其對中國傳統文化
長久的觀察與積累，別具隻眼地提出「正常與非常」這一對立性的思維結構，
用來解說人類在文字表面、文化社會背景下的深層心理及意識裡，有著一組
相對區隔但又能相互運轉的思維模式。〔註9〕當然，「非常」與「常」這兩者
之所以相對成立的心理基礎乃在於「人」自我的「主體性」，乃人以個體的自
我意識出發，來對客體的思考和反省，也因由自我出發，是以對映出自己與
他人之間殊異的感受，也就是說，只要人自身主體意識存在，就會因感受與

〔註8〕　《白虎通・災變》卷六下論〈災異妖孽異名〉，見〔清〕陳立撰：《白虎通疏
　　　　證》（北京：中華書局出版，2007年），頁268～270。

〔註9〕　李豐楙先生撰有一系列以「正常與非常」觀念爲主而做的考察之論著，諸如
　　　　〈正常與非常：生產、變化說的結構性意義〉，見國立成功大學中文系編：《魏
　　　　晉南北朝文學與思想學術研討會論文集》（臺北：文津書局，1993年）；〈先秦
　　　　變化神話的結構性意義──一個「常與非常」觀點的考察〉，《中國文哲研究
　　　　集刊》1994年第4期；〈由常入非常：中國節日慶典中的狂文化〉，《中外文學》
　　　　1993年第3期；〈服飾與禮儀：〈離騷〉的服飾中心〉，《中國文哲研究集刊》
　　　　1999年第14期；〈「常與非常」：一個服飾文化的思維方式〉，《思維方式及其
　　　　現代意義：第四屆華人心理與行爲科際學術研討會》（臺北：中研院民族所出
　　　　版，1997年）。近來亦將部份文章結集而成專書：《神化與變異：一個「常與
　　　　非常」的文化思維》（北京：中華書局，2010年）。

認知的差異而對宇宙萬象進行「正常與非常」的區分與判斷。

　　雖說區別事物的「常／非常」是人類共同的本能，但以中國傳統文化而言，「正常與非常」此一相對概念是源於相當特別的領域。李先生即以其細膩敏感的學術眼力發掘出中國人「常／非常」的思維方式，「其原始意象乃是服飾圖象，及服飾穿戴之下的身體、心理合爲一體的表現。」〔註10〕因此，要考源由服飾文化此一具體思維而引伸、延展出的「常」思維，要先從「常」的語源分析開始。《說文解字》言：「常，下帬也，從巾尙聲。……常或從衣。」而段注「常」則云：「《釋名》曰：上曰衣，下曰裳。」接者又說：「從巾者，取其方幅也，引伸爲經常字。」〔註11〕「常」字的構字較早，在金文作或作，〔註12〕字形有的有「巾」但有的沒有，因此，此期尙不確定「常」字是否已與具服飾意味的「巾」必有關連，然而到了漢代，「常」字在《說文》裡確定成了「從巾尙聲」或是「從衣尙聲」的形聲字，它的構字與「服飾」（即從巾）發生了密切的關係。

　　「常」之所以從「服飾」得意乃在於其義爲「下帬」，而「帬」爲男子或婦女圍繞在脖子上的披肩，因爲披肩要將領子環繞住，故需要較大的布幅，而「常」如同「帬」亦是集眾幅於身，但位置於下，故名之爲「常」。〔註13〕有趣的是，此時的「裳」已經被造字出來了，但此時是以「常」爲主要用字而「裳」爲或體字。漢代時以「常」字爲主而以「裳」字爲輔的現象，更加地點出「常」字在造字之時所具有的服飾意象，即漢人認識「常」字的心裡圖象是由服飾而開始的。

　　因此，當原先以具體服飾意象所造的「常」字，發展到後來常字廢而不

〔註10〕　李豐楙：〈「常與非常」：一個服飾文化的思維方式〉，收編於《思維方式及其現代意義：第四屆華人心理與行爲科際學術研討會》，頁 23。

〔註11〕　〔漢〕許慎撰，〔清〕段玉裁注：〈說文解字第七篇下·巾部〉，《說文解字注》，頁 358。

〔註12〕　兩圖出自於漢達電子文庫網站，乃以「常」字去搜索金文資料庫而得的。

〔註13〕　「常」一字的取意乃從「帬」而來，但歷代對「帬」實際樣子是什麼是存有爭議的，對「帬」形式的註解有二種，一是解作繞領，而另一解作繞衣襟。從文字角度出發的解釋有許慎，其言：「繞領也」。段玉裁注引《方言》云：「繞衿謂之帬」，並認爲「衿」與「領」互爲今古字，樣貌為：「繞領者，圍繞於領。今男子婦女披肩其遺意」（《說文解字注》，頁 358），但這是從文字角度出發的解釋，沈從文認爲此解不確，應從出土文物的實物圖像來解釋，則「一望而知，必遠襟無疑。」見沈從文：《中國古代服飾研究》，頁 4、60。本文所採用的是許慎一派的說法，以帬爲古披肩之意。

用改以「裳」字流行，「常」成了「經常」之義時，從「衣服」到「常理」、「經常」這條衍變的過程中，留下了一條意味深長的足跡。而這條語源的痕跡，李先生指出了它的意義：

> 從形而下的服飾象徵「物」，發展成爲形而上的宇宙原「理」；從單用的「常」字經過繁多的鑄詞，終則複合爲表述世界秩序的常道、常德，都充分表現中國人的思維方式中，乃是從意象思維、直覺思維，經由論理思維、整理思維，而終則探究道德修爲與宇宙本源的本體思維，「常」意識可說完全表現之。〔註14〕

從形而下的服飾之「物」到抽象的形而上之「理」，可見得在中國文化裡，表述抽象、論理的概念一向是與具體的實際之物離不開關係的，而它們之間的關係往往是可以用文字表意與深層文化意識兩者來互相闡發、解說的。

「常」，做爲日用服飾之原始義時，在一開始就表明了嚴格的區別之義，也就是說，作爲日常穿著的衣服，它的製作在一開始時就是爲了劃分階級、年齡、性別、職等與身份等功能而產生的，「服飾」做爲一種表徵，它所訴說與強調的，在中國文化裡，幾乎永遠以「社會秩序」爲核心觀念，即便是在吉凶軍賓嘉五禮中所穿著的「非常之服」，也都需得按照其位階、職務而穿著適當的禮服、法服。在《論語・鄉黨》一章，便描述了服飾之常與喪服之非常：

> 君子不以紺緅飾，紅紫不以爲褻服，當暑，袗、絺、綌，必表而出之。緇衣羔裘、素衣麑裘、黃衣狐裘，褻裘長，短右袂，必有寢衣，長一身有半。……去喪無所不佩……羔裘玄冠，不以弔，吉月必朝服而朝。〔註15〕

文中規定了服飾的顏色、長短、質料、形式等等，無論是居家的私服或是出門在外的朝服，都不能逾越、隨意使用，即便是合宜的穿著也要中外之色互相搭稱（如素衣配麑裘內外皆白色，黃衣配狐裘則皆爲黃）；在喪禮時也有特定的服裝。即除了日常之服的穿著需遵守不同的規定之外，祭、喪等「非常」禮服也得合宜有別，而這些已成定規的制度與傳統，便是「服妖」所對照的「常服」。

而也正因爲如此突出並強調秩序、規律、經常的概念，使得我們瞭解，

〔註14〕李豐楙：〈「常與非常」：一個服飾文化的思維方式〉，頁4～5。
〔註15〕〔魏〕何晏注，〔宋〕邢昺疏：《論語》，卷10，頁88。

一旦秩序轉成失序、規律變爲失調、經常替爲非常時，「異常」的出現便是一件觸目驚心、顛倒違逆的滔天大事，而「服妖」，正是「異常」穿著的實境演示。史籍典章裡與「服妖」之義——奇裝異服相同，但詞語有異於「服妖」者，其實還有一些可見，諸如「奇服」〔註16〕、「險衣」〔註17〕以及「妖服」〔註18〕等名詞，在出現的文本裡頭，都被視爲悖逆違常的奇異之服；而這些奇譎多怪的「奇服」、「險服」在服裝表現上所違反以及逾越常軌的，不僅是跨過了一般人認知裡的經常性穿著，「它也具象地表現出不遵禮法的身體，更讓衛『道』（常道）之士擔憂的則是服飾、身體之內的『心』——人性或心理」之異化與反叛。換言之，〈五行志〉的「服妖」敘述中因穿著異常、非常的服裝以致於亡國、亡身的事例，所要突顯的，不僅是穿著違反常理之服會帶來毀滅的下場，它所害怕以及所要禁絕的，是那與眾不同、特立獨行的外形之下，可能包含的異化叛逆之禍心。

二、越界如何成爲可能——由「服妖」出發的思考

由上述可知，〈五行志〉內的服妖敘述，雖然表面上講述著一則又一則穿著奇異變怪服飾的事件，事實上底下存有一個位於深層結構中的「經常」、「正常」性話語參照系統，服飾的「妖異」所要映照及反射的，是書寫者所認爲的「正常」、適當的標準，而這樣子的一種表述方法，是史家在撰史時經常運用的政治表述，用來敘述當時候被認爲天經地義的事情。

因爲，服飾做爲外在形象的表達本就具有極大的象徵性質，無論服飾或長或短、或大或小、顏色及質料等等，都依附、緊貼著穿著的人，服飾包縛住身體，而身體爲人所有，是以服飾就像是代替穿著者說話的另一個發聲器，但，弔詭的是，若將服飾與穿著者分開來看，服飾乃是一項「物品」，物品存在的本身沒有所謂好壞優劣的問題，物品之所以被評定爲有害有異是價值觀

〔註16〕 出自《周禮・天官》：「奇服、怪民不入宮。」鄭玄注曰：「奇服，衣非常。」見〔漢〕鄭玄注，〔唐〕賈公彥疏，李學勤編：〈天官冢宰下・閽人〉，《周禮注疏》（臺北：臺灣古籍出版有限公司，2001 年），頁 223。

〔註17〕 出自《南史・周弘正列傳》：「劉顯將之尋陽，朝賢畢祖道，顯縣帛十匹，約曰：『險衣來者以賞之。』眾人競改常服，不過長短之間……。」〔梁〕蕭子顯編撰：《南史》，頁 897。

〔註18〕 出自《西京雜記》：「以青州蘆葦爲弩矢。輕騎妖服追隨于道路。以爲歡娛也。」〔漢〕劉歆撰：《西京雜記》，卷 4，收入〔清〕王謨輯：《增訂漢魏叢書》（臺北：大化書局，1984 年），頁 1085。

的判斷，而爲何產生價值觀的區別若追溯起來，則是關乎於誰掌握了解釋、評斷的權力。服妖事例裡就曾經敘述了兩則關於鞋子形狀與人心去向相聯繫的例子：

> 昔初作履者，婦人圓頭，男子方，圓者順從之義，所以別男女也。至太康初，婦人皆履方頭，此去其圓從，與男無別也。此賈后專妒之徵也。〔註19〕

> （南朝宋）孝武世，幸臣戴法興權亞人主，造圓頭履，世人莫不效之。其時圓進之俗大行，方格之風盡矣。〔註20〕

兩則描述的都是鞋子形式或方或圓的問題，前者認爲鞋子在初造時婦人穿圓頭，而男子則是穿方頭的，而今婦人卻穿起方頭鞋了，因此所感嘆的是女子的順從美德消失了；而後者則是因爲世人皆穿起圓頭的鞋子，沒有人在穿方頭的鞋子，因而發出世俗之風圓滑之氣盛。兩者一比較之下，就會發覺前者似乎認爲女子穿圓鞋好，而後者似乎認爲穿圓鞋不佳。但同樣是人穿圓鞋，爲什麼會有兩種相反的評價呢？同樣是圓頭的鞋子，爲何在晉太康初年時認爲女子穿乃美德的顯現，而南朝宋孝武帝穿時卻是服妖的一種表述呢？兩種不同的判斷就說明了被視爲災異事物的「服妖」之「服」，在衣物本身是沒有對錯好壞的問題，有問題的是穿著的時間與空間點上是否發生了重大的事件，有關係的是書寫者在解釋時心中所持握的原則與想法。

（一）常與非常：試以「氣」來解說跨界的可能

因此，要思索的是，書寫者書寫的「服妖」之所以爲「非常之服」，它究竟是如何與「正常」之間成爲對立的狀況？非常與正常的界限是如何開始的？也就是說，「非常」的論述與認定是如何從先天不帶有任何價值評斷的「物本身」，被推移、挪抬、跨過「正常」的界限而來到了「非常」的疆域。而對這個發問的回答則需回到服妖的本身的脈絡裡，服妖話語的產生是漢人以陰陽五行、災異感應的思維而對人事物做出的解釋系統，〔註21〕因此，要回答爲

〔註19〕《晉書‧五行志》，頁888。

〔註20〕《晉書‧五行志》，頁891。

〔註21〕五行災異的基礎概念，即將天文現象的變動當作是上天的意旨，這樣的概念其實從甲骨卜辭裡就可以看到了，而這條源遠流長的衍化過程，一直要到漢代才正式完成災異理論，但大體來說，是通過陰陽五行、天人感應、物類感召等理論，並以五行的盛衰變替來詮釋天地萬物的運行，用來解釋人類道德的根源、儒家倫理法則、政治的制度和改朝換代的原理；重要的是，上天在

何服妖如何從正常之域而位移至非常之界，則需以五行本身的內涵來解釋，在《漢書‧藝文志‧數術略》裡，班固對漢代「五行」觀念做出了根源性的探討，其云：

> 五行者，五常之形氣也。《書》云：「初一曰五行，次二曰羞用五事。」言進用五事以順五行也。貌、言、視、聽、思心失，而五行之序亂，五星之變作，皆出於律曆之數而分為一者也。其法亦起五德終始，推其極則無不至。〔註22〕

顏師古則在後加上註解，其云：「說皆在〈五行志〉也。」意指〈五行志〉一篇的大意與精華皆在此文。而《春秋繁露‧五行五事》一文，在內容與題旨上都與〈五行志〉相似，若以服妖所屬的木類來看相關的內文：

> 王者與臣無禮，貌不肅敬，則木曲直，而夏多暴風。風者，木之氣也，其音角也，故應之以暴風。……五事，一曰貌，二曰言，三曰視，四曰聽，五曰思，何謂也？夫五事者，人之所受命於天也，而王者所修而治民也。……恭者敬也。……恭作肅，言王者誠能內有恭敬之姿，而天下莫不肅矣。……王者能敬，能肅，肅則春氣得，故肅者主春，春陽氣微，萬物柔易，移弱可化，……春行秋政，則草木凋；行冬政，則雪。〔註23〕

〈五行五事〉一文據戴君仁與黃啟書考察，很可能不是董仲舒所創作，應出自於後學糅合附益，並不適合作為論斷董仲舒災異理論的主要根據。〔註24〕筆者認為，也正因為非西漢初期董仲舒所著，而是後學附益其見，因此很可能已閱及〈五行志〉裡以〈洪範五行志〉來說五行與、配五事，因此與〈五行志〉在文句、宗旨上非常類似，很可用來補充〈五行志〉敘述的意旨。

將兩引文作綜合，可見得兩文皆在說明若能順敬「五事」（貌、言、視、

整個萬物運行裡是有意志的，因而，災異的發生是上天對人的警告。可參見本書第二章，或黃肇基：《漢代公羊學災異理論研究》（臺北：文津出版社，1998年），頁99～127。

〔註22〕《漢書‧藝文志》，頁1769。

〔註23〕〔漢〕董仲舒撰：《春秋繁露‧五行五事》，收入於〔清〕蘇輿撰：《春秋繁露義證》，頁387～393。

〔註24〕黃啟書駁辨了徐復觀在《中國人性論史先秦篇》中認為將〈洪範〉內五行與五事相配者始從董仲舒，並據戴君仁《梅園論學集》一書所言：董仲舒不說五行，而分析了《漢書‧五行志》諸例之後，認為董仲舒以陰陽說災異，而不用五行說災異。見氏著：《董仲舒春秋學中的災異理論》，頁15～17。

聽、思），將人的五種感知、思考、行爲能力發揮並應用得當，便會使得政清民善、風調雨順；但若違逆五事，即人的五種行爲不遵守「恭、從、明、聰、睿」五項原則，則會使得「五行之序亂，五星之變作」。也就是說，只要是符合史家聚焦及批評的對象——皇室、權臣、將軍，以及像貴游子弟、貴人富臣等等這類與上層階級有密切關係的人，他們的行爲若是不正、不肅、不敬，則會使得原應正常運行的五行與五星的秩序，因五事、五常之氣亂，偏離與錯出了常軌，而五行之氣亂也使得災害怪異頻生、人與物類發生變異。

　　這也意謂著，當史家所聚焦注目的書寫對象穿戴上了違反常制的服飾，也就是在容貌外形上違反了常態規矩，是以，穿戴者本身就有了道德意義上的缺失，而這道德意義上的缺失又會因爲深藏於人心底層的萬物互滲的律則，致使人的行爲偏失影響、感應、轉移至其它物類身上，諸如雞禍、龜孽、下體生上之痾等現象即是如此。但服妖的事例特別之處在於，服妖的發生原因通常在文本中是不說的，有說出原因的事件很少，因而整條事例它往往只呈現了服妖的「現象」，以描述穿著怪異之服的人的事以及怪異之服的樣貌與形式，它不像其它五行物類災類變異一樣，較多的時候可由物類變異來推知妖異發生的原因，如：

> 晉元帝太興中，王敦鎮武昌，有雌雞化爲雄。天戒若曰：「雌化爲雄，臣陵其上。」其後王敦再政京師。〔註25〕

此例即可由「雞禍」一事來推知，現象發生的原因應是王敦身爲臣下（爲陰）卻陵駕於王上（爲陽），因而使得雌雞（陰）化爲雄（陽）。或者又如晉孝武帝太元十三年四月時：

> 廣陵高平閻嵩家雄雞，生無右翅；彭城到象之家雞，無右足。京房《易傳》曰：君用婦人言，則雞生妖。〔註26〕

兩例都清楚地指出發生「雞禍」之人爲因素，乃臣欲凌上或君用婦人言，這樣的事例是符合〈五行志〉的綱領原則，即由人的行爲失常而產生了物象變異，再由物象變異來占測未來的災禍，其路線爲：「人→感應→物象變異」。

　　而這條路線若用鄭玄的注解來解釋會更加地清楚。他的注解出自於《後漢書‧五行志》裡舉引〈五行傳〉之言來做全書的形式結構之處，鄭氏在「氣

〔註25〕《宋書‧五行志》，頁892。
〔註26〕《宋書‧五行志》，頁892。

相傷，謂之沴」一句下注曰：〔註27〕

> 凡貌、言、視、聽、思、心，一事失，則逆人之心，人心逆則怨，
> 木、金、水、火、土氣爲之傷。傷則衝勝來乘沴之，於神怒人怨，
> 將爲禍亂。故五行先見變異，以譴告人也，及妖、孽、禍、痾、眚、
> 祥皆其氣類，暴作非常，爲時怪者也。各以物象爲之占也，

鄭玄（127 A.D.～200 A.D.）是東漢之時兼通群經的學術名家，他與創製〈五行志〉的史家班固（32 A.D.～92 A.D.），同樣都是東漢時人，因此，鄭玄爲《漢書・五行志》所注解的這一段話，應可視爲在相同學術脈絡下的義理補充。在此前提之下來探看鄭玄所言，會發覺他所補足的有二處，一是指明了「氣」在五行五事中乃重要的關鍵，二是勾勒並補白了〈洪範五行傳〉裡從「五事之不敬」到「災異」發生之間的過程，〔註28〕較完整地交待如何由人之行爲不正過渡到災異的發生。若將上述鄭玄在「氣相傷，謂之沴」一句下注解的話歸納爲流程圖，其圖如下：

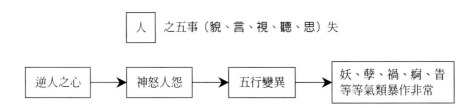

若再將此過程精簡，便則成了「人→感應→物象變異」〔註29〕綱領式的原則，而由此原則來檢測以「物類」爲主要災異事類的〈五行志〉在大體上

〔註27〕見《後漢書・五行志》，頁3267。

〔註28〕見《漢書・五行志》，其云：「《五行傳》曰：『田獵不宿，飲食不享，出入不節，奪民農時，及有姦謀，則木不曲直。』謂木失其性而爲災也。又曰：『貌之不恭，是謂不肅，厥咎狂，厥罰恆雨，厥極惡，時則有服妖，時則有龜孽，時則有雞禍，是則有下體生上之痾，時則有青眚、青祥，惟金沴木』」，頁3265。

〔註29〕人行逆天之事使得神怒人怨，也因神人共憤而使感應事件發生，即物象發生變異。這一過程因爲是人做惡事而有之後一連串反應，所以若簡化的話，應保留人與物象，而人與物象中間得以發生關係的原因，乃在人與神、人之間的感應，以及神怒感應物類的緣故，因此，中間的過程能夠發生的動力爲「感應」之故，所以，最後才取最重要的三個條件：人、感應、物象。另外，爲何精簡化完的原則只能說明「物象變異」而不能說明「物類祥瑞」？照道理而言，因人之所行有好有壞，感應的物類也應有異有祥，但因爲〈五行志〉只說災異不言祥兆，是一種警戒、富懲罰意味的書寫，且漢人鄭玄之注解只見於〈五行志〉內，故本文才只言「物象變異」。

是說得通的。但若將凝視的目光放回服妖事例上，試著將服妖與〈五行志〉其它物類變異事件合併觀看，嘗試爲它們找到一個可以一以貫之的原則，便會發現，用此原則來看以物類爲主要災異事類的〈五行志〉大部份是說得通的。

但將服妖放入對照之，便會立刻有了邏輯上的矛盾：〔註30〕爲何服妖事件的主事者本身即行爲不正、不肅之「人」，但又兼具有因感應之後而產生變異的「物類」身份？即不可能既是因又同時是果。以靈帝好穿胡服的例子來說，〔註31〕靈帝喜愛著胡服的行爲屬於人之行爲不肅正，但是，若說靈帝穿胡衣乃行爲不正，使得木失其性而產生靈帝穿胡（妖）服的變異行爲是不合理的，因爲前後並不是兩件事件而是同一行爲。

也因這個矛盾，使得我們必需再次思量如何使服妖現象可以與其它種類的變異現象放在同一個脈絡理路裡，並且能用來解釋服妖現象在「人→感應→物象變異」原則下的不相容。然而，這樣不相容的狀況乃是假設漢儒說災異時應當守著「人→感應→物象變異」原則，但更可能的情況是，他們以感應思維來說災異已是當代潛在的「定向化思維」〔註32〕，作爲一種知識背景來談論及理解宇宙，更多時候是潛意識地使用感應、互滲的思維來判斷事物，即內在潛意識會把所見的物理事件與心靈狀態聯繫起來並給予意義。因此，若要認爲「服妖」現象的發生，理應先有某個重要人物先做了某件「貌之不恭」的事（諸如「田獵不宿或飲食不享等事」），之後才有「服妖」現象發生，那麼，爲此一矛盾可以做的解釋有二項：

第一，服妖現象之所以爲歷代史家所注意與書寫，乃在於服飾妖異的現象可以預告未來會發生災禍，具有警示的功能，或是從已發生的重大災禍前溯找到可以連結並解說的朕兆，具有解釋的功能，是以，服妖現象的重要之

〔註30〕 在服妖實例裡，有描寫到由服妖現象推知發生現象原因，因而知道服妖事例的產生是那些人的行爲失軌的例子是很少的，較典型地說明由「人→感應→物象變異」的例子在《晉書‧五行志》可找到一條，所談的是吳國孫休衣服之制上長下短的服妖現象，其文就有提及發生此現象的原因乃是因爲「上饒奢，下儉逼」，這樣的條例就與其它物類變異的現象一樣，因人的行爲不正──「饒奢」，而有了道德缺失，使得人的行爲感應、互滲、氣亂了同處天地之間的人事物，而有服妖事件產生。見《晉書‧五行志》，頁823。

〔註31〕 《後漢書》，頁3272。

〔註32〕 葛兆光：〈七世紀前中國的知識、思想與信仰世界〉第二卷，《中國思想史》（上海：復旦大學出版社，2001年），頁74、226。

處乃是做爲一種「物占」，目的是可借已往占測將來，因而，是否是先有某人做了「貌之不恭」之事才會有服妖之事的發生，並不是敘述的重點。

第二，服妖的主事者之所以被認爲是服妖，乃因爲他衣著逾常，而一個人不願遵守常制並不會只有表現在穿著不符合服制上，他很可能在其它方面亦是爲所欲爲，此種情景即是服妖釋義裡：「風俗狂慢、變節易度」的描摹，如此一來，服妖亦是符合了「人→感應→物象變異」的原則。

接著，再來看上述鄭玄補充〈五行志〉的第二點，第二點指明了「氣」之觀念在五行五事中爲重要的關鍵詞。鄭氏以爲「五行」——木、金、水、火、土，皆爲氣類；也認爲妖、孽、禍、痾、眚、祥都是氣類的一種型態，氣類的變化過程爲：人行爲有過失→氣變→妖氣生。由「人有過失」致氣變的此一過程可知，鄭氏所言的「五行之氣」、「妖孽之氣」是與人的道德倫常相連繫的，若再與《漢書‧藝文志》「五行者，五常之形氣」〔註33〕一句合看，則能明白，五行之氣與服妖氣類之屬，在一開始就與道德倫理劃上了等號。而以氣類來解釋人間萬物之間的生成變化，並認爲萬物皆爲一氣之所流化，從先秦時就有了。張立文認爲，先秦時從《管子》四篇到荀子時初步提出了精氣生物說，而後歷經秦漢時期，有《呂刑》、《黃老帛書》及《淮南子》等書，所言爲元氣生成論，到漢代董仲舒時，則將氣與陰陽相結合而具有道德屬性，成爲天人感應論中的一個關節，〔註34〕李豐楙先生則針對漢儒當代的氣化認知，放入中國傳統氣論的河流裡，分析論道：

> 漢代諸子根據對古代的巫術現象的觀察而在氣化宇宙觀中形成的感
> 應論，就是相信一氣之所化的萬物，都可因氣的強弱相互感應而彼
> 此影響，這類感應的事迹既被視爲特殊的經驗，就被收錄于〈五行
> 志〉一類的史籍類別中。〔註35〕

其文之旨，乃認爲在氣化宇宙論的觀念之下，萬物皆爲一氣之流化，在天人感通的原始思維下，認爲宇宙萬物會因爲彼此皆氣所聚成，因而會互相影響、感應，是以，當氣的交感流佈失去了正常，則會有氣變的結果，即妖孽禍痾等異變發生，爲氣類暴作非常的現象；也因爲氣亂失常，使得包含氣之流動的宇宙空間受到了影響。同時，因爲漢儒的氣化論說奠基於上天的意

〔註33〕《漢書‧藝文志》，頁1769。
〔註34〕張立文主編：〈氣論〉，《中國哲學範疇發展史（天道篇）》（臺北：五南圖書出版公司，1996年），頁145～160。
〔註35〕李豐楙：〈導論〉，《神化與變異：一個「常與非常」的文化思維》，頁10。

志，其氣非自然而生的自生之氣，而是因他人外力之原故而生的道德之氣，是以，當氣變之際亦即意謂人事的秩序也發生了混亂。《五行志》裡有數則可資探看：

1. 君治以道，臣輔克忠，萬物咸遂其性，則<u>和氣應</u>，休徵效，……君違其道，小人在位，眾庶失常，則<u>乖氣應</u>，咎徵效，國以亡。

2. 漢獻帝建安中男子之衣，好爲長躬而下甚短，女子好爲長裙而上甚短。時益州從事莫嗣以爲<u>服妖</u>，是陽無下而陰無上也，天下未欲平也。後還，遂大亂。〔註36〕

3. 厥妖人死復生，一曰，<u>至陰爲陽</u>，下人爲上。〔註37〕

4. （晉）惠帝之世，京洛有人兼男女體……，<u>此亂氣所生</u>。自咸康、太康之後，男寵大興，甚於女色……，故<u>男女之氣亂</u>而妖形作也。

上舉引之例，即宇宙空間內的氣（陰氣、陽氣，男女之氣）流動失常，而使得的氣類暴作非常（和氣消、乖氣應，或亂氣、氣亂），也因爲氣亂失常，使得物類發生妖異與變亂。〔註38〕此時要注意的是，當氣類暴作時，氣之所化的物類便會失其性，物類失去了它原本的性質與功能，則變成了另一種不合常軌、常理的事物，那麼，界限便被破壞了，此時的兩界是處於鬆動的狀態，氣亂之下的人或物類便跨越了書寫者或傳統認知的道德概念，以及逾越了事物在理性認識下應有的形貌或類別。

（二）常至非常：服妖現象裡的原始巫術思維

除了用氣之流動來解釋服妖如何由正常跨界至非常的可能，另一種可切

〔註36〕　《後漢書‧五行志》，頁 3273

〔註37〕　此例見於兩者，一是《漢書》，爲漢平帝時人事，頁 1437；另一是《晉書》，爲晉武帝時人事，頁 907。

〔註38〕　劉苑如根據形神變化的範疇將六朝的怪異思考分爲三類，其中一類稱之爲「物妖」，其云：「（物）妖本指失其本性的動植物器物，後來引伸至一切不吉祥的徵兆。……先秦時人在綜合其對『現象』的觀察後，就嘗試以『氣』來解釋宇宙的生成變化，並逐漸意識到天人關係的感應關係：認爲天人感通，視妖爲氣變的結果，都是由人的過失招致而來，漢人再將這樣思想配合陰陽五行觀念而加以系統化，於是凡預示吉凶的歌謠、服飾、夢境等徵兆，將人們只可意會，無法直接經驗到靈觸感會，透過徵象複製捕捉下來，此一象徵的符號系統也都可成爲妖的範圍」，見劉苑如：《六朝志怪的文類研究：導異爲常的想像歷程》（臺北：國立政治大學中文研究所博士論文，1996 年），頁28～29。

入的面相，乃關注到人、物類與天地間的感應實屬於原始思維，因此，以人類學的角度來看，服妖的越界形式應含有巫術原理在。原始思維的概念依路先‧列維－布留爾的論述，所說的是：

> 原始人首先是對人和物的神祕力量和屬性感興趣並以互滲律形式來想像它們之間的關係；首先想到是神祕力量的連續、不間斷的生命的本原、到處都有的靈性。〔註39〕

即原始思維乃以萬物「互滲」、客觀與主觀不分混融為主要的概念，而「巫術」在內涵概念上亦是屬於原始思維，但巫術所強調的是實際的行為，是「術」，是一種想像以特定的動作來控制、影響自然力量或客觀對象的儀式與方法，而目前對「巫術」的解釋普遍以弗雷澤所撰寫的《金枝》為主，但在他之前，英國人類學家愛德華‧泰勒（Edward Tylor）即提到了「巫術」，其云：

> 巫術是建立在聯想之上而以人類的智慧為基礎的一種能力，但是在相當大的程度上，同樣也是以人類的愚鈍為基礎的一種能力。即人類發現某些事物有實際關係之後，力求用這種方法來發現、預言和引出事變，而這種方法所引展出的預測具有幻想的性質，即將現象的聯繫與想像的聯繫曲解混同了起來。建立在簡單的類比或象徵性的聯繫之上的魔法術。〔註40〕

他說明了巫術乃是以「聯想」方式能展開的能力，但不是完全漠視事實，而是對事物觀察時、了解某些事物之間的關係之後，便抓住這個發現來想像、類比、預言的一種能力和技術，但他論述重心乃在萬物有靈的論點上，因此，沒有對巫術有更加延伸的解釋。對巫術進行全面論述並建立思想原則的，為鼎鼎大名的佛雷澤（James George Frazer），他所論著的《金枝》（The Golden Bough）研究了原始人的巫術、宗教、儀式、心理等等，以及它們的起源，他認為「巫術是一種被歪曲了的自然規律的體系，也是一套謬誤的指導行動的準則；它是一種科學，也是一種沒有成效的技藝」，並將眾多例子集合歸納提出巫術的兩大原理：〔註41〕

〔註39〕〔法〕路先‧列維－布留爾（Lucién Lévy-Brühl, 1857～1939）著，丁由譯：《原始思維》，頁 100～101。

〔註40〕〔英〕愛德華‧泰勒（Edward Tylor, 1832～1917）著，連樹聲譯：《原始文化——神話、哲學、宗教、語言、藝術和習俗發展之研究》，頁 93。

〔註41〕〔英〕弗雷澤（James George Frazer, 1854～1941）撰，汪培基譯：《金枝（上）——巫術與宗教之研究》（臺北：桂冠圖書公司，1994 年），頁 21～22。

> 它的兩大原理便純粹是「聯想」的兩種不同的錯誤應用而已。「順勢
> 巫術」是根據對「相似」的聯想而建立的；而「接觸巫術」則是根
> 據「接觸」的聯想而建立的。「順勢巫術」所犯的錯誤是把彼此相似
> 的東西看成是同一個東西；「接觸巫術」所犯的錯誤是把互相接觸過
> 的東西看成總是保持接觸的。

根據 Frazer 的觀察與分類，巫術的兩大原則一個是以相似律而成的順勢、模
擬巫術，而另一個則是以接觸律而成的接觸巫術，那麼，若將他的理論放置
在服妖的敘述與書寫中，便很能解釋文本中書寫者認定服妖的心態與原因。

　　人對於自己外部造型的加工，往往會在色彩、質地肌理、圖案紋樣、飾
品等不同的地方加以變化與裝飾，當被其他人所看見時，外表所呈現的樣貌
便會映入他人的眼中，而人們看到、映入眼裡的表相，反映在語言或思想裡，
便因各個人的心理差異而有不同的聯想和感受。這即是說，當自己所見的服
飾器物造型與內心本已認識的事物有了相似的關係或等同的模樣，便會以順
勢巫術的思維方式將相似的事物連結而看成是同一樣東西，而此種附會、比
擬的方法，常常是人類將不熟悉的事物化為自己熟悉的，以用來判斷、辨認
的一種普遍方法，若將負面的字眼刪去，其實這是人得以瞭解未知領域的策
略，將自己熟悉的與自己不熟悉的相比較，並找出它們之間的關係或相似性，
然後記憶、放入大腦內眾多的關係網絡裡。

　　因此，據此以觀看服妖的論述，會發覺服妖的書寫乃是以巫術思維裡的
相似律為主而形成的表述，而在這條律則之下又可把服妖敘述分成兩類，一
是因形制相似而成的，而另一個則是因發音相似而成，其例如下：

1.形制相似

　　以婦女的髮型為例，六朝的婦女髮型多變，因而常有創新之舉，此種現
象被觀察到而寫入了史書，在《宋書》舉了二例：

> （晉永嘉之間）婦人束髮，其緩彌甚，紒之堅不能自立，髮被于額，
> 目出而已。……覆額，慚之貌；其緩彌甚者，言天下忘禮與義，放
> 縱情性，及其終極，至乎大恥也。永嘉之後，二帝不反，天下愧
> 焉。〔註42〕

宋文帝元嘉六年，民間婦人結髮者，三分髮，抽其鬢直向上，謂之

〔註42〕《宋書・五行志》，頁 886。

「飛天䰀」。始自東府，流被民庶，時司徒彭城王義康居東府，其後
卒以陵上徙廢。〔註43〕

前例指出晉永嘉年間流行的婦人髮型乃「髮被于額」的瀏海造型，且當時婦
人的束髮，因太鬆緩使得髮髻不夠堅挺而垂下；而後一例的南朝宋時婦人則
與晉時婦女相反，將頭髮綁得十分緊，並刻意用髮鬟輔助使頭髮呈現上衝的
模樣，形成如同「飛天」一般的髮髻。這兩者，依照紀錄者的想像，以樣式
的形狀來聯想史實，前者的瀏海即成了當時人因為心有慚愧而顯現的髮型，
所預示的是永嘉之禍晉愍帝、懷帝流亡的恥辱，而後者乃南朝宋時彭城王權
大凌君，人民受之影響，是以當時的民間婦人所綁了個飛天䰀，反映了當代
君臣權力的消長現象。

2. 發音相似

在文本內，使用音近或音相同的模式而將服飾的變化與災異聯結起來的
例子不勝枚舉。使用發音的方式來連結兩樣東西以造成兩者有相似之處，可
以不論字體原本形狀，也可以不論字義在原文上下之間的意義，因此是一種
非常便捷，立即可成的巫術思維。以南齊東昏侯為例：

東昏又與群小別立帽，騫其口而舒兩翅，名曰「鳳度三橋」。帬向
後，總而結之，名曰「反縛黃麗」。東昏與刀敕之徒親自著之，皆用
金寶，鏨以璧璫。又作著調帽，鏤以金玉，間以孔翠，此皆天意。

〔註44〕

東昏侯別出心意的巧立帽子樣式，共有三種。而這三種款式的名稱，對照南
朝宋不久的將來即被梁武帝攻滅，帽子名字的發音即被人轉義並與史實聯
結，而成了一種預言：「梁武帝舊宅在三橋，而『鳳度』之名，鳳翔之驗也。
『黃麗』者『皇離』為日而反縛之，東昏戮死之應也。『調』者，梁武帝至都，
而風俗和調。」〔註45〕這個例子，便針對同一個對象，使用了三次因發音相
似而轉義的方法。

本子節的論證乃試從《漢書·藝文志》裡「五行」一條的解釋，與《春
秋繁露》的〈五行五事〉一篇對照，指出兩者皆使用了「氣」一詞來解說當
人之行為不正不肅會使得五事、五常氣亂，並造成人、物變異。接著，再引

〔註43〕《宋書·五行志》，頁891。
〔註44〕《南史·齊和帝本紀》，頁160。
〔註45〕同上註。

東漢鄭玄對《漢書・五行志》的注解來對五行五事做解釋，乃因其言較詳盡地補充原文未盡之義，並提出「氣類暴作」的概念，可以爲五事致變異作注腳。而依其論點：「人→感應→物象變異」，會發覺雖然此論則可以說明大部份的五行變異，但卻難以解釋爲何服妖事例裡總是不談造成服妖變異事端的人是誰、原因是什麼，而常只說出現象。也就是說，服妖的敘述裡沒有發現書寫者想要嘗試解釋，爲何人之行爲不正（穿奇服，即五事中的貌之不恭），所帶來的變異，竟會是有人服妖服的情形，前後兩者所指涉的是同一件事，但這樣子的論理不合理的狀況並沒有被質疑與解釋。而原因有可能是因爲服妖之所成爲歷代書寫不絕的一項事例，要點在於它是被視爲「徵兆」，用途在指出未來的占測是什麼，故無需說明原因。

　　同時，也以文本的例子來說明「氣類」乃五行災異一項很重要的觀念，因爲氣類的交合作用，正是萬物生成的原因，若氣類「合」則「休徵」生，若氣類「乖」則「咎徵」生，而當氣類乖亂、相沴時，便使得人與物類「跨越」了書寫者或一般傳統觀念裡「正常」的界限，而到了非常變異之境。而氣亂、氣沴的角度是將服妖放置在中國傳統陰陽五行的脈絡裡來論述，但若試用人類學的角度來觀看服妖的越界，乃是人以巫術思維裡的事物彼此「相似」便可以聯想、聯繫爲同一種東西的想法，來將所見所遇的奇裝異服之人與史實結合，這是一種使用交感原則而生發聯想、具有巫術思維的思考。

　　綜合來說，服妖的越界，若用簡單的方式講，乃因行爲不正而從正常之域被推移至非常之界。但若放入陰陽五行、原始感應思維的脈絡裡頭，便會發現，與多數符合〈五行志〉由「人→感應→物類」綱領原則的物類變異之例，服妖並未符合這樣子的原則。是以，閱覽五行事類後，發現類此不合理的現象出現在「物象變異」裡以「物」爲大共名時，其下的主角身份不做爲「物類」，而是「人類」的時候才會發生，〔註46〕而〈五行志〉文本中有這樣情況的以「服妖」與「詩妖」爲最明顯的事例，兩者的主角是「人」。用來衝撞體制的一個是衣服，另一個則是言語，前者的逾軌爲對既定的社會制度、秩序作挑戰；而後者的越線則是試圖用語言來改變影響朝廷國政，在古代中

────────────

〔註46〕　參見李豐楙所云：「在物的大共名之下，物類是與人相對的名詞，人當然也是物、也是類，不過在當時的用語習慣中，『人類』一詞是極爲晚出的，都只單用『人』一個字，卻使用『物類』指稱人之外的萬物。」見氏著：〈先秦變化神話的結構性意義──一個「常與非常」觀點的考察〉，《中國文哲研究集刊》，頁110～111。

國，這兩者都是了不得的大事，也屬於敏感邊緣之事，而且，也是不能做的禁忌。換言之，將「服妖」事件放回當時代藉由陰陽五行、氣類感應來說災異的語境裡頭，服妖事件所展現的隱微面相，突顯了以「人」為主角來演繹服妖災異，乃是一種對「常服」的高度重視與深切的關懷。

第二節　六朝服妖實例中的「非常服」

　　本文討論的〈五行志〉服妖事例，所呈現的為每一個各別的人在不同場合、時境下改變、創製服飾的行動與樣貌，是實際發生於漢末六朝時的事件，雖然字句短少、文學敘述性弱，但若將時代裡的「斷片」集合，將它們的敘述歸之於一個體系裡，嘗試為之找到一個可以解釋這些共象的「意義結構體」，依著諸多殘碎斷片裡看到的，將是可以提供我們從現在聯繫於過去而得到的有意義的重構；也即是說，從服妖文字的「書寫」角度切入，觀察的不僅是書寫者的微言大義，也包括了在國體、家體憂慮下沈重語言的罅隙裡，所見到的當代真實、活生生的服飾與日用。而藉由書寫的語言，以及具體地當代穿著現象，帶領人所見到的就不僅是只有做為一種「物質」的服飾，或是憂國憂民的大論述，而是在六朝社會成員裡理解彼此的文化論述。

　　服妖的論述對象，多數是針對帝王的，這乃是承續了〈洪範五行傳〉的撰寫是為帝王量身打造的概念，因此，服妖的書寫重心集中在描述君主的違禮悖制，而南齊東昏候的帝主生活，多處豪華奢侈，其衣著服章亦甚逾於常規，《南史‧齊本紀下第五》即云：

> 著織成袴褶，金薄帽，執七寶縛矟，又有金銀校具，錦繡諸帽數十種，各有名字。戎服急裝縛袴，上著絳衫，以為常服，不變寒暑。……擔幢諸校具服飾，皆自製之，綴幾金華玉鏡眾寶。……高障之內，設部伍羽儀，復有數部，皆奏鼓吹羌胡伎，鼓角橫吹。……明帝之崩，竟不一日蔬食，居處衣服，無改平常。潘妃生女，百日而亡，制斬衰絰杖，衣悉粗布。……又於苑中立店肆，模大市，日游市中，雜所貨物，與宮人閹豎共為裨服。以潘妃為市令，自為市吏錄事。〔註47〕

〔註47〕《南史‧齊本紀下第五》，頁 151～155。

南齊東昏侯是歷史上以奢侈享樂著名的一名帝王，在服飾上他喜愛自製新服。以史書裡對服妖之「服」的指涉範圍來看，服妖之「服」包括了：帽子、衣服、器物用具、車馬、食物、身體紋飾、動作，以及較抽象的方位、制度。〔註48〕因而，以此標準來檢視《南史》裡東昏侯的行徑，他違反了史書裡對「服」的認可界限的有：戎服、胡樂、喪服、賈人服、衣過麗（金薄帽、降衫）、自製帽式，可說是應有盡有，幾乎所有服妖指涉的內容他都逾越、超過了，而這樣子的妖異之服，他卻視「以為常服，不變寒暑」。因此，他的例子很適合做為服妖書寫主對象的帝王的總體代表，也指出了服妖的「非常服」的論述範圍廣闊。

　　但可再進一步思考的是，為何單獨一位「東昏侯」就能表現了服妖大多數的妖異舉止呢？是特例呢，還是有背後有什麼因素造成如此的現象？為了解釋這一現象，可試由觀看第二章「表格2-2」來做分析，表格2-2所呈列的是魏晉南北朝〈五行志〉中「服妖」現象所做的「服物」種類歸納，同時也兼涵了兩漢書的服妖事例。表格的歸納，可從橫向與縱向兩項來分析，在縱向的項目上，六朝服妖之「服」的種類共有十一項之多，而兩漢書〈五行志〉中的「服」類相較於魏晉南北朝的「服」類書寫，就少了「鞋子」、「佩飾」、「方位」、「制度」四項；而在橫向的項目上，可看每一列的「服物」名稱在文本內實際出現的名詞匯整數目，光「帽子」一類，六朝共出現了十八種不同名稱的帽式名稱，而兩漢書〈五行志〉則只有三樣之譜，至於「衣服」一類，亦是六朝有二十種服飾名稱而兩漢僅有八個名目。從縱的直線來看，兩漢書〈五行志〉在「服」的種類上較少，而由橫的名稱細目上來看，兩漢書〈五行志〉的實際在文本出現的服飾名稱更是遠較於六朝稀少。

　　由這樣的橫縱比較可知，六朝史書對服妖的書寫一來的確是承繼了兩漢書〈五行志〉的內容與宗旨，二來是兩者雖同，但仍有異。即六朝史書雖「篇宗五行，卒相踵不改」，但在接續的實際內容上，已經與兩漢志的事例相異了，無論是在書寫的對象、時代皆相異之外，所指涉的事例範圍以及名目，也較兩漢志來的多且繁複雜。因此，東昏侯個人所表現的種種奢華肆慾，除了他自身的因素之外，更應有魏晉南北朝此一時代特殊的意涵，即時代動亂紛擾、諸多大事瞿然發生，朝代更換頻、服章制度多變等等的原因。是以，本節考

〔註48〕見本論文第二章第一節。

察六朝史書內的服妖書寫,結合書寫者家體國體皆一體的徵兆表述,以及六朝眞實出現過的服用飾物樣貌的觀察,分別從「陰陽與上下:性別、位階、空間錯換的服飾想像」、「權力的歡樂聲:六朝君王『身非其位、服異服』的服飾異像」二點來探究之,其敘述如下:

一、陰陽與下上:性別、位階、空間錯換的服飾想像

當社會文化結構將看待某些事物的標準以二元化的方式來觀看時,這些事物的價值判斷就被剖分成兩半:一類爲適合、美善,另一類則爲怪異、醜惡。從漢代開始,漢儒納匯百家之術,雖以儒學爲名首而實爲雜家之暗合,提出他們對於國家制度、時勢及政治等等的建議與批評,也改造了從先秦以來「陰陽」、「五行」的概念,將它們的內涵概念對立起來而分出優劣高下,是以,當人們若企圖改變或轉移在二元區塊裡的文化符號,則會招致異議並黏貼上異類標籤,而服妖事件這一類所指稱的,即是因不遵守「性別」、「階級」、「倫理」等觀念在嚴格劃分下而有的「善/惡」、「高/下」的分別,穿越了一分爲二的「界線」,而出現男穿女衣、女佩男飾、臣下凌上、后欺君主等事,以致「陰陽」不合、「非常」之事發生,以及國有災禍。

而對於因「陰/陽」不合而引起的災異事件,在董仲舒《天人三策》之中是可以找到詮釋的,他說道:

> 廢德教而任刑罰,形罰不中,則生邪氣;邪氣積於下,怨惡畜於上。上下不和,則陰陽繆戾,而妖孽生矣,此災異之所緣而起也。
> 〔註49〕

引文明白地說出了災異發生的原因乃是「上下不和」,則使得「陰繆戾而妖孽生」,在此,他指出的是空間上的上下對等關係,以及妖孽生發乃是「陰」乖戾,即陰相對於「陽」是具有負面意味的,在《春秋繁露·陽尊陰卑》對「陰/陽」的屬性有了更進一步的解釋,其云:

> 惡之屬盡爲陰,善之屬盡爲陽,陽爲德,陰爲刑。……陽氣仁而陰氣戾,陽氣寬而陰氣急,陽氣愛而陰氣惡、陽氣生而陰氣殺。〔註50〕

即指出陰、陽之間的屬性乃:惡與善、刑與德、戾與仁、急與寬、殺與生,用一刀剖兩半、乾淨絕對的分類方法突出了兩者的界限分明。「陰陽」二氣一

〔註49〕 見《漢書·董仲舒列傳》,頁 2055。
〔註50〕 〔漢〕董仲舒撰:《春秋繁露·陽尊陰卑》,頁 327。

開始是對自然現象裡日光照射之處與雲覆日的實際情形觀察而得到的，人們看到向陽的豐收而背陽的減產，同時也觀察到社會變遷裡治、亂替更的情形，再由自然、社會的直接觀察裡，抽象提煉出陰陽的概念，由此，陰陽的概念本身就具有相對、變化的特性。在先秦時，陰陽的概念，如《周易》、《荀子》《莊子》等書裡是與天地萬物的大化生成有關的，陰陽從屬性上而言，是萬物皆可以根據自己的存在形式而做區分的概念，呈現的是兩兩對待、互補的聯繫。〔註51〕

然而，〈五行志〉的序文開宗明義地表示其書寫的學術路線：「漢興，承秦滅學之後，景、武之世，董仲舒治《公羊春秋》，始推陰陽，爲儒者宗」〔註52〕，即是〈五行志〉的陰陽概念、內涵實是遵守著董仲舒的倫理思想路徑而發揮論述的，而董氏陰陽論述的核心內容，及其主要目標乃在確立三綱五常的神聖地位。他將人倫關係、價值優劣聯繫，並以陰陽二種相對的關係來表述，在倫理等級制度中，君臣、父子、夫婦是最基礎的倫理構成份子，因此，在這三種關係裡彼此的對待，被賦予了陰／陽、尊／卑的關係，其云：

> 丈夫雖賤皆爲陽，婦人雖貴皆爲陰，陰之中亦相爲陰，陽之中亦相爲陽。諸在上者皆爲其下陽，諸在下者各爲其上陰。〔註53〕

此段再結合〈天辨在人〉一章所云：「不當陽者臣子是也，當陽者君父是也。故人主南面，以陽爲位也」〔註54〕一起觀看，可發現有三種相對關係被給予陰乃賤、陽乃貴的觀念，分別是：「丈夫／婦人」、「上／下」、「君／臣」三者。這三者的相互對待關係來自於不同之處，丈夫與婦人之分是取自與男、女生而性別不同，上與下之別是來自身處天地間、空間概念裡上下有分，而君與臣之判則源自社會政治裡的權力分配差異，最後，再用源於自然現象裡的陰陽觀察，將三者關係二元對立起來，成爲一套政治話語的權力語言，用來解釋自然現象與社會文化裡形形色色的關係。

而陰陽二種性質的觀察是如何由自然現象過渡到人事呢？自是與性別天生判然有分有關係，即由兩性在生理構造、生殖功能本有的差異而立論，以男女兩者生理有別而推及社會倫理，在社會期許裡塑造文化的規則來區別兩

〔註51〕 參見張立文：〈陰陽論〉，《中國哲學範疇發展史（天道篇）》，頁265～276。
〔註52〕 《漢書・五行志》，頁1317。
〔註53〕 〔漢〕董仲舒撰：《春秋繁露・陽尊陰卑》，頁325。
〔註54〕 同上註，頁326～327。

性之異，是以，性別之異反映在服飾上，即是男與女之間不同的著裝行為。服裝，與男女性別所意謂的符號表徵一樣，是用來區分自己與別人的心理檔案系統，最顯明且為人所注意的乃是從性別角色與服裝穿著之間的差異而立論的「性別越界」，但回歸探索〈五行志〉的文本，在一條條的敘述裡頭，論及男女性別越界的固然重要，同時也因此議題與現代學術焦點「性別研究」有直接相關而引人注目，然而，文本裡頭所充斥遍目的，更多的是以「君王／臣子」及「帝王／后妃」關係為主的「陰陽」連繫，因此，若將〈五行志〉服妖敘述裡的現象以「陰／陽」概念為主而切入分析，因陰／陽符號概念而致使服裝行為有「非常」之舉的，應有三類，一是男女性別越界，二是后妃擅權，三是君臣之喻，其說明如下：

（一）男女性別越界

男女之服若不符合社會文化的標準原則，便會因違反當代普遍認知而被注目與記載，服妖事例裡，一類是男著女衣，另一類則為女著男飾，前者在六朝史書裡共有三例：

時　間	服　妖　事　件	評　論　或　占　語	徵　與　應
魏〔註55〕	尚書何晏好服婦人之服，傅玄曰：此妖服（服妖）〔註56〕也。	夫衣裳之制，所以定上下殊內外也。《大雅》云『玄袞赤舄，鉤膺鏤錫』，歌其文也。《小雅》云『有嚴有翼，共武之服』，詠其武也。	若內外不殊，王制失敘，服妖既作，身隨之亡。
魏明帝〔註57〕	後漢以來，天子之冕前後旒真白玉珠，魏明帝好婦人之飾，改以珊瑚珠。晉初仍舊不改。及過江，服章多闕，而冕飾以翡翠、珊瑚、雜珠。		
北齊文宣帝末年〔註58〕	文宣帝末年，衣錦綺，傅粉黛，數為胡服，微行市里。	粉黛者，婦人之飾，陽為陰事，君變為臣之象也。……錦綵非帝王之法服。	及帝崩，太子嗣位，被廢為濟南王。

而後者，女著男飾，經搜尋後有四例，其表格如下：

〔註55〕《晉書・五行志》，頁822～823。《宋書・五行志》，頁886～887。
〔註56〕《晉書・五行志》稱「妖服」，《宋書・五行志》言「服妖」。
〔註57〕《晉書・輿服志》，頁766。〈輿服志〉中未對魏明帝多加討責，然因其與何晏相同皆好服婦人飾，故仍視為服妖之例。
〔註58〕《隋書・五行志》，頁629。

時　間	服　妖　事　件	評　論　或　占　語	徵　與　應
魏	尚書何晏好服婦人之服，傅玄曰：此妖服（服妖）〔註 59〕也。……若內外不殊，王制失敘，服妖既作，身隨之亡。末嬉冠男子之冠，桀亡天下；何晏服婦人之服，亦亡其家，其咎均也。〔註 60〕		
晉武帝太康初	初作屐者（昔初作屐者），婦人頭圓（圓頭），男子頭方（方頭），圓者順（從）之義，所以別男女也。至太康初，婦人屐乃頭方，與男無別。（皆屐方頭，此去其圓從，與男無別也）	圓者順之義，所以別男女也。至太康初，婦人屐乃頭方，與男無別。（皆屐方頭，此去其圓從，與男無別也）	此賈后專妬之徵也。〔註 61〕
惠帝元康	惠帝元康中，婦人之飾有五兵佩，又以金銀瑇瑁之屬，爲斧鉞戈戟，以當笄。	干寶以爲「男女之別，國之大節，故服物異等，贄幣不同。今婦人而以兵器爲飾，此婦人之妖之甚者。」	於是遂有賈后之事。終亡天下。〔註 62〕
隋文帝開皇中	開皇中，房陵王勇之在東宮，及宜陽公王世積家，婦人所服領巾製同襆幡軍幟。	婦人爲陰，臣象也，而服兵幟，臣有兵禍之應矣。	勇竟而遇害，世積坐伏誅。〔註 63〕

　　服飾作爲人的第二層肌層，帶有著強烈的象徵意味，因此，在服飾的性別區分上，爲了達到男女彼此之間的界線劃分清楚，所以規定「男女不通衣裳」〔註 64〕，以使得社會秩序得以維持不墜。依著上述所列的表格而歸納，男著女衣有三例而女著男飾有四例，若細究之下，會發覺服妖事例所敘述的性別越界行爲，是與現代認知裡的扮裝變性不太一樣的。

　　在服飾的性別轉換裡頭，有兩種移轉的方式，一種是我們所熟悉的性別易位，即男穿女衣之後是以女子的角色而活動，或女子著男衣後以男子身份而有所做爲，這類的描敘述在古代大多見於戲曲與小說內，是爲了行使表演功能或書寫情境而製造的性別穿越、模倣。〔註 65〕第二種則是較爲實際的生活記載，這類的記錄往往是因爲認爲男女有「別」，即《禮記・內則》裡所說

〔註 59〕　《晉書・五行志》稱「妖服」，《宋書・五行志》言「服妖」。
〔註 60〕　《晉書・五行志》，頁 822～823。《宋書・五行志》，頁 886～887。
〔註 61〕　《晉書・五行志》，頁 824。《宋書・五行志》，頁 888。
〔註 62〕　《晉書・五行志》，頁 824。《宋書・五行志》，頁 888。
〔註 63〕　《隋書・五行志》，頁 630。
〔註 64〕　《禮記・內則》，頁 520。
〔註 65〕　見鮑震培：〈真實與想像——中國古代易裝文化的嬗變與文學表現〉，《南開學報》2001 年第 2 期，頁 68～75。

的：「外內不共井。不共湢浴，不通寢席，不通乞假，男女不通衣裳」〔註66〕，因此，若有男或女不遵守此種區別，意即逾越了原有的性別界限，而這種區別大至可一眼望見的車馬服飾，小至領巾或佩飾，只要不符合當時的社會習俗，即可認定爲男子著婦人之服、女子懷男子之心。

　　在服妖的敘寫裡，就全集中在第二項的認定方式。以男子穿婦人服的項目來看，何晏、魏明帝、北齊文宣帝三人，並非穿著婦人裙或束綁了女子款式的髮髻。單就何晏與文宣帝兩人，他們被認定爲穿著婦人服乃是兩人皆有塗抹粉黛的習慣；〔註67〕而單就何晏與魏明帝兩人，兩人皆被指爲好婦人服，但何晏的實際穿著〈五行志〉未明言，而明帝則是改天子冕旒爲稀貴的珊瑚珠及著繡帽、披縹紈半袖。〔註68〕三人的共同點則是在衣飾服用上都挺講究的，因此在穿著佩戴上都會呈現衣著華麗、質料細緻昂貴、色彩鮮豔的傾向，也因此常會逾越常規而有喜好婦人之飾之嫌，但是若論及塗抹粉黛的行爲，在中國則應是女子才有的行爲。〔註69〕

〔註66〕《禮記・內則》，頁520。

〔註67〕何晏抹粉的記載見《三國志・諸夏侯曹傳》裡裴松之引《魏略》之注，其云：「晏性自喜，動靜粉白不去手，行步顧影」，頁292。

〔註68〕「半袖」是否爲婦人之服，在漢末和魏時有了不太一樣的看法。在《晉書》〈五行志〉言明帝著繡帽、披縹紈半袖爲「近服妖也」（頁822），而楊阜在勸諫明帝時未明言半袖爲婦人服，但西漢末時「半袖」尚被視爲女子之服，爲服妖一種，《後漢書・五行志》即云：「更始諸將軍過雒陽數十輩，皆幘而衣婦人衣繡擁𦈡」（頁3270），「繡擁𦈡」即「繡裾」，據周汛、高春明所考察，漢代的「繡裾」在魏晉時形制同「半袖」，到隋唐爲婦女的常服，稱之爲「半臂」。因此可知，「半袖」在漢代開始流行時，以及之後在隋唐間的普遍流行，都是以婦女爲主要的穿著者，但在魏晉時間，似乎男子會因其式樣美麗而穿著，而當代人的對此一樣式反應爲何？若依楊阜沒有糾正明帝的敘述來看，社會上應是可以接受男子穿著半袖之服的。見氏著：《中國古代服飾風俗》（臺北：文津出版社，1989年），頁128。

〔註69〕漢魏晉時男子喜好妝飾的現象，與傳統裡威儀猛猛的男子形象大有異別，也是歷史上較明顯地可以看出男子服飾個人化與獨特心態的一個時期，學界也已多有論述，故不贅述，然可知的是，漢末男子的審美觀已開始有了變化，潛伏著若干個穿著較女性化的人物，如《史記・魏其武安侯列傳》即言：「武安侯坐衣襜褕入宮，不敬」，唐人司馬貞《索隱》：「非正朝衣，若婦人服也」，頁1142。《後漢書・李固列傳》裡馬融詆言李固：「胡粉飾貌，搔首弄姿」，頁2084。《三國志・魏書・王粲傳》注引〉（頁603）《魏略》云曹植亦於沐浴後擦粉，頁603。《顏氏家訓》亦述南朝貴游重容顏「無不薰衣剃面，傅粉施朱」，亦可參見王瑤分析魏晉時男子傅粉施朱的心態，見〈中古文人生活〉，《中古文學史論》（臺北：長安出版社，1982年），頁23。

　　以女子服男飾的項目來看，四個事例所表現的怪異現象及所違反的道理，皆是干寶所言的：「男女之別，國之大節，故服物異等，贄幣不同」。以服儀來顯明婦人之職，乃是從秦漢以來一直存在的禮儀規範，林素娟從服飾物用以區分男女之別的角度，即考察到中國傳統裡有「以衣裳、服章見婦人無外事」、「以隨身配用之物見男女分工」、「婦人相見禮之贄唯棗、栗、腵脩而已」三類，〔註70〕表明了社會裡加諸於女性的區別在衣服、配用之物上是可以見到的。而以物用辨別以顯女德的想法，在服妖事例中四人因分別有「冠男子之冠」、「婦人屐乃頭方」、「婦人之飾有五兵佩」、「婦人所服領巾製同槊幡軍幟」的現象，大大地違反男女之「別」，致使女子美德不再，同時也是亡家亡國、兵禍將起的預兆。服妖事例裡女著男飾一項尚有二點可見，第一點，末嬉之例除了表明衣著違制之外還兼涵了從周代文獻記載以來綿延不絕的「女禍」觀念；〔註71〕第二點是六朝服妖四例裡，就有二則與西晉賈后脫不了關係，一則言其徵應爲「賈后專妬」，一則爲「遂有賈后之事，終亡天下」，二則指出了西晉時賈后干政一事。

（二）后妃擅權

　　上述之文已話及「女著男飾」之事件裡，就有二則的徵兆指向西晉賈后亂政之事，文本裡除了此二則，尚有另外兩者提到賈后：

> 晉武帝太康後，天下爲家者，移婦人於東方，空萊北庭，以爲園圃。干寶曰：「夫王朝南向，正陽也；后北宮，位太陰也；世子居東宮，位少陽也。今居内於東，是與外俱南面也。亢陽無陰，婦人失位而干少陽之象也。賈后讒戮愍懷，俄而禍敗亦及。」〔註72〕

　　惠帝元康中，是時，婦人結髮者，既成，以繒急束其環，名曰擷子

〔註70〕林素娟：《空間、身體與禮教規訓——探討秦漢之際的婦女禮儀教育》（臺北：學生書局，2007 年），頁 216～221。而林氏所分析的這三點，與干寶批評惠帝時女佩五兵飾的語句來源有關，干寶之語出於《左傳》春秋時魯莊公娶哀姜，哀姜入魯國時，莊公要大夫之婦用幣做見面禮，御孫認爲此舉明顯失禮，其因爲：「男贄，大者玉帛，小者禽鳥，以章物也。女贄不過榛栗棗脩，以告虔也。今男女同贄，是無別也。男女之別，國之大節也，而由夫人亂之，無乃不可乎？」見〔周〕左丘明撰，〔晉〕杜預注，〔唐〕孔穎達正義：《春秋左傳正義・魯莊公二十四年》，頁 319。

〔註71〕劉詠聰：〈先秦時期之「女禍」觀〉，《德・才・色・權：論中國古代女姓》（臺北：麥田出版社，1998 年），頁 15～42。

〔註72〕《宋書・五行志》，頁 888。

紛。始自中宮，天下化之，其後賈后廢害太子之應也。〔註73〕

此兩則加上前兩例，服妖事例共有四例講述到「賈后」。從時間先後來分析例子所言，共有武帝、惠帝二個時期：一，晉武帝太康年間出現二例，一是女子穿起方頭鞋，另一為所指的是調動后妃宮室的方位，這二則發生的時間點尚未在賈后干政、擁重自重之時，因此，要表達的是之後將有賈后亂政之事，所以言：「此賈后專妬之徵也」、「於是遂有賈后之事」，是用服飾來預測時勢的一種宣言。

二，晉惠帝元康時亦出現兩則，一是婦人佩戴五兵佩，一是婦人結髮的造型為擷子紛，這二則事件發生的時間已是賈后握有大權、橫加殺戮的時期，也在這個時期，有了一連串矯詔誅殺前皇后楊氏一干外戚、諸多宗室、大臣、愍懷太子的事件，其中以兵禍不斷與廢殺有名望的愍懷太子二事最讓後人視其罪惡深重。而史書裡服裝敘述常常是政治話語的表述，因此，賈后其罪行，反映在服飾穿著，即由婦女擔任服妖故事的主角，並因他們佩戴的玉佩、簪笄形狀為小型兵器預告了兵禍之徵，同時，也使髮紛（髻）「擷子」之音相似於「劫」字，意味劫殺謀害，示現了賈廢害太子之徵應。

前四者乃從時間的先後來分析事例之義，但值得注意的是，其中已有一則指出「方向」與「陰／陽」的關係了。在晉太康年間，天子將婦人的宮室之位做更動，從原本的北方位移至東位，但東位原是儲君即太子所居處之地，其地位僅次於處南位的帝王，而中國觀念裡，陰陽與方位的關係是與政治倫常裙繫在一起的，段義孚談到為何中國皇帝要處南方，即點出此層道理：

> 在傳統中國的皇帝面對南方而接受充量的午陽，所以男性屬陽，人體的前方也屬陽，相反的，皇帝的背部為陰，在他的後面的區域也屬陰，女性、黑暗和卑微的都屬陰。〔註74〕

帝王處南方，為「正」陽之位，而太子為東方乃「少」陽之地，由空間的安排可知只要是「陽」，即象徵著男性、權利、陽光、尊貴等意涵，但太康年間一次空間位置的變動，使得東方就有皇后、太子二人并處居住其間。有意味的是，當「陰」位越界靠近「陽」時，傳統中國的文本敘述，往往會以陰「欺」、「凌」陽來傳達，而非處陽位者因其本有象徵的力量、權勢、尊貴來反制、捍衛象徵弱卑、黑暗的陰位之人。

〔註73〕《晉書・五行志》，頁824。《宋書・五行志》，頁888。
〔註74〕〔美〕段義孚（Yi-Fu Tuan）著，潘桂成譯：《經驗透視中的空間和地方》（臺北：國立編譯館，1998年），頁37。

（三）君臣之喻

空間作爲社會秩序的實踐場所，除了表現在行儀有次、男女有別外，更表現在君臣之間位階的比喻之上。從上述賈后專擅已經可以看到陰／陽表現在男／女、帝王／后妃兩種相對位置之上，有了以方位來表達陰陽的概念，即以南、北、東三個方位寓含陰／陽本身傳達的尊賤、強弱關係。然陰／陽在「空間」上的表述不僅是有東南西北方位之面相，它在服妖文本裡可說是無所不在，潛化爲各種服飾與物用在身體上的相對位置，諸如上／下、內／外、前／後這三組空間上的關係，即被史家撰寫服妖時廣爲使用；也就是書寫者是以「服飾／人體／空間」三項概念來書寫與立論的，在文本裡可見到的事例如下：

時　間	服妖事件	評論或占語	徵　與　應
延熹中，梁冀誅後〔註75〕	京都幘顏短耳長，短上長下。時中常侍單超、左悺、徐璜、具瑗、唐衡在帝左右，縱其姦慝。	《後漢書‧五行志》：「海內慍曰：一將軍死，五將軍出。家有數侯，子弟列布州郡，賓客雜襲騰骜，上短下長，與梁冀同占。」	到其八年，桓帝因日蝕之變，乃拜故司徒韓寅爲司隸校尉，以次誅鉏，京都正清。
漢獻帝建安中〔註76〕	男子之衣，好爲長躬而下甚短，女子好爲長裙而上甚短。	時益州從事莫嗣以爲服妖，是陽無下而陰無上也，天下未欲平也。	後還，遂大亂。
吳孫休至孫皓〔註77〕	孫休後，衣服之制上長下短，又積領五六而裳居一二。	干寶曰：「上饒奢，下儉逼，上有餘下不足之妖也。」	至孫皓，果奢暴恣情於上，而百姓彫困於下，卒以亡國，是其應也。
晉武帝泰始〔註78〕	武帝泰始初，衣服上儉下豐，著衣者皆厭褻。	此君衰弱，臣放縱，下掩上之象也。	及惠帝踐阼，權制在於寵臣，下掩上之應也。（千寶曰）：及晉之禍，天子失柄，權制寵臣，下掩上之應也。
晉武帝太康初〔註79〕	昔初作履者，婦人圓頭，男子方頭，圓者順從之義，所以別男女也。至太康初，婦人皆履方頭，此去其圓從，與男無別也。	圓者順之義，所以別男女也。至太康初，婦人皆履方頭，此去其圓從，與男無別也。	此賈后專妬之徵也。

〔註75〕《後漢書‧五行志》，頁 3271。
〔註76〕《後漢書‧五行志》，頁 3273。
〔註77〕《晉書‧五行志》，頁 823。《宋書‧五行志》，頁 887。
〔註78〕《晉書‧五行志》，頁 823。《宋書‧五行志》，頁 887。
〔註79〕《晉書‧五行志》，頁 824。《宋書‧五行志》，頁 888。

晉惠帝〔註80〕	（陵遲）至元康末，婦人出兩襠，加乎交領之上（加乎脛之上）。	此內出外也。	至永嘉末，六宮才人流冗沒於戎狄，內出外之應也。
惠帝元康中〔註81〕	元康中，天下始相傚爲烏杖以柱掖，其後稍施其鐓，住則植之。	夫木，東方之行，金之臣也。杖者扶體之器，烏其頭者，尤便用也。必旁柱掖者，旁（傍）救之象也。施其金，柱則植之，言木因於金，能孤立也。	及懷愍之世，王室多故，而此中都喪敗，〔註82〕元帝以藩臣樹德東方，維持天下，柱掖之應也。至社稷無主，海內歸之，遂承天命，建都江外，獨立之應也。
東晉元帝太興〔註83〕	（晉）元帝太興中（以來），兵士以絳囊縛紒。	紒在首，莫上焉。《周易·乾》爲首，〈坤〉爲囊。坤，臣道也。晉金行，赤火色，金之賊也。以朱囊縛紒，臣道上侵之象也。	到永昌元年，大將軍（王敦）舉兵內攻，六軍散潰。
晉中興〔註84〕	1. 舊爲羽扇柄者，柄刻木象其骨形，羽用十，取全數也。晉中興初，王敦南征，始改爲長柄下出，可捉，而減其羽用八。 2. 是時，爲衣者又上短，帶繞至于掖，著帽者又以帶縛項。下逼上，上無地也。爲袴者直幅爲口，無殺，下之大象。	1. 識者尤之曰：「夫羽扇，翼之名也。創爲長柄者，將執其柄制羽翼。以十改八者（改十爲八者），將以未備奪已備（將未備奪已備也）。」 2. 《晉書·五行志》：此殆敦之擅權以制朝廷之柄，又將以無德之材欲竊非據也。」	1. 《晉書·五行志》：尋而王敦謀逆，再攻京師。 2. 《宋書·五行志》：尋有兵亂，三年而再攻京師。
東晉孝武帝太元中〔註85〕	孝武太元中，人不復著帩頭。	天戒若曰，頭者元首，帩者助元首爲儀飾也。今忽廢之，若人君獨立無輔佐，以至危亡也。	至晉安帝，桓玄乃篡位焉。
東晉孝武帝太元中〔註86〕	舊爲屐者，齒皆達楄上，名曰露卯。太元中忽不徹，名曰陰卯。	識者以爲卯，謀也，必有陰謀之事。	至（晉孝武帝）烈宗末，驃騎參軍袁悅之始攬構內外，（晉安帝）隆安中遂謀詐相傾，以致大亂。

〔註80〕 《晉書·五行志》，頁823～824。《宋書·五行志》，頁887。
〔註81〕 《晉書·五行志》，頁824。《宋書·五行志》，頁888～889。
〔註82〕 《晉書》較《宋書》多出「及懷愍之世」與「而此中都喪敗」二句。
〔註83〕 《晉書·五行志》，頁825。《宋書·五行志》，頁889。
〔註84〕 《晉書·五行志》，頁825～826。《宋書·五行志》，頁890。
〔註85〕 《晉書·五行志》，頁826。
〔註86〕 《晉書·五行志》，頁826。《宋書·五行志》，頁883。

東晉末年〔註87〕	《宋書》：晉末皆冠小而衣裳博大，風流相放，輿臺成俗。	《宋書》：識者曰：「此禪代之象也。」	《宋書》：永初以後，冠還大云。
南朝宋文帝元嘉六年〔註88〕	宋文帝元嘉六年，民間婦人結髮者，三分髮，抽其鬢直向上，謂之「飛天紒」。始自東府，流被民庶。		時司徒彭城王義康居東府，其後卒以陵上徙廢。
宋明帝初〔註89〕	明帝初，司徒建安王休仁統軍赭圻，制烏紗帽，反抽帽裙。	民間謂之「司徒狀」，京邑翕然相尚。	休仁後果以疑逼致禍。
宋孝武帝〔註90〕	孝武帝，幸臣戴法興權亞人主，造圓頭履，世人莫不效之。	其時圓進之俗大行，方格之風盡矣。	
齊武帝永明中〔註91〕	《南史》：永明中，百姓忽著破後帽，始自建業，流于四遠，貴賤翕然服之。《南齊書》：蕭諶開博風帽後裠之製，爲破後帽。	《南史》：此服祅也。帽自蕭諶之家，其流遂遠，天意若曰：武穆、文昭皆當滅。	《南史》：而諶亦誅死之効焉。《南齊書》：世祖崩後，諶建廢立，誅滅諸王。
齊武帝永明末〔註92〕	《南齊書》：民閒制倚勸帽。《南史》：時又多以生紗爲帽，半其裙而析之，號曰「倚勸」。	《南齊書》：及海陵廢，明帝之立，勸進之事，倚立可待也。《南史》：先是人間語好云「擾攘建武」，至是朝士勸進，實爲匆遽。	《南史》：「倚勸」、「擾攘」之言，於是驗矣。
齊明帝建武中至齊東昏侯〔註93〕	齊明帝，帽裠覆頂，東昏時，以爲裠應在下，而今在上，不祥，斷之。	臺下反上之象也。	
	百姓皆著下屋白紗帽，而反裙覆頂。東昏曰：「裙應在下，今更在上，不祥。」命斷之。於是百姓皆反裙向下。	此服祅也。帽者首之所寄，天意若曰，元首方爲猥賤乎。	

〔註87〕《晉書‧五行志》，頁 826～827。《宋書‧五行志》，頁 890。
〔註88〕《宋書‧五行志》，頁 891。
〔註89〕《宋書‧五行志》，頁 891。
〔註90〕《宋書‧五行志》，頁 891。
〔註91〕《南史‧齊廢帝鬱林王本紀》，頁 138。《南齊書‧五行志》，頁 373。
〔註92〕《南齊書‧五行志》，頁 373。《南史‧齊廢帝海陵王本紀》，頁 140。
〔註93〕上則見《南齊書‧五行志》，頁 373。下則見《南史‧齊和帝本紀》，頁 160。

上列表格的事例，經由檢選之後不難發現都共同地表達了一個傾向，即皆指向君主與臣子兩者，並進而在服飾書寫上體現了君／臣之間的關係，而這樣子的關係在文本裡有上／下、內／外、前／外之別。但，更明顯的是，三種相對關係的比喻在文本裡，是用各式各樣的服飾用品來比擬的，有帽子與頭之間的對立，也有上衣與下裳的對別，但它們要傳達的核心宗旨若經閱讀後即會理解到，「陰／陽」與「君／臣」是最初開始據以衍伸的起點。因此，若將文本依陰／陽概念為主，下接君臣之喻，並在君／臣之下羅列各式各樣相似關係的服飾物件，以歸納上述的表述方式，整理且條列如下：

性質 服用		陽	陰	核　心　事　件
		君王	臣民（或后妃）	臣欺君、君暴民、后凌君、無上無下
衣　裳		長上衣	短下裳	三國吳王孫休奢暴而百姓凋困
		男上衣	女下裙	東漢獻帝時陰無上、陽無下，推測應為董卓挾天子以令諸侯
		上衣	腰帶（厭腰）	西晉惠帝時權力受制於寵臣
		上衣	腰帶（高至腋下）	東晉元帝時王敦佔領京師建康城
		女衣領	女兩襠	西晉惠帝時永嘉之禍
		袴頭（管）	袴口	東晉元帝時王敦佔領京師建康城
帽　子		人脖子	帽帶	東晉元帝時王敦佔領京師建康城
		髮髻（紒）	絳囊	東晉元帝時王敦佔領京師建康城
		人頭	帩頭	東晉安帝時桓玄篡位
		人頭	飛天式髮髻	南朝宋文帝時宗室劉義康以謀反陵上被徙廢
		風帽前頭	風帽破後	南朝齊武帝時蕭諶連續廢立齊海陵王、齊鬱林王，並諸殺諸王，但終亦被君王誅滅
		烏紗帽子	烏紗帽裙	南朝宋明帝時宗室劉休仁權勢甚大凌上，但亦被君王誅滅
		倚勸帽子	倚勸帽裙	南朝齊武帝時之事，依文推測應是齊明帝非武帝嫡子，倚靠在君側旁，虎視眈眈地等待繼位
		人頭頂	白紗帽裙	南朝齊東昏侯最終為臣下所誅殺
衣與帽		小冠	衣裳博	東晉末年君王衰弱，於東晉恭帝時被南朝宋武帝劉裕篡位

巾　幘	帢之顏	帢之耳	漢獻帝時五將軍專權
鞋　子	鞋頭方	鞋頭圓	西晉惠帝賈后專妬
	鞋頭方	鞋頭圓	南朝宋孝武帝時幸臣戴法興權亞人主
	鞋齒達楄上	鞋齒不徹	東晉孝武帝末年袁悅之立勸司馬道子奪掌朝政，及至晉安帝時仍是叛亂不斷，最後桓玄進攻京師
扇　子	扇羽	扇把	東晉元帝時王敦佔領京師建康城
身體／ 枴　杖	身體	枴杖	西晉末年愍懷帝被虜殺，因此東晉元帝以藩臣成帝王建都建康

經由第二次的歸納之後，藉由表格所述，可獲得的訊息爲：

這一大組的表格，是以對比關係而連結起來的服物串組，對比的原則爲「陽：陰＝君：臣」，在此一原則之下的書寫，像是拼圖遊戲一樣，用人身體上所穿著、使用的服物用品去填滿及比喻，因而有一大串如上衣：下裳＝頭頂：帽子＝冠：衣裳＝鞋方：鞋圓＝扇羽：扇柄……等等的並列式連接句子。再進一步看，陽／陰之下所呈現的每一列詞組，如「上衣：下裳」、「頭頂：帽子」，用的是對比關係；另一方面，藉由梳理，可得到服用品名之間的細部的差異，而服用品名之間的關係，則是呈現了鄰近性的關係。因而，觀看此處服妖的書寫框架，整體來而言，是以對立均衡的縫條而構成一個系統，它所遵行的主宗旨爲陰／陽兩兩相對，而每一組相對的詞句，所使用的皆是服飾之物，如此書寫的意義，藉由葛瑞漢（A. C. Graham）分析《淮南子·天文》而得到的天地、陽陰、熱寒的一組對立的平行結構之後所提出此一體系的特色可獲得一些說明，其云：

> 這種體系建構的最大特色就在于，它試圖把沈埋的事物提升到外表，其結果是用貫穿整個體系相似性與對立性，而不是孤立的比擬構擬，連貫協調卻又非常簡單的體系。〔註94〕

葛氏的此一見解亦可用來理解爲何服妖事例裡眾多的例子所使用的比喻載體是相同或相類似的？乃因服妖敍述的企圖，是依著陰／陽原則而君／臣關係所做出的豐富多樣的比喻，爲的是要彰顯若一但逾越如此的原則，穿著或使用類此錯誤的服飾，所跨越的也就是二元對立原則裡「正常」與「非常」的

〔註94〕〔英〕葛瑞漢（A. C. Graham, 1919-1991 A.D.）：〈陰陽與關聯思維的本質〉，收入於艾蘭、汪濤和范毓週主編：《中國古代思維模式與陰陽五行說探源》（南京：江蘇古籍出版社，1998 年），頁 27。

界線，來到了服飾妖異的範疇。

二、權力的歡樂聲：
六朝君王「身非其位、服異服」的服飾異像

　　服妖的敘述如今在何處可以尋覓呢？除了史書或通史之類等等載義載道的典籍可以見其蹤跡之外，在現代語境之下，服妖的論述是放置在「服飾史」的框架內為其大宗。服妖的記載是由一代又一代的史官們來承傳發展並增添其實例，從漢代始其緒，至清代仍尚存，這樣的過程即是「經典化」的過程。互相引證文本的要旨、概念並用「前人有言」等權威來強化自我的文化價值的現象，陳來對此有一觀察，他說道：

> 雖然「經典」的概念和經典的意識的出現有利於古典的保存傳承，但經典意識及其表現說明，它的原初動因並不是為了保存古典。從大量的「引證」實踐來看，被引證的言說都是有規範性的、教訓性的，這表明經典意識的出現突出體現了文化對價值權威的要求。
> 〔註95〕

即引用經典來輔助論說的手法，是為了體現文化裡的價值權威之不可動搖，因此，「服妖」做為寓戒勸諷的概念才得以歷代書寫；有意味的是，同樣的情形，在現代語境裡依然存在，只是在經典化的過程，現代人選擇的是脫落那些經國憂民的論點而結集了敘述裡關於服飾的種種描寫，所提煉的是魏晉南北朝時對服飾物用的實際描述。

　　在本文第三章第一節內已對「服妖現象主事者身份」進行過辨析，得到的結論是服妖書寫的對象是聚焦在上層階級裡的皇室巨閥，尤其是對皇帝本人服飾行為的評論更是佔了整體事例的百分之六十幾之多。如此的分析，回答是穿衣服的人是誰的問題？也即是說，所問的是主事者有哪些人？但在此節，需更進一步地對他們所穿的衣服來探查，去歸納主事者到底穿什麼樣子的衣服，他們穿衣用物的傾向表現在哪些方向？從這些權威專業的書寫者筆下，去發現他們對於違反階級、制度的服飾，有那些共同原始的假設？因此，綜觀服妖文本，以「服飾類別」的角度來考察各樣服飾用品的名稱流向，則有幾類服飾會匯聚在一起形成了屬於漢末六朝一代特殊的自我話語，其列表如下：

〔註95〕陳來：〈經典〉，《古代思想文化的世界》，頁212。

服飾類別	時　間	服　妖　事　件	占　語　與　徵　應
婦人服	魏明帝〔註96〕	後漢以來，天子之冕前後旒眞白玉珠，魏明帝好婦人之飾，改以珊瑚珠。晉初仍舊不改。及過江，服章多闕，而冕飾以翡翠、珊瑚、雜珠。	
	北齊文宣帝〔註97〕	文宣帝末年，衣錦綺，傅粉黛，數爲胡服，微行市里。及帝崩，太子嗣位，被廢爲濟南王。	1. 又齊氏出自陰山，胡服者，將反初服也。 2. 錦綵非帝王之法服，微服者布衣之事，齊亡之効也。
烏衣、黑衣	北齊後主武平年間〔註98〕	多令人服烏衣，以相執縛。	後主果爲周所敗，被虜於長安而死，妃后窮困，至以賣燭爲業。
	北齊幼主高恒〔註99〕	寫築西鄙諸城，使人衣黑衣爲羌兵，鼓噪凌之，親率內參臨拒，或實彎射人。	要說明視爲服妖理由。
胡　服	晉武帝泰始〔註100〕	1. 泰始之後，中國相尚用**胡牀貊槃**，及爲羌煮貊炙，貴人富室，必置其器，吉享嘉會，皆以爲先。 2. 太康中，又以**氊爲絈頭、帶身、衿口**。	百姓相戲日，中國必爲胡所破。夫氊產於胡，而天下以爲絈頭、帶身、衿口，胡既三制之矣，能無敗乎！ 干寶曰：「元康中，氐羌反，至于永嘉，劉淵、石勒遂有中都，自後四夷迭據華土，是其應也。」
	北齊文宣帝〔註101〕	文宣帝末年，衣錦綺，傅粉黛，數爲**胡服**，微行市里。及帝崩，太子嗣位，被廢爲濟南王。	又齊氏出自陰山，胡服者，將反初服也。 《隋書》齊亡之効也。

〔註96〕　《晉書‧輿服志》，頁766。
〔註97〕　《隋書‧五行志》，頁629。《北齊書‧帝紀第四‧文宣》，頁67～68。其行亦可見《北齊書‧帝紀第四‧文宣》：「既征伐四克，威振戎夏，六七年後，遂留連耽湎，肆行淫暴。或躬自鼓舞，歌謳不息，從旦通宵，以夜繼畫。或袒露形體，塗傅粉黛，散髮胡服，雜衣錦綵。拔刀張弓，遊於市肆，勳戚之第，朝夕臨幸。時乘馲駝牛驢，不施鞍勒，盛暑炎赫，隆冬酷寒，或日中暴身，去衣馳騁，從者不堪，帝居之自若。親戚貴臣，左右近習，侍從錯雜，無復差等。」史家評論文宣帝見《北齊書》，論曰：「……，其後縱酒肆欲，事極猖狂，昏邪殘暴，近世未有。饗國弗永，實由斯疾，胤嗣殄絕，固亦餘殃也。」
〔註98〕　《隋書‧五行志》，頁630。
〔註99〕　《北齊書‧幼主本紀》，頁113。
〔註100〕　《晉書‧五行志》，頁823～824。《宋書‧五行志》，頁887。
〔註101〕　《隋書‧五行志》，頁629。《北齊書‧帝紀第四‧文宣》，頁67～68。《北齊書》：論曰：「……，其後縱酒肆欲，事極猖狂，昏邪殘暴，近世未有。饗國弗永，實由斯疾，胤嗣殄絕，固亦餘殃也。

乞丐服	北齊後主〔註102〕	武平時，後主於苑內作貧兒村，親衣繿縷之服而行乞其間，以爲笑樂。	妃后窮困，至以賣燭爲業。
	北齊幼主高恒〔註103〕	又於華林園立貧窮村舍，帝自弊衣爲乞食兒。又爲窮兒之市，躬自交易。	
商賈服	靈帝〔註104〕	靈帝數遊戲於西園中，令後宮采女爲客舍主人，身爲商賈服。行至舍，采女下酒食，因共飲食以爲戲樂。	《後漢書・五行志》：此服妖也。其後天下亂。
	晉司馬道子〔註105〕	晉司馬道子於府北園內爲酒鑪列肆，使姬人酤鬻酒肴，如裨販者，數遊其中，身自買易，因醉寓寢，動連日夜。漢靈帝嘗若此。	《宋書》：干寶以爲：「君將失位，降在皁隸之象也。」《晉書》：干寶以爲貴者失位，降在皁隸之象也。俄而道子見廢，以庶人終，此貌不恭之應也。
喪禍服	魏武帝〔註106〕	魏武帝以天下凶荒，資財乏匱，始擬古皮弁，裁縑帛爲白帢，以易舊服。	傅玄曰：「白乃軍容，非國容也。」干寶以爲「縞素，凶喪之象也」。名之爲帢，毀辱之言也，蓋革代之後，劫殺之妖也。
	晉武帝泰始〔註107〕	爲車乘者苟貴輕細，又數變易其形，皆以白篾爲純。	蓋古喪車之遺象也。夫乘者，君子之器。蓋君子立心無恒，事不崇實也。干寶以爲晉之禍徵也。及天下撓亂，宰輔方伯多負其任，又數改易不崇實之應也。
	西晉孝懷帝永嘉中〔註108〕	（晉）孝懷帝永嘉中，士大夫競（竟）服生篾單衣。	識者指之曰怪之竊指摘曰：「此則古者繐衰（之布），諸侯所以服天子也。今無故（畢）服之，殆有應乎！」1.《晉書・五行志》：其後遂有胡賊之亂，帝遇害焉。2.《宋書・五行志》：其後愍、懷晏駕，不獲厥所。
	桓玄篡立〔註109〕	桓玄篡立，殿上施絳（綾）帳，鏤黃金爲顏，四角金龍銜五色羽葆流蘇。	群下（竊）相謂曰：「頗類轜（輀）車。」尋而玄敗，此服之妖（服妖）也。

〔註102〕《隋書・五行志》，頁630。
〔註103〕《北齊書・幼主本紀》，頁113。
〔註104〕《後漢書・五行志》，頁3273。
〔註105〕《宋書・五行志》，頁890。《晉書・五行志》，頁820。
〔註106〕《晉書・五行志》，頁822。《宋書・五行志》，頁886。
〔註107〕《晉書・五行志》，頁823。《宋書・五行志》，頁887。
〔註108〕《晉書・五行志》，頁825。《宋書・五行志》，頁889。
〔註109〕《晉書・五行志》，頁826。《宋書・五行志》，頁890。

服飾類別	時　間	服　妖　本　事	評論或占語徵與應
	北齊後主〔註110〕	後主好令宮人以白越布折額，狀如髽幗；又爲白蓋。	此二者，喪禍之服也。後主果爲周武帝所滅，父子同時被害。
散髮肉袒	西晉惠帝元康中〔註111〕	貴遊子弟相與爲散髮倮身之飲，對弄婢妾。	逆之者傷好，非之者負譏，希世之士，恥不與焉。《宋書》：蓋胡、翟侵中國之萌也。豈徒伊川之民，一被髮而祭者乎。《晉書》：蓋貌之不恭，胡狄侵中國之萌。其後遂有二胡之亂，此又失在狂也。
	齊東昏侯寶卷永元中〔註112〕	東昏宮裡又作散叛髮，反髻根向後，百姓爭學之。	及東昏狂惑，天下散叛矣。
	北齊文宣帝〔註113〕	《北齊書》：或袒露形體，塗傅粉黛，散髮胡服，雜衣錦綵。拔刃張弓，遊於市肆，勳戚之第，朝夕臨幸。	《隋書》齊亡之効也。《北齊書》論曰：……其饗國弗永，實由斯疾，胤嗣殄絕，固亦餘殃也。
	北齊幼主高恒〔註114〕	自晉陽東巡，單馬馳騖，衣解髮散而歸。	
畜私錢、私奴馬	靈帝熹平中〔註115〕	又遣御史於西（鄉）〔邸〕賣官，關內侯顧五百萬者，賜與金紫；詣闕上書占令長，隨縣好醜，豐約有賈。	
	宋孝武帝〔註116〕	孝武帝世，豫州刺史劉德願善御車，世祖嘗使之御畫輪，幸太宰江夏王義恭第。德願挾牛杖催世祖云：「日暮宜歸。」又求益僦車。世祖甚歡。	此事與漢靈帝西園蓄私錢同也。
服飾類別	**時　間**	**服　妖　本　事**	**評論或占語徵與應**
帝王自創服制	齊東昏侯寶卷永元中	齊明帝，帽裛覆頂，東昏時，以爲裛應在下，而今在上，不祥，斷之。	臺下反上之象也。〔註117〕

〔註110〕《隋書‧五行志》，頁630。
〔註111〕《宋書‧五行志》，頁883。《晉書‧五行志》，頁820。
〔註112〕《南史‧齊和帝本紀》，頁160。
〔註113〕《隋書‧五行志》，頁629。《北齊書‧帝紀第四‧文宣》，頁67～68。
〔註114〕《北齊書‧幼主本紀》，頁113。
〔註115〕《後漢書‧五行志》，頁3272。
〔註116〕《宋書‧五行志》，頁891。
〔註117〕上則見《南齊書‧五行志》，頁373。下則見《南史‧齊和帝本紀》，頁160。

		《南齊書》：永元中，東昏侯自造遊宴之服，綴以花采錦繡，難得詳也。群小又造四種帽，帽因勢爲名。	一曰「山鵲歸林」者，《詩》云「〈鵲巢〉，夫人之德」，東昏寵嬖淫亂，故鵲歸其林藪。 二曰「兔子度坑」，天意言天下將有逐兔之事也。 三曰「反縛黃離嘍」，黃口小鳥也。反縛，面縛之應也。 四曰「鳳皇度三橋」，鳳皇者嘉瑞，三橋，梁王宅處也。〔註118〕
		《南史》： 1. 東昏又與群小別立帽，騫其口而舒兩翅，名曰「鳳度三橋」。幂向後，總而結之，名曰「反縛黃麗」。東昏與刀敕之徒親自著之，皆用金寶，鏨以璧璫。 2. 又作著調帽，鏤以金玉，間以孔翠，此皆天意。	1. 梁武帝舊宅在三橋，而「鳳度」之名，鳳翔之驗也。 2. 「黃麗」者「皇離」，爲，爲日而反縛之，東昏戮死之應也。 3. 「調」者，梁武帝至都，而風俗和調。〔註119〕
		東昏又令左右作逐鹿帽，形甚窄狹。	後果有逐鹿之事。〔註120〕
	後周靜帝宇文衍大象元年 579 A.D.（改制者爲其其父後周宣帝）〔註121〕	1. 《隋書》：後周大象元年，服冕二十有四旒，車服旗鼓，皆以二十四爲節。車旗章服，倍於前王之數。 2. 《隋書》：侍衛之官，服五色，雜以紅紫。 《周書》：詔天臺侍衛之官，皆著五色及紅紫綠衣，以雜色爲緣，名曰品色衣。有大事，與公服間服之。 3. 《隋書》：令天下車以大木爲輪，不施輻。 4. 《隋書》：朝士不得佩綬，婦人墨粧黃眉。 《周書》：嘗自帶及冠通天冠，加金附蟬，顧見侍臣武弁上有金蟬，及王公有綬者，並令去之，……禁天	《隋書》：帝尋暴崩，而政由於隋，周之法度，皆悉改易。 《隋書》：皆服妖也。

〔註118〕《南齊書・五行志》與《南史・齊和帝本紀》對東昏侯製造帽子的敘述上很多句子是相同的，比較這兩書後，可確知「反縛黃離嘍」帽即「反縛黃麗」帽，「鳳皇度三橋」即「鳳度三橋」帽。上列文出自《南齊書・五行志》，頁373。

〔註119〕見《南史・齊和帝本紀》，頁160。

〔註120〕《南史》中所言的「逐鹿帽」爲占驗逐鹿之事，類似於《南齊書》中的「兔子度坑」帽，言天下將有逐兔之事，但因名稱未盡相同，故先暫不合併。《南史・齊和帝本紀》，頁160。

〔註121〕《隋書・五行志》，頁630。《周書・宣帝本紀》，頁119、123～125。

		下婦人皆不得施粉黛之飾，唯宮人得乘有輜車，加粉黛焉。	
		5. 《隋書》：又造下帳，如送終之具，令五皇后各居其一，實宗廟祭器於前，帝親讀版而祭之。《周書》：又於後宮與皇后等列坐，用宗廟禮器樽彝珪瓚之屬以飲食焉。	
		6. 《隋書》：又將五輅載婦人，身率左右步從。又倒懸雞及碎瓦於車上，觀其作聲，以為笑樂。	

上述的表格在服飾類別的整合之下，呈現了幾類型態的服飾用品或身體紋飾的現象，分別有：「**婦人服、烏（黑）衣、胡服、乞丐服、商賈服、喪禍服、散髮肉袒、畜私錢或奴馬、帝王自創服**」，此九類所反映的，乃是帝王對六朝傳統制度與規範意識的逾越與破壞，而這也是史家們所看到的時代亂象與亂源，是以，從文本內在潛在的文化批評來看，此九類也提供了我們漢末至隋之間文化體系內共時性的現象考察。

若再將這些類別加以精整，會發現是可以用幾個概念來串接的，首先，從自我與他者的角度，批評他人穿著與自己相異的服飾，是用國族意識來看待他人服飾而產生的，九種服類裡有「胡服」及「散髮肉袒」兩項；同樣以自我／他者角度的另一種情況則是，身為天子之尊的帝王雖因權力高於一切人之上但也因天下即其家，是為「公」天下，然而亦有君王雖知天下為其家，但仍對私人空間的塑造情有所鍾，是以有「畜私錢或畜奴馬」之事。次著，從象徵符號的錯位聯想的角度來看，「喪禍服」一類即意謂著對服物的顏色、款式所對應的象徵義涵，在使用者與觀看者之間有著彼此不對等錯差的現象。

再次者，而六朝服妖事例裡尚有一獨殊的現象，即某些帝王屢屢創製、變更服飾制度，他們的心態若進一步探析，其目的則應是提高自我、變「異」以別我「尊」，故單獨分立為「帝王創變服飾」一概念來討論。又次者，從自我服飾的異想與表演的角度來看。「烏衣、黑衣、乞丐服、商賈服」，表現了高度的舞台演出性質，因而可合併一起論述。即九類服飾型態可從四種角度來分析所屬於服飾內涵，分別為：「自我與他者」、「象徵符號的錯位聯想」、「帝王創變服飾」、「自我服飾的異想與表演」四種概念。

（一）自我與他者

服妖文本裡不難發覺有些評論與徵應的敘述，其實富含著國族意識與家

國情感，在九類服飾型態裡就可以找到「胡服」、「散髮肉袒」二項，乃漢人史家面對與自身差異甚大的胡人服飾時，所採用的「非我族類，其心必異」書寫模式，此種書寫模式用意在區別出「怪異」者是誰，與什麼服飾才是怪異的，重在人我之「辨」與「別」，因此是從自我與他者的角度而立論生發的，關於此部份的闡述與解釋，因前文第三章已有說明，故不累言。但此處可關注的一點乃是胡人、漢人之間不同程度的服飾互染與接受的狀況，可分為三，一是漢族對胡服的戒懼惶恐，二是改制胡風全面漢化，三是胡人的反動以致胡人穿漢服後又再穿回胡服。第一種情況反映的是胡漢之間對於服飾的糾葛情結，身為漢人的史家是以「同情且理解」的眼光，來目視洶湧風行於漢人之間的胡服、胡食、胡器等等，認為漢人之敗乃因胡服已先制服中國，故胡漢相敵而漢人敗亡乃是可以預見的，也將魏晉一代名士風流影響所及的寬鬆隨意服飾以致有裸袒的行為歸罪為胡人之咎害，在文本裡，以「晉武帝好胡服」為典型之例，而這些立論是由身為「漢」族的「我」而發訊的。〔註122〕

　　但胡服、漢服產生融和、交盪激發起民族情緒的，不僅只有漢人而已，在胡人的部族裡，漢服的流傳與進入對部份胡人而言，亦是自我意識與想像裡的「侵害」。因此胡人對漢服的接受度亦有二種粗況，一是以北魏孝文帝為主的徹底漢化，以南朝的服章儀飾為主要模仿對象，禁令穿著以夾領小袖窄合為特點的胡服，藉由衣冠禮樂的改革，與南朝政朝爭華夏文化的正統繼統，即以漢服為「輿服」並全面認可漢服、漢人的文化。〔註123〕另一種則是

〔註122〕史書裡只言漢人服胡服但未及言胡服入中原後民眾接受的情形，相異於史家的異族心異論，漢人民或貴族對於胡服非常喜愛，華梅即言，這時最典型服裝為褲褶和兩襠且對漢族服裝產生了強烈衝擊以至改變服飾風格，並隨著南北民族接觸，這種服式很快被漢軍隊採用，後來廣泛流行民間，男女作為日常服用。華梅：《服飾與中國文化》（北京：人民出版社，2001 年），頁 160～259。

〔註123〕北魏孝文帝以漢服為輿服乃是為了與南朝互爭正統而提出的，雷家驥亦觀察到南朝亦有以「輿服」為正統註解的狀況，他認為東晉以前爭正統是以京師不一定是先中原的觀念，加上血緣說來證明，但因「劉裕簒東晉，血緣說效力遂減，此下南朝各代，難於以此向北魏爭正統也……，南朝一系，持魏晉衣冠文物所在以與北朝相爭峙，實有將『中國』由地理意義轉化解釋為文化意義者，此蓋取源於『入中國則中國之』的文化意義也」，雷先生因此認為南朝史書的修撰也因此一觀念而有轉化，使得「南方史家特重輿服文化的研撰」。見氏著：〈兩漢至唐初的歷史觀念與意識（十）——兼論其與史學成立

胡人裡原有文化習性較強的保守人物，主張保持固有風俗並反對漢化。雖然北魏孝文帝力行漢化使得胡風漸歇，但無法不正視的是從胡人入主中原之後胡漢部族間的矛盾、衝突不斷的情形，尤其北齊建國乃以六鎮鮮卑為主力，而鮮卑貴族們「最反對漢化……也最熱心於西胡化」〔註124〕，是以，在北齊統治下，原有的鮮卑語言、民族服飾回復了往日的地位，帝王以及貴族們又開始流行穿著胡服。而這樣的情況也使得服妖文本內對於北齊一代君主，如文宣帝「數為胡服」的描述，解釋為「齊氏出自陰山，胡服者，將反初服也」。

另一方面來說，除了「胡服、散髮肉袒」兩類以外，從自我與他者的角度而言，尚有一種服飾類型也因之可被歸納至此一同討論的，即帝王「畜私錢或畜奴馬」。身為天子之尊的帝王權力高於一切人之上，普天之下皆為其家，天下對他來說理應無「私／公」之別，因為他既為天子，天下乃其私人天下。但仍有君王雖知天下為其家，依舊畜養出現私人錢財奴馬等行為，文本裡的東漢靈帝與南朝宋孝武帝即是如此。前者是派其親腹在西園販賣官職以斂取錢財，依著官位大小而分出價錢高低，「關內侯顧五百萬」，朝中三公則是一個一千萬，來不及到西園買官的也可以自己「詣闕上書占令長」，即主動入朝上書申請擔任縣長，而全部的收入則充歸靈帝私人的口袋裡。

南朝宋孝武帝與靈帝行徑不太一樣，他因為刺史劉德願善駕車馬，便常常詔命他為其行駛牛馬車或畫輪，因而有一幕奴才催喊主子快快上馬的生動對話產生：「世祖嘗使之御畫輪，幸太宰江夏王義恭第。德願挾牛杖催世祖云：『日暮宜歸。』又求益僦車，世祖甚歡。」場景為牛車旁，人物是奴才在么喝皇帝上牛車，情況則是劉德願以駕駛之姿卻能催喝皇帝，似乎是凌駕主上了，因而他也有了得意飄飄然的感覺，故進一步地請求增加他行駛車馬的費用，而皇帝也很識趣地進入狀況內：其態「甚歡」。日暮江旁的俏皮對話，顯示的並非是君臣之間的倫常表述，對話所連結的圖像，在史家的想像裡反而是與金錢建立了關係，模糊了士／庶之別，也意味著君王將自己視為市井百姓，紆尊降貴了自己。

漢靈帝與宋孝武帝兩人之例雖微有差異，但舉止行為上的表現了卻有異曲同工之妙，因此史家才在孝武帝事例寫道：「此事與漢靈帝西園蓄私錢同

的關係〉，頁 40。

〔註124〕陳寅恪講演，萬繩楠整理：《陳寅恪魏晉南北朝史講錄》，頁 332。

也。」〔註125〕若試究其因，應可從「自我」一詞之義來析入，「自我」，意味
著要與他人區隔及分辨，但是，身為天子之尊的帝王雖因權力高於一切人之
上但也因天下即其家，是為「公」天下，使得他雖擁有國度資源但亦被傳統
共識認為他應該無私地為國家付出。但天子真能體會到「天下」即「家屋」
所帶來沉重巨大的意義承載嗎？對他而言，天下固然在他出生時已為其所
有，但對於他的實際生活來說，私人空間、器物、人物的塑造，相較於富涵
人民情感、道德倫常的公共天下，自我所形塑的私人空間，不僅是他意念
與想像之下的實踐，更存在著因角色轉換之下而滋發的趣味。但即使如此，
也不意味著他不明瞭「天下為其私家」的好處，而是藉由轉換「公／私」
之間，君王聚斂了財物，而自己也獲得了因為空間性質轉換的差異而帶來的
興味。

（二）象徵符號的錯位聯想

第二種服飾的類型是指向「非常之服」，即禮俗裡的喪服而展開的評論。
例子有五，分別是魏武帝、晉武帝、晉孝懷帝、晉人桓玄、北齊後主五人，
而被認為的服飾品項為白帢帽、白篾車乘、生箋單衣、絳（綾）帳車、白越
布。其中白帢帽、白篾車馬、白越布製頭巾三項物品被認為是妖異的理由為
「顏色」的緣故，且集中在「白」一色上，生箋單衣被視為喪禍原因為質料
類似「古者總衰之布」，而絳帳車的理由則由於帳車的外表類似喪車。三種理
由涉及了使用者與在場觀看者之間看待物品的不同方式，對使用而言，這五
種服飾物在當時都可說是創新、時髦之舉，頗有彰顯使用者個人追求新異的
獨特品味，但是文中的傅玄、識者、群下，以及書寫者等代表集體群眾的那
一方顯然是不這麼認為。

對於服飾衣物的描述及想像，在文中呈現了兩種觀看物品的方式，而兩
種方式之所以出現差異、不等對的歧錯現象，應與服飾做為一種象徵符號有
緊密的關連，即已成為慣性的服飾風俗在表述時往往有著固著、重複、約定
成俗的概念，而當個體因為某些原素而選擇穿戴、顯露自己的發聲用詞，違

〔註125〕漢成帝亦有非常類似的行為，喜愛畜私客、私田、私奴馬，並且自稱「張放
　　　　家人」。其行見《漢書‧五行志》：「（成帝）好為微行出遊……皆白衣袒幘，
　　　　帶持刀劍……出入市里郊埜……谷永勸諫曰：今陛下棄萬乘之至貴，樂家人
　　　　之賤事，厭高美之尊稱，好匹夫之卑字；崇聚票輕無誼之人，以為私客；置
　　　　私田於民間，畜私奴車馬於北宮……挺身獨與小人晨夜相隨，烏集醉飽吏民
　　　　之家，亂服並坐，溷肴亡別，閻勉避樂，晝夜在路」，頁1368。

反離異了以集合體爲概念而組成的社會服飾習慣與結構，則社會成員們便會出聲干涉以及制止它。

此種概念若藉由法國學者羅蘭‧巴特（Roland Barthes）用符號學的方法來分解、詮釋服飾體系來看，以集體爲單位的風俗習慣傳統，是與個人爲主體的情境性服飾有別的。他認爲服飾體系（costume）與個別具體的穿著（habillement）是相異的，而其相異就如同結構語言學裡區分潛在的語言結構（langue）與個別的言說之詞（parole）。〔註126〕即服飾體系爲社會習俗的各式表現，包含了大量風格的可能性，而服飾則是個人在某些選擇之下挑出來眞正穿在自己身上的衣服。是以，文中使用白帢帽、白篾車乘、生箋單衣、絳（綾）帳車、白越布的五者，要達到創新服用並彰顯自身的目的，即從服飾符號到表彰自身的象徵目的之間的連結並未完成，換言之，從旁觀者的立場而言，符號的能指是相同的，而彼此對符號的所指卻是分離、錯位的，在服飾的象徵指向裡，在場者與旁觀看者都表述了屬於自我但卻彼此相異的觀看立場。

（三）帝王創變服飾

第四類的服飾型態乃關注服飾制度、時尚的趨變，但因「服妖」之爲「服之妖」的原因，在於服飾的趨奇異與數更變，同時也反映了六朝服飾風尚的側面影像，是以文本所敘及的內容大略可視爲六朝服飾的展示和摹圖，也就是說，通過書寫者的講述，其實提供了大量與主題結構沒有直接關係的敘述，以及對當時之人服飾、日常生活用品的描繪。此時雖然仍是「禮儀」比「流行」更重要的時代，但搜尋六朝服妖事例裡對服飾制度或風俗變更的敘說之後，會發覺此時有一項服飾描寫是特別的，即六朝之時，有兩位君王明顯地熱衷於變更、創製服飾款式與制度。而他們的心態若進一步探析，其目的則應是提高自我、變「異」以別我「尊」，即藉由君王崇高殊別的權力，使得服飾制度爲之全面更換而達到高度的自我滿足，同時也享受了創改服飾時因款式新奇多變而帶來的無窮樂趣。

這兩位帝王爲南朝齊東昏侯與北朝後周宣帝，探查文本對他們描述，全部集中在兩人改變服物時的所做所爲。東昏侯似乎是對帽子形製的研發有興

〔註126〕〔法〕羅蘭‧巴特（Roland Barthes, 1915～1980 A.D.）著，李維譯：《流行體系（I）：符號學與服飾符號》（Système de la Mode）（臺北：桂冠出版社，1998年），頁30。

趣，他首先改變原先帽裙的位置，將繫結在一起並置於頭頂的帽裙，命令人將繫結成一條帽裙斷裂變成二，使得帽裙不再繫結於上頂而垂吊於下，這還只是改變帽裙的位置而已。接著爲了自己日寢夜戲、忙於逸樂享受的緣故，費心思地爲經常使用的「遊宴之服」做了許多具有創意的形制設計，《南齊書》裡有四種帽：一爲「山鵲歸林」帽、二爲「兔子度坑」帽、三爲「反縛黃離嘍」帽、四爲「鳳皇度三橋」帽；在《南史》裡則另有「調帽」與「逐鹿帽」二樣。另一位帝王北周宣帝則傾向於變改現有的服物制度，其中最爲人所熟知而後世也未曾再出現的是它將服制之數改成以「二十四」爲單位，服冕、車服、旗鼓，皆以二十四爲節度，如此的車服物品數若與前王相比是「倍於前王之數」；並在服數之下又對車乘、化妝、腰帶、頭飾、服色做了變更，但他之所特出之因並非他「更改」服制的動作，而是他更改服制的誇浮奢華「心態」，《周書》曾敘及其行：

> 唯自尊崇，無所顧憚，國典朝儀，率情變改。後宮位號，莫能詳錄。每對臣下，自稱爲天。幾五色土塗所御天德殿，各隨方色。又於後宮與皇后等列坐……，車旗章服，倍於前王之數。既自比上帝，不欲令人同己。……，及王公有綬者，並令去之。又不聽人有高大之稱，諸姓高者改爲姜，九族稱高祖者爲長祖，曾祖爲次長祖，官名凡稱上及大者改爲長，有天者亦改之。又令天下車皆以渾成木爲輪，禁天下婦人皆不得施粉黛之飾，唯宮人得乘有輄車，加粉黛焉。……，每召侍臣論議，唯欲興造變革，未嘗言及治政。其後遊戲無恆，出入不（飾）〔節〕，羽儀仗衛，晨出夜遊。……，散樂雜戲魚龍爛漫之伎，常在目前，……好令京城少年爲婦人服飾，入殿歌舞，與後宮觀之，以爲喜樂。〔註127〕

由上文可知，宣帝喜愛改制的原因乃「唯自尊崇，無所顧憚」、「既自比於上天，不欲令人同己」，因此，爲了達到自我崇高的目的有兩種方法，一來是特「尊」自己，二來則「減」制他人。這種心態也非僅有周宣帝所獨具，因爲提高自我、變「異」以別我「尊」的内心意識是人人都有的，但是也只有帝王能夠實踐的這麼徹底與理所當然，其根本動力來自帝王天生獨俱的至高「權力」；同時，也因爲如此權力以致使他不僅能尊榮自己，也能減制於他人，才

〔註127〕〔唐〕令狐德棻等撰：〈帝紀第七・宣帝〉，《周書》（臺北：鼎文書局，1980年），頁125。

有了使天下車不能施輻、婦女不得化妝、朝士不能佩腰綬、姓高者改姜、稱高祖爲長祖，稱自己爲「天元皇帝」。〔註128〕

（四）自我服飾的異想與表演

九項服類裡，具有「表演」、「展演」性質的爲「烏衣（黑衣）、乞丐服、商賈服」三者。三項服類裡，出演烏衣與乞丐服的人物有二位，一是北齊後主高緯，另一則是其子北齊幼主高恒，史書裡此二主所做出違制亂法的事不少，並不僅只有在服裝上頭，但兩位帝王在服飾上異常的想像，幾乎是很類同的。另一類以商人之服而飾演的角色有東漢靈帝、東晉司馬道子二人，另有一名君主雖未列入〈五行志〉服妖之事，但其所爲與靈帝、司馬道子二人之舉是同出一轍的，即南朝齊東昏侯，史傳載有其行：

> 於苑中立店肆，模大市，日游市中，雜所貨物，與宮人閹豎共爲裨販。以潘妃爲市令，自爲市吏錄事，……每游走，潘氏乘小輿，宮人皆露裩，著綠絲屩，帝自戎服騎馬從後。又開渠立埭，躬自引船，埭上設店，坐而屠肉。于時百姓歌云：「閱武堂，種楊柳，至尊屠肉，潘妃酤酒。」〔註129〕

引文所言東昏侯在「苑中立店肆，模大市」的舉動，與漢靈帝「數遊戲於西園中，令後宮采女爲客舍主人，身爲商賈服」，以及與東晉皇族司馬道子「於府北園內爲酒鑪列肆」二個人的行徑是一樣的，都是在自家苑室大起商鋪、模擬車水馬龍的市井生活，因此三人可合併在一起視爲穿著「商賈服」來討論。觀察「烏衣（黑衣）、乞丐服、商賈服」三類服飾在文本出現時的時期與地域，服妖事例在此處呈現了一種現象，即文本內最具有表演性質的這三類服飾，略有南、北之別，烏衣（黑衣）、乞丐服出現在北方，而商賈服則南北俱有。

北方之別於南方在於北方之帝曾模擬了士兵攻防戰以及刻意著破爛的乞丐服。以烏（黑）衣人做爲扮演遊戲主角的二位帝王爲父子關係：當父親的北齊後主「多令人服烏衣，以相執縛」，而做兒子的八歲北齊幼主也不遑多

〔註128〕同上註，頁 119。呂思勉認爲宣帝任意改制的行爲雖是行樂縱情，但他並非全部都只爲了玩樂，仍有其他的動機：「頗欲有興作，釐正制度。然生長深宮，不知世務，所興所革，皆徒眩耳目，不切實際。非惟無益，反致勞民傷財」，且他即位之初亦有關懷時政之舉，「皆可見其能留意於文教」。見呂思勉：《兩晉南北朝》（臺北：開明書局，1970 年），頁 766～767。

〔註129〕《南史・齊本紀》東昏侯，卷 5，頁 155。

讓、更勝一籌的在宮內造了一座假城,「使人衣黑衣爲羌兵」,僞裝爲前來進攻的羌人,自己則「親率內參臨拒,或實彎射人」,命令攻者只能用假刀假槍而他和助手們卻用貨眞價實的刀槍弓箭還擊,完整地演出了一齣八歲年齡的幼兒喜愛遊玩的軍事實境模擬遊戲。以士兵攻防來當做生活娛樂的原因,有可能是因爲北齊之域本是以六鎭鮮卑軍團爲主力而建國的國家,其祖源爲鮮卑族人,〔註130〕本以驍勇善戰著名,是以對戰爭之大事習如家事,甚至如兒戲。

　　乞兒服便與商人服的穿著顯然則具有變裝的意味,而這兩類的穿著若從社會服飾體現在「階級」上的流動便較能究其面目。一般來講,服飾形貌的傳染與仿效是由上層到下層,反映的是新變服飾所帶來的高度經濟能力以及社會身份。巫恕仁曾對服飾風尚的模擬與僭越做了描述:

> 當服飾風尚轉變成模仿與僭越之風,反映的是服飾風尚背後變化的動力,已不只是經濟能力而已,……亦即認爲服飾不再只有彰顯經濟能力而已,而是將服飾視爲社會身份與地位的象徵,甚至是視爲政治地位的象徵。〔註131〕

換言之,服飾做爲身體表演的媒介,在其本身即富含政治地位、社會地位的象徵,因此,庶民對皇親貴族的模仿,或是漢末時對知識份子階層穿著「帢帽」、「幅巾」的效法致有「(郭)林宗巾」專名出現,兩者皆是以下仿上的比態,前者是對政治權利的渴望,而後者乃是對知識階層風譽的嚮往,可稱之爲社會仿效(social mobility)。

　　雖然形容風尚常用具有上下之義的「風行草偃」一詞來形容,但社會仿效的現象不單只由下層仿效上層,仍有一種由上層效擬下層的型態,即帝王或是帝之宗室們有喜好微服出行的習性,甚至是出現具有變裝意味的服飾。類此概念在服妖文本裡亦有出現,服飾方面是乞兒服與商人服二種,而相伴變裝出現的尚有用來輔助扮裝場景的貧民村及市井客舍兩種擬仿空間;「乞兒服」事件的主事者是北朝齊後主與其子齊幼主,穿者「商賈服」的主角則是漢靈帝與東晉司馬道子。特別的是,北齊幼主所設的「窮兒之市」因爲集合「窮兒」與「市」(場)兩樣元素,因此綜合了「乞兒」與「商人」兩種性質。觀察他們的目的,由文中敘述不難見到是「行乞其間以爲笑樂」、「因共

〔註130〕見陳寅恪講演,萬繩楠整理:《陳寅恪魏晉南北朝史講錄》,頁332。
〔註131〕巫仁恕:〈明代平民服飾的流行風尚與士大夫的反應〉,《新史學》,頁73。

飲食以為戲樂」，而他們的空間再現地點清一色的都選擇了自家豪華奢麗的後花園。

帝王們穿著上的特殊癖好，既非以展炫經濟能力為主，也非視平賤之民的服飾為崇高的社會身份代表，以尖塔為喻的政治坡崖上，他們站立之點是無人能替代，經濟能力亦是一般民眾望塵莫及的，任何昂貴、新奇及怪異的服物對天子驕子的帝王而言皆非極困難之事。因而，他們行為背後隱藏的是一種「社會身份變裝」心態。自小生長於宮中，綾羅錦緞、吃穿供應無愁的天子們，雖說物質生活無匱乏之虞，但從小也要開始接受未來成為國君或侯王的種種訓練，以及遵守應有的行為規矩，對於宮外繁華熱鬧的世界自是有一窺究竟的念頭。但皇帝出巡勞師動眾又隨時被萬人注目，於是改變穿著「微服」至外頭遛達閒逛；或甚是學仿四民之末的商人，與屬於賤民之級的乞丐，兩者之間尤以後者這種學仿而來的「社會變裝」帶來的是更大的感官刺激和行動樂趣，在極尊／極賤、中心／邊緣的轉變裡，更有一種破壞體制、遊戲世間、毀視一切規矩的意味。

對「君王」成「市賈」此一現象鄭毓瑜由城市論述入手，提出了「市井型態」來解釋之，他認為：

> 君／臣、君／民的階級分別依然存在，宮廷的「市井形態」不過成為上層階級操弄的娛樂，尊卑易位、變雅從俗這些種種跨界不過是表象彷彿，其實都是為了滿足私己縱恣癲狂的欲望。……這些跨越尊卑、雅俗的行徑，其目的不是為了消解距離，反而建構了新的社會距離。〔註132〕

即所謂宮廷裡的市井街肆擺置，乍看之下好像君王變從俗、尊卑易位了，因為在市井裡，不再需要小心翼翼、瞻前顧後了，群眾的行為與言行可以坦白、自由、粗俗，彼此之間也因擁擠的街道、時有磨蹭致使人我距離極為貼近，但鄭先生再觀察皇帝們走出宮廷、遊走道塗的其它行徑，發現其實他們惡形依舊且更為狎謔粗鄙，也就是說，在宮廷內市井空間的再見看似縮短貴賤但實是帝王們自己「為了滿足私己縱恣癲狂的欲望」。

服妖的事例其實不用像鄭先生一樣比較宮廷裡的市井與市井裡的宮廷才得出君主的跨界行為是表象彷彿，因為事例裡的設立商店、穿著商服若強說

〔註132〕鄭毓瑜：〈市井與圍城〉，《文本風景：自我與空間的相互定義》（臺北：麥田出版社，2005年），頁93。

還尙有彌平君／臣界線的可能，因賈人雖爲四民之末但經濟實力雄厚且服飾鮮麗，但是較諸於模仿「乞丐」的穿著，企圖再說消解距離無疑是癡人夢話。況且漢靈帝的宮廷市井遊戲，據《後漢書‧靈帝紀》記載：「帝作列肆于後室，使諸采女販賣，更相盜竊爭鬥，帝著商估服，飲宴爲樂。」〔註133〕深刻凸顯出帝王穿著「商估服」，怡然自得地看著他的戲班子「更相盜竊爭鬥」，而此點即與穿著「乞丐服」一樣，指出帝王心態本質乃是以「舞台表演」爲核心而呈現的「表演者」與「觀看者」，在做爲一名演角以自我娛樂的同時，也不忘觀看其他演員的演出以來取悅自己。而之所以可以藉由更換服飾表演，馳騁於服飾的異想並娛樂自己，乃是因爲帝王們知道，戲有下幕的時候，他們也必然可以再度回復尊貴之位，掌握了所有發話權力的他們，恣肆歡樂、無所不懼。

第三節　小　結

　　服飾的穿著是社會性的，是人常賴以觀察他人的行爲並藉以看待穿著者內心的一種向度及指標。因此，「肯定」某類型的服飾固然指出了應當遵行之途，但往往在「否定」某些類型之時，才清楚地說明了正確與錯誤兩者之間的邊際。服妖書寫的「非常」、「異常」意涵，正是映照了書寫者或六朝當時人看待人與服飾器物的方式與觀點，在敘述裡，可看到的不僅是六朝服飾於穿著的特殊與普遍現象，在書寫文字底隙縫間，更多地是展現史家形塑當代現實的企圖。

　　由本章的討論可知道「妖、災、異、不常、變」這幾字，是服妖事例裡最常出現的判別字眼，這些字眼若究其共同涵義，皆指向了「逾越正常」的概念。「逾越」一詞，乃是服「妖」一詞在空間上所象徵的意涵，它意謂的是服飾穿著有其適合的場合及時間，一旦穿著者混淆應有的區別與界線，即破壞、模糊了敘述者持有的空間分類以及已被劃分安排好的生活秩序，也就是說，穿著者在此時即「服」之「妖」也。Tim Cresswell 在探究人們是如何運用自己的認知將「空間」變成「地方」時說到：

　　　　當某件事或某個人被判定爲「不得其所」，他們就是有所逾越
　　　（transgression）。逾越就是指「越界」。不像「偏差」的社會學定義，

〔註133〕《後漢書‧靈帝紀》，頁346。

逾越本然是個空間概念。逾越的這條界線通常是一條地理界線，也
是一條社會與文化的界線。〔註134〕

在服妖文本的事例敘述裡，所要對映的那條「社會與文化的界線」即是隱藏
在字句底下與之對比的「經常」、「正常」的話語參照系統；而藉由李豐楙
「常／非常」的文化論述，更是理解到中國傳統思維裡，相對於「逾越」一
詞的「常」字表述，在漢代構字時即因《說文》「從巾常聲」的說明，提示了
中國式的「常」式思考一開始即從「服飾」概念結合而開始衍伸的，也因
此，服妖的穿著行爲兆始時即意味著此人意欲挑戰、衝潰既定的社會制度及
秩序。

需說明的是，與服妖之「非常服」敘述相對的「常服」，除了一般日常生
活的「常服」之外，尚有因節日慶典、祭祀婚喪而穿著的「非常之服」，後兩
者皆是已成定規的服制，在意義的概括上是與「異」於服飾常制的「服妖」
分處界線的兩端，服妖的意涵在更大的程度上是呈現意欲「顛覆」秩序的樣
貌。正也因爲如此，動盪擾亂的六朝一代，在文本內經梳理後，可觀察到事
例變得較兩漢志內的例子多，同時指涉事例的範圍與名目也較政局相對安
定、不變的漢代來的大且複雜。

接續「越界」的概念來看六朝服妖事例，「越界」本身即因越過疆界而寓
含有空間之義，因此，依此一角度來檢視分析六朝服妖事例，源於「陰／陽」
五行系統話語的服妖敘述，在事例上頭，就分別以「性別」、「后妃」、「君臣」
爲論述重心，用來闡釋衍伸「陰／陽」脈絡之下一貫的尊／卑、貴／賤的概
念。也因爲〈五行志〉系統乃是承續自〈洪範五行傳〉，而〈洪範五行傳〉的
勸諭對象是以「君主」爲論述生發對象，因此，對「非常之服」的探究，若
再集中至君王的身上，服妖書寫的服飾想像就浮現了幾個層面的意義，分別
是：「自我與他者」、「象徵符號的錯位聯想」、「帝王創變服飾」、「自我服飾的
異想與表演」四種概念。這四類概念皆是因爲君主天生擁有的至高權力，使
得他們隨己所欲、縱情歡樂，因而在穿戴使用服物上輕易地跨越了「正常」
之界進入「異常」的域。

「妖服」與「常服」的文字敘述，在上述探考裡都呈現了書寫者欲由否
定「非常」以期得以回返「正常」的想望，而這也正是〈五行志〉「服妖」書

〔註134〕Tim Cresswell：《地方：記憶、想像與認同》（臺北：群學出版有限公司，2006
　　　　年），頁 164。

寫的核心要旨。但若再進一步思考這種「正／反」之間不斷來回反覆的心態，正說明了愈是費言非常，顯示了此事距離當事者或書寫者內心認可的理想標準愈是遙遠；而相對的，非常之於常是經由比較而得到的，也因此，若愈是多言非常、非禮的狀況有哪些，也愈表明了說話人之於禮所寓含的「秩序」之義，那份強烈渴望接近的追求心態。

第伍章　結　論

　　「服妖」一詞若簡而言之即是穿著奇裝異服的人。然而，衣飾奇詭新異的人一旦變成了一群而且史冊〈五行志〉皆多有描述時，此一現象就不再只是孤偶發生的畸例或僅是一言以蔽之即可妥善指稱的了。換言之，不論是穿著者的服飾是否真是奇異，以及他們的心態為何需要被探討之外，旁及當代的文化脈絡也需要被理解，同時，形塑此一觀點的書寫是如何創發話語並續衍此一聲明亦需要被探究。因此，為了有效地理解並分析服妖一詞所形成那一套話語象徵結構系統，以了解服妖一詞得以存在的方式與其理由，因而可以回答上述的問題，本研究藉由參酌葛林伯雷的文化詩學理論，而由「文本內容」、「書寫形式」、「社會意義」三種研究向度來切入以處理全書，在綜合歸納各章的分佈要旨與趨勢，有下列幾點發現與結論，同時，也反映了魏晉南北朝服妖現象書寫的文化意涵：

一、歷史記憶的想像與國體失序的關懷

　　服妖一詞首先在語詞的名稱上，即表明了主體的寫作與發言在一開始時就認定了書寫對象所穿戴的服飾並非正常，乃屬「妖」類，意味著此人之行止，處於正道之外、異端之中，敘述裡所雜揉與涵化的是書寫者個人的觀察與認知，而個人的認知世界的方法乃是決定此物是否為「妖」或「常」很重要的關鍵要素之一，即如郭璞於《山海經・敘》裡談到人對客觀世界的認知並不全面，對於習見之物為常而稀見之物為異，但另一個人則很可能因經驗不同而有完全相反的理解，郭璞認為原因在於「物不自異，待我而後異，異

果在我，非物異也」〔註1〕，也就是說，事物被對待爲妖異或正常在很大程度上是取決於我，即認知、書寫事物的人。

　　服妖的敘事結構有「徵兆／事因／解釋／事果」四種，而其中「徵兆」與「事果」二者爲事例裡最主要的書寫元素，但若再細究「事果」的核心事件皆是社會動亂、國家將亡的大事紀，以及事例裡曾出現兩種相反的服飾「徵兆」所指向的依舊爲同一事件，即可清楚地明瞭，服妖的書寫在本質上是書寫者對國體失序的強烈關懷與記憶，即史家爲了詮釋歷史災難之爲何不可避免，也爲了召喚集體傷痛記憶以記取教訓，因而進行的一種書寫詮釋，而服妖現象，就是史家爲了解釋災難而對人事物的觀察與記錄，用來想像與連結並說明已發生的歷史。

二、災異語境下的天人詮釋

　　服妖一詞，乃是漢代的五行災異模式之下的一個類別項目。但觀察漢至隋的史書以「經曰／傳曰／說曰」的三段式書寫來解釋服妖災異時，除了說出服妖乃「輕劋奇怪之服」之外，其餘與服妖相關的解釋敘述，全放在「發生環境」的觀點來解釋服妖現象。這意謂了服妖一詞所著重的是生發服妖的「語境」，而非服妖的義界，而這也得以解釋爲何「服」妖之「服」的類別與名稱範疇，從基本概念裡「衣服及與儀容相關的服飾」到身體紋飾、車馬旗飾，一直到食物、動作、方位等抽象性的象徵義涵都是服妖所論述的範圍。這即是說，敘說服妖現象的人有其主要表達的宗旨，而服飾與生活物用則是他所使用的象徵物。另一方面，若從敘事語法來觀察事例，則會發現敘述者的書寫中心句義明顯地集中在「天下」、「天道」、「天意」等以「天」爲主的判斷句；同時，整條事例的敘述語義，也明顯地分成「天」與「人」兩個部份來分別論述。也就說，事例的前半部講的是服妖的徵兆，談的是人事；而後半頭說的是兆應，談的是天道。而整條事例要表達的，乃是藉由人服妖而致亂亡，來說明天有其意志與行事，因此若人服妖則天將警戒與訓斥之，使之人亡國滅，而也這即是說，服妖事例做爲災異語境下的一種書寫類型，所要詮解的是天人之間的關係，所要彰顯的乃天在承載了天下所有君臣人民以至萬物萬事時，所顯現的規律與秩序。

〔註1〕〔晉〕郭璞：〈山海經敘錄〉，見袁珂校注：《山海經校注》（臺北：里仁書局，2004年），頁478。

三、情性與禮法乖違間的寬鬆、袒裸之風

　　禮儀與服飾之間的所呈現的緊密關係，其源頭乃是儒家的理想君子原型，在一開始即是以「威儀棣棣」的容貌儀態而展開對「禮」的要求，即「禮」、「容」並俱，衣不僅可以表體，而人亦可以貌相；服飾威儀所指涉的不僅是人與外在時空相適合，應也包含人之身體健康、精神氣度與風神姿采。從服妖事例的細部閱讀裡，觀察到文本裡隱然有與六朝風氣呼應，即藉由選擇服妖實例，實可看到六朝風氣由「束縛」到「寬鬆」的情形與姿態，呈現一種逐步由服飾數量的減少到服飾本身質（穿或是不穿）的改變，隱微地與六朝思維轉向相呼應。而由整齊到隨意、束縛到寬鬆的概念下得到服飾之於社會風氣改變有三步驟：先是去冠冕、戴幅巾。再者是脫袍著單衣、衣裳博大、裸袒箕踞。最後則是脫衣服、露醜惡。而這三步驟不僅說明了魏晉南北朝服妖文本裡頭存在著反映時代風氣的事例，藉由這些事例而開展出來的敘述與敷衍，同時也摹繪了魏晉南北朝社會風氣的遞變軌跡。

四、正統性追求下胡化的恐懼

　　魏晉南北朝時期兵燹不斷、國陵朝替，胡人與漢人的政權頻繁地呈現交接或對立的局面，致使此時的胡漢服飾混合，有意思的是，政治上乃胡漢爭中原、爭正統，進行的是華夏／夷狄之辨、胡人／漢人之別；而「華夏」一詞的解釋依杜預的詮釋正好座落在「有服章之美謂之華」、「中國有禮儀之大故稱夏」，即華／夷之別，正是借由「服章」與「禮儀」而區辨的。在漢末六朝時，胡漢服飾互染的現象被視為一種國族象徵，史家以充滿異己形象的想像，經由服飾物品所處的人體位置，來對應事件以及聯結意義，反映在服妖的事例裡，呈現了一種我族中心主義式的國族想像圖譜，也折射顯示了史家對我族正統的追求以及胡化的恐懼。

五、性別、位階、空間錯換的服飾想像

　　中國傳統的觀念裡認為治國之道，應行之以禮樂，而衣服冠帽在禮樂制度中所代表的即是禮教與道德，換言之，衣服冠帽代替了禮儀與道德觀念，直接作用於人的身上，以表示身體的規範與身份的高低。服妖文本裡的敘述一貫地繼承自董仲舒以陰陽二氣之尊卑來論述倫理思想的路徑，對於君／臣、夫／婦之間的身份、地位有別，也用服飾物用來表示之。在文本的評論

或占語裡，尤其可以見到以陰賤陽尊為主而展開的論述，而這些論述的核心則集中在三方面：

一是性別越界，所敘說的是男女有別、陰陽有分，若是男著女飾、女穿男衣則意味著社會秩序隳壞而國有兵禍。二是后妃擅權，文本中以西晉賈后獨權害國而聯結的服妖事例就多達四例。三為君臣之喻，而這個比喻在六朝時，更是因為政權頻換、臣權時有獨大而顯得異常明顯，所敘說的是臣欺君、君暴民、后凌君的錯位現象。而這三者在敘事與象徵上因為有上／下、內／外、前／後之別，因而皆是與空間性質有關的論述，同時也因為這些事例乃是魏晉南北朝史書中所匯集而歸納的，因而男女、帝后、君臣三者之間因階級錯落而產生的服飾想像，所顯現的乃是魏晉南北朝一代的特殊發聲與用語。

六、身非其位，服異服的服飾異想

以君主本人的服飾行為做為服妖事例的書寫對象，在所有的魏晉南北朝的事例裡就佔了百分之六十以上，他們的服飾物用類別呈現在九項服類類上，分別是：「婦人服、烏（黑）衣、胡服、乞丐服、商賈服、喪禍服、散髮肉袒、畜私錢或奴馬、帝王自創服」，而這九種穿著與服飾的類型，乃是帝王對魏晉南北朝服飾的傳統制度與規範意識之逾越與破壞，而這也是史家們所看到的時代亂象與亂源。歸結這些類別發生的原由，除了有因史家書寫時所持有的國族意識與家國情感，認為非我族類其心必異，而使得「胡服」與「散髮肉袒」兩項的服類書寫呈現出胡漢之別，在其餘的服類裡，帝王穿著服飾的心態，乃因身為天子之尊、權力高於一切人之上，頗有彰顯個人追求新異的獨特品味的意味存在。而他們明顯地熱衷於變更、創製服飾款式與制度，所追求也是一種因變異事物而帶來的樂趣與滿足，其中尤以熱衷穿商人服、乞丐服兩者所呈現的「社會身份變裝」心態更顯現他們嬉戲笑鬧、遊走無愁、毀視制度的服飾異想。在事例的敘述裡，所看到的是掌握所有發話權的帝王，肆樂歡笑的權力聲。

上述六項乃是本文研究之後的發現結果，所呈現的是魏晉南北朝史書中的服妖現象，在歷史書寫與社會文化上的面貌及其意蘊。而這六項意涵若再綜合言之，史書服妖事例要表達的，乃是對於回歸「常服」的欲求和盼望。雖說服妖現象乃因人為的奇裝異服而導致，故屬於異反違常之服。它所相對

立的，是日常生活的日用常服以及祭祀、慶典等時穿著的非常之服；它的書寫與存在都提示了人們秩序被顛覆時將會帶來的災害與危難。但是，若將服妖文本對照其所位處的〈五行志〉文本，在文本的內部語境裡，便可映照出敘說服妖時，史家欲由樹「反」而立「正」的心理。

因為經由考察類書如何分類「五行」與「災異」的位置，發現到屬於災異系統的服妖，與服妖事例所位處的〈五行志〉，兩者呈現的旨趣恰是相反的，前者爲災眚禍亂之事，而另一則是天地運行的常理與規律，而這即是意味著，服妖事例之「非常」所對比的是〈五行志〉一體所蘊含的「常」。在深層的象徵上，兩者是有著「非常」與「常」、彼此相對的關係，而此種以服妖之「非常」來突顯的「正常」，其實就是書寫者蘊藏的宗旨，即藉由否定「非常」以期得返回「正常」。另一方面，隨著時間不斷地推移，物換星移、事隨境遷之後，屬於異常、非常的舊事物，何嘗不可能成爲社會制度裡新規定的正常事，就像是魏明帝更改冕旒之珠爲珊瑚珠之舉，因用料過於奢華被史家視作好婦人之飾，但在西晉以至於東晉時，皆遵從而不改；晉代流行的小冠子被史家認定不合秩序常理而視爲服妖，但在北魏時被作爲漢化制度的一種，藉以仿擬而制成禮帽。史書服妖事例所傳達的意蘊，除了有回歸常服、有序的欲求和盼望，在時空的推轉下，「傳統」與「秩序」所劃分的服妖界線與位置，也悄然地移動了。

附 圖

圖一：厭腰〔註1〕

1.隋代的厭腰樣式（安徽亳縣隋代墓出土陶俑）
2.初唐時期的厭腰樣式（陝西三原陵前焦村唐墓出土石刻）
取材自高春明：《中國服飾名物考》，頁 616。

〔註 1〕 先將裙腰束在衣外，然後將衣服的下擺朝上翻出，覆壓在裙腰上俗謂厭腰，
《晉書‧五行志》：「武帝泰始初，衣服上儉下豐，著衣者皆厭腰」，頁 823。

圖二：緩鬢傾髻〔註 2〕

圖三：白帢圖〔註 3〕

圖三：破後帽圖〔註 4〕

上圖：陝西西安草廠坡北朝墓
　　　出土陶俑
取材自高春明：
《中國服飾名物考》，頁 2、65。

中圖：湖南長沙晉墓陶俑
取材自高春明：
《中國古代平民服裝》（臺
北：臺灣商務印書館，1998
年），頁 94。

下圖：河北磁縣申莊東魏堯趙氏墓出土陶俑
取材自高春明：《中國服飾名物考》
（上海：上海文化出版社，2001 年），頁 236。

〔註 2〕　《晉書・五行志》：「（東晉孝武帝）太元中，公主婦女必緩鬢傾髻，以爲盛飾。
　　　　用髮既多，不可恆戴。乃先於木及籠上裝之，名曰假髻，或曰假頭。」頁 826。

〔註 3〕　《晉書・五行志》：「魏武帝……裁縑帛爲白帢，以易舊服」，頁 822。

〔註 4〕　《南齊書・五行志》：「（齊武帝永明中）蕭諶開博風帽後裠之製，爲破後帽」，
　　　　頁 373。

圖五：竹林七賢和榮啟期（南京西善橋南朝大墓磚刻畫）

圖中的人著衫子，近於袒胸，七人赤足，一人散髮，四人著頭巾。〔註5〕
取材自沈從文：《中國古代服飾研究》，頁195。

圖六：兩當、飛天紒（南北朝河南鄧縣畫像磚婦女）

四人著裲襠，前二名為貴族，髮型有飛天之勢。〔註6〕
取材自沈從文：《中國古代服飾研究》，頁213。

〔註 5〕　與磚刻畫相關的五行志描述有：（一）《晉書·五行志》：「惠帝元康中，貴游子
　　　　　弟相與為散髮倮身之飲，……希氏之志恥不與焉」，頁820。（二）四人的巾裹相
　　　　　當草率，類似漢末以來名士們愛用的福巾、縑巾，或魏武帝所做的白帢。
〔註 6〕　《宋書·五行志》：「宋元帝元嘉六年，民間婦人結髮者，三分髮，抽其鬟直
　　　　　向上，謂之『飛天紒』」，頁891。《晉書·五行志》：「至（晉惠帝）元康末，
　　　　　婦人出兩襠，加乎交領之上」，頁824。

圖七：箭子形氈帽、漆紗籠冠

上左：魏晉時人戴的箭子形氈帽（嘉峪關魏晉間墓出土畫像磚）
下左：北朝人戴的漆紗籠冠（寧懋石室出土畫像）
下右：北朝漢化貴族白漆紗冠
取材自沈從文：《中國古代服飾》，頁 172～173、259～260。〔註7〕

〔註7〕據沈從文考察，「西晉則流行小冠子，……這種小冠子到東晉時，南方多於北方」，此段敘述即吻合《宋書‧五行志》所云：「晉末皆冠小而衣裳博大，風流相放，輿臺成俗」（頁890），接著沈氏又說：「但到北魏由大同（武州塞）轉遷河南洛陽定都，且用種種法令推行漢化後，貴族朝服無例外復有改進，原來流行的箭子形氈帽（見本附圖）也有所改變，仿效西晉小夏子而外罩漆紗籠巾，或加上晃綹。」這即是說，原來的北朝人習用箭子形氈帽，氈帽即漢人所稱的胡帽，後來到北魏孝武帝進行全面漢化、服漢服之後，仿效東晉人喜戴的小冠子，再罩上漆紗籠冠做為服制。

附　表

附表一：魏晉南北朝（含東漢末年）服妖事類一覽表

時　間	服妖事件	評論或占語	事　　應	出　　處
桓帝元嘉中	京都婦女作愁眉、啼妝、墮馬髻、齲齒笑。所謂愁眉者，細而曲折。啼妝者，薄拭目下，若啼處。墮馬髻者，作一邊。折要步者，足不在體下。齲齒笑者，若齒痛，樂不欣欣。始自大將軍梁冀家所爲，京都歙然，諸夏皆放效。	《後漢書・五行志》：此近服妖也。梁冀二世上將，婚媾王室，大作威福，將危社稷。《後漢書・五行志》：天誡若曰：兵馬將往收捕，婦女憂愁，蹙眉啼泣，吏卒掣頓，折其要脊，令髻傾邪，雖強語笑，無復氣味也。	到延熹二年，舉宗誅夷。	《後漢書・五行志》，頁3270～3271。
延熹中	京都長者皆著木屐；婦女始嫁，至作漆畫五采爲系。	《後漢書・五行志》：此服妖也。	到九年，黨事始發，傳黃門北寺，臨時惶惑，不能信天任命，多有逃走不就考者，九族拘繫，及所過歷，長少婦女皆被桎梏，應木屐之象也。	《後漢書・五行志》，頁3271。
延熹中，梁冀誅後	京都幘顏短耳長，短上長下。時中常侍單超、左悺、徐璜、具瑗、唐衡在帝左右，縱其姦慝。	《後漢書・五行志》：「海內愠曰：一將軍死，五將軍出。家有數侯，子弟列布州邵，賓客雜襲騰翥，上短下長，與梁冀同占。」	到其八年，桓帝因日蝕之變，乃拜故司徒韓寅爲司隸校尉，以次誅鉏，京都正清。	《後漢書・五行志》，頁3271。

靈帝建寧中	京都長者皆以葦方笥為粧具，下士盡然。	時有識者竊言：葦方笥，郡國讞篋也；今珍用之，此天下人皆當有罪讞於理官也。	到光和三年癸丑赦令詔書，吏民依黨禁錮者赦除之，有不見文，他以類比疑者讞。於是諸有黨郡皆讞廷尉，人名悉入方笥中。	《後漢書・五行志》，頁3271～3272。
靈帝	靈帝好胡服、胡帳、胡牀、胡坐、胡飯、胡空侯、胡笛、胡舞，京都貴戚皆競為之。	《後漢書・五行志》：此服妖也。	其後董卓多擁胡兵，填塞街衢，虜掠宮掖，發掘園陵。	《後漢書・五行志》，頁3272。
靈帝	靈帝於宮中西園駕四白驢，躬自操轡，驅馳周旋，以為大樂。於是公卿貴戚轉相放效，至乘輻軒以為騎從，互相侵奪，賈與馬齊。	《後漢書・五行志》：案《易》曰：「時乘六龍以御天。」行天者莫若龍，行地者莫如馬。《詩》云：「四牡騤騤，載是常服。」「檀車煌煌，四牡彭彭。」夫驢乃服重致遠，上下山谷，野人之所用耳，何有帝王君子而驢服之乎！遲鈍之畜，而今貴之。 《後漢書・五行志》：天意若曰：「國且大亂，賢愚倒植，凡執政者皆如驢也。」	其後董卓陵虐王室，多援邊人以充本朝，胡夷異種，跨蹈中國。	《後漢書・五行志》，頁3272。
靈帝熹平中	1. 省內冠狗帶綬，以為笑樂。有一狗突出，走入司徒府門，或見之者，莫不驚怪。 2. 又遣御史於西（鄉）〔邸〕賣官，關內侯顧五百萬者，賜與金紫；詣闕上書占令長，隨縣好醜，豐約有賈。	1. 京房《易傳》曰：「君不正，臣欲簒，厥妖狗冠出。」 2.《後漢書・五行志》：強者貪如豺虎，弱者略不類物，實狗而冠者也。司徒古之丞相，壹統國政。天戒若曰：「宰相多非其人，尸祿素餐，莫能據正持重，阿意曲從；今在位者皆如狗，故狗走入其門。」	後靈帝寵用便嬖子弟，永樂賓客、鴻都羣小，傳相汲引，公卿牧守，比肩是也。	《後漢書・五行志》，頁3272。
靈帝	靈帝數遊戲於西園中，令後宮采女為客舍主人，身為商賈服。行至舍，采女下酒食，因共飲食以為戲樂。	《後漢書・五行志》：此服妖也。	其後天下亂。	《後漢書・五行志》，頁3273。

漢獻帝建安中	男子之衣，好爲長躬而下甚短，女子好爲長裙而上甚短。	時益州從事莫嗣以爲服妖，是陽無下而陰無上也，天下未欲平也。	後還，遂大亂。	《後漢書・五行志》，頁3273。
魏武帝	魏武帝以天下凶荒，資財乏匱，始擬古皮弁，裁縑帛爲白帢，以易舊服。	1. 傳玄曰：「白乃軍容，非國容也。」 2. 干寶以爲「縞素，凶喪之象也」。	名之爲帢，毀辱之言也，蓋革代之後，劫殺之妖也。	《晉書・五行志》，頁822。 《宋書・五行志》，頁886。
	《宋書》：（魏武帝）初爲白帢，橫縫其前以別後，名之曰「顏」，俗傳行之。至晉永嘉之間，稍去其縫，名無顏帢。而婦人束髮，其緩彌甚，紒之堅不能自立，髮被于額，目出而已。〔註1〕	《宋書・五行志》：無顏者，愧之言也；覆額，慚之貌；其緩彌甚者，言天下忘禮與義，放縱情性，及其終極，至乎大恥也。〔註2〕	《宋書》、《晉書》：永嘉之後，二帝不反，天下愧焉。	《宋書・五行志》之後，頁886。 《晉書・五行志》，頁825。
魏明帝	魏明帝著繡帽，披縹紈半袖，常以見直臣楊阜，諫曰：「此禮何法服邪！」帝默然。	近服妖也。夫縹，非禮之色。褻服尙不以紅紫，況接臣下乎？人主親御非法之章，所謂自作孽不可禳也。	帝既不享永年，身沒而祿去王室，後嗣不終，遂亡天下。	《晉書・五行志》，頁822。
	魏明帝著繡帽，披縹紈半袖，常以見直臣楊阜，阜諫曰：「此於禮何法服邪！」帝默然。	近服妖也。縹，非禮之色。褻服不貳。今人之主，親御非法之章，所謂自作孽不可禳也。	同上。	《宋書・五行志》，頁886。
魏明帝	後漢以來，天子之冕前後旒眞白玉珠，魏明帝好婦人之飾，改以珊瑚珠。晉初仍舊不改。及過江，服章多闕，而冕飾以翡翠、珊瑚、雜珠。	〈輿服志〉中未對魏明帝多加討責，然因其與何晏相同皆好服婦人飾，故仍視爲服妖之例。		《晉書・輿服志》，頁766。

〔註 1〕　《晉書・五行志》云：「初，魏造白帢，橫縫其前以別後，名之曰顏帢，傳行之。至永嘉之間，稍去其縫，名無顏帢，而婦人束髮，其緩彌甚，紒之堅不能自立，髮被于額，目出而已。」無顏帢與婦女束髮甚緩這兩例發生於永嘉年間，應繫連至西晉孝懷帝之下。

〔註 2〕　《晉書・五行志》：「無顏者，愧之言也。覆額者，慚之貌也。其緩彌甚者，言天下亡禮與義，放縱情性，及其終極，至于大恥也。永嘉之後，二帝不反，天下愧焉。」

魏明帝景初元年	景初元年，發銅鑄爲巨人〔註3〕，號曰翁仲，置之司馬門外。	案古長人見，爲國亡。長狄見臨洮，爲秦亡之禍。始皇不悟，反以爲嘉祥，鑄銅人以象之。魏法亡國之器，而於義竟無取焉。蓋服妖也。		《晉書・五行志》，頁822。《宋書・五行志》，頁886。
魏	尚書〔註4〕何晏好服婦人之服，傅玄曰：此妖服（服妖）〔註5〕也。	1. 夫衣裳之制，所以定上下殊內外也。 2. 《大雅》云『玄袞赤舄，鉤膺鏤錫』，歌其文也。 3. 《小雅》云『有嚴有翼，共武之服』，詠其武也。	若內外不殊，王制失敘，服妖既作，身隨之亡。末嬉冠男子之冠，桀亡天下；何晏服婦人之服，亦亡其家，其咎均也。」	《晉書・五行志》，頁822～823。《宋書・五行志》，頁886～887。
吳	吳婦人修容者，急束其髮而劓角過于耳。	1. 蓋其俗自操束太急，而廉隅失中之謂也。故吳之風俗，相驅以急，言論彈射，以刻薄相尙。 2. 諸葛恪之，著《正交論》，雖不可以經訓整亂，蓋亦救時之作也。	居三年之喪者，往往有致毀以死。	《晉書・五行志》，頁823。《宋書・五行志》，頁887。
吳孫休至孫皓	孫休後，衣服之制上長下短，又積領五六而裳居一二。	干寶曰：「上饒奢，下儉逼，上有餘下不足之妖也。」	至孫皓，果奢暴恣情於上，而百姓彫困於下，卒以亡國，是其應也。	《晉書・五行志》，頁823。《宋書・五行志》，頁887。
晉武帝泰始〔註6〕	1. *武帝泰始初（晉興後）*，衣服上儉下豐，著衣者皆厭襖。 2. 爲車乘者苟貴輕細，又數變易其形，皆以白篾爲純。	1. 此君衰弱，臣放縱，下掩上之象也。 2. 蓋古喪車之遺象也。夫乘者，君子之器。蓋君子立心無恒，事不崇實也。*干寶以爲晉之禍徵也。*	1. *及惠帝踐阼，權制在於寵臣，下掩上之應也。（干寶曰：及晉之禍，天子失柄，權制寵臣，下掩上之應也）* 2. 及天下撓亂，宰輔方伯多負其任，又數改易不崇實之應也。	《晉書・五行志》，頁823。《宋書・五行志》，頁887。

〔註3〕 《宋書・五行志》於巨人後多「二」一個字。
〔註4〕 《宋書・五行志》較《晉書・五行志》於「尚書」前多一字「魏」，其餘皆同。
〔註5〕 《晉書・五行志》稱「妖服」，《宋書・五行志》言「服妖」。
〔註6〕 此段敍述兩書大致相同，但仍有部份不同，故不相同的部份用**斜體字**表示，若再區分《晉書》與《宋書》不同處，則是以《晉書》「斜體無括號」，而《宋書》「斜體有括號」表示。以下皆以此種方式標誌。

晉武帝泰始〔註7〕	1. 泰始之後，中國相尙用胡牀貊槃，及爲羌煮貊炙，貴人富室，必畜（置）其器，吉享嘉會，皆以（此）爲先。 2. 太康中，又以氈爲絈頭及絡帶袴口（衿口）。 3. （陵遲）至元康末，婦人出兩襠，加乎交領之上（加乎脛之上）。〔註8〕	百姓相戲曰，中國必爲胡所破。夫氈罽（氈）產於胡，而天下以爲絈頭、帶身、袴口（衿口），胡既三制之矣，能無敗乎！ 3. 此內出外也。	1. 《晉書·五行志》：至元康中，氐羌互反，永嘉後，劉、石遂簒中都，自後四夷迭據華土，是服妖之應也。 2. 《宋書·五行志》：干寶曰：「元康中，氐羌反，至于永嘉，劉淵、石勒遂有中都，自後四夷迭據華土，是其應也。」 3. 至永嘉末，六宮才人流冗沒於戎狄，內出外之應也。	《晉書·五行志》，頁823～824。 《宋書·五行志》，頁887。
晉武帝太康後	晉武帝太康後，天下爲家者，移婦人於東方，空萊北庭，以爲園囿。	干寶曰：「夫王朝南向，正陽也；后北宮，位太陰也；世子居東宮，位少陽也。今居內於東，是與外俱南面也。	（接干寶）亢陽無陰，婦人失位而干少陽之象也。賈后讒戮愍懷，俄而禍敗亦及。」	《宋書·五行志》，頁888。
晉太康初〔註9〕	初作屐者（昔初作屐者），婦人頭圓（圓頭），男子頭方（方頭），圓者順（從）之義，所以別男女也。至太康初，婦人屐乃頭方，與男無別。（皆履方頭，此去其圓從，與男無別也）	圓者順之義，所以別男女也。至太康初，婦人屐乃頭方，與男無別。（皆履方頭，此去其圓從，與男無別也）	此賈后專妒之徵也。	《晉書·五行志》，頁824。 《宋書·五行志》，頁888。
晉太康	太康中，天下爲《晉世寧》之舞，手接杯盤（柈）而反覆之，歌曰：「晉世寧，舞杯盤（柈）。」	1. 《晉書·五行志》：識者曰：夫樂生人心，所以觀事也。今接杯盤於手上而反覆之，至危之事也。	杯盤（柈）者，酒食之器，而名曰《晉世寧》（者），言晉世之士，苟偷（偷苟）於酒食之間，而（其）	《晉書·五行志》，頁824。 《宋書·五行志》，頁888。 〔註10〕

〔註7〕 同上註。
〔註8〕 因風俗陵遲、衰敗至元康末年而有「婦人出兩襠」的現象，故此例雖附屬於晉武帝下，但若以帝王做區分，則應繫歸於晉惠帝時。
〔註9〕 同上註。區分《晉書》與《宋書》不同處，則是以《晉書》「斜體無括號」，而《宋書》「斜體有括號」表示。
〔註10〕 南北朝時，原北方的統治者向江南遷移，北方則歸匈奴、羯、氐、羌、鮮卑等少數民族統治。由於南北兩地統治者的風俗習尙、文化娛樂生活迥異，其樂舞的風格和特色也截然不同。兩晉和南北朝繼承了漢魏的傳統，《清商樂》、

		2. 《宋書·五行志》：夫樂生人心，所以觀事。故《記》曰：「總干山立，武王之事也；發揚蹈厲，太公之志也；武亂皆坐，周、召之治也。」又曰：「其治民勞者，舞行綴遠；其治民逸者，舞行綴近。」今接杯槃於手上而反覆之，至危也。	知不及遠，晉世之寧猶杯盤（槃）之在手也。	
惠帝元康	惠帝元康中，婦人之飾有五兵佩，又以金銀瑇瑁之屬，為斧鉞戈戟，以當笄。	干寶*以為*（曰）：男女之別，國之大節，故服物異等，贄幣不同。今婦人而以兵器為飾，*此婦人之妖之甚者*（妖之大也）。	*於是*〔註11〕遂有賈后之事。」*終亡*（終以兵亡）天下。	《晉書·五行志》，頁824。《宋書·五行志》，頁888。
惠帝元康中	是時（元康中），婦人結髮者，既成，以繒急束其環，名曰擷子紒。始自中宮，天下化之。		其後賈后*廢害*（果害）*太子之應也*〔註12〕	《晉書·五行志》，頁824。《宋書·五行志》，頁888。
西晉惠帝元康中	貴遊子弟相與為散髮倮身之飲，對弄婢妾。	逆之者傷好，非之者負譏，希世之士，恥不與焉。	《宋書》：蓋胡、翟侵中國之萌也。豈徒伊川之民，一被髮而祭者乎。《晉書》：蓋貌之不恭，胡狄侵中國之萌。其後遂有二胡之亂，此又失在狂也。	《宋書·五行志》，頁883。《晉書·五行志》，頁820。〔註13〕

雜技百戲仍然流行。此外，西曲、吳歌、雜舞盛行。晉太康時（280～289）流行的《杯槃舞》又稱《晉世寧》（祝願晉世得到安寧，屬雜舞類），舞者用手接住杯盤，反覆而舞，似一種雜技耍杯的節目。

〔註11〕《宋書》沒有「遂有」二字。

〔註12〕《宋書》沒有「之應也」三字。

〔註13〕此則又另現於王隱所編寫的《晉書》，其云：「魏末。阮籍有才而嗜酒荒放。雲頭散髮。裸袒箕踞。作二千石不治官事。日與劉伶等共飲酒。歌呼。時人或以籍生在魏晉之交。欲佯狂避時。不知籍本性自然也。其後貴游子弟。阮瞻、王澄、謝鯤、胡毋輔之、之徒。皆祖述於籍。謂得大道之本。故去巾幘。脫衣服。露醜惡。同禽獸。甚者名之為通。次者名之為達也。」見王隱：《晉書》，卷6，收入於湯球輯：《九家舊晉書》。《九家舊晉書》附編於房玄齡等著：《晉書》，頁284。

惠帝元康中	元康中，天下始相倣爲鳥杖以柱掖，其後稍施其鐓，住則植之。	1. 夫木，東方之行，金之臣也。杖者扶體之器，鳥其頭者，尤便用也。必旁柱掖者，旁（傍）救之象也。 2. 《晉書・五行志》：施其金，柱則植之，言木因於金，能孤立也。	1. *及懷愍之世*，王室多故，*而此中都喪敗*，〔註14〕元帝以藩臣樹德東方，維持天下，柱掖之應也。 2. 至社稷無主，海內歸之，遂承天命，建都江外，獨立之應也。	《晉書・五行志》，頁824。《宋書・五行志》，頁888～889。
惠帝元康、太安之間	元康、太安之間，江淮之域有敗屬（編）自聚于道，多者（或）至四五十量。	1. 《晉書・五行志》：人或散投坑谷，明日視之復如故。或云，見狸銜聚之。干寶以爲「夫屬者，人之賤服，處于勞辱，黔庶之象也。敗者，疲弊之象；道者，四方往來，所以交通主命也。今敗屬聚于道者，象黔庶罷病，將相聚爲亂，以絕王命也」。 2. 《宋書・五行志》干寶嘗使人散而去之，或投林草，或投坑谷。明日視之，悉復如故。民或云，見狸銜而聚之，亦未察也。寶說曰「夫編者，人之賤服，最處于下，而當勞辱，下民之象也。敗者，疲弊之象也；道者，地理四方，所以交通王命所由往來也。故今敗編聚于道者，象下民罷病，將相聚爲亂，絕四方而壅王命之象也，在位者莫察。	太安中，發壬午兵，百姓怨叛（嗟怨）。江夏（*男子*）張昌*唱亂*（*遂首亂*），荊楚從之（*者*）如流。於是兵革歲起（*天下因之*，*遂大破壞*）。（*此近*）*服妖*也。	《晉書・五行志》，頁824～825。《宋書・五行志》，頁889。
西晉孝懷帝永嘉中	（*晉*）孝懷帝永嘉中，士大夫競（*竸*）服生箋單衣。	（*遠*）識者*指之曰怪之竊指摘曰*：「此則古者縗衰（*之布*），諸侯所以服天子也。今無故（*畢*）	1. 《晉書・五行志》：其後遂有胡賊之亂，帝遇害焉。 2. 《宋書・五行志》：	《晉書・五行志》，頁825。《宋書・五行志》，頁889。

〔註14〕《晉書》較《宋書》多出「及懷愍之世」與「而此中都喪敗」二句。

		服之，殆有應乎！」	其後愍、懷晏駕，不獲厥所。	
東晉元帝太興	（晉）元帝太興*中（以來）*，兵士以降囊縛紒。	1.《晉書・五行志》：識者曰：「紒者在首，爲乾，君道也。囊者坤，臣道也。今以朱囊縛紒，臣道上侵君之象也。」 2.《宋書・五行志》：紒在首，莫上焉。《周易・乾》爲首，〈坤〉爲囊。坤，臣道也。晉金行，赤火色，金之賊也。以朱囊縛紒，臣道上侵之象也。	1.《晉書・五行志》：於是王敦陵上焉。 2.《宋書・五行志》：到永昌元年，大將軍王舉兵內攻，六軍散潰。	《晉書・五行志》，頁825。 《宋書・五行志》，頁889。
晉中興	1.舊爲羽扇柄者，柄〔註15〕刻木象其骨形，（列）羽用十，取全數也。晉中興初，王敦南征，始改爲長柄下出，可捉，而減其羽用八。 2.是時，爲衣者又上短，帶纔〔註16〕至于掖，著帽者又〔註17〕以帶縛項。下逼上，上無地也。*爲袴者（下袴者）*直幅爲口，無殺，*下之大象（下大失裁也）*。	1.識者尤之曰：「夫羽扇，翼之名也。創爲長柄者，將〔註18〕執其柄制羽翼也。*以十改八者（改十爲八者），將以未備奪已備也（將未備奪已備也）*。」 2.《晉書・五行志》：此殆敦之擅權以制朝廷之柄，又將以無德之材欲竊非據也。」	1.《晉書・五行志》：尋而王敦謀逆，再攻京師。 2.《宋書・五行志》：尋有兵亂，三年而再攻京師。	《晉書・五行志》，頁825～826。 《宋書・五行志》，頁890。
晉海西公	（晉）海西（初）嗣位，（迎官）忘設豹尾。	1.《晉書・五行志》：天戒若曰，夫豹尾，儀服之主，大人所以豹變也。而海西豹變之日，非所宜忘而忘之。非主社稷之人，故忘其豹尾，示不終也。 2.《宋書・五行志》：識者以爲不終之象，近服妖也。	《晉書・五行志》：尋而被廢焉。	《晉書・五行志》，頁826。 《宋書・五行志》，頁890。

〔註15〕《宋書》多「柄」字。
〔註16〕《宋書》無「纔」字。
〔註17〕《宋書》無「又」字。
〔註18〕《宋書》無「將」字。

東晉孝武帝太元中	《晉書》：孝武太元中，人不復著帩頭。 《宋書》：太元中，人不復著帩頭。	《晉書》：天戒若曰，頭者元首，帩者助元首爲儀飾也。今忽廢之，若人君獨立無輔佐，以至危亡也。 《宋書》：頭者，元首，帩者，令髮不垂，助元首爲儀飾者也。今忽廢之，若人君獨立無輔，以至危亡也。	《晉書》：至安帝，桓玄乃簒位焉。 《宋書》：其後桓玄簒位。	《晉書·五行志》，頁826。 《宋書·五行志》，頁883。
東晉孝武帝太元中	《晉書》、《宋書》：舊爲屐者，齒皆達楄上，名曰露卯。太元中忽不徹，名曰陰卯。	《晉書》：識者以爲卯，謀也，必有陰謀之事。	《晉書》：至烈宗末，驃騎參軍袁悅之始攬構內外，隆安中遂謀詐相傾，以致大亂。 《宋書》：其後多陰謀，遂致大亂。	《晉書·五行志》，頁826。 《宋書·五行志》，頁883。
東晉孝武帝太元中	太元中，公主婦女必緩鬢傾髻，以爲盛飾。用髮既多，不可恒戴，乃先於木及籠上裝之，名曰假髻，或曰假頭。至於貧家，不能自辦，自號無頭，就人借頭。〔註19〕	遂布天下，亦服妖也。	無幾時，孝武晏駕而天下騷動，刑戮無數，多喪其元。至於大殮，皆刻木及蠟或縛菰草爲頭，是假頭之應云。	《晉書·五行志》，頁826。
晉司馬道子	晉司馬道子於府*北園內爲酒鑪列肆，使姬人酤鬻酒肴，如裨販者，數遊其中，身自買易，因醉寓寢，動連日夜。漢靈帝嘗若此。*	《宋書》：干寶以爲：「君將失位，降在卓隸之象也。」 《晉書》：干寶以爲貴者失位，降在卓隸之象也。	《宋書》：道子卒見廢徙，以庶人終。 《晉書》：俄而道子見廢，以庶人終，此貌不恭之應也。	《宋書·五行志》，頁890。 《晉書·五行志》，頁820。
桓玄簒立	桓玄簒立，殿上施絳（綾）帳，鏤黃金爲顏，四角金龍銜五色羽葆流蘇。	群下（竊）相謂曰：「頗類轜（輀）車。」	尋而玄敗〔註20〕，此*服之妖（服妖）*也。	《晉書·五行志》，頁826。 《宋書·五行志》，頁890。
東晉末年	《宋書》：晉末皆冠小而衣裳博大，風流相放，輿臺成俗。〔註21〕	《晉書》：識者曰：「上小而下大，此禪代之象也。」 《宋書》：識者曰：「此禪代之象也。」	《晉書》：尋而宋受終焉。 《宋書》：永初以後，冠還大云。	《晉書·五行志》，頁826～827。 《宋書·五行志》，頁890。

〔註19〕《宋書》無此例。
〔註20〕《宋書》無「尋而玄敗」字。
〔註21〕與晉書十分相似，故以注引之。《晉書》：「晉末皆冠小冠，而衣裳博大，風流相倣，輿臺成俗。

宋文帝元嘉六年	宋文帝元嘉六年，民間婦人結髮者，三分髮，抽其鬟直向上，謂之「飛天紒」。始自東府，流被民庶。		時司徒彭城王義康居東府，其後卒以陵上徙廢。	《宋書・五行志》，頁891。
宋孝武帝	孝武帝世，豫州刺史劉德願善御車，世祖嘗使之御畫輪，幸太宰江夏王義恭第。德願挾牛杖催世祖云：「日暮宜歸。」又求益僦車。世祖甚歡。	此事與漢靈帝西園蓄私錢同也。		《宋書・五行志》，頁891。
宋孝武帝	孝武帝，幸臣戴法興權亞人主，造圓頭履，世人莫不效之。	其時圓進之俗大行，方格之風盡矣。		《宋書・五行志》，頁891。
宋明帝初	明帝初，司徒建安王休仁統軍赭圻，制烏紗帽，反抽帽裙。	民間謂之「司徒狀」，京邑翕然相尚。	休仁後果以疑逼致禍。	《宋書・五行志》，頁891。
齊武帝永明年間	永明中，宮內服用射獵錦文。	爲騎射兵戈之象。	至建武初，虜大爲寇。	《南齊書・五行志》，頁373。
齊武帝永明中	《南史》：永明中，百姓忽著破後帽，始自建業，流于四遠，貴賤翕然服之。《南齊書》：蕭諶開博風帽後裠之製，爲破後帽。	《南史》：此服袄也。帽自蕭諶之家，其流遂遠，天意若曰：武穆、文昭皆當滅。	《南史》：而諶亦誅死之効焉。 《南齊書》：世祖崩後，諶建廢立，誅滅諸王。	《南史・齊廢帝鬱林王本紀》，頁138。 《南齊書・五行志》，頁373。
齊武帝永明末〔註22〕	《南齊書》：民間制倚勸帽。 《南史》：時又多以生紗爲帽，半其裙而析之，號曰「倚勸」。	《南齊書》：及海陵廢，明帝之立，勸進之事，倚立可待也。 《南史》：先是人間語好云「擾攘建武」，至是朝士勸進，實爲匆遽。	《南史》：「倚勸」、「擾攘」之言，於是驗矣。	《南齊書・五行志》，頁373。 《南史・齊廢帝海陵王本紀》，頁140。

〔註22〕齊武帝後爲齊鬱林王，其衣著言行亦有不合軌之處，引數例如下。《南史・齊本紀下第五》：「帝謂豫章王妃庾氏曰：阿婆，佛法言有福生帝王家，今見作天王，便是大罪，左右主帥，動見拘執，**不如市邊屠酤富兒百倍**。」「帝於端門內奉辭，輼輬車未出端門，便稱疾還內，裁入閤，即於內奏胡伎，鞞鐸之聲，震響內外。……，自出陵之後，便於閤內乘內人車問訊，往皇后所生母宋氏間，因微服游走市里。……其在內，常裸袒，**著紅紫錦繡新衣**、**錦帽**、**紅縠褌**，雜采衵服。」頁135～136。

齊明帝建武中至齊東昏侯	齊明帝，帽裵覆頂，東昏時，以爲裵應在下，而今在上，不祥，斷之。	臺下反上之象也。		《南齊書‧五行志》，頁373。
	百姓皆著下屋白紗帽，而反裙覆頂。東昏曰：「裙應在下，今更在上，不祥。」命斷之。於是百姓皆反裙向下。	此服祅也。帽者首之所寄，天意若曰，元首方爲猥賤乎。		《南史‧齊和帝本紀》，頁160。
齊東昏侯寶卷永元中〔註23〕	永元中，東昏侯自造遊宴之服，綴以花采錦繡，難得詳也。群小又造四種帽，帽因勢爲名。	1. 一曰「山鵲歸林」者，《詩》云「〈鵲巢〉，夫人之德」，東昏寵嬖淫亂，故鵲歸其林藪。 2. 二曰「兔子度坑」，天意言天下將有逐兔之事也。 3. 三曰「反縛黃離嘍」，黃口小鳥也。反縛，面縛之應也。 4. 四曰「鳳皇度三橋」，鳳皇者嘉瑞，三橋，梁王宅處也。		《南齊書‧五行志》，頁373。
	1. 東昏又與群小別立帽，驀其口而舒兩翅，名曰「鳳度三橋」。幈向後，總而結之，名曰「反縛黃麗」。東昏與刀敕之徒親自著之，皆用金寶，鋜以璧璫。 2. 又作著調帽，鏤以金玉，間以孔翠，此皆天意。	1. 梁武帝舊宅在三橋，而「鳳度」之名，鳳翔之驗也。 2. 「黃麗」者「皇離」，爲，爲日而反縛之，東昏戮死之應也。 3. 「調」者，梁武帝至都，而風俗和調。		《南史‧齊和帝本紀》，頁160。
齊東昏侯寶卷永元中	東昏又令左右作逐鹿帽，形甚窄狹。〔註24〕		後果有逐鹿之事。	《南史‧齊和帝本紀》，頁160。

〔註23〕　《南齊書‧五行志》與《南史‧齊和帝本紀》對東昏侯製造帽子的敘述上很多句子是相同的，比較這兩書後，可確知「反縛黃離嘍」帽即「反縛黃麗」帽，「鳳皇度三橋」即「鳳度三橋」帽。

〔註24〕　此則與《南齊書‧五行志》相對照之下，《南史》中所言的「逐鹿帽」爲占驗逐鹿之事，類似於《南齊書》中的「兔子度坑」帽，言天下將有逐兔之事，但因名稱未盡相同，故先暫不合併。

齊東昏侯寶卷永元中	東昏宮裡又作散叛髮，反髻根向後，百姓爭學之。		及東昏狂惑，天下散叛矣。	《南史・齊和帝本紀》，頁160。
齊東昏侯至齊和帝〔註25〕	先是百姓及朝士，皆以方帛填胸，名曰「假兩」。	1. 此又服祅。 2. 假非正名也，儲兩面假之，明不得真也。	東昏誅，其子廢為庶人，假兩之意。	《南史・齊和帝本紀》，頁160。
北齊神武帝	後齊妻后臥疾，寢衣無故自舉。		俄而后崩。	《隋書・五行志》，頁629。
北齊文宣帝	《隋書》：文宣帝末年，衣錦綺，傅粉黛，數為**胡服**，微行市里。 及帝崩，太子嗣位，被廢為濟南王。 《北齊書》：或袒露形體，塗傅粉黛，散髮胡服，雜衣錦綵。拔刃張弓，遊於市肆，勳戚之第，朝夕臨幸。〔註26〕	《隋書》： 1. 粉黛者，婦人之飾，陽為陰事，君變為臣之象也。 2. 又齊氏出自陰山，胡服者，將反初服也。 3. 錦綵非帝王之法服，微服者布衣之事，齊亡之効也。 《北齊書》：論曰：「……，其後縱酒肆欲，事極猖狂，昏邪殘暴，近世未有。饗國弗永，實由斯疾，胤嗣殄絕，固亦餘殃也。	《隋書》齊亡之効也。	《隋書・五行志》，頁629。 《北齊書・帝紀第四・文宣》，頁67～68。
北齊後主	後主好令宮人以白越布折額，狀如髽幗；又為白蓋。	此二者，喪禍之服也。	後主果為周武帝所滅，父子同時被害。	《隋書・五行志》，頁630。

〔註25〕 齊東昏侯的帝王生活，多處豪華奢侈，其衣著章服多有逾於常規，然史書中未言之為服妖，故引之如下以做為參考。《南史・齊本紀下第五》：「著織成袴褶，金薄帽，執七寶縛矟，又有金銀校具，錦繡諸帽數十種，各有名字。**戎服急裝縛袴**，上著絳衫，以為常服，不變寒暑。……**擔幢諸校具服飾，皆自製之**，綴幾金華玉鏡眾寶。……高障之內，設部伍羽儀，復有數部，皆奏鼓**吹羌胡伎**，鼓角橫吹。……**明帝之崩**，竟不一日蔬食，居處衣服，無改平常。潘妃生女，百日而亡，制斬衰絰杖，衣悉粗布。……又於苑中立店肆，模大市，日游市中，雜所貨物，與宮人閹豎共為裨販。以潘妃為市令，自為市吏錄事。」頁151～155。

〔註26〕 《北齊書・帝紀第四・文宣》：「既征伐四克，威振戎夏，六七年後，遂留連耽湎，肆行淫暴。或躬自鼓舞，歌謳不息，從旦通宵，以夜繼畫。或袒露形體，塗傅粉黛，散髮胡服，雜衣錦綵。拔刃張弓，遊於市肆，勳戚之第，朝夕臨幸。時乘駝駑牛驢，不施鞍勒，盛暑炎赫，隆冬酷寒，或**日中暴身，去衣馳騁**，從者不堪，帝居之自若。親戚貴臣，左右近習，侍從錯雜，無復差等。」

北齊後主武平年間	1. 武平時，後主於苑內作貧兒村，親衣繿縷之服而行乞其間，以爲笑樂。 2. 多令人服烏衣，以相執縛。		後主果爲周所敗，被虜於長安而死，妃后窮困，至以賣燭爲業。	《隋書・五行志》，頁630。
北齊幼主高恒	1. 又於華林園立貧窮村舍，帝自弊衣爲乞食兒。又爲窮兒之市，躬自交易。 2. 寫築西鄙諸城，使人衣黑衣爲羌兵，鼓噪凌之，親率內參臨拒，或實彎射人。 3. 自晉陽東巡，單馬馳驚，衣解髮散而歸。			《北齊書・幼主本紀》，頁113。
北齊幼主高恒	又婦人皆剪剔以著假髻，而危邪之狀如飛鳥，至於南面，則髻心正西。如自宮內爲之，被於四遠。	1. 天意若曰：元首剪落，危側當走西也。 2. 然則亂衣之數蓋有兆云。		《北齊書・幼主本紀》，頁114。
後周靜帝宇文衍大象元年（579 A. D.，但改制者爲其父後周宣帝）〔註27〕	1. 《隋書》：後周大象元年，服冕二十有四旒，車服旗鼓，皆以二十四爲節。 《周書》：冕有二十四旒，（室）〔車〕服旗鼓，皆以二十四爲節。……，車旗章服，倍於前王之數。 2. 《隋書》：侍衛之官，服五色，雜以紅紫。	《隋書》：皆服妖也。	《隋書》：帝尋暴崩，而政由於隋，周之法度，皆悉改易。	《隋書・五行志》，頁630。《周書・宣帝本紀》，頁119、123〜125。

〔註27〕此帝多有誇浮奢華之舉，茲列如下：「唯自尊崇，無所顧憚，國典朝儀，率情變改。後宮位號，莫能詳錄。每對臣下，自稱爲天。幾五色土塗所御天德殿，各隨方色。又於後宮與皇后等列坐……，車旗章服，倍於前王之數。既自比上帝，不欲令人同己。……，及王公有綬者，並令去之。又不聽人有高大之稱，諸姓高者改爲姜，九族稱高祖者爲長祖，曾祖爲次長祖，官名凡稱上及大者改爲長，有天者亦改之。又令天下車皆以渾成木爲輪，禁天下婦人皆不得施粉黛之飾，唯宮人得乘有輻車，加粉黛焉。……，每召侍臣論議，唯欲興造變革，未嘗言及治政。其後遊戲無恆，出入不（飾）〔節〕，羽儀仗衛，晨出夜遊。……，散樂雜戲魚龍爛漫之伎，常在目前，……好令京城少年爲婦人服飾，入殿歌舞，與後宮觀之，以爲喜樂。《周書・帝紀第七・宣帝》，頁125。

	《周書》：詔天臺侍衛之官，皆著五色及紅紫綠衣，以雜色為緣，名曰品色衣。有大事，與公服間服之。			
	3. 《隋書》：令天下車以大木為輪，不施輻。《周書》：又令天下車皆以渾成木為輪。			
	4. 《隋書》：朝士不得佩綬，婦人墨粧黃眉。《周書》：嘗自帶及冠通天冠，加金附蟬，顧見侍臣武弁上有金蟬，及王公有綬者，並令去之，……禁天下婦人皆不得施粉黛之飾，唯宮人得乘有輻車，加粉黛焉。			
	5. 《隋書》：又造下帳，如送終之具，令五皇后各居其一，實宗廟祭器於前，帝親讀版而祭之。《周書》：又於後宮與皇后等列坐，用宗廟禮器樽彝珪瓚之屬以飲食焉。			
	6. 《隋書》：又將五輅載婦人，身率左右步從。又倒懸雞及碎瓦於車上，觀其作聲，以為笑樂。			
周宣帝	好令京城少年為婦人服飾，入殿歌舞，與後宮觀之，以為喜樂。〔註28〕	史臣曰：……，窮南山之簡，未足書其過；盡東觀之筆，不能記其罪。然猶獲全首領，及子而亡，幸哉。		《周書‧宣帝本紀》，頁125～126。
隋文帝開皇中	開皇中，房陵王勇之在東宮，及宜陽公王世積家，婦人所服領巾製同槊幡軍幟。	婦人為陰，臣象也，而服兵幟，臣有兵禍之應矣。	勇竟而遇害，世積坐伏誅。	《隋書‧五行志》，頁630。

〔註28〕北周宣帝令男子服婦人服，其例與何晏相同，皆是穿著婦人衣飾，故視為服妖之例。

附表二：兩《漢志》服妖事類一覽表

時　間	服妖事件	評論或占語	事　　應	出　　處
春秋愍公二年	晉獻公使太子申生帥師，公衣之偏衣，佩之金玦。	1. 狐突歎曰：「時，事之徵也；衣，身之章也；佩，衷之旗也。故敬其事，則命以始；服其身，則衣之純；用其衷，則佩之度。今命以時卒，閟其事也；衣以尨服，遠其躬也；佩以金玦，棄其衷也。服以遠之，時以閟之，尨涼冬殺，金寒玦離，胡可恃也！」 2. 梁餘子養曰：「帥師者，受命于廟，受脤於社，有常服矣。弗獲而尨，命可知也。死而不孝，不如逃之。」 3. 罕夷曰：「尨奇無常，金玦不復，君有心矣。」 4.《漢書・五行志》：「近服妖也。」	後四年，申生以讒自殺。	《漢書・五行志》，頁 1365〔註29〕。
春秋	《左氏傳》曰：鄭子臧好聚鷸冠。	劉向以爲近服妖者也。一曰，非獨爲子臧之身，亦文公之戒。	1. 鄭文公惡之，使盜殺之。 2. 初，文公不禮晉，又犯天子命而伐滑，不尊尊敬上。其後晉文伐鄭，幾亡國。	《漢書・五行志》，頁 1366
昭帝	1. 昌邑王賀遣中大夫之長安，多治仄注冠，以賜大臣，又以冠奴。 時王賀狂悖，聞天子不豫，弋獵馳騁如故，與騶奴宰人游居娛戲，驕嫚不敬。 2. 賀爲王時，又見大白	1. 劉向以爲近服妖也。 2. 冠者尊服，奴者賤人，賀無故好作非常之冠，暴尊象也。以冠奴者，當自至尊墜至賤也。 3.（大白狗冠方山冠而無尾），此服妖，亦犬禍也。賀以問郎中令	1. 其後帝崩，無子，漢大臣徵賀爲嗣。即位，狂亂無道，縛戮諫者夏侯勝等。於是大臣白皇太后，廢賀爲庶人。 2. 賀既廢數年，宣帝封之爲列侯，復有	《漢書・五行志》，頁 1366〜1367。

〔註29〕〔漢〕班固著、〔唐〕顏師古注：《漢書》（臺北：鼎文書局，1979 年）。

	狗冠方山冠而無尾。	冀遂，遂曰：「此天戒，言在亢者盡冠狗也。去之則存，不去則亡矣。」 4. 京房《易傳》曰：「行不順，厥咎人奴冠，天下亂，辟無道，妾子拜。」又曰：「君不正，臣欲篡，厥妖狗冠出朝門。」	罪，死不得置後，又犬禍無尾之效也。	
更始	更始諸將軍過雒陽數十輩，皆幘而衣婦人衣繡擁髻。	1. 時智者見之，以為服之不中，身之災也，乃奔入邊郡避之。 2. 《後漢書‧五行志》：「是服妖也。」	其後更始遂為赤眉所殺。	《後漢書‧五行志》，頁3270。
桓帝元嘉中	京都婦女作愁眉、啼妝、墮馬髻、齲齒笑。所謂愁眉者，細而曲折。啼妝者，薄拭目下，若啼處。墮馬髻者，作一邊。折要步者，足不在體下。齲齒笑者，若齒痛，樂不欣欣。始自大將軍梁冀家所為，京都歙然，諸夏皆放效。	《後漢書‧五行志》：此近服妖也。梁冀二世上將，婚媾王室，大作威福，將危社稷。 《後漢書‧五行志》：天誠若曰：兵馬將往收捕，婦女憂愁，蹙眉啼泣，吏卒掣頓，折其要脊，令髻傾邪，雖強語笑，無復氣味也。	到延熹二年，舉宗誅夷。	《後漢書‧五行志》，頁3270～3271。
延熹中	京都長者皆著木屐；婦女始嫁，至作漆畫五采為系。	《後漢書‧五行志》：此服妖也。	到九年，黨事始發，傳黃門北寺，臨時惶惑，不能信天任命，多有逃走不就考者，九族拘繫，及所過歷，長少婦女皆被桎梏，應木屐之象也。	《後漢書‧五行志》，頁3271。
延熹中，梁冀誅後	京都幘顏短耳長，短上長下。時中常侍單超、左悺、徐璜、具瑗、唐衡在帝左右，縱其姦慝。	《後漢書‧五行志》：「海內慍曰：一將軍死，五將軍出。家有數侯，子弟列布州邸，賓客雜襲騰翥，上短下長，與梁冀同占。」	到其八年，桓帝因日蝕之變，乃拜故司徒韓寅為司隸校尉，以次誅鉏，京都正清。	《後漢書‧五行志》，頁3271。
靈帝建寧中	京都長者皆以葦方笥為糚具，下士盡然。	時有識者竊言：葦方笥，郡國讞篋也；今珍用之，此天下人皆當有罪讞於理官也。	到光和三年癸丑赦令詔書，吏民依黨禁錮者赦除之，有不見文，他以類比疑者讞。於是諸有黨郡皆讞廷尉，人名悉入方笥中。	《後漢書‧五行志》，頁3271～3272。

靈帝	靈帝好胡服、胡帳、胡牀、胡坐、胡飯、胡空侯、胡笛、胡舞,京都貴戚皆競爲之。	《後漢書・五行志》:此服妖也。	其後董卓多擁胡兵,填塞街衢,虜掠宮掖,發掘園陵。	《後漢書・五行志》,頁3272。
靈帝	靈帝於宮中西園駕四白驢,躬自操轡,驅馳周旋,以爲大樂。於是公卿貴戚轉相放效,至乘輜軿以爲騎從,互相侵奪,賈與馬齊。	《後漢書・五行志》:案《易》曰:「時乘六龍以御天。」行天者莫若龍,行地者莫如馬。《詩》云:「四牡騤騤,載是常服。」「檀車煌煌,四牡彭彭。」夫驢乃服重致遠,上下山谷,野人之所用耳,何有帝王君子而驢服之乎!遲鈍之畜,而今貴之。 《後漢書・五行志》:天意若曰:「國且大亂,賢愚倒植,凡執政者皆如驢也。」	其後董卓陵虐王室,多援邊人以充本朝,胡夷異種,跨蹋中國。	《後漢書・五行志》,頁3272。
靈帝熹平中	1. 省內冠狗帶綬,以爲笑樂。有一狗突出,走入司徒府門,或見之者,莫不驚怪。 2. 又遣御史於西(鄉)〔邸〕賣官,關內侯顧五百萬者,賜與金紫;詣闕上書占令長,隨縣好醜,豐約有賈。	1. 京房《易傳》曰:「君不正,臣欲篡,厥妖狗冠出。」 2. 《後漢書・五行志》:強者貪如豺虎,弱略不類物,實狗而冠者也。司徒古之丞相,壹統國政。天戒若曰:「宰相多非其人,尸祿素餐,莫能據正持重,阿意曲從;今在位者皆如狗,故狗走入其門。」	後靈帝寵用便嬖子弟,永樂賓客、鴻都臺小,傳相汲引,公卿牧守,比肩是也。	《後漢書・五行志》,頁3272。
靈帝	靈帝數遊戲於西園中,令後宮采女爲客舍主人,身爲商賈服。行至舍,采女下酒食,因共飲食以爲戲樂。	《後漢書・五行志》:此服妖也。	其後天下亂。	《後漢書・五行志》,頁3273。
漢獻帝建安中	男子之衣,好爲長躬而下甚短,女子好爲長裙而上甚短。	時益州從事莫嗣以爲服妖,是陽無下而陰無上也,天下未欲平也。	後還,遂大亂。	《後漢書・五行志》,頁3273。

參考文獻

一、古籍文獻

1. 〔周〕左丘明撰，〔晉〕杜預注，〔唐〕孔穎達正義：《春秋左傳正義》，臺北：臺灣古籍出版社，2001 年。

2. 〔先秦〕荀況著，李滌生集釋：《荀子集釋》，臺北：臺灣學生書局，2000 年。

3. 〔先秦〕呂不韋撰，陳奇猷校釋：《呂氏春秋校釋》，臺北：華正書局股份有限公司，1985 年。

4. 〔漢〕毛亨撰，〔漢〕鄭玄箋，〔唐〕孔穎達疏：《詩經》，收入《十三經注疏》，臺北：藝文印書館，1982 年。

5. 〔漢〕王充撰，黃暉校釋：《論衡校釋》，北京：中華書局，1990 年。

6. 〔漢〕司馬遷撰，〔日〕瀧川龜太郎注：《史記會注考證》，臺北：樂天出版社，1972 年。

7. 〔漢〕伏生述，〔漢〕鄭玄注，〔清〕王闓運補注：《尚書大傳補注》，北京：中華書局，1991 年。

8. 〔漢〕伏生撰，〔漢〕鄭玄注，〔清〕孫之騄輯：《尚書大傳》，收入《景印文淵閣四庫全書》第 68 冊，臺北：臺灣商務印書館，1983 年。

9. 〔漢〕伏勝撰，〔漢〕鄭玄注，〔清〕陳壽祺輯校：《尚書大傳》，《左海全集續集》，出版地、出版社、出版年份不詳。

10. 〔漢〕班固撰，〔唐〕顏師古注，楊家駱主編：《漢書》，臺北：鼎文書局，1981 年。

11. 〔漢〕許慎著，〔清〕段玉裁注：《說文解字注》，臺北：黎明文化事業股份有限公司，1993 年。

12. 〔漢〕劉向撰，趙善詒疏證，《說苑疏證》，臺北：文史哲出版社，1986 年。

13. 〔漢〕班固撰編，〔清〕陳立疏證：《白虎通疏證》，北京：中華書局出版社。

14. 〔漢〕劉熙撰，〔清〕畢沅疏證，王先謙補：《釋名疏證補》，北京：中華書局，2008 年。

15. 〔漢〕鄭玄注，〔唐〕賈公彥疏：《周禮》，收入《十三經注疏》，臺北：藝文印書館，1982 年。

16. 〔漢〕鄭玄注，〔唐〕孔穎達疏，〔唐〕陸德明音義：《禮記》，收入《十三經注疏》，臺北：藝文印書館，1982 年。

17. 〔漢〕鄭玄注，〔唐〕賈公彥疏：《儀禮》，收入《十三經注疏》，臺北：藝文印書館，1982 年。

18. 〔漢〕公羊壽撰，〔漢〕何休解詁，〔唐〕徐彥疏：《春秋公羊傳注疏》，臺北：臺灣古籍出版社，2001 年。

19. 〔漢〕應劭撰，王利器注：《風俗通義》，臺北：漢京文化事業有限公司，1983 年。

20. 〔漢〕董仲舒撰，〔清〕蘇輿義證：《春秋繁露義證》，北京：中華書局，2007 年。

21. 〔漢〕劉安撰，〔漢〕高誘注：《淮南鴻烈解》，臺北：臺灣商務印書館，1983 年。

22. 〔漢〕劉向集錄：《戰國策》（上冊），臺北：里仁書局，1982 年。

23. 〔漢〕陸賈：《新語》，臺北：世界書局，1962 年。

24. 〔魏〕何晏注，〔宋〕邢昺疏：《論語》，收入《十三經注疏》，臺北：藝文印書館，1982 年。

25. 〔魏〕王弼注，〔晉〕韓康伯注，〔唐〕孔穎達疏：《周易正義》，臺北：藝文印書館，2001 年。

26. 〔魏〕何晏注，〔宋〕邢昺疏：《論語》，收入《十三經注疏》，臺北：藝文印書館，1982 年。

27. 〔魏〕劉邵：《人物志》，臺北：臺灣中華書局股份有限公司，1966 年。

28. 〔晉〕葛洪撰，楊明照校：《抱朴子外篇校箋》，北京：中華書局出版，1996 年。

29. 〔晉〕干寶撰：《搜神記》，臺北：里仁出版社，1986 年。

30. 〔晉〕干寶撰，汪紹楹校注：《搜神記校注》，臺北：洪氏出版社，1982 年。

31. 〔晉〕郭璞注，〔宋〕邢昺疏：《爾雅》，收入《十三經注疏》，臺北：藝文印書館，1982 年。

32. 〔晉〕張華著，〔晉〕范寧校證：《博物志》，臺北：金楓出版社，1987 年。

33. 〔晉〕陳壽撰，世界書局編輯部主編：《三國志注》，臺北：世界書局，
　　1974 年。

34. 〔南朝宋〕范曄撰，〔唐〕李賢等注，楊家駱編：《後漢書》，臺北：鼎
　　文書局，1981 年。

35. 〔晉〕范寧注，〔唐〕楊士勛疏：《春秋穀梁傳》，收入《十三經注疏》，
　　臺北：藝文印書館，1955 年。

36. 〔北齊〕顏之推撰，王利器集解：《顏氏家訓集解》，上海：上海古籍出
　　版社，1980 年。

37. 〔南朝宋〕劉義慶撰，〔南朝梁〕劉孝標注，徐震堮校箋：《世說新語校
　　箋》，臺北：文史哲出版社，1989 年。

38. 〔南朝宋〕劉義慶撰，〔南朝梁〕劉孝標注，余嘉錫箋疏：《世說新語箋
　　疏》，臺北：華正書局，1984 年。

39. 〔北朝齊〕魏收：《魏書》，臺北：鼎文書局，1979～1980 年。

40. 〔南朝梁〕沈約：《宋書》，臺北：鼎文書局，1979～1980 年。

41. 〔南朝梁〕劉勰著，王更生注譯：《文心雕龍讀本》（上）、（下），臺北：
　　文史哲出版社，1985 年。

42. 〔南朝梁〕蕭子顯：《南齊書》，臺北：鼎文書局，1975 年。

43. 〔唐〕李百藥撰：《北齊書》，臺北：鼎文書局，1975 年。

44. 〔唐〕房玄齡等著：《晉書》，臺北：鼎文書局，1976 年。

45. 〔唐〕魏徵等撰：《隋書》，臺北：鼎文書局，1980 年。

46. 〔唐〕令狐德棻等撰：《周書》，臺北：鼎文書局，1980 年。

47. 〔唐〕李延壽撰：《北史》，臺北：鼎文書局，1980 年。

48. 〔唐〕杜佑：《通典》，臺北：新興書局，1963 年。

49. 〔唐〕劉知幾撰，〔清〕蒲起龍釋，呂思勉評：《史通釋評》，臺北：華
　　世出版社，1981 年。

50. 〔南朝梁〕蕭統編，〔唐〕李善注：《昭明文選》，臺北：華正書局，1982
　　年。

51. 〔唐〕歐陽詢：《藝文類聚》，臺北：文光出版社，1974 年。

52. 〔唐〕尹知章注，〔清〕戴望校正：《管子校正》，臺北：世界書局，1955
　　年。

53. 〔唐〕楊倞注，〔清〕王先謙集解：《荀子集解》，臺北：世界書局，1961
　　年。

54. 〔唐〕歐陽詢：《藝文類聚》，臺北：文光出版社，1974 年。

55. 〔宋〕李昉：《太平御覽》，臺北：新興書局，1959 年。

56. 〔元〕馬端臨撰：《文獻通考》，臺北：新興書局，1958 年。

57. 〔宋〕鄭樵：《通志》，臺北：新興書局，1963 年。

58. 〔宋〕朱熹撰，〔宋〕黎靖德編：《朱子語類》，臺北：正中書局，1962 年。

59. 〔宋〕沈括：《夢溪筆談校證》，臺北：中國子學名著集成編印基金會出版，1960 年。

60. 〔清〕陳立撰：《白虎通疏證》，北京：中華書局出版，2007 年。

61. 〔清〕李漁：《閒情偶寄》，臺北：長安出版社，1979 年

62. 〔清〕孫希旦：《禮記集解》，臺北：文史哲出版社，1982 年。

63. 〔漢〕劉安著：《漢南鴻烈解》，收入《景印文淵閣四庫全書》影印本，第 848 冊，臺北：臺灣商務印書館，1983～1986 年

64. 〔清〕洪興祖：《楚辭補注》，臺北：大安出版社，2004 年。

65. 〔清〕王先謙：《後漢書集解》，臺北：藝文印書館。

66. 〔清〕黃宗羲：《深衣考》，收入《景印文淵閣四庫全書》第 127 冊，臺北：臺灣商務印書館，1983～1986 年。

67. 〔清〕王鳴盛：《十七史商榷》，臺北：大化書局，1977 年。

68. 〔清〕趙翼：《廿二史箚記》，北京：中國書店，1987 年。

69. 〔清〕皮錫瑞疏證：《尚書大傳疏證》，收入杜松柏編：《尚書類聚初集》第 8 冊，臺北：新文豐公司，1984 年，

70. 〔清〕紀昀等編撰：《四庫全書總目》，臺北：藝文印書館，1979 年。

71. 〔清〕錢大昕：《十駕齋養新錄》臺北：臺灣商務印書館，1978 年。

72. 〔清〕王謨輯：《增訂漢魏叢書》，臺北：大化書局，1984 年。

73. 〔清〕皮錫瑞：《經學歷史》，臺北：漢京文化公司，1983 年。

74. 王夢鷗校證，《禮記校證》，臺北：藝文印書館，1976 年。

75. 余嘉錫：《四庫提要辨證》（上）、（下），臺北：藝文印書館，1965 年。

76. 上海古籍出版社編：《漢魏六朝筆記小說大觀》，上海：上海古籍出版社，1999 年。

二、專　書

（一）中文專著

1. 中央月刊社編：《淺說現代社會科學》，臺北：中央文物供應社，1978 年。

2. 毛漢光：《中國中古社會史論》，臺北：聯經出版事業公司，1988 年。

3. 毛漢光：《兩晉南北朝士族政治之研究》，臺北：中國學術著作獎助委員會，1966 年。

4. 王令樾:《緯學探原》,臺北:幼獅文化事業公司,1984 年。

5. 王仲犖:《魏晉南北朝史》,臺北:谷風出版社,1987 年。

6. 王宇清:《中國服裝史綱》,臺北:中華大典編印會,1967 年。

7. 王宇清:《冕服服章之研究》,臺北:中華叢書編審委員會出版,1966 年。

8. 王宇清:《國服史學鈞沈》,臺北:輔仁大學出版社,2000 年。

9. 王宇清:《歷運服色考》,臺北:國立歷史博物館出版,1971 年。

10. 王岫林:《魏晉士人之身體觀》,臺北:花木蘭出版社,2009 年。

11. 王明珂:《英雄祖先與弟兄民族──根基歷史的文本與情境》,臺北:允晨文化實業股份有限公司,2006 年。

12. 王海龍、何勇:《文化人類學歷史導引》,上海:學林出版社,1992 年

13. 王國良:《六朝志怪小說考論》,臺北:文史哲出版社,1988 年。

14. 王國良:《搜神後記研究》,臺北:文史哲出版社,1978 年 6 月初版。

15. 王國良:《魏晉南北朝志怪小說研究》,臺北:文史哲出版社,1984 年。

16. 王國維:《觀堂集林》,北京:中華書局,1959 年

17. 王葆玹:《西漢經學源流》,臺北:東大圖書股份有限公司,2008 年。

18. 王靖宇:《中國早期敘事文論集》,臺北:中研院文哲所籌備處,1999 年。

19. 王夢鷗:《鄒衍遺說考》,臺北:臺灣商務印書館,1966 年。

20. 王瑤:《中古文學史論》,臺北:長安出版社,1982 年。

21. 王維堤:《衣冠古國──中國服飾文化》,上海:上海古籍出版社,1991 年。

22. 王霄兵、張銘遠:《服飾與文化》,北京:中國商業出版社,1992 年。

23. 王樹民:《中國史學史綱要》,北京:中華書局,1997 年。

24. 王關仕:《儀禮服飾考辨》,臺北:文史哲出版社,1979 年。

25. 史作檉:《中國哲學精神溯源》,臺北:書鄉文化事業公司,2000 年。

26. 甘懷真:《皇權、禮儀與經典詮釋:中國古代政治史研究》,臺北:樂學書局,2003 年。

27. 申丹、王麗亞著:《西方敘事學:經典與後經典》,北京:北京大學出版社,2010 年。

28. 江冰:《中華服飾文化》,太原市:山西人民出版社,1991 年。

29. 江寶釵:《從民間文學到古小說》,高雄:麗文文化事業股份有限公司,1999 年。

30. 艾蘭、汪濤和范毓週主編:《中國古代思維模式與陰陽五行說探源》,南京:江蘇古籍出版社,1998 年。

31. 余英時：《中國知識階層史論古代篇》，臺北：聯經出版公司，1980 年。

32. 余英時：《中國思想傳統的現代詮釋》，臺北：聯經出版公司，1987 年。

33. 余英時：《知識人與中國文化的價值》，臺北：時報文化出版，2007 年。

34. 余嘉錫著：《余嘉錫文史論集》，長沙：岳麓書社，1997 年。

35. 吳文璋：《巫師傳統和儒家的深層結構——以先秦到西漢的儒家為研究對象》，高雄：復文圖書出版社，2001 年。

36. 呂思勉：《兩晉南北朝》，臺北：開明書局，1970 年。

37. 呂凱著：《鄭玄之讖緯學》，臺北：嘉新水泥公司文化基金會，1977 年。（為其博士論文油印本）

38. 呂謙舉：《中國史學史論文選集》，臺北：華世出版社，1976 年

39. 李曰剛等著：《三禮論文集》，臺北：黎明文化事業公司，1981 年。

40. 李永匡、王熹：《中國節令史》，臺北：文津出版社，1995 年。

41. 李杜：《中國古代天道思想論》，臺北：藍燈文化事業有限公司，1992 年。

42. 李隆國：《史學概論》，北京：北京大學出版社，2009 年。

43. 李零：《中國方術正考》，北京：中華書局，2006 年。

44. 李零：《中國方術續考》，北京：中華書局，2007 年。

45. 李漢三：《先秦兩漢之陰陽五行學說》，臺北：鐘鼎文出版公司，1967 年。

46. 李劍國：《唐前志怪小說史》，天津：天津教育出版社，2005 年。

47. 李豐楙：《神化與變異：一個「常與非常」的文化思維》，北京：中華書局，2010 年。

48. 沈從文：《中國古代服飾研究》，上海：上海書店出版社，2007 年。

49. 周汛、高春明：《中國古代平民服裝》，臺北：臺北商務印館，1998 年。

50. 周汛、高春明：《中國古代服飾風俗》，臺北：文津出版社，1989 年。

51. 周汛、高春明：《中國傳統服飾形制史》，臺北：南天出版社，1998 年。

52. 周汛、高春明：《中國歷代婦女妝飾》，臺北：南天出版社。

53. 周錫保：《中國古代服飾史》，北京：中國戲劇出版社，1996 年。

54. 林素娟：《空間、身體與禮教規訓——探討秦漢之際的婦女禮儀教育》，臺北：臺灣學生書局，2007 年。

55. 林富士：《漢代的巫者》，臺北：稻鄉出版社，2004 年。

56. 金觀濤、劉青峰：《興盛與危機——論中國社會超穩定結構》，香港：中文大學出版社，1992 年。

57. 侯外廬：《漢代社會與漢代思想》，香港：嵩華出版社，1978 年。

58. 施拓全：《北朝學術之研究》，臺北：花木蘭文化出版社，2009 年。

59. 柯慶明：《中國文學的美感》，臺北：麥田出版，2000 年。

60. 孫隆基：《中國文化的深層結構》，香港：集賢社，1992 年。

61. 孫機：《中國古輿服論叢》，北京：文物出版社，2001 年。

62. 徐復觀：《兩漢思想史》，臺北：臺灣學生書局，1976 年。

63. 徐震堮《世說新語校箋》，臺北：文史哲出版社，1989 年。

64. 柴德賡：《史籍舉要》，香港：中華書局，2002 年。

65. 荊云波：《文化記憶與儀式敘事：《儀禮》的文化闡釋》，廣州：南方日報出版社，2010 年。

66. 袁珂：《山海經校注》，臺北：里仁書局，2004 年。

67. 馬長壽：《碑銘所見前秦至隋初的關中部族》，北京：中華書局，1985 年。

68. 高明士：《東亞古代的政治與教育》，臺北：臺灣大學出版中心，2004 年。

69. 高春明：《中國服飾名物考》，上海：上海文化出版社，2001 年。

70. 高莉芬：《蓬萊神話：神山、海洋與洲島的神聖敘事》，臺北：里仁書局，2008 年。

71. 高莉芬：《絕唱——漢代歌詩人類學》，臺北：里仁書局，2008 年。

72. 張少康：《文心雕龍新探》，臺北：文史哲出版社，1997 年。

73. 張立文主編：《中國哲學範疇發展史（天道篇）》，臺北：五南圖書出版公司，1996 年。

74. 張立文主編：《中國學術通史（秦漢卷）》，北京：人民出版社，2004 年。

75. 張光直：《中國青銅時代（第二集）》，臺北：聯經出版事業公司，2001 年。

76. 張光直：《美術、神話與祭祀》，臺北：稻鄉出版社，1995 年。

77. 張蓓蓓：《中古學術論略》，臺北：大安出版社，1991 年。

78. 張德勝：《儒家倫理與秩序情結——中國思想的社會學詮釋》，臺北：巨流圖書公司，1998 年。

79. 梁啓超云：《飲冰室合集》，北京：中華書局，1989 年。

80. 許尤娜：《魏晉隱逸思想及其美學涵義》，臺北：文津出版社，2000 年。

81. 許輝、邱敏、胡阿祥主編：《六朝文化》，南京：江蘇古籍出版社，2001 年。

82. 郭紹虞：《中國文學批評史》，臺北：文史哲出版社，1988 年。

83. 陳戍國：《先秦禮制研究》，長沙：湖南教育出版社，1991 年。

84. 陳戍國：《秦漢禮制研究》，長沙：湖南教育出版社，1993 年。

85. 陳戍國：《魏晉南北朝禮制研究》，長沙：湖南教育出版社，1995 年。

86. 陳來：《古代宗教與倫理——儒家思想的根源》，臺北：允晨文化實業股份有限公司，2005 年。

87. 陳來：《古代思想文化的世界——春秋時代的宗教、倫理與社會思想》，臺北：允晨文化出版社，2006 年。

88. 陳弱水、王汎森主編：《思想與學術》，北京：中國大百科書出版社，2005 年。

89. 陳寅恪講演，萬繩楠整理：《陳寅恪魏晉南北朝史講錄》，臺北：知書房出版社，2003 年。

90. 陳啓雲：《中國古代思想文化的歷史論析》，北京：北京大學出版社，2001 年

91. 陳業新：《災害與兩漢社會研究》，上海：上海人民出版社，2004 年。

92. 陳德新：《氣論釋物的身體哲學——陰陽、五行、精氣理論的身體形構》，臺北：五南圖書出版股份有限公司，2009 年。

93. 彭美玲：《古代禮俗左右之辨研究》，臺北：國立臺灣大學出版，1997 年。

94. 湯用彤：《魏晉玄學》，臺北：佛光文化，2001 年。

95. 童慶炳，暢廣元，梁道禮主編：《全球化語境與民族文化、文學》，北京：中國社會科學出版社，2002 年。

96. 華梅：《人類服飾文化學》，天津：天京人民出版社，1995 年。

97. 華梅：《古代服飾》，北京：文物出版社，2004 年。

98. 華梅：《服飾與中國文化》，北京：人民出版社，2001 年。

99. 賀昌羣等著：《魏晉思想》，臺北：里仁書局，1995 年。

100. 黃悅：《神話敘事與集體記憶——《淮南子》的文化闡釋》，廣州：南方日報出版社，2010 年。

101. 黃能馥、陳娟娟：《中國服裝史》，上海：上海人民出版社，2004 年。

102. 黃能馥、陳娟娟：《中華歷代服飾藝術》，北京：中國旅遊出版社，1999 年。

103. 黃強：《中國內衣史》，北京，中國紡織出版社，2008 年。

104. 黃肇基：《漢代公羊學災異理論研究》，臺北：文津出版社，1998 年。

105. 黃應貴主編：《時間、歷史與記憶》，臺北：中央研究民族學研究所，1999 年。

106. 逯耀東：《魏晉史學的思想與社會基礎》，北京：中華書局，2006 年。

107. 楊家駱編：《雲自在龕隨筆等三種》，臺北：世界書局，1963 年。

108. 楊慧琪:《六朝志怪小說異類姻緣故事研究》,臺北:文津出版社,1994年。

109. 楊儒賓、黃俊傑編:《中國古代思維方式探索》,臺北:正中書局,1996年。

110. 楊儒賓:《儒家身體觀》,臺北:中研院文哲所,1996年。

111. 楊儒賓主編:《中國古代思想中的氣論及身體觀》,臺北:巨流圖書公司,1996年。

112. 萬繩楠:《魏晉南北朝史論稿》,臺北:雲龍出版社,1994年。

113. 葉舒憲:《中國神話哲學》,西安:陝西人民出版社,2005年。

114. 葉舒憲主編:《國際文學人類學研究》,天津:百花文藝出版社,2006年

115. 葛兆光:《中國思想史》,上海:復旦大學出版社,2001年。

116. 葛兆光:《古代中國文化講義》,臺北:三民書局股份有限公司,2005年。

117. 葛兆光:《古代中國的歷史、思想與宗教》,北京:北京師範大學出版社,2006年。

118. 葛兆光:《道教與中國文化》,臺北:東華書局股份有限公司,1989年。

119. 董治安主編:《唐代四大類書》,北京:清華大學出版社,2003年。

120. 寧稼雨:《魏晉名士風流》,北京:中華書局,2007年。

121. 廖炳惠:《關鍵詞200》,臺北:麥田出版社,2003年。

122. 廖蔚卿:《漢魏六朝文學論集》,臺北:大安出版社,1997年。

123. 趙超:《霓裳羽衣——古服飾文化》,南京:江蘇古籍出版社,2002年。

124. 劉文英:《中國古代的時空觀念》,天津:南開大學出版社,2000年。

125. 劉玉堂、張碩著:《長江流域服飾文化》,武漢:湖北教育出版社,2005年。

126. 劉苑如:《身體‧性別‧階級——六朝志怪的常異論述與小說美學》,臺北:中央研究院中國文哲研究所,2002年。

127. 劉師培:《中國中古文學史講義》,北京:中國人民大學出版社,2004年。

128. 劉康:《對話的喧聲——巴赫汀文化理論述評》,臺北:麥田出版社,2005年。

129. 劉詠聰:《德‧才‧色‧權:論中國古代女姓》,臺北:麥田出版社,1998年。

130. 劉德漢:《從漢書五行志看春秋對西漢政教的影響》,臺北:華正書局,1979年。

131. 蔡壁名：《身體與自然——以《黃帝內經素問》為中心論古代思想傳統中的身體觀》，臺北：國立臺灣大學文學院，1997 年。

132. 鄭均：《讖緯考述》，臺北：文史哲出版社，2001 年。

133. 鄭志明：《宗教神話與崇拜的起源》，臺北：大元書局，2005 年。

134. 鄭志明：《傳統宗教的文化詮釋：天地人鬼神五位一體》，臺北：文津出版社，2009 年。

135. 鄭毓瑜：《六朝情境美學》，臺北：臺灣學生書局，1996 年。

136. 鄭毓瑜：《文本風景——自我與空間的相互定義》，臺北：麥田出版社，2005 年。

137. 鄧啓耀：《衣裝上的秘境》，臺北：臺灣珠海出版有限公司，1993 年。

138. 鄧啓耀：《衣裝秘語——中國民族服飾的文化象徵》，臺北：書泉出版社，2006 年。

139. 魯迅：《中國小說史略》，香港：三聯書局有限公司，2001 年。

140. 翦伯贊：《史料與史學》，北京：新華書局，2005 年。

141. 翦伯贊：《秦漢史》，北京：北京大學出版社，1999 年。

142. 閻步克：《服周之冕——《周禮》六冕禮制的興衰變異》，北京：中華書局，2009 年。

143. 閻愛民：《漢晉家族研究》，上海：上海人民出版社，2005 年。

144. 駱新、姚莽：《衣冠滄桑——中國古代服裝文化觀》，河北：農村讀物出版社，1991 年。

145. 鍾宗憲：《先秦兩漢文化的側面研究》，臺北：知書房，2005 年。

146. 瞿同祖：《中國法律與中國社會》，臺北：里仁書局，1984 年。

147. 顏崑陽：《六朝文學觀念論叢》，臺北：正中書局，1993 年。

148. 顏湘君：《中國古小說服飾描寫研究》，上海：上海書店出版社，2007 年。

149. 羅宏曾：《魏晉南北朝文化史》，四川：四川人民出版社，1989 年。

150. 羅鋼撰：《敘事學導論》，雲南：雲南人民出版社，1994 年。

151. 譚佳：《斷裂中的神聖重構——《春秋》的神話隱喻》，廣州：南方日報出版社，2010 年。

152. 蘇紹興：《兩晉南朝的士族》，臺北：聯經出版社，1987 年。

153. 饒宗頤：《中國史學上之正統觀：中國史學觀念探討之一》，香港：龍門書店，1977 年。

154. 顧頡剛：《秦漢的方士與儒生》，上海：上海古籍出版社，2005 年。

155. 龔鵬程：《中國傳統文化十五講》，臺北：五南出版社，2006 年。

（二）外文專著

1. Horn, Marilyn J. & Gurel, Lois M., *The second skin: an interdisciplinary study of clothing*. 3rd Edtion. Boston: Houghton Mifflin Company, 1981.

2. Hayden White, *Tropics of Discourse: Essays in Cultural Criticism*. Baltimore and London: The Johns Hopkins University Press, 1978.

（三）外文譯著

1. 〔日〕日藤湖南著，馬彪譯：《中國史學史》，上海：上海古籍出版社，2008 年

2. 〔日〕中村元著，徐復觀譯：《中國人的思維方法》，臺北：臺灣學生書局，1991 年。

3. 〔日〕西槙光正編：《語境研究論文集》，北京：北京語言學出版社，1992 年。

4. 〔日〕渡邊信一郎：《中國古代的王權與天下秩序——從日中比較史的視角出發》，北京：中華書局，2008 年。

5. 〔日〕小野澤精一、福永光司、山井涌編：《氣的思想——中國自然觀與人的觀念的發展》，上海：上海人民出版社，2007 年。

6. 〔法〕布爾迪厄（Pierre Bourdieu）著，邱天助譯：《布爾迪厄文化再製理論》，臺北：桂冠圖書股份有限公司，2004 年。

7. 〔法〕米歇·傅柯（Michel Foucault）著，王德威譯：《知識的考掘》，臺北：麥田出版社，2007 年。

8. 〔法〕李維斯陀（Claude Levi-Strauss）：《神話學：生食和熟食》，臺北：時報文化出版。

9. 〔法〕余蓮（Francois Jullien）著，林志明、張婉真譯：《本質或裸體》，臺北：桂冠出版社，2004 年。

10. 〔法〕羅蘭·巴特（Roland Barthes）著，李維譯：《流行體系（I）：符號學與服飾符號》（Système de la Mode），臺北：桂冠出版社，1998 年。

11. 〔法〕路先·列維布留爾（Lucien Levy-Bruhl）著，丁由譯：《原始思維》，臺北：臺灣商務印書館，2001 年。

12. 〔美〕Chris Barker 著，羅世宏譯：《文化研究理論與實踐》，臺北：五南圖書出版公司，2005 年。

13. 〔美〕John O'Neill 著，張旭春譯：《五種身體》，臺北：弘智文化公司，2001 年。

14. 〔美〕安德魯·斯特拉桑（Andrew J. Strathern）著，王業偉、趙國新譯：《身體思想》，瀋陽：春風文藝出版社，1999 年。

15. 〔美〕蘇珊·凱瑟（Susan B. Kaiser）著，李宏譯：《服裝社會心理學》

共 6 冊，臺北：商鼎文化出版社，1997 年。

16. 〔美〕段義孚（Yi-Fu Tuan）著，潘桂成譯：《經驗透視中的空間和地方》，臺北：國立編譯館，1998 年。

17. 〔美〕華萊士・馬丁（W. Martin）著，伍曉明譯：《當代敘事學》，北京：北京大學出版社，2005 年。

18. 〔美〕浦安迪（Andrew H. Plaks）：《中國敘事學》，北京：北京大學出版社，1996 年。

19. 〔美〕楊慶堃著，范麗珠等譯：《中國社會中的宗教──宗教的現代社會功能與其歷史因素之研究》，上海：上海人民出版社，2007 年。

20. 〔美〕陳漢生（Chad Hansen）著，周云之譯：《中國古代的語言和邏輯》，北京：社會科學文獻出版社，1998 年。

21. 〔美〕高夫曼（Erving Goffman, 1922～1982）著，徐江敏、李姚軍譯：《日常生活中的自我表演》，臺北：桂冠圖書股份有限公司，1992 年。

22. 〔英〕K・伍德華（Kathryn Woodward）編，林文琪譯：《身體認同：同一與差異》，臺北：韋伯文化出版公司，2004 年。

23. 〔英〕弗雷澤（J. G. Frazer）著，汪培基譯：《金枝》，臺北：桂冠圖書，1991 年。

24. 〔英〕彼得・布魯克（Peter Brooker）著，王志弘、李根芳譯：《文化理論詞彙》，臺北：巨流圖書有限公司，2004 年。

25. 〔英〕約翰・伯格著（John Berger），吳莉君譯：《觀看的方式》，臺北：麥田出版社，2006 年。

26. 〔英〕愛德華・B・泰勒（Edward B. Tylor）著，連樹聲譯：《原始文化：神話、哲學、宗教、語言、藝術和習俗發展之研究》，桂林：廣西師範大學出版社，2005 年。

27. 〔英〕Tim Cresswell：《地方：記憶、想像與認同》，臺北：群學出版有限公司，2006 年。

28. 〔英〕Tim Dent 著，龔永慧譯：《物質文化》，臺北：書林出版有限公司，2009 年。

29. 〔德〕恩斯特・卡爾勒（Ernst Cassirer）著，于曉等譯：《語言與神話》，臺北：桂冠圖書公司，1998 年。

30. 〔德〕卡西勒（Ernst Cassirer, 1874～1945）撰，甘陽譯：《人論》，臺北：桂冠圖書股份有限公司，2005 年。

31. 〔瑞士〕費爾迪南・德・索緒爾（Ferdinand de Saussure, 1857～1913）著，高名凱譯：《普通語言學教程》，北京：商務印書館，1999 年。

32. 〔羅〕伊利亞德（Mircea Eliade）著，楊素娥譯：《聖與俗：宗教的本質》，臺北：桂冠圖書股份有限公司，2006 年。

33. 〔匈〕阿格妮絲・赫勒（Agnes Heller）著，衣俊卿譯：《日常生活》，重慶：重慶出版社，1990 年。

三、期刊論文（包含期刊論文、論文集論文、學位論文）

（一）期刊論文、論文集論文

1. 王允亮：〈西漢災異奏疏研究〉，《聊城大學學報》2005 年第 6 期。

2. 王培華：〈中國古代災害志的演變及其價值〉，《中州學刊》1999 年第 5 期。

3. 王華寶：〈《漢書・五行志》考論〉，《南京師大學報》2001 年第 5 期。

4. 王繼訓：〈先秦秦漢陰陽五行思想之探折〉，《管子學刊》2003 年第 1 期。

5. 王繼訓：〈劉向陰陽五行學說初探〉，《孔子研究》2002 年第 1 期。

6. 伍振勳：〈荀子的『身、禮一體』觀——從「自然的身體」到「禮義的身體」〉，《中國文哲研究集刊》2001 年第 19 期。

7. 刑義田，〈月令與西漢政治——從尹灣集簿中的「以春令成戶」說起〉，《新史學》1998 年第 1 期。

8. 向燕南：〈論匡正漢主是班固撰述《漢書・五行志》的政治目的〉，《河北師範大學學報》2000 年第 1 期。

9. 江冰：〈垂衣裳而天下治——帝王服飾的確立與演變〉，《九州學刊》1996 年第 1 期。

10. 江素卿：〈從《漢書・五行志》論西漢春秋學特色〉，《文與哲》2005 年第 7 期。

11. 江乾益：〈漢書五行志中之災異說探論〉，《興大中文學報》2003 年第 15 期。

12. 吳功正：〈六朝社會風習與美學狀貌〉，《社會科學研究》1994 年第 4 期。

13. 吳從祥：〈從《漢書・五行志》看劉歆的災異觀〉，《殷都學刊》2007 年第 1 期。

14. 巫仁恕：〈明代平民服飾的流行風尚與士大夫的反應〉，《新史學》1999 年第 3 期。

15. 李祖勝：〈淺議中國古代服妖〉，《服飾》1996 年第 1 期。

16. 李劍國、孟琳：〈簡論唐前「服妖」現象〉，《武漢大學學報（人文科學版）》2006 年第 4 期。

17. 李豐楙：〈「常與非常」：一個服飾文化的思維方式〉，《思維方式及其現代意義：第四屆華人心理與行為科際學術研討會》（臺北：中研院民族所及臺灣大學心理系，1997 年），2-1-1。

18. 李豐楙：〈正常與非常：生產、變化說的結構性意義——試論干寶《搜神

記》的變化思想〉，收入國立成功大學中文系編：《第二屆魏晉南北朝文學與思想學術研討會論文集》，臺北：文津出版社，1993 年。

19. 李豐楙：〈服飾、服食與巫俗傳說——從巫俗觀點對楚辭的考察之一〉，《古典文學》第 3 集，臺北：臺灣學生書局，1981 年。

20. 李豐楙：〈服飾與禮儀：〈離騷〉的服飾中心說〉，《中國文哲研究集刊》1999 年第 14 期。

21. 周行之：〈今本「禮記·月令」必出於「呂氏春秋」〉，《成大中文學報》1995 年第 3 期。

22. 林少雄：〈中國服飾文化的深層意蘊〉，《復旦學報》1997 年第 3 期。

23. 林淑心：〈論禮儀化玉飾的時代演化——以服飾史的觀點〉，《史物論壇》2005 年第 1 期。

24. 林麗月：〈衣裳與風教——晚明的服飾風尚與「服妖」議論〉，《新史學》1999 年第 3 期。

25. 金霞：〈中國古代政治文化視野中的祥瑞災異〉，《歷史研究》2005 年第 4 期。

26. 唐明輝：〈先秦、魏晉男性美的嬗變〉，《零陵師範高等專科學校學報》2001 年第 4 期。

27. 孫長祥：〈「禮記·月令」中的時間觀〉，《東吳哲學學報》2002 年第 7 期。

28. 孫長祥：〈先秦儒家的時間觀——從「尚書」試探儒家時間觀的原型〉，《錢穆先生紀念館館刊》1995 年第 3 期。

29. 孫淑松、黃益：〈晚清服妖現象的探討與反思〉，《聊城大學學報》2010 年第 1 期

30. 高莉芬：〈月令物侯觀與中古文學的時間思維〉，《節日文化論文集》，北京：學苑出版社，2006 年。

31. 高莉芬：〈遠國異人：《山海經》中的文化他者與身體想像〉，《東西思想文化傳統中的「自我」與「他者」學術研討會議論文》，臺北：臺灣大學，2007 年。

32. 張承宗：〈魏晉南北朝風俗觀念與風俗特點〉1998 年第 1 期。

33. 張榮國：〈服飾：一種隱喻的表述〉，《遼寧大學學報》1999 年第 1 期。

34. 莊慶美：〈千古中華服飾制度「改正朔、易服色」的歷史波濤〉，《國立歷史博物館館刊：歷史文物》2004 年第 11 期。

35. 許星：〈中國古代時世裝的傳播形式及藝術特色〉，《服飾》1999 年第 1 期。

36. 許星：〈論中國傳統服飾的「合禮性」與「合理性」〉，《蘇州絲綢工學院學報》2000 年第 2 期。

37. 郭蕙嵐：〈「妖」的原初意涵──六朝以前「妖」現象探析〉,《仁德學報》
2004 年第 3 期。

38. 陳俊強：〈試論干寶與《晉紀》──兼論東晉的史學〉,《國立臺灣師範大
學歷史學報》1995 年第 23 期。

39. 陳夢家：〈商代的神話與巫術〉,《燕京學報》1936 年第 20 期。

40. 陳槃：〈秦漢間之所謂「符應」論略〉,收入中央研究院歷史語言研究所
集刊編輯委員會編輯：《中央研究院歷史語言研究所集刊》第 16 本,臺
北：中央研究院歷史語言研究所員工福利委員會,1972 年。

41. 陳靜容：〈「觀看自我」的藝術──試論魏晉時人「身體思維」的釋放與
轉向〉,《東華人文學報》2006 年第 9 期。

42. 彭美玲：〈君子與容禮──儒家容禮述義〉,《臺大中文學報》2002 年第
16 期。

43. 曾敬宗撰：〈戴逵評述竹林七賢及反放達心跡探微〉,《東方人文學誌》
2009 年第 2 期。

44. 游自勇：〈中古〈五行志〉的「徵」與「應」〉,《首都師範大學學報》2007
年第 6 期。

45. 游自勇：〈試論正史〈五行志〉的演變──以「序」爲中心的考察〉,《首
都師範大學學報》2006 年第 2 期。

46. 黃啓書：〈試論劉向災異學說之轉變〉,《臺大中文學報》2007 年第 26
期。

47. 葉珊：〈服飾的象徵及追求──「離騷」與「仙后」的比較〉,《純文學》
1971 年第 4 期。

48. 葉舒憲：〈文學人類學研究的世紀性潮流〉,《廣西民族學院學報》1999
年第 2 期。

49. 葉慶炳,〈六朝至唐代的他界結構小説〉,《臺大中文學報》,1989 年第 3
期。

50. 雷家驥：〈兩漢至唐初的歷史觀念與意識（一～十二）──兼論其與史學
成立的關係〉,《華學月刊》。年期分別爲：（一）1983 年第 136 期,（二）
1983 年第 137 期,（三）1983 年第 138 期,（四）1983 年第 139 期,（五）
1983 年第 143 期,（六）1983 年第 144 期,（七）1984 年第 144 期,（八）
1984 年第 146 期,（九）1984 年第 148 期,（十）1984 年第 149 期,（十
一）1984 年第 150 期,（十二）1984 年第 155 期。

51. 廖美雲：〈唐代婦女的時世妝〉,《陝西文獻》1993 年第 86 期。

52. 趙牧：〈漢代「服妖」透視〉,《遼寧教育學院學報》1995 年第 3 期。

53. 趙濛：〈《漢書‧五行志》的歷史價值〉,《古籍整理研究學刊》2007 年第
3 期。

54. 劉苑如：〈雜傳體志怪與史傳的關係〉，《中國文哲研究集刊》1996 年第 8 期。

55. 劉復生：〈宋代「衣服變古」及其時代特徵——兼論「服妖」現象的社會意義〉，《中國史研究》1998 年第 2 期。

56. 鄭毓瑜：〈身體時氣感與漢魏「抒情」詩——漢魏文學與楚辭、月令的關係〉，《漢學研究》2004 年第 2 期。

57. 魯瑞菁：〈論〈離騷〉中的「香草服飾」〉，《靜宜人文學報》1999 年第 11 卷。

58. 賴芳伶：〈試論六朝志怪的幾個主題〉，《幼獅學院》，1982 年第 1 期。

59. 鮑震培：〈真實與想像——中國古代易裝文化的嬗變與文學表現〉，《南開學報》2001 年第 2 期

60. 謝仲禮：〈東漢時期的災異與朝政〉，《中國社會科學院研究生院學報》2002 年第 2 期。

61. 韓碧琴：〈儀禮祭禮之服飾比較研究〉，《國立中興大學臺中夜間部學報》1996 年第 2 期，頁 1～33。

62. 羅宗濤：〈時世妝——談唐代女性的流行裝扮〉，《國文天地》1998 年第 10 期。

63. 蘇啟明：〈垂裳而治——中國古代帝王服飾〉，《國立歷史博物館館刊：歷史文物》2001 年第 8 期。

（二）學位論文

1. 王雪莉：《宋代服飾制度研究》，浙江：浙江大學中國古代史人文學院博士論文，2006 年。

2. 江蓮碧：《中國服飾禮儀符碼表徵與文化內涵研究》，臺北：文化大學中文研究所博士論文。

3. 吳美琪：《流行與世變：明代江南士人的服飾風尚及其社會心態》，臺北：臺灣師範大學歷史研究碩士論文，2000 年。

4. 李偉泰：《兩漢尚書學及其對當時政治的影響》，臺北：臺灣大學中文研究所博士論文，1972 年。

5. 車行健：《禮儀、讖緯與經義——鄭玄經學思想及其解經方法》，臺北：輔仁大學中國文學系博士論文，1996 年。

6. 周德良：《《白虎通》讖緯思想之歷史研究》，臺北：淡江大學中國文學研究所碩士論文，1997 年。

7. 林政言：《讖緯學研究》，臺北：文化大學中文研究所博士論文，1998 年。

8. 林曉琦：《先秦典籍中頭髮文化及相關意象研究》，臺北：中興大學中國

文學研究所碩士論文，2002 年。

9. 洪進業：《具體與抽象——從形制到觀念的秦漢服飾研究》，臺北：臺灣大學歷史研究所博士論文。

10. 殷善培：《讖緯中的宇宙秩序》，臺北：淡江大學中文研究所碩士論文，1991 年。

11. 殷善培：《讖緯思想研究》，臺北：政治大學中文研究所博士論文，1995 年。

12. 許又芳：《虹霓的原始意象在中國文學中的表現及意義》，臺北：政治大學中文研究所博士論文，1997 年。

13. 黃啟書：《春秋公羊災異學說流變研究》，臺北：國立臺灣大學中國文學研究所博士論文，2003 年。

14. 黃啟書：《董仲舒春秋學中的災異理論》，臺北：臺灣大學中國文學研究碩士論文，1995 年。

15. 葉柏奕：《英雄建構——六朝筆記小說中的譙國龍亢桓氏人物書寫研究》，臺北：國立政治大學中國文學研究所碩士論文，2010 年。

16. 劉苑如：《六朝志怪的文類研究——導異爲常的想像歷程》，臺北：政治大學中文研究所博士論文，1995 年。

17. 劉苑如：《搜神記暨搜神後記研究——從觀念世界與敘事結構考察》，臺北：政治大學中文研究所碩士論文，1990 年。

18. 蔣聖安：《古典小說虛實論——以《三國演義》爲例》，臺北：國立師範大學中國文學研究所碩士論文，1994 年。

19. 蔡雅薰：《六朝志怪妖故事研究》，臺北：臺灣師範大學國文研究所碩士論文，1990 年。

20. 蔡璧名：《五行系統中的色彩——試論色彩因何存在於系統五行說中》，臺北：臺灣師範大學國文研究碩士論文，1991 年。

21. 衛昭如：《晉代神異思想與當代社會之關係——以《晉書》中相關記載爲主》，臺北：政治大學中國文學系碩士論文，1993 年。

22. 蕭振誠：《中古服妖研究》，臺北：輔仁大學中文研究所碩士論文，2005 年。

23. 謝大寧：《從災異到玄學》，臺北：臺灣師範大學國文研究所博士論文，1989 年。